ディスカヴァー文庫

オスロ警察殺人捜査課特別班
アイム・トラベリング・アローン

サムエル・ビョルク

中谷友紀子 訳

Discover

登場人物紹介

【殺人捜査課特別班】

ミア・クリューゲル
白い肌、黒い髪、青い瞳を持つ女性捜査官。ある事件を境に、一線を退いている。

ホールゲル・ムンク
特別班のリーダーで太った初老の数学オタク。ある事件を境に本部からヒューネフォスに左遷されている。

キム・コールス
黒髪の短髪で鍛え上げられた体を持つ。ガーブリエル曰く「どこにでもいそうな男」

カリー
スキンヘッドの男。本名はヨン・ラーセンという。

アネッテ・ゴーリ
ブロンドの髪の女性。警察本部との橋渡しを務める法務担当官。

ガーブリエル・ムルク
特別班にやってきた新人で、ハッキングのエキスパート。

ルドヴィーク・グルンリエ
ムンク率いる特別班に在籍する年配の男。

【その他の人々】

ミリアム
ムンクの娘。幼い娘がおり、近々結婚式を挙げる予定。

マーリオン
ミリアムの娘で、ムンクの孫にあたる。

ヨアキム・ヴィークルンド
二〇〇六年に起きた新生児連れ去り事件の容疑者。
すでに自殺しており、連れ去られた新生児はいまだに見つかっていない。

プロローグ

てんとう虫、てんとう虫、早くお帰り
おうちが火事で、子供たちは死んじゃった

二〇〇六年八月二十八日、ヒューネフォスにあるリンゲリーケ病院の産科病棟でひとりの女児が誕生した。母親のカタリーナ・オルセンは二十五歳の保母だったが、出産時の多量出血により死亡した。担当の助産師や看護師は、非常に愛らしい赤ん坊だったとのちに語っている。穏やかで利発そうで、その目で見つめられると、誰もが特別な絆を感じずにはいられなかったという。入院申込書の父親欄には不明と記載されていたため、病院当局はリンゲリーケの社会福祉局と協力し、ベルゲンに住むカタリーナの母親を探しだした。娘の妊娠も知らずにいた母親が病院に到着したときには、赤ん坊は産科病棟から姿を消したあとだった。ただちにリンゲリーケ警察による大規模な捜索が開始されたものの、発見にはいたらなかった。二カ月後、スウェーデン人の看護師、ヨアキム・ヴィークルンドの死体がヒューネフォス中心部の自宅アパートメントで発見された。首を吊って自殺したものと思われ、足もとの床には〝もうしわけありません〟とタイプされた紙が残されていた。

赤ん坊の行方は杳（よう）として知れなかった。

第一部

1

ヴァルテル・ヘンリクセンはキッチンのテーブルにつき、妻が用意してくれた朝食を飲みこむのに苦労していた。ベーコンエッグ、ニシンの酢漬け、サラミ、焼きたてのパン、庭のハーブで淹（い）れたハーブティー。庭を持つことは妻の長年の夢で、それがオスロの中心部を遠く離れ、北部森林地帯（ノールマルカ）にほど近いこの家を買った理由だった。ここなら好きなだけ健康的に暮らせる。森を散歩したり、野菜を育てたり、野生のベリーを摘んだり、キノコ狩りをしたり。なにより、犬を自由に遊ばせてやれる。ヴァルテルは飼い犬のコッカー・スパニエルにはなんの興味もなかったが、妻のことは愛している。それで、すべてを受け入れることにしたのだ。

ヴァルテルはパンのかけらをニシンと一緒に飲みこみ、それを逆流させたがる胃と闘った。オレンジジュースをひと息に飲んで笑顔をつくってみせたが、頭は金槌で殴られたようにガンガンしていた。昨夜の会社でのパーティーのせいだ。アルコールにはもう手を出すまいと思っていたのに。

　ニュースの音声をぼんやり聞きながら妻の顔色をうかがう。機嫌はどうだろう。深夜に自分がベッドに倒れこんだとき、ひそかに目を覚ましていたんじゃないだろうか。あれは何時ごろだっただろう。ひどく遅かったのはまちがいない。服を脱いだのは覚えている。それからたしか、妻が眠っているのを見て、助かったと思い――次の瞬間、腰痛持ちの妻の希望で買った硬いマットレスの上で意識をなくしていた。

　ヴァルテルは咳払いをしてナプキンで口を拭くと、十分に食事を楽しんだというように腹を叩いてみせた。

「レディーを散歩に連れていこうか」精いっぱいの笑みを浮かべる。

「あらそう」妻は少し驚いたような顔でうなずいた。無理もない。はっきり口にしたことこそないが、夫がこの三歳の雌犬にこれっぽっちも関心がないことをよくわかっているのだ。「いつもの散歩より、もう少し歩かせてやってくれる？」

　気に入らないことがあるとよくやるように、声に棘をしのばせてはいないか、心にもない笑顔を浮かべてはいないかと探ってみたが、そういうわけでもなさそうだ。表情は穏やかで、なにも気づいていないように見える。やれやれ！　今回もなんとか切りぬけられたらしい。だが、こんなことはもう終わりだ。今日から生活をあらためよう。会社のパーティーには金輪際出ない。

「ああ、マリダレン渓谷まで連れていってやろうかと思ってね。ダウ湖のあたりまで歩こうかな」

「それはいいわね」

妻はにっこりして愛犬の頭をなで、額にキスをして耳の後ろを掻いてやった。

「さあ、パパとお散歩よ。うんと楽しんでいらっしゃい。よかったわね、レディーちゃん」

マリダレン渓谷までの散歩はお決まりのパターンになった。犬を散歩に連れていくことはめったにないが、行けばいつもこうなる。早く歩きたがったり、とまりたがったり、こっちが思っているのとまるでちがう方向に行こうとしたり。リードを引っぱられるたびに、このばか犬め、といらいらが増してくる。犬を好きだと思ったことはないし、どういう生き物なのかもさっぱりわからない。言わせてもらえば、この世に犬などいないほうがいいくらいだ。

ようやくダウ湖のほうに下りていく道にたどり着いた。やっと犬を放せる。しゃがみこんで頭をちょっとなでてやってから、リードをはずした。

「さあ、そのへんをひとっ走りしてこい」

　犬は舌を突きだし、間抜けな目でこちらを見上げている。ヴァルテルは煙草に火をつけ、ふと小さな雌犬に対して愛情と言えなくもないものを感じた。まあ、犬に罪はない。いい子じゃないか。頭痛はましになってきている。新鮮な空気のおかげだ。よし、これからはこいつをかわいがることにしよう。愛犬を連れて森を散歩する――そんな生活も悪くない。もう友達同士だと言ってもいい。この行儀のよさはどうだ。なかなか利口な子だ。リードなしでもおとなしく横について歩いている。

　だがそのとき、コッカー・スパニエルはなにを思ったか、だしぬけに森のなかへと駆けだした。くそっ！

「レディー！」

　犬の名を呼びながらその場でしばらく待ったが、戻ってくる気配はない。ヴァルテルは小さく悪態をつき、煙草を投げ捨てると、犬の消えたほうに向かって斜面をのぼりだした。数百メートル行ったところで足がとまった。小さくひらけたところに犬がじっと伏せをしている。そのときだった、木からぶらさがる幼い少女が目に入ったのは。足は宙に浮き、スクールバッグを背負い、首には航空会社のタグがつけられている。

〝ひとり旅をしています（アイム・トラベリング・アローン）〟

膝から崩れ落ちたとたん、朝起きたときからの我慢が限界に達した。

ヴァルテル・ヘンリクセンは胃のなかのものをすべて吐きだし、大声で泣きだした。

2

甲高いカモメの声に、ミア・クリューゲルは目を覚ました。

いいかげんに慣れるべきなんだろう——入り江の出口近くにあるこの家を買って、もう四カ月たつというのに、オスロの感覚がなかなか抜けない。フォークト通りにあったアパートメントのまわりはいつも騒がしかったが、バスやトラムが行き交う音も、パトカーや救急車のサイレンも気になったことはない。むしろ落ち着くくらいだった。なのに、カモメの鳴き声は耳ざわりでしかたがない。ここがあまりにも静かなせいだろう。

ベッドサイドテーブルの目覚まし時計に手を伸ばしたものの、時刻は読みとれなかった。目がかすみ、針がぼやけて見える。何時何分なのかまるでわからない。昨夜の薬がまだ抜けていないせいだ。鎮静剤、精神安定剤、睡眠剤。〝アルコールと併用しないでください〟——ごもっとも。でも、どうせあと十二日で死ぬのだ。一日ずつしるしをつけたキッチンのカレンダーに残る空白は、あと十二。

あと十二日。四月十八日。

ミアはベッドに起きあがり、アイスランドセーターを着て、のろのろと居間に下りた。

薬は同僚から処方されたものだ。〝友人〟としてミアに過去の出来事を忘れさせ、気持ちを整理させ、前に進ませる。それがその同僚の仕事だ。警察の臨床心理士——それとも精神科医だろうか。処方箋を出せるのだからきっと精神科医なのだろう。どちらでもかまわない、欲しいものが手に入りさえすれば。ただしここは世界の果てだから、それなりの手間が必要になる。まず、服を着なくてはならない。ボートの船外モーターを始動させなくてはならない。ヒトラ本島に着くまでの十五分、船の上で寒さに凍えなければならない。そして最後に、車のエンジンをかけて、そこからいちばん近いフィランの町——町とも呼べないほどの小さな集落だが——まで四十分運転しなくてはならない。それでも、〈ヨルテン・ショッピングセンター〉まで行けば薬局があり、酒屋に寄ることもできる。オスロからファクスで送られた処方箋で、薬は準備できているだろう。ニトラゼパム、ジアゼパム、ラミクタール、シタロプラム。精神科医だけでなく、かかりつけ医が処方したものもある。彼らは親切にアドバイスしてくれるが――〝くれぐれも適量を守るように。飲みすぎは危険だよ〟――そんな忠告を聞くつもりは毛頭なかった。ここに引っ越してきたのは回復するためでなく、楽になるためなのだから。

あと十二日。四月十八日。

ミア・クリューゲルはミネラルウォーターのボトルを冷蔵庫から出し、服を着て、海のほうに下りていった。岩の上にすわってジャケットの前をかきあわせ、今日最初の薬を飲もうと、ジーンズのポケットに手を突っこんだ。色とりどりの錠剤がてのひらに並ぶ。頭はまだぼんやりしていて、今日はどの薬を飲むべきなのか思いだせないが、別にかまわない。水で一気に流しこみ、水面の上で脚をぶらつかせる。ブーツの足もとに目を落としても、なにも感じない。ほかの誰かの足のようで、やけに遠くにあるように見える。視線を海に移す。やはりなにも感じないが、そのまま水平線に浮かぶ名も知らない小島を眺めつづけた。

ここにやってきたのはなりゆきだった。ヒトラ島。ノルウェーの中部西海岸の沖合に浮かぶ、ソール・トロンデラーグ県の島のひとつ。ひとりになれる場所ならどこでもよかった。場所は不動産屋に任せた。〝アパートメントを売って、代わりに住めるところを見つけて〞。不動産屋は頭がおかしいのかというように首をかしげてミアの顔を見たが、仲介料さえもらえれば文句はないと考えたのか、白い歯を見せて愛想よく言った。〝かしこまりました。売却はお急ぎですか？　どこかご希望の場所は？〞。いかにもプロらしい慇懃さだが、本心は見え見えだった。思いだすだけで胸がむかつく。あの不愉快な偽りの目。ミアは目の前にいる人間の本性をすぐに見通すことができる――スーツとネクタイを身に着けたウナギ。その不動産屋の場合、それは目をそむけたくなるような代物だった。

その能力を生かすべきだ。わかるだろう？　なにかの役に立てないと。これこそがきみの能力を生かせる仕事なんだよ。

ごめんだ。もう二度とやらない。そう考えると不思議と心が落ち着いた。考えてみれば、この島に来てからはずいぶん穏やかな気持ちになっている。あの不動産屋はいい仕事をしたということだ。感謝しないといけないのかもしれない。

ミア・クリューゲルは岩から立ちあがり、家へと続く小道をたどった。今日初めてのアルコールの時間だ。何時かはわからないが、いまがそのときなのはまちがいない。特別に取り寄せた高い酒がある。やることが矛盾しているかもしれないが、少しくらいは贅沢を楽しもうと思っている。残された時間はわずかなのだから。ああでもない、こうでもない、と細かいことにこだわるのはとうの昔にやめた。一九六五年物のドメーヌ・ド・パンタノンの瓶をあけ、キッチンカウンターに洗わないまま置いてあるティーカップに四分の三ほど注ぐ。汚れたカップに八百クローネのアルマニャック。それがどうしたというのか。そんなことはもう気にしない。ミアはかすかな笑みを浮かべ、ジーンズのポケットにまだ薬があるのをたしかめると、岩場に引き返した。あらためて、あの白い歯の不動産屋に感謝したくなってくる。どうせどこかに住むのなら、ここは悪くない。空気はいいし、海の眺めはいいし、白い雲を見上げていると穏やかな気分になる。トロンデラーグには縁もゆかりもないが、ここはひと目で気に入った。鹿の群れがそこかしこにいるのもいい。ここにかぎらずアラスカでも、映画のなかでも、昔から鹿には心惹かれてきた。そんな美しい動物を撃つ人間がいる。射撃ならミアも警察学校時代に習ったが、銃は好きになれない。銃は遊びで撃つものではない。ほかに選択肢がない状況でのみ使うものだし、そういう状況だとしても許されるわけではない。ヒトラ島の鹿狩りシーズンは九月から十一月だ。いつだったか、薬局に向かう道すがら、若者のグループがトラックの荷台に一頭の鹿を積みこむところに出くわしたことがある。禁猟期の二月だった。一瞬、車をとめて全員の名前を訊き、相応の罰を与えるために通報しようかと考えたが、ぐっとこらえて見逃した。

いつまで警察の人間でいるつもりなのか。
もうたくさんだ。
あと十二日。四月十八日。
ミアはアルマニャックの最後のひと口を飲みほし、岩に頭をもたせかけて目を閉じた。

3

トロンハイムの東に位置するヴァルネス空港の到着ロビーで、ホールゲル・ムンクは汗をかきながらレンタカー会社のカウンターに並んでいた。オスロのガーデモエン空港の霧のせいで、いつものごとく飛行機の到着が遅れた。霧で思いだすのは、土木技師のヤン・フレデリク・ヴィボルグのことだ。気象条件の悪さを理由にガーデモエン空港の拡張計画に反対したあと、コペンハーゲンのホテルの部屋から飛び降り自殺したのだ。十八年たったいまも、小さすぎる窓の下で大の男の死体が発見されたときの違和感を忘れることができない。あれはノルウェー国会で空港法案が審議される直前のことだった。デンマークとノルウェーの警察が捜査に消極的だったことにも疑問が残る……。

そんなムンクの思考は、カウンターのブロンドの女性係員の咳払いでさえぎられた。順番が来たらしい。

「ムンクの名前で予約してあるはずだが」

「オスロに新しい美術館を建てられるそうですね」緑の制服姿の係員がウィンクをした。

とっさには冗談だとわからなかった。

「画家のムンクさんじゃありません?」キーボードを元気よく叩きながら係員が笑いかけてくる。

「え、ああ、画家じゃない。ちがう」ムンクは無愛想に言った。「親類でもない」

その遺産があれば、こんなところに立ってなどいるもんか。書類にサインを求められながら、ムンクは心のなかでつぶやいた。

ホールゲル・ムンクは飛行機が苦手だ。だからつい機嫌も悪くなる。事故が怖いわけではない。数学マニアだから、飛行機事故に遭う確率は一日に二度雷に打たれるよりも小さいことを知っている。飛行機を嫌いなのは、座席が窮屈だからだ。

「お待たせしました」係員はにっこり笑って車のキーを差しだした。「ゆったりとしたボルボのV70です。走行距離、期間ともに無制限のプランですから、お好きなときにお好きな場所で返却していただいてけっこうです。お気をつけて行ってらっしゃいませ」

ゆったりとした？　またからかおうという気か、それとも慰めているつもりか。ほら、大きな車をご用意しましたよ、そんなに太っていらっしゃるんじゃ、ご自分の足もとも見えないでしょ、と。

立体駐車場に向かう途中、ムンクは到着ロビーの外の大きな窓に映った自分の姿に目をやった。そろそろなんとかするべきだろう。運動をはじめて、もう少し食生活にも気を配って、体重を減らさないと。そう思うようになったのは最近のことだ。もう犯人を追って街を走りまわる必要はない。そういう仕事は部下がやってくれるから、それが理由ではない。じつはこの数週間、自分もまだ捨てたものではないと思いはじめているのだ。

――あら、ホールゲル、新しいセーターね。まあ、ホールゲル、新しいジャケットじゃない。あら、ホールゲル、ひげを短くしたのね。

ムンクはボルボのドアをあけ、携帯電話を充電器につないで電源を入れた。シートベルトを締め、トロンハイムの中心部に向けて車を走らせようとしたとき、メールが続々と届きはじめた。やれやれ、一時間電源を切っていただけで、さっそくこれか。息つく暇もない。機嫌が悪いのはフライトのせいだけだとは言い切れない。仕事でも私生活でも、近頃はいろんなことがありすぎる。ムンクはスマートフォンの画面に指をすべらせた。まわりに勧められて買ったものだ。二十一世紀の警察では、ITがなければ仕事にならない。たとえ職場がヒューネフォスだろうと。いまはヒューネフォスに本部があるリンゲリーケ警察に勤務している。一年半前、警察官としてのキャリアをスタートさせたその場所へ戻ることになった。トゥリヴァンの一件のせいで。グルンランにあるオスロ警察本部からの不在着信が七件。元妻からが二件。娘から一件。ケアホームから二件。メールの数は数えきれない。

もうしばらくのあいだ世界を無視することに決め、ラジオをつけた。ノルウェー国営放送[NRK]のクラシック局を選び、窓をあけて煙草に火をつける。煙草はムンクの唯一の悪癖だが――むろん食べすぎなのは別として――その愉しみは何物にも代えがたい。やめる気はさらさらない。政治家どもがあの手この手で法律をひねりだそうとも、ノルウェーじゅうに(そしてこのレンタカーのダッシュボードにも)〝禁煙〟のサインが貼られていようとも。

煙草なしではものを考えられない。そして、ホールゲル・ムンクがなにより愛しているのが、考えること、頭脳を使うことなのだ。脳が働くなら、身体などどうでもいい。ラジオからはヘンデルの〈メサイア〉が流れている。好みではないが、まあ許せる。自分はどちらかというとバッハ寄りの人間だ。数学的な音楽が好きで、よくある感情過多な作曲家は好きではない。やたらと勇ましいアーリア人的なワーグナーのテンポやら、印象派の風景画を思わせるラヴェルの情緒的なメロディーやらはかんべん願いたい。そういう人間くさい感情から逃れるためにこそ、クラシック音楽を聴くのだから。人間が数式なら、人生はもっとシンプルだろう。ムンクはふと指の結婚指輪に手をやり、別れた妻のマリアンネを思った。あれから十年になるが、まだ吹っ切れずにいる。さっきの着信、あれはひょっとすると……。

いや、きっと結婚式のことだ、そうに決まっている。式のことを相談したいだけだ。ふたりのあいだにはミリアムという娘がいて、まもなく結婚することになっている。事務的な連絡、ただそれだけだ。ムンクは煙草を窓からはじき飛ばし、新しい煙草に火をつけた。

おれはコーヒーを飲まない。酒にも手をつけない。煙草くらい吸っても罰は当たるまい？

酒に酔ったのはあとにも先にも一度きりだ。十四歳のとき、ラルヴィクの休暇用コテージで父のチェリーブランデーを飲んで以来、酒には一切手を出していない。飲みたいとも思わない。興味がないのだ。脳細胞を損なう恐れのあることをしようなどとは思ったことがない。あり得ない。煙草を吸ったり、たまにハンバーガーを食べたりするのとは話が別だ。

ムンクはスターヴ・イェステゴール・ホテルのそばの〈シェル〉のガソリンスタンドで車をとめ、ベーコンバーガーセットを買って、トロンハイム・フィヨルドをのぞむベンチにすわって食べた。ホールゲル・ムンクを表す言葉をふたつ同僚に挙げさせたなら、ひとつはおそらく〝オタク〟ということになるだろう。〝頭が切れる〟というのが二番目かもしれないし、〝切れすぎて損をしている〟かもしれない。しかしオタクであることはまちがいない。酒は飲まず、数学とクラシック音楽とクロスワードパズルとチェスを愛する、太っちょで気のいいオタク。見た目は冴えないかもしれないが、きわめて有能な捜査官。上司としてもまずまず。だから、仕事のあとに同僚と飲みに行かなくても、妻に逃げられてから誰ともデートしたことがなくても、とやかく言われる筋合いはない。妻を奪ったのはフールムから来た教師で、年に八週間の休暇があり、真夜中に起こされて行き先も告げずに家を飛びだしたりもしない男だ。

ホールゲル・ムンクの犯人検挙率は誰よりも高い。それは万人が認めるところだろう。おまけに誰からも好かれている。それでも、ヒューネフォスに飛ばされることになった。

これは左遷じゃない、転勤だ。わたしに言わせれば、クビにならなかったことを感謝するべきだと思うがね。

あの日、オスロ警察本部のミッケルソンのオフィスを出ながら、それなら辞めてやるという言葉が喉もとまで出かかったが、ぐっとこらえた。辞めてどうする。警備員にでもなるつもりか。

ムンクは車に戻り、E6号線をさらにトロンハイム方面へと走りだした。新しい煙草に火をつけ、街を囲む環状道路を南に向かう。レンタカーにはカーナビがついているが、使う必要はない。行き先はわかっている。

ミア・クリューゲル。

元同僚を頭に浮かべたとき、また携帯電話が鳴った。

「ムンクです」

「いったいどこにいる?」

心臓発作でも起こしそうなミッケルソンの怒鳴り声。いつものことだ。あの男がどうして警察本部長の席に十年間もすわっていられるのかは、多くの者にとっての謎だ。

「車のなかですよ。そっちこそ、どこにいるんです」ムンクはぴしゃりと返した。

「どこを走っている？　まだ着かんのか」

「ええ、まだです。さっき飛行機が着いたところですから。それくらいわかるでしょう。なんの用です？」

「予定どおりに行動しているか、たしかめたかっただけだ」

「ファイルはここにあります。これを直接手渡す、それでいいんですね」ムンクはため息をついた。「これだけのために、わざわざあんなところまで行く必要が本当にあるんですか。宅配便でもよさそうなものなのに。地元の警察を使うとか」

「自分の役目はよくわかっているはずだ。今回は、言われたとおりにしてもらわんと困る」

「まずひとつ」ムンクは吸殻を窓からはじき飛ばした。「あんたに借りはない。ふたつ、あんたに借りはない。三つ、この脳みそを本来の目的のために使えなくしたのはそっちだ。だからとやかく言われる筋合いはない。ここのところどんな事件を扱ってるか、聞かせましょうか。どうです、ミッケルソン。知りたいですか、どんな仕事をしているか」

　電話の向こうで短い沈黙が流れた。ムンクはほくそ笑んだ。

　ミッケルソンは、頼みごとをしなければいけないことをなにより嫌っている。さぞかしいまいましい思いだろう。元上司が自分を抑え、言いたいことを呑みこんでいる様子なのが痛快だった。

「いいから言うとおりにしろ」

「アイ・アイ・サー」ムンクはにやりと笑い、車のなかで敬礼した。

「嫌味はよせ、ムンク。なにかわかったら連絡しろ」

「了解。ところで、ひとつ言っておきたいことが……」

「なんだ」

「ミアが戻るなら、こっちも戻らせてください。ヒューネフォスはもうたくさんだ。オフィスは警察本部とは別の場所、まえに使っていたマリボー通りのあそこがいい。メンバーも以前と同じで頼みます」

　長々とした沈黙のあと、返答があった。

「話にならんな。そんなことは無理だ、ムンク。これは――」

　ミッケルソンが言い終わるまえに、ムンクはもう一度にやりと笑って赤い〝終了〟ボタンを押した。そして煙草に火をつけ、またラジオをオンにして、オルカンゲルに向かって車を走らせた。

4

ミア・クリューゲルは暖炉のそばのソファーの上で、毛布にくるまって横になっていた。さっきまでシグリの夢を見ていた。目が覚めたいまも、双子の姉がここにいるように感じられる。自分のそばに。生きていたころのように。昔のようにまた一緒になれたかのように。シグリとミア。ミアとシグリ。ひとつの莢に入ったふたつの豆。二分ちがいで生まれた、ブロンドと黒髪。まったくちがうのに、よく似たふたり。

もう一度シグリのいる夢のなかに戻りたかったが、なんとか起きあがった。キッチンに行き、朝食を口に入れないといけない。アルコールを胃に収めておくために。こんな暮らしを続けていれば、長くは生きられないだろう。でもそんなことはどうでもいい。

四月十八日。

あと十日。

あと十日、持ちこたえればいい。クリスプ・ブレッドを二枚、無理やり飲みこむ。牛乳を飲もうかと思ったが、水にした。水を二杯と、ジーンズのポケットの薬を二錠。どれでもいい。今日は白がひとつ、水色がひとつだ。

シグリ・クリューゲル
よき姉、よき友、よき娘
一九七九年十一月十一日生　二〇〇二年四月十八日没
深い愛と惜別の情をこめて

ミアはソファーに戻り、薬が効いてくるのを待った。もうすぐ感覚がなくなり、自分と世界を隔てる膜ができる。いまの自分にはそれが必要だ。最後に鏡を見てから三週間。そろそろ限界だ。シャワーを浴びなくては。バスルームは二階にある。我慢の限界までそれを避けてきたのは、以前の住人がバスルームのドアの内側に取りつけた大きな鏡を見たくないからだ。ねじまわしを探して、はずしてしまうつもりだった。ただでさえ最悪な気分に追い打ちをかけられたくはなかった。なのにそのエネルギーすら残っていなかった。なにをする気力もない。薬を飲む以外には。それとアルコール。アルコールは安らぎと微笑みで血管を満たし、身の内を巡りつづける棘の痛みをやさしく癒してくれる。ミアは覚悟を決め、階段をのぼった。バスルームのドアをあけて鏡のなかの自分を見たとき、息がとまりそうになった。これは自分じゃない。ほかの誰かだ。もともと細かった身体はすっかり痩せこけている。健康的で強靭だったはずなのに、いまは見る影もない。セーターとジーンズを脱ぎ、下着だけで鏡の前に立つ。お腹にも腰まわりにも肉がなく、ショーツがずり落ちそうになっている。浮きでたあばらにそっと手をあてがう。骨のひとつひとつを指でなぞることができる。鏡に近づき、錆びた銀色の表面に映った自分の目を捉える。きれいな青い目だと、いつもみんなに褒められたものだ。「あなたほどノルウェー人らしい瞳をした人はいないわ、ミア」そう言われたことがある。そのときの誇らしい気持ちはいまも忘れない。〝ノルウェー人らしい瞳〟という言葉は耳に心地よかった。あのころは人とちがうことではなく、同じであることを求めていた。きれいだと言われるのはいつもシグリのほうだったから、なおさらうれしかったのかもしれない。きらめく青い瞳。それもすっかり失われてしまった。もう死んでいるみたいに見える。生気も輝きもない目。白目が充血している。ミアはジーンズのポケットに手を入れ、さらに二錠の薬を出して口に放りこみ、蛇口の水で飲みくだした。鏡に向きなおり、背筋を伸ばしてみる。

わたしのインディアンちゃん。祖母にはいつもそう呼ばれていた。ぴったりの呼び名だった——青い目を除いては。カイオワ族に、スー族に、アパッチ族。子供のころはアメリカのインディアンが大好きで、映画や物語でどちらの味方をするか、迷うこともなかった。カウボーイは悪玉で、インディアンが善玉だ。ごきげんいかが、ミア・月の光（ムーンビーム）。ミアは鏡のなかの自分の頬に触れ、祖母を懐かしく思いだした。長い髪に目をやる。やわらかな漆黒の髪が細い肩に垂れている。ここまで長く伸びたのは久しぶりだ。警察学校時代からずっと短くしてきた。それも、美容院ではなく、自分で無造作にはさみで切るだけだった。きれいに見せること、見た目を飾ることに興味がないのだと示すために。化粧もしない。「おまえはそのままできれいなんだよ、わたしのインディアンちゃん」ある晩、オースゴールストランの実家の暖炉の前でミアの髪を編みながら、祖母はそう言ってくれた。「その瞼も、長い睫毛も、どれほど美しいかおまえは知っているかい？　お化粧なんてしなくてもそのままで十分きれいなんだよ。男の子のために装うことはない。時期が来れば男の子は自然にやってくるからね」祖母といるときはインディアンで、学校ではノルウェー人。言うことなしだった。

と、軽い吐き気がこみあげた。薬の効用は忘却と癒しだけではない。飲み合わせに気を配らないから、ときどきこういうことがある。ミアは片手で壁を押さえて身体を支え、吐き気の波がおさまるのを待ってから、もう一度視線を上げて鏡のなかの自分と向きあった。これで見納めだ。

あと十日。

四月十八日。

最期のときがどんなものなのかは、とくに興味がない。痛みがあるのか、なかなか死ねないものなのか。死ぬときにこれまでの人生が走馬燈のように浮かぶという話は信じていない。案外本当かもしれないが、どっちだっていい。ミア・クリューゲルのこれまでの人生は、身体に刻まれている。この鏡のなかに見ることができる。ノルウェー人の瞳を持つインディアン。以前は短かった黒い髪が、いまは細く白い肩の上に流れ落ちている。片方の耳の後ろに髪をかけ、左目のそばの傷をしげしげと眺める。いつまでも消えることのない、長さ三センチの傷。かつてアーケル川でラトビア出身の若い女性が水死体となって発見された事件で、容疑者を尋問したときのことだ。つい注意を怠り、相手がナイフを持っているのに気づかなかった。幸いなんとか身をかわし、視力を失うことはなかったが、眼帯は数カ月はずせなかった。いまでも両目で物を見ることができるのは、ウレヴォール病院の医師たちのおかげだ。ミアは鏡の前で左手を上げ、欠けた小指の先を見つめた。こちらのほうは、モス郊外の農場で別の容疑者を尋問したときのものだ。犬を侮ってはいけない。ロットワイラー犬に喉もとに飛びつかれ、間一髪で手を上げて防いだときの、指に食いこむ牙の感触はいまも忘れない。ホルスターから拳銃を抜いて猛りくるう犬の頭を吹き飛ばすまでの数秒のあいだ、身の内に押し寄せたパニックのことも。視線を下に移す。腰のパンティラインのすぐ上に小さな蝶のタトゥーがある。十九歳の夏だった。あのときはプラハにいて、自分をいっぱしの国際人だと思っていた。スペイン人の男と知りあい、ベヘロフカをしこたま飲み、目が覚めたときにはどちらの身体にもタトゥーが入っていた。ミアの腰には紫と黄と緑の小さな蝶。笑ってしまう。若気の至りを恥じて何度か消そうと思ったが、忙しさに紛れて結局できなかった。いまとなってはどうでもいい。右手首の細い銀のブレスレットをなでる。堅信式のプレゼントに、シグリと一緒にひとりずつもらったものだ。ハートと錨と名前の頭文字のついたブレスレット。ミアにはMの、シグリにはSのチャームがついていた。式の夜、パーティーが終わってお客が帰ったあと、オースゴールストランの家のふたりの部屋で、シグリはそれを交換しようと言いだした。

わたしのをつけて。わたしはあなたのをつけるから。

その日以来、ミアはこの銀のブレスレットをはずしたことがない。

薬のせいで、さらに意識がぼんやりしてきた。鏡のなかの自分もかすんでいる。まるで幽霊のようで、やけに遠くに見える。左目のそばの傷。第二関節から先のない小指。パンティラインの上にはチェコの蝶。痩せこけた腕と脚。生気のない悲しげな青い目をしたインディアン……これ以上は無理だ。鏡から目をそらし、よろよろとシャワーブースに入ると、タンクの湯が切れるまで頭から浴びつづけた。

鏡を見ないようにしてシャワーブースから出た。裸のまま階段を下りて居間まで行き、暖炉の前で身体を拭く。誰も火をつけてくれてはいない。キッチンに行き、酒をもう一杯注ぐ。抽斗(ひきだし)から薬を探しだし、服を着ながら嚙みくだく。さっきより朦朧としている。身体をさっぱりさせたあとは、頭のなかも心地よくしよう。

ミアはニット帽をかぶり、ジャケットを着て家を出た。海への坂道を下る。岩に腰かけ、水平線を見つめる。海辺の思索――どこかで聞いたことのある言葉だ。映画祭、そう、ノルウェーの映画にもっとアクションを取り入れるべきだと考えた映画人がはじめた映画祭で耳にした気がする。ミアも映画は好きだが、そうやって海辺で静かに思索するシーンを排除するだけで、ノルウェーの映画がいい方向に変わったのかは疑問に思っている。とくに警察官の描かれ方にはうんざりせずにいられない。監督の指示なのだろうが、やたらとよくしゃべり、大げさな演技をする役者を見ていると、自分まで気恥ずかしくなり、いたたまれず席を立ってしまう。いまはもう、海辺の思索は流行らないらしい。ミアはうっすら笑うと、家から持ってきた酒をあおった。死ぬために来たのでなければ、ヒトラ島での暮らしを気に入っていただろうに。

四月十八日。

その考えはある日突然ひらめいた。啓示のように。それからというもの、ほかに道はないと思うようになった。シグリが死んでいるのが見つかったのは、二〇〇二年四月十八日のことだった。場所はオスロのトイエン、とある地下室の汚れたマットレスの上で、腕に注射針が刺さったまま発見された。ゴムバンドさえはずす間もなく、姉はドラッグ中毒であっけなく命を落とした。あと十日で、あの日からちょうど十年になる。美しくてやさしいシグリは、薄汚い地下室でヘロインを過剰摂取して死んだ。ヴァルドレスのリハビリ施設にミアが迎えに行ってから、わずか一週間後のことだった。

けれどあの日、四週間の入所を終えたシグリはとても健康そうに見えた。血色はよく、笑顔さえ浮かべていた。オスロに戻る車のなかでは、オースゴールストランの家の庭に戻ったように、笑いあい、冗談さえ言いあっていたのに。

「あなたが白雪姫で、わたしが眠れる森の美女よ」

「わたしも眠れる森の美女がいい！　どうしていつもわたしが白雪姫なの？」

「だって、髪が黒いからよ、ミア」

「それだけ？」

「そうよ。知らなかったの？」

「うん」

「あなたってばかね」

「ばかじゃないわ」

「そう、ばかじゃない」

「でも、どうして白雪姫と眠れる森の美女じゃなくちゃいけないわけ。どっちも王子様に起こしてもらうまで、長いあいだ眠りつづけなくちゃいけないじゃない。そんなの楽しくない。自分たちでなにか遊びを考えたほうがよくない？」

「あら、王子様はいつか来るわ。待ってればいいのよ、ミア。かならず来てくれるから」

シグリの王子様はホルテンから来たろくでなしだった。自称ミュージシャンで、バンドの一員だったが、ライブで演奏するでもなく、公園にたむろしてはマリファナや覚醒剤でハイになっているだけだった。よくいる、ひとりよがりの負け犬だ。名前を口にするのも耐えられない。その男のことを考えただけで胸がむかつき、ミアは立ちあがって深呼吸をした。それから岩場沿いの小道をたどって、ボートハウスを通りすぎ、桟橋に腰を下ろした。遠くの海岸で動くものが見える。人々がなにか作業をしているようだ。いま何時だろう。目の上に手をかざし、空を見上げる。十二時、それとも一時くらいだろうか。太陽の位置からするとそれくらいだ。酒をもうひと口飲む。薬が効いてくるのがわかる。感覚がなくなり、なにもかもがどうでもよくなる。桟橋の上で脚をぶらつかせながら、ミアは太陽を仰いだ。

マルクス・スコーグ。

ふたりが出会ったとき、シグリは十八歳で、その貧相なろくでなしは二十二歳だった。オスロにやってきたその男は、中央駅の駅前広場でうろつきはじめた。数カ月後、シグリもそこに加わった。

四週間のリハビリ。施設に姉を迎えに行ったのは初めてではなかった。けれど、このときは様子がちがっていた。シグリはいつになく前向きだった。それまではどんよりとしたうすら笑いを浮かべ、とにかく早く外に出てまたクスリをやろうと、嘘に嘘を重ねてばかりだったのに、そのときの姉の目にはなにかが感じられた。昔の姉に戻ったように、意志の力が見てとれた。

姉のことが誰よりも大事なミアは、心配のあまりおかしくなりそうだった。なにがあったの、シグリ。退屈のせい？　両親が死んだせい？　それともあの貧相な男のせいなの？　それが愛だっていうの？

母は厳しくはあったが、ふたりにつらくあたるようなことはなかった。父親のほうは甘かったが、それも問題になるほどではない。ミアとシグリは、生後すぐにクリューゲル夫妻の養女になった。まえもって実の母親とのあいだに契約が結ばれていたのだ。生物学上の母親は途方に暮れた若い娘だった。望まない妊娠で、ふたりの子供を育てる術（すべ）もなかった。子供のいない夫婦にとって、双子は神からの贈りものだった。女の子をふたりほしいと望んでいたこともあり、喜びはひとしおだった。

母親のエーヴァはオースゴールデン小学校の教師で、父親のヒッレはホルテンの中心部で塗料を販売する〈クリューゲル商店〉を営んでいた。

ミアはシグリが薬物中毒になってしまった理由をひたすら探したが、原因はどこにも見つからなかった。

マルクス・スコーグ。

あの男のせいだ。

リハビリ施設を出てからちょうど一週間後のことだった。姉妹はフォークト通りのミアのアパートメントで平穏に暮らしていた。シグリとミア。ミアとシグリ。白雪姫と眠れる森の美女。ふたつの豆はひとつの莢に戻った。それまでは仕事を休んだ記憶すらなかったミアも、二日間の休暇をとることにした。ところがある夜、キッチンのテーブルにメモを見つけた。

Mに話があるの。
すぐに戻るわ。S

ミアは桟橋の端から立ちあがり、家へと引き返しはじめた。すでに身体がふらついている。もう少し薬を飲まなくては。それと、アルコールも。

5

ホールゲル・ムンクは運転に飽き、休憩をとることにした。待避所を見つけて車をとめ、車外に出て脚を伸ばした。目的地はそう遠くない。ヒトラトンネルまでほんの数キロだ。だが、急ぐ必要はない。島まで船に乗せてくれることになっている男は、二時にならないと身体が空かないらしい。理由を訊く気にはなれなかった。話をしたのは地元の警官で、あまり頭のまわりそうな男ではなかった。田舎の警察に偏見があるわけではないが、オスロとは仕事のペースがちがうことは否めない。とはいえ、わけあっていまは自分もそこから遠ざかってはいるが。リンゲリーケ警察の仕事のペースはお世辞にも速いとは言えない。ムンクは小声でミッケルソンに悪態をついたが、すぐに打ち消した。ミッケルソンを責めるのは酷だ。あの一件のあと行われた内部調査で、相当に厳しい声があがったのはたしかだ。そのことは承知している。それでも、さすがにうんざりだった。

ムンクはベンチにすわって煙草に火をつけた。今年のトロンデラーグは春の訪れが早い。木々には緑が芽吹き、雪はおおかた融けている。といって、トロンデラーグに例年いつごろ春が来るのか知っているわけではない。さっき音楽に飽きて地元ラジオ局のニュースをつけたとき、たまたまそう言っていた。マスコミはまだ事件を嗅ぎつけていないだろうか、と放送を聞きながら気になった。オスロの警察本部には、ネタに飢えた記者の賄賂につられて口をすべらすような間抜けがいないともかぎらない。だが幸いなことに、ニュースではなにも言わなかった。マリダレン渓谷で木に吊るされた幼い少女の死体が発見されたことは、まだ知られていない。

車のなかでは携帯電話が鳴りっぱなしだったが、ずっと無視していた。運転中は電話をかけたり、メールを送ったりしたくない。ほんの一瞬の不注意で車が道をそれたり、人をはねたりした事故の現場に、何度も立ち会ってきているからだ。それに、どうせ急ぎの用件ではない。こんなときくらい、つかのまの自由を楽しみたい。認めたくはないが、ときどき追いたてられているような気分になる。仕事に。家族とのあれこれに。ケアホームにいる母親を訪ねるのがわずらわしいわけではない。娘の結婚準備を手伝うのもいやではない。秋に六歳になる孫娘のマーリオンと過ごすのはまったく苦にならない。だが、たとえそうでも、あまりに荷が重いと感じることがある。

自分とマリアンネ。あんなことになるとは想像もしなかった。離婚から十年たったいまでも、自分のなかのなにかが決定的に壊れたままのように思える。

ムンクは身震いして、携帯電話をチェックした。ミッケルソンからさらに二件の着信。用件はわかっている。放っておけばいい。娘のミリアムからも、いつものように短くそっけないメールがもう一件。元妻のマリアンネからの電話が何件か。しまった、ケアホームに電話するのを忘れていた。今日は水曜日だ。走りだすまえに連絡しておくべきだった。ムンクはホームの番号を探し、立ちあがって脚を伸ばした。

「ヒューヴィク通り・ケアホームのカーレンです」

「やあ、カーレン。ホールゲル・ムンクだ」

「あら、ホールゲル、お元気？」電話の向こうから聞こえるやわらかい声に、ムンクは思わず赤面した。いつものようにもっと年配の職員が出るかと思っていた。

――あら、ホールゲル、新しいセーターね。まあ、ホールゲル、新しいジャケットじゃない。あら、ホールゲル、ひげを短くしたのね。

「ああ、元気だ。悪いが、またお願いしたいことがあるんだ」

「どうぞ、ご遠慮なく、ホールゲル」愛想のいい答えが返ってきた。

カーレンは母親が入居しているケアホームの介護職員で、顔見知りになって数年がたつ。母は当初入居をいやがったが、最近はようやく慣れてきたようだ。

「また水曜日なんだが」ムンクはため息をついた。

「来られないのね？」

「ああ、残念ながらそうなんだ。いまはオスロを離れてる」

「わかったわ」カーレンはくすっと笑った。「誰か車に乗せてくれる人を探してみる。見つからなければ、タクシーを呼ぶし」

「もちろん、支払いはこっちにまわしてくれ」ムンクは慌てて言った。

「了解」

「助かるよ、カーレン」

「気にしないで、ホールゲル。次の水曜日には来られるんでしょ?」

「そのつもりだ」

「よかった。じゃあ、そのときに会えるわね」

「ああ、たぶん」ムンクは咳払いをした。「本当にありがとう。母によろしく伝えてくれ」

「オーケー」

ムンクは電話を切り、ベンチに戻った。

どうしてデートに誘わない? コーヒーや映画に誘うくらい、どうってことないじゃないか。

その考えはメールの着信音にさえぎられた。これだから、携帯電話なんて持ちたくなかったのだ。あらゆる機能が詰まった最新式のスマートフォンのせいで、気の休まる暇がない。ただ、いま来たメールは別だった。ムンクはにんまりしてメールを開いた。またユーリからの挑戦だ。ベラルーシ人の彼とは、何年かまえにネットで知りあった。世界じゅうの数学オタクが集まる〈Math2.org〉の掲示板で。ユーリはミンスクに住む六十代の大学教授だ。顔を合わせたことはないので友と呼べるほどではないが、メールアドレスを交換し、ときどき連絡をとりあって、チェスの話をしたり、こうやってクイズを出しあったりしている。

〝タンクに水が流れこんでいる。水の量は一分ごとに倍になる。タンクは一時間で満杯になる。では、タンクに水が半分溜まるのにかかる時間は？　J〟

ムンクは新しい煙草に火をつけ、しばらく考えて答えに気づいた。なんだ、そうか。ユーリとのやりとりは楽しい。いつか会いに行こうかとも思っている。ロシア方面には行ったことがないし、せっかくネットで知りあったのだから、訪ねていくのも悪くはあるまい。同じような知り合いはほかにもいる。アメリカの〈mrmichigan40〉、スウェーデンの〈margrete_08〉、南アフリカの〈Birrdman〉。チェスと数学のオタクたちだが、重要なのは、共通の趣味があるということだ。だからそう、なにが悪い？旅行を計画して、新しい友人をつくる――なんの問題もないはずだ。自分はまだそれほど年寄りじゃない。それに最後に旅行をしたのはいつだっただろう。画面に映る自分の顔をちらりと見て、ムンクは携帯電話をベンチに置いた。

五十四歳。自分がまだその年齢なのが信じられない。マリアンネにフールム出身の教師のことを告げられたあの日、十歳は老けこんだ気がした。冷静に受け入れようとはした。ああなるのは時間の問題だったのだ。長年仕事にかまけ、家族のことは顧みなかった。たまに家にいるときも仕事のことばかり考えていた。いつか代償を払うことになる、そうは思っていたが、まさかあのタイミングであんな形で払うことになるとは。あのとき、妻は落ち着きはらっていた。まるでまえもって練習を重ねていたかのように。彼とはある講座で出会ったの。連絡をとりあうようになって、お互いに惹かれていった。何度か人目をしのんで会ううち、自分に嘘をついて生きるのはいやだと思うようになったの。話を最後まで聞くころには、ムンクの理性は吹っ飛んでいた。誰にも手を上げたことなどなかったはずの自分が、わめきちらし、夕食の皿を壁に投げつけたのだ。大声をあげ、家じゅう妻を追いまわしさえした。思いだしても恥ずかしい。娘のミリアムは二階の部屋から泣きながら駆けおりてきた。そのとき十五歳だった娘が、二十五歳になり、もうじき結婚しようとしている。娘は母親についていくことを選んだ。無理もない。ほとんどそばにいてやれなかったのだから。

ミリアムにメールを返信するのは気が進まなかった。あまりにも短くてそっけない文面に、これまでの娘との関係をいやでも思い知らされてしまう。レンタカーに積んであるファイルの件だけでも気が重いのに、さらなるストレスに耐えなければならないのか。

〝あと数千クローネ、出してもらうことは可能ですか。いとこたちも招待することにしたので。M〟

結婚式のことだ。〝いいとも〟と入力して、笑顔の絵文字を付け加え、すぐに消した。メールの送信を見届け、孫娘のマーリオンのことを考えた。マーリオンが生まれてすぐ、父さんにあの子を会わせる気にはなれない、と面と向かってミリアムに告げられた。幸い、娘は思いなおしてくれた。いまは孫娘の顔を見るのがなによりの楽しみになっている。無邪気でかわいいマーリオンと過ごす時間は、ヒューネフォスに都落ちしてからの鬱々たる——正直そうとしか言いようのない——日々に差すひと筋の光明だ。

離婚に際して、家は妻に渡した。そうすべきだと思った。でなければ、ミリアムは転校を余儀なくされ、友達やハンドボールをあきらめることになるだろうから。ムンクはビスレットに小さなアパートメントを買った。別れた家族とはほどほどに近く、仕事場からはほどほどに遠い場所だ。そのアパートメントは異動後も手放さず、いまはヒューネフォスの職場にほど近いリング通りにワンルームの部屋を借りている。荷物はまだ段ボール箱に入ったままだ。それほどたくさんの物を持ってきたわけではない。世間の非難がおさまればすぐにオスロへ戻れると思っていたからだ。結局、二年近くたったいまもそこにいるが、まだ荷ほどきもしていない。どちらも自分の家のような気がしない。

自分を憐れむな。世の中にはもっと不運な人間がいる。

煙草を揉み消し、助手席のファイルのことを考えた。マリダレン渓谷で、木から吊るされた六歳の少女の死体が犬の散歩中の地元民に発見された。この手の事件は久しぶりだ。本部の連中が躍起になるのも無理はない。

ムンクは携帯電話を取りあげ、ユーリのメールに返信した。

〝五十九分だ。:) H・M〟

認めたくはないが、ファイルの中身のことを考えると、ぞくりと寒気を覚えずにはいられなかった。ムンクは車のエンジンをかけ、本線に戻ってヒトラ島を目指した。

6

首に鷲のタトゥーのある男は、仕事用にしているタートルネックのセーターを身に着けた。以前はオスロ中央駅をよく利用していた。自分のような商売の人間にとって、人込みほど都合のいいものはない。だが、近頃はどこもかしこも防犯カメラだらけで、安全な場所などないに等しい。だから、ずいぶんまえから待ち合わせや取引には別の場所を使うようになっている。映画館やケバブ屋といった、運悪く大規模な捜査が行われたとしても特定されにくい場所だ。いまはそれほど大きな仕事はしていないから、めったにそんな事態にはならないが、用心するに越したことはない。

鷲のタトゥーの男はニット帽を目深にかぶり、駅のコンコースに足を踏み入れた。この場所は自分で選んだのではないが、報酬がかなりの額だったので、喜んで指示に従った。依頼人がどうやって自分を見つけたのかはわからない。ある日、携帯電話に依頼内容と報酬額が記された写真つきのメールが届いた。それで、いつものように質問は一切せず〝OK〟とだけ返信した。やけに奇妙な依頼だった。こういった仕事はこれまでしたことがない。しかし長年の経験から、詮索すべきではないことは承知している。仕事をして、金をもらう。それがこの裏社会で生き延び、客の信頼を保つのに必要なことだ。依頼の数も報酬額も減ってきてはいるが、ときおり大きな仕事が舞いこむこともある。今回のように。奇妙な依頼――はっきり言ってまともではない――だが報酬は申し分なかった。そして、これからそれを受けとろうとしている。

背広の上着、ぴったりとしたズボン、磨きあげた靴、ブリーフケース、タートルネックのセーター。そして伊達眼鏡。あえて自分の正体とは正反対の装いをしている。仕事柄、いつなんどき警察が防犯カメラの映像の徹底チェックを行ってもいいように、目立たない姿でいることが肝心だからだ。この服装なら会計士かビジネスマンに見えるだろう。これでも着るものにはこだわるほうだ。ふだんはエリート風の堅苦しいいでたちとはまるでちがう、タトゥーに革ジャンといったラフなスタイルを気に入っている。いま穿いている窮屈なズボンは股間がこすれるし、細身の上着とぴかぴかの茶色の靴は間抜けになったような気にさせられる。だが黙って笑顔で耐えることだ。コインロッカーのなかで待っている金は、そうする価値のあるものだ。価値があるどころじゃない。このところからっけつで、現金が必要なのだ。この金が手に入りさえすれば遊んで暮らせる。鷲のタトゥーの男は、かけ慣れない眼鏡の奥で薄笑いを浮かべ、落ち着いて、しかし油断なく駅ビルの奥へと進んだ。

最初のメールが届いたのは一年前で、そのあとも何度か送られてきた。いつも写真が添付され、報酬額が記されていた。あまりにも突飛で奇妙な依頼だったから、はじめは冗談かなにかだと思った。それでも、依頼されたとおりのことをした。そして報酬を手に入れた。その次も。またその次も。そのうち、自分がなにをさせられているのか考えることもなくなった。

売店の前で足をとめ、新聞と煙草を買った。仕事帰りのごく平凡な男。どこにでもいる会計士だ。新聞を小脇に抱え、そのままコインロッカーに向かった。ロッカールームの外で立ちどまり、メールを送る。

〝到着した〟

少しすると着信があった。いつものように返信はすばやい。メールの着信音とともに、ロッカーの番号と暗証番号が届けられる。あたりの様子をうかがってから、教えられた番号のロッカーを探す。オスロ中央駅には感謝するべきだろう。怪しい裏通りで鍵を受け渡しする必要がなくなったのだから。いまは暗証番号さえわかればこと足りる。キーパッドに数字を打ちこむと、鍵の開くカチッという音がする。いつものように、なかには見慣れた茶封筒が入っている。そこらじゅうにカメラがあるから、目立つ行動は禁物だ。あたりを見まわさないようにしながら封筒を取りだし、ブリーフケースをあけてすばやくすべりこませる。つい口もとがほころぶ。いつもよりずいぶん分厚い。任務完了。これで請求書の支払いができる。ロッカールームを出て階段をのぼり、駅構内を横切って〈バーガーキング〉に向かい、男子トイレの個室に入ってにんまりした。約束の金額が希望どおり二百クローネ札で入っているほかに、白い粉の入った小さな袋も添えられている。透明のビニール袋をあけて、中身を注意深く舌にのせる。さらに笑みが広がる。この依頼人が誰なのかは知らないが、取引のやり方も情報収集力も申し分ない。こっちのことをよく把握していて、こういったものに目がないことまでちゃんと知っている。

鷲のタトゥーの男は携帯電話を取りだし、いつものように返信した。

〝たしかに。感謝する〟

ふだんは礼を言うことはない。これは純粋なビジネスであって、個人的なやりとりではないのだから。だが、思いがけないボーナスに対して謝意を示さずにはいられなかった。数秒たって、返信があった。

〝楽しんでくれ〟

鷲のタトゥーの男は笑みを浮かべながら、封筒とビニール袋をブリーフケースに戻し、駅のコンコースへと引き返した。

7

ミア・クリューゲルはポンポンのついた白いニット帽を長い黒髪の上に深くかぶり、毛布を身体に巻きつけて、岩の上にすわっていた。もう正午だ。今年のトロンデラーグは春の訪れが早いと薬局で誰かが言っていたが、実際にはまだまだ肌寒く、言われるほど暖かいとは思わない。

あと六日。キッチンのカレンダーには六日分の空白が残っていて、その日を待ち望む気持ちが募るのを感じる。

死は恐ろしいものじゃない。

ここ数日、その思いは確信に変わりつつある。もうすぐ解放されるのだ。ミアはアノラックのポケットから薬を取りだし、家から持ちだした酒で流しこんだ。微笑みを浮かべて沖に目をやる。漁船が一艘、水平線をすべっていく。四月の日差しは雲を黄金色に染め、岩場の向こうの水面をきらめかせている。この数日、いろんなことを考えた。愛する人たちのこと、というより、かつて愛した人たちのことを。みんないなくなってしまった。自分もじきに別れを告げる。この世界に。祖母の言葉を借りるなら、この現実に。ミアはまた微笑み、酒をあおった。

シグリは誰からも好かれていた。長いブロンドの髪のシグリは、成績優秀で、フルートも上手で、ハンドボールの選手で、みんなと仲がよかった。人気者の姉を、ミアは妬ましいとは思わなかった。シグリは自分の優秀さを鼻にかけたりしなかったし、人の悪口もけっして言わなかった。そんなふうにシグリは最高だったが、それでも祖母がミアをそっと呼び寄せて、おまえは特別だと言ってくれるときはとてもうれしかった。

おまえは特別な子なんだよ。ほかの子たちもいいけど、おまえにはものを見る目がある。そうだろう、ミア？　ほかの人が見逃してしまうことも、おまえには見えるんだね。

血のつながりこそないが、祖母とはずっと通じあうものを感じていた。同類の絆のようなものを。見た目が似ていたこともあるだろう。ミアを変わり者同士の友人として扱ってくれたせいでもあるだろう。祖母は人生で得た経験や教訓を惜しげもなく話して聞かせてくれた。たくさんの男と付きあってきたこと、男を怖がるべきではないこと、男は子ウサギのように無害だということ。そして自分には未来が見通せるということ。この世以外にも世界は存在しているから、死を恐れる必要はないということ。キリスト教が死に対してネガティヴなイメージを植えつけ、人は死ねば天国か地獄に行くと思いこませたのは、神を畏れるように仕向けるためだと祖母は言った。キリスト教徒は死をすべての終わりだと思っているけれど、いいかい、ミア、お祖母ちゃんは、死が終わりじゃないかもしれないと思ってる。だから死ぬのは怖くないよ。

オースゴールストランにいたころ、口さがない人たちは祖母のことを魔女と呼んでいたが、祖母は意にも介していなかった。そんなふうに呼ばれる理由はミアにもわかっていた。祖母は一風変わっていたからだ。つやのない灰色の髪に隠れた、青黒く光る瞳。店で奇妙なことをわめきだしたり、ひと晩じゅう庭で月を仰ぎながら笑っていたりすることもしばしばだった。中世なら魔法と呼ばれたにちがいないことをいろいろと知っていて、ミアを弟子のように扱った。

自分は幸運だ。思いやりのある母とすばらしい父のもと、ほんの数軒先には祖母もいる安定した環境のなかで育った。その祖母は自分に目をかけてくれ、本質を見抜き、特別な人間だと言ってくれた。

てんとう虫みたいに飛ぶんだよ、ミア。それを忘れないようにね。

祖母が死の床で最後に言ってくれた言葉だ。特別な友達に向かって聞かせるように、ウィンクしながら。ミアは空に向かって酒瓶をかかげた。

死は恐ろしいものじゃない。

あと六日。

さっき飲んだ薬のせいで意識が朦朧としかかっている。また何錠か口に入れ、岩にもたれかかった。

おまえは特別な子なんだよ、ミア。わかってるね。

警察学校に行く道を選んだのはそのせいだろうか。人とちがうことをするためだったのか。この数日、そのことも考えてきた。どうして警官になろうと思ったのだろう。考えがうまく組み立てられない。時ばかりが流れていく。脳がまるで働かない。シグリはブロンドのかわいいシグリから、ドラッグ中毒のシグリに変わってしまった。悪夢のように。両親は打ちひしがれ、世界から、お互いから、そしてミアから遠ざかっていった。ミアはオスロに移り、まったくやる気のないままブリンデルン大学に進んだが、期末試験を受ける意欲さえ湧かなかった。もしかすると、警察学校のほうが自分を選んだのかもしれない。マルクス・スコーグのような連中をこの世から追放するために。

ミアは立ちあがり、ふらつきながら桟橋へ出た。中身を飲みほした瓶をアノラックのポケットに入れる。薬をもう二錠見つけて、水なしで飲みくだす。頭上を舞っていたカモメは漁船のほうに飛び去り、聞こえるのは岩を洗う波の音だけだ。

自分はあの男を撃った。

マルクス・スコーグ。

胸に二発。

遭遇したのは偶然だった。少女失踪事件の捜査に特別班が駆りだされ、ミアはチームのメンバーとともに現場に向かった。まずは周囲を探って様子をうかがうというのがムンクの判断だった——いまは材料が少なすぎる、ミア。ひととおり調べてみよう。

ホールゲル・ムンク。桟橋の上で脚をぶらつかせながら、ミアはかつての上司のことを懐かしく思いだした。あの事件ですべてが変わった。自分は人ひとりを殺したが、そのことを悔やんではいない。悔やまれるのはそのあとのことだ。マスコミが騒ぎたて、警察本部の責任が問われることになった。特別班のリーダーで、ミアを警察学校から引き抜いてくれたムンクが左遷され、班は解散した。これにはこたえた。自分の行動の代償をムンクに払わせてしまったと思うと、身を切られそうにつらかった。だが、人を殺したこと自体は、不思議となんとも思わなかった。あのときトゥリヴァンの森林公園に向かったのは、通報を受けたためだ。ジャンキーかヒッピーか誰かが——苦情電話をかけてくる一般人にその区別は難しい——森のなかでキャンピングカーをとめて、派手に騒いでいるということだった。ムンクは行方不明の少女がそこにいるかもしれないと考えた。そしてたしかに、薄汚いそのキャンピングカーのなかには若い娘がいた。ただ、それは行方不明の少女ではなく別の娘だった。どんよりした目で、腕に注射針を刺しているところだった。そして思いがけないことに、マルクス・スコーグもそこにいた。警察苦情処理独立委員会の報告書に指摘されたとおり、そのときミアは〝軽率かつ不必要な銃器の使用〟を行った。

ミアは自分の行動の正当性を主張し、ムンクも先に攻撃してきたのはスコーグだったと証言してくれた——実際、現場にはナイフと斧が残されていたのだ。だが、考えは甘かった。相手の薬物中毒者が逆上してナイフを振りまわし、斧をふるったとしても、ミアは援護なしでそういった事態から身を守る訓練を受けていた。撃つとしても脚や腕を狙うこともできた。だがそうはせず、相手を殺した。憎しみを感じた瞬間、われを忘れた。そして相手の胸の真ん中に二発撃ちこんだ。

刑務所送りにならなかったのは、ムンクのおかげだ。ミアはアノラックから空の瓶を取りだし、最後の二、三滴を舌に垂らすと、もう一度空に向かってかかげた。いまとなってはどうでもいいことだ。もうじきすべては終わる。

ようやく。

あと六日。

ミアは身を横たえ、桟橋のざらついた踏み板に頬をつけて目を閉じた。

8

トビアス・イーヴェルセンは弟の耳を両手でふさぎ、階下で言い争う声を聞かせないようにした。はじまるのはいつもこの時間、母親が仕事から帰ってきて、継父がやっておくはずの仕事が——息子たちの夕飯作りや、片づけや、職探しが——手つかずなのを見たときだ。弟に罵り合いを聞かせたくなくて、トビアスはゲームを思いついた。

「耳をふさぐから、頭のなかにどんなものが見えるか言ってごらん」

「火のついた赤いトラックが見えるよ」にっこりする弟のトルベンに、トビアスはうなずいて笑みを返した。「ほかには?」

「ドラゴンと戦う騎士だ」弟はにっと笑い、トビアスはまたうなずいた。

階下はますます騒がしくなってきた。怒鳴り声が壁の隙間から這いあがり、身体にまとわりつく。こうなったらもうどうしようもない。壁に物が投げつけられ、金切り声はさらに大きくなる。それだけではすまないかもしれない。外に出ようとトビアスは決め、弟に耳打ちした。

「バイソン狩りに行かないか」

弟はうれしそうにこくりとうなずいた。

バイソン狩り。インディアンになりきって森のなかを駆けまわる。弟は夢中になるだろう。トビアスは十三歳で弟はまだ七歳だが、このあたりにほかの子供はあまり住んでいないから、いつも一緒に遊んでいる。家のなかに閉じこもっているとろくなことはない。外のほうがいい。

トビアスは弟に上着を着せて運動靴を履かせると、ハミングをし、歌を歌い、わざと騒々しい音を立てながら裏階段を下りた。弟はいつものように称賛のまなざしでトビアスを見つめている——こうやってへんてこな音を立ててくれたりして、ほんとに楽しい兄ちゃんだなという顔で。弟はトビアスのことが大好きで、兄が考えだすスリルと夢がいっぱいの冒険に連れていってもらうのを楽しみにしていた。

トビアスは薪小屋に入ってひもとナイフを見つけ、弟に先に行っているように伝えた。森のなかにはふたりだけの秘密の場所があって、そこなら弟がひとりで遊んでいても心配ない。トウヒの木々に囲まれた小さな野原には、ふたりでこしらえた小屋もある。自分たちのもうひとつの家だ。

小屋に着くと、トルベンはすでに古いマットレスに腰を落ち着け、漫画本にかじりついていた。絵に見入りながら、学校で習ったり兄に教えてもらったりしてようやく覚えはじめた文字や単語を、夢中で読みとろうとしている。

トビアスはナイフを取りだし、適当なヤナギの枝を選んで根元から切り落とすと、弓の持ち手になる中ほどの皮を剝ぎにかかった。皮を剝ぐと握りやすくなり、木が乾きやすくなる。膝の上で枝をたわめ、細いひもを両端に結ぶと、新しい弓のできあがりだ。それを地面に置いて、今度は矢の材料を探しに出かけた。こっちのほうはヤナギでなくてもどんな木でもいい。ただしトウヒの枝はやわらかすぎるからだめだ。トビアスはまっすぐな細い枝を何本か取ってきて、皮を剝いでいった。じきに四本の矢を仕上げ、それを自分のすわった切り株のそばに並べた。

「兄ちゃん、これなんて書いてあるの」

弟が漫画本を持って小屋から駆けだしてきた。

「〝クリプトナイト〟だよ」

「スーパーマンが嫌いなやつだ」

「当たりだ」トビアスは弟の洟（はな）をジャンパーの袖で拭いてやりながら答えた。

「これ、うまく飛ぶと思うかい」

トビアスは立ちあがると矢をつがえ、森のなかに勢いよく放った。

「すごい！　ぼくにもつくってくれる？」

「おまえにやるよ」トビアスはウィンクした。

トルベンは頬を真っ赤にして喜んだ。そして力いっぱい弓を引きしぼり、なんとか数メートルほど矢を飛ばした。よくやったとうなずいてやると、弟は矢を拾いに行った。

「ねえ、信者の女の子たちを的にしようよ」そう言いながら戻ってくる。

「どういう意味だ？」トビアスはとまどった。

「森に住んでる信者の女の子たちだよ。ねえ、そうしようよ」

「人は的にしちゃだめだ」トビアスは弟の腕をぎゅっとつかんだ。「信者の女の子のことなんて、どこで聞いたんだ」

「学校でだよ。信者の女の子たちが森のなかに住みついてて、人を食べてるって」

トビアスは笑いを嚙み殺した。

「よその人たちが森に住みはじめたっていうのはほんとだ」そう言ってにっこりしてみせる。「だけど危ないことはないし、人を食べたりなんかしないよ」

「じゃあ、どうしてぼくたちの学校に来ないの」と弟がどんぐり眼で尋ねる。「ここに住んでるのに」

「さあ、自分たちの学校があるんじゃないかな」

トルベンは急に真剣な顔になった。

「いい学校なんだろうね。だからぼくたちの学校に来たくないのかな」

「そうだな」トビアスはまたウィンクをして、弟の髪をくしゃくしゃにした。「さて、今日はどこでバイソン狩りをする？　ルンヴァンのほうまで行くか」

「そうだな」弟が口真似をする。

「じゃあ、ルンヴァンで決まりだ。そのまえに、さっき兄ちゃんが飛ばした矢を取ってきてくれないか。どうだ、見つけられるか」

「うん、見つけられるよ」弟はうなずいてにっと笑い、森のなかへ駆けだした。

9

ヒトラ本島から小島へと渡るモーターボートのなかで、ホールゲル・ムンクはもやもやした気分を抱えていた。船酔いしたわけではない。海は好きだ。もやもやの原因は、ついさっきミッケルソンからかかってきた電話だった。明らかに様子がおかしかった。横柄な態度をすっかり引っこめ、幸運を祈るだの、期待しているだのと、やたらと下手に出ていた。いまは警察全体が一致団結することが大切だとかなんとか、前向きな言葉で励ましもした。まったくミッケルソンらしくない。どうも気に入らない。なにかあったにちがいない。こちらには知らせたくないなにかが。

ムンクはジャケットの襟を立てて風をよけ、煙草に火をつけようとした。ボートはモーター音を響かせながら入り江の出口に向かって進んでいく。舵を取るぼさぼさ髪の若者は警官ではなく、地元のボランティアかなにかのようだ。どうして二時以降にしか船を出せなかったのかはわからないが、尋ねてみる気にもなれなかった。さっき波止場で会ったとき、島の場所を知っているかと訊くと、若者はうなずいて指を差し、船でほんの十五分ですよと答えた。以前はリーグモルという人が住んでたんです。息子とふたり暮らしだったんですけど、息子がたぶん女がらみでオーストラリアに行ってしまったもんで、リーグモルもしかたなくヒトラ本島に移ることになって。家は売りに出されて、それを東部出身の若い女が買ったらしいです。くわしいことは誰も知らないけど、ときどきフィランまで出かけてるみたいですよ。長い黒髪の三十歳くらいの美人で、いつもサングラスをかけてるんだとか。その人を訪ねていくんですか？なにか事件でも？

若者はエンジンの音に負けじと大声で訊いてきたが、ムンクは答えなかった。波止場を出てからひとことも口をきいていない。相手にしゃべらせておきながら、手で風をさえぎって煙草に火をつけようとしたが、三度目もうまくいかなかった。

島に近づくにつれて、ミッケルソンとの会話のせいで感じていたもやもやが消えはじめた。もうすぐミアに会える。ずっと会いたかった。一年前、最後に会ったときには療養所にいた。いまはどんな言葉で呼ばれているのかは知らないが、要するに精神病院だ。すっかり別人のようになり、会話もままならない状態だった。その後も電話やメールで何度か連絡をとろうとしたが、返事が来ることはなかった。そしていま、美しい小島を目の前にして、ムンクはその理由に思いあたった。ミアは誰とも会いたくなかった。ひとりになりたかったのだ。

モーターボートが小さな桟橋に着き、ムンクは船を降りた。十年前と変わらぬ身のこなしとはいかないが、それでも世間の同世代ほどガタはきていない。

「ここで待ってましょうか。それとも電話をもらってから迎えに来ます？」ぼさぼさ髪の若者が尋ねた。待っていてくれと言われることを明らかに期待している。刺激が欲しいのだろう。ここでは変わったことなどめったに起こらないのだ。

「電話する」ムンクはそれだけ言って、じゃあというように額に手をかざした。

振り返って家を見上げながら、背後でモーター音が遠ざかるのを待った。かわいらしい家だ。ミアはなかなかいい趣味をしている。これほど隠れ家にふさわしい場所はない。入り江の出口近くにある無人の小島。桟橋から小道が延び、こぢんまりとした白い家に続いている。建築にくわしいわけではないが、おそらく一九五〇年代に夏のキャビンとして建てられ、通年住めるようあとから改築されたものだろう。ミア・クリューゲル。また顔を見られるのはうれしい。

初めて会ったときのことはいまもよく覚えている。特別班が立ちあがって間もないころ、元同僚でいまは警察学校長をしているマグナル・ユットレから電話がかかってきた。話すのは数年ぶりだったが、マグナルは挨拶もそこそこにいきなり切りだした。「きみにぴったりの人材を見つけたよ」誇らしげな声は、まるで両親に絵を見せる小さな子供のようだった。

「よお、マグナルか、久しぶりじゃないか。なにを見つけたって？」

「きみにぴったりの人材だ。ぜひとも紹介したい」

あまりに早口でまくしたてるので、細かいところは聞き漏らしたが、端的に言うとこういうことだった。警察学校では二年目の学生を対象に、UCLAの心理学研究所の学者たちが開発したテストを実施している。なんやらという名のそのテストは、殺人事件の被害者の写真と現場写真を数枚学生に見せ、感じたことや気づいたことを自由に述べさせるというものだった。テストはゲームのように気楽な形式で行われ、学生たちにプレッシャーを与えたり、重要なことに参加していると悟らせたりしないよう配慮されているという。

「これまで数えきれないほどこのテストをしてきたが、こんな結果は見たことがない。この子はまたとない逸材だよ」ユットレは興奮冷めやらぬ様子で断言した。

その女子学生とは警察本部でなくカフェで気軽に会うことにした。ミア・クリューゲル。二十代前半、白いセーターと黒のスリムなパンツ、無造作に切った黒髪、見たこともないほど澄んだ青い目。すぐに気に入った。身のこなしや話し方に、これはと感じるものがあった。質問を受けながら、それが採用のためのテストなのを見抜いているような目をしていた。礼儀正しく受け答えしながらも、きらりと輝く瞳はこう言っていた――わたしのことをなんだと思っているの？ なにも気づいていないとでも？

数週間後、ムンクはユットレの後押しを得て、警察学校からミアを引き抜いた。事務手続きはユットレが喜んで引き受けてくれた。もう学校で学ぶ必要はなく、実地で働く能力を十分備えていると太鼓判を捺(お)されたわけだ。

思い出に頬を緩めながら、ムンクは家に向かって歩きだした。玄関のドアが半開きになっているが、ミアの姿はどこにもない。

「いるか、ミア」

ドアをノックし、ためらいがちに家に足を踏み入れた。そういえば、長いことともに働き、深い友情で結ばれてもいながら、これまでミアの家を訪ねたことはなかった。なんとなく侵入者になった気がして、戸口でぐずぐずしていたが、しかたなくさらに足を進めた。半開きのドアをもう一度ノックして奥へ入ると、そこは居間だった。置かれた家具はごくわずかだ。テーブルと古いソファーがひとつずつ、スピンドルチェアが何脚か、隅には暖炉。なにかが引っかかる。家というよりも、仮の宿にすぎないような印象だ。写真やらなにやらといった、私物らしきものがどこにもない。

家をまちがえたのだろうか。ミアはここにいないのでは？　ここにいたのはごく短期間で、いまは別の場所に身を隠しているのでは？

「いないのか、ミア」

ムンクは続いてキッチンに入り、安堵(あんど)のため息をついた。窓際のキッチンカウンターにコーヒーマシンがある。家庭用ではなく、カフェで見かけるような大きくて複雑なタイプのものだ。思わず口もとがほころぶ。やはり、ここでまちがいないらしい。ミア・クリューゲルは酒も煙草もやらないが、うまいコーヒーなしにはなにもできない。職場でムンクの飲んでいるコーヒーを味見して、幾度となくしかめっ面でこう言ったものだ――よくこんな泥水飲めますよね。病気になりそう。

ムンクはカウンターまで行き、ぴかぴかのマシンに手を触れた。冷たい。しばらく使われていない。だからといってなにがわかるわけでもない。ミアはこの近くにいるかもしれない。けれど、なんとなく違和感がある。どこがどうとははっきりは言えないが、なにかがおかしい。ムンクは誘惑に逆らえず、戸棚や抽斗をあけにかかった。

「おいミア、いったいどこにいる?」

10

ミア・クリューゲルははっと目を覚まし、ベッドに起きあがった。

家のなかに誰かいる。

自分はどうやって二階に上がったのだろう。服を脱いだのもベッドに入ったのも覚えていない。でも、そんなことを気にしている場合ではない。家のなかに誰かいる。キッチンで物音がしている。戸棚から瓶を取りだして床に置く音。ミアは静かにベッドを出ると、ジーンズとTシャツを身に着け、下着の抽斗に手を突っこんで拳銃を取りだした。小型のグロック17。銃は好きではないが、持たないほどのばかでもない。裸足のまま忍び足で寝室を出ると、廊下の窓をあけ、小屋根に出た。むきだしの首筋に冷たい風を感じた瞬間、はっきりと目が覚めるのを感じた。さっきまではぐっすり眠っていて、シグリの夢を見ていた。黄金色の小麦畑のなかをふたりで走る夢。目の前を駆けていくシグリ。その髪がスローモーションで揺れていた。

こっちよ、ミア。いらっしゃい。

ミアは夢の名残りを振り払い、腰に拳銃を差しこむと、猫のようにするりと芝生の上に飛び降りた。いったい誰だろう。こんなところに来るなんて。わたしの家に。文明から遠く離れたこの最果ての地に。家の角をそっとまわりこみ、すばやく窓から居間の様子を確認する。誰もいない。裏口へと足を進める。そこにも小窓がある。やはり誰もいない。静かにドアを押しあけ、しばらく様子をうかがってから、足音をしのばせて廊下を進む。居間のドアの手前で壁に背中をつけ、深呼吸をひとつすると、拳銃をかまえて部屋に飛びこんだ。

「それが長年の友を出迎える態度か？」

ホールゲル・ムンクがソファーに腰かけ、テーブルに脚をのせて、笑いかけていた。

「かんべんしてください」ミアは息を吐きだした。「もう少しで撃つところだった」

「それはないと思うね」ムンクはにやりとして立ちあがった。「的にしては小さすぎる」

そして自分の腹を叩くと、くくっと笑った。ミアは窓枠に拳銃を置き、元上司に駆け寄って抱きしめた。そのとき初めて、寒さに気づいた。まともなものを着ていないし、靴も履いていない。昨夜の薬もまだ身体から抜けていない。さっきは危険を感じて気持ちが張りつめていたが、もうそんな力はない。ミアはソファーに沈みこみ、身体に毛布を巻きつけた。

「だいじょうぶか」

ミアはうなずいた。

「怖がらせるつもりはなかったんだ。怖がらせたかな」

「少し」

「すまん。紅茶を淹れたんだが、飲むかい。コーヒーにしようかと思ったんだが、あの宇宙船の扱い方がわからなくてね」

ミアは笑みを浮かべた。ムンクと会うのは久しぶりだが、こういう軽口は昔と変わらない。

「紅茶でいいです」ミアはもう一度にっこりした。

「二秒待ってくれ」ムンクも笑みを返し、キッチンに消えた。

ふと横を見ると、テーブルに置かれた分厚いファイルが目に入った。ここには電話もインターネットも新聞もないが、外の世界でなにかが起きたことは容易に想像できた。なにか重大なこと――ホールゲル・ムンクが飛行機と車と船を乗り継いで話しに来るような重大なことが。

「いきなり本題に入ろうか、それとも雑談からはじめたほうがいいかな」ムンクはまたにっこりして、ミアの前にティーカップを置いた。

「もう捜査はしませんから、ホールゲル」

ミアは首を振って紅茶に口をつけた。

「ああ、わかってる」ムンクはため息をつき、スピンドルチェアにどさっと腰を下ろした。「だから、こんなところに引きこもっている――だろ？　携帯電話も持たずに。居場所を突きとめるのに苦労したぞ」

「それが狙いなので」ミアはそっけなく答えた。

「ああ、だろうな」ムンクがまたため息をつく。「いますぐ帰ってほしいか」

「帰るのはすぐじゃなくても」

突然、気持ちが揺れるのを感じた。自分は迷っている。いまのいままで、心は固まっていると思っていたのに。ポケットをあさるが、薬は見つからない。とはいえこの状況で、ムンクの前で飲めるはずもない。せめてアルコールだけでも口にできたら。

「で、どう思う？」ムンクが軽く首をかしげて訊く。

「どうって、なにがです」

「ちょっと覗いてみるつもりはないか」

ムンクはテーブルの上のファイルに顎をしゃくった。

「やめときます」ミアは毛布をかき寄せた。

「そうか」ムンクは携帯電話を取りだした。

電話番号を入力する。

「ああ、ムンクだ。迎えに来てもらえるかな。用件はすんだ」

ミアは首を振った。ちっとも変わらない。ムンクはどうすれば自分の思いどおりにできるかをよくよく知っている。

「あなたって最低」

ムンクは送話口を手で押さえた。

「なんだって?」

「わかりました。ファイルを見ればいいんでしょ。だけど見るだけ、それでかまいません?」

「いまの話はなしだ。またあとで連絡する」

ムンクはそう言って電話を切り、テーブルに椅子を寄せた。

「さて、どこからはじめるかな」とファイルに手をかける。

「まず靴下と、厚手のセーターがないと。寝室にあるから取ってきてもらえます? それから飲み物も。キッチンカウンターの下の戸棚に、コニャックがあるので」

「酒を飲むようになったのか」ムンクは立ちあがった。「きみらしくないな」

「それから、静かにしていてもらえるとありがたいです」ミアはテーブルの上のファイルを開いた。

なかには二十五枚ほどの写真と、現場報告書が入っていた。ミアはテーブルに写真を広げた。

「第一印象はどんな感じだ」キッチンから声がかかる。

「どうしてあなたがここに来たかわかりました」ミアは静かに答えた。

ムンクが戻ってきて、ミアの足もとの床にコニャックのグラスを置き、また居間を出ていった。

「気がすむまでじっくり見てくれ。ご所望のものを取ってきたら、海を見に行ってくる。それでいいか?」

その問いかけは耳に入らなかった。すでに外の世界はシャットアウトされている。ミアはコニャックをぐっとあおると、ふかぶかと息を吐き、仔細に写真を眺めはじめた。

11

ムンクは岩の上にすわり、夕日が水平線に沈むのを眺めていた。これまでヒューネフォスは静かなところだと思っていた。夜、部屋で横になっているときなどなんの音もしない。だが、ここはその比ではない。この静けさ。そしてこの美しさ。このような眺めを久しく見たことがない。ミアがこの場所を選んだ理由がわかる。この穏やかさ。澄んだ空気。ふかぶかとそれを吸いこむ。こんな空気はほかにない。ムンクは携帯電話で時刻をたしかめた。あれから二時間。ずいぶん時間がかかっているが、好きなだけかけてもらってかまわない。どうせどこかに行く用事があるわけじゃない。いっそ、このままここにいたほうがいいのかもしれない。ミアのように、携帯電話を放りだし、世界から目をそむけ、なにもかも投げだして。いや、自分にはマーリオンがいる。あの子は手放せない。ほかの連中はどうでもいいが。だがすぐに罪悪感にかられた。車椅子に乗って礼拝に向かう母親の姿が目に浮かぶ。誰かに送ってもらえただろうか。水曜日ごとに教会へ送っていくのは、本当は自分の役目なのだ。いったいどうしてあれほど行きたがるのか。以前は信心深いところなどまるでなく、行っても行かなくても同じだと言っていたのに。その変化にムンクはとまどったが、年老いた母は一度言いだしたら聞かなかった。

「ホールゲル」

ミアの声に、ムンクのもの思いはさえぎられた。

「終わったか」

「ええ、たぶん」

ムンクはぱっと立ちあがり、こわばった節々を伸ばしてから、きびきびした足取りで家へ引き返した。

「で、どう思う？」

「まずは腹ごしらえにしません？　シチューを温めたので」

ムンクは居間に入り、スピンドルチェアに腰を下ろした。テーブルに広げられていた写真はファイルに戻されている。

ミアがキッチンから出てきて、熱々のシチューが入った器を無言でテーブルに置いた。心がここにないのは明らかだ。様子を見ているとよくわかる。考えに没頭していて、邪魔されたくないのだ。ムンクはひとこともしゃべらずにシチューを平らげ、ミアが食べ終えるのを待った。それから咳払いをして注意を促した。

「パウリーネ・オルセン。六歳の女の子にしては古風な名前ですね」ミアが口を開く。

「リーネと呼ばれていた」

「え？」

「母方の祖母の名前をつけられたんだが、リーネとしか呼ばれたことがない」

ミアは考えの読めない表情でムンクを見た。まだ思考の淵に沈んでいるのだ。

「リーネ・オルセン。六歳。この秋から小学校に上がるはずだった。マリダレン渓谷で木からぶらさがっているところを通行人に発見された。性的暴行の痕跡なし。死因はメトヘキシタールの大量投与。背中のスクールバッグには教科書が詰まっていた。本人のものじゃない。いま言ったように、まだ就学前だった。ペンケースにも物差しにも、紙のカバーのかかった教科書にも、指紋はなかった。すべての教科書には、本人の名前ではなく、なぜか〝リッケ・J・W〟という名前のシールが貼られていた。着衣に汚れはなく、きれいにアイロンがかかっていた。母親によるとどれも本人の服ではないそうだ。すべて新品だった」

「人形」ミアが口を開いた。

「なんだって？」

ミアはうつろな目でゆっくりとグラスを満たした。ムンクが外にいるあいだにキッチンから持ってきたらしいコニャックの瓶は、ほとんど空になっている。

「人形の格好をさせられている。上から下まで。どこでつくられたものです？」

ムンクは肩をすくめた。

「すまん。報告書に書かれたこと以外はわからない。この捜査には関わっていないんだ」

「ここに来たのは、ミッケルソンの指示ですか？」

ムンクはうなずいた。

「これで終わりじゃない」ミアは静かに言った。

「どういう意味だ」

「これで終わりじゃない。この子はひとり目に選ばれただけ」

「たしかか？」

ミアがちらっとムンクを見る。

「すまん」

「小指に数字があります」

ミアはファイルから写真を抜きだした。少女の左手が大写しになっている。その写真をムンクの前に置いて指差した。

「見えます？　小指の爪に数字が刻まれてるでしょ。ただの傷みたいに見えるけど、ちがう。これは数字のⅠです。きっと次があるはず」

ムンクは顎ひげをなでた。ただの傷にしか見えないし、報告書にもそう書かれている。だがそれは言わずにおいた。

「終わりじゃないとすると、あとどれだけ？」

「指の数だけとか」

「十人ということか」

「まだなんとも言えませんが」

「本当にそう思うのか。これで終わりじゃないと」

ミアはまたムンクを見やり、グラスを空けた。

「客観的に見て、そう思えます。犯人は時間をかけている。ちなみに、犯人が男だとは断定できません。男かもしれないけど、その場合は……」

「なんだ？」

「どう言えばいいのか。ノーマルじゃない。犯人が男だとすれば、普通じゃない気がします」

「それは、性的嗜好という意味で？」

「どうもしっくりくるような、こないような感じで。わかってもらえます？　説明はつくけど、なにかがおかしい……なにかが引っかかる……でも、それでいいんだという気もする」

また置いてきぼりだ。ミアは思考の奥深くに戻ってしまった。ムンクは話しかけるのをやめ、ミアに好きなだけ考えさせることにした。

「メトヘキシタールというのは、どういうものです？」

ムンクはファイルを開いて現場報告書のページをめくり、その答えを見つけた。ミアは当然読んでいない。いつものように写真しか見ていない。

「ブレビタールという名前で流通している。バルビツール酸系の薬で、麻酔医が使うものだ」

「麻酔薬ね」ミアは言って、また考えこんだ。

ムンクは煙草を吸いたくてたまらなかったが、我慢した。家のなかで火をつけるのは気が引けるし、いまはミアのそばを離れたくなかった。

「傷つけたくなかった」ミアがいきなり言った。

「どういう意味だ」

「犯人は、この子を傷つけたくなかったんです。身体を洗って、きれいな服を着せている。麻酔薬を使ったのも、苦痛を与えたくなかったから。好意を持っていたからです」

「好意を持っていた？」

ミアはゆっくりうなずいた。

「なら、縄跳びのロープで吊るしたのは？」

「じきに小学校に上がるところだったから」

「スクールバッグと教科書は？」

ミアはどうしようもないばかを見るような目でムンクを見た。

「同じことです」

「パウリーネ・オルセンの名前でなく、リッケ・J・Wの名前が教科書に書かれていたのは？」

「わからない」ミアはため息をついた。「そこだけ説明がつかなくて。そのほかのことは説明できるのに。でしょ？」

ムンクには返事のしようがなかった。

「ドレスの後ろ襟のラベルに刺繍された〈M10－14〉、これはわかります」

「M10－14というと、マルコによる福音書十章十四節〝幼子らをわたしのところに来させなさい〟というやつか。聖書の」

ラベルについては報告書にも書かれていた。報告は細部にわたっている。だが、爪の傷の意味に関しては見落とされていた。

ミアはうなずいた。

「でも、M10－14にたいした意味はない。わたしたちを混乱させようとしているだけ。それよりもっと大事なことがあるはずです」

「教科書に書かれた名前よりもか」

「どうでしょう」

「ミッケルソンはきみに戻ってきてほしがっている」

「この事件の捜査のために？」

「戻ってこいよ」

「いえ、戻る気はありません」

「本心か？」

「ええ、そうよ！」ミアは声を荒らげた。「言ったでしょ、戻る気はないって」

こんなミアを見たのは初めてだ。身を震わせ、いまにも泣きだしそうにしている。

ムンクは立ちあがり、ソファーに近づいた。ミアの隣に腰かけて肩に腕をまわし、頭を抱き寄せて髪をなでた。

「わかったよ、ミア。今日はもう終わりにしよう。ありがとう」

ミアはなにも言わなかった。か細い身体から震えが伝わってくる。ずいぶんと具合が悪そうに見える。それもこれまでにはなかったことだ。ムンクはミアを立たせ、二階の寝室に連れていった。ベッドに寝かせ、上掛けをかけた。

「帰らないほうがいいか？ 階下のソファーで寝て、朝食をこしらえようか。あの宇宙船をなんとかして動かして、目覚めのコーヒーを淹れてやろうか」

返事はなかった。ムンクのお気に入りのかわいい元部下は、上掛けにくるまり、死んだように動かなかった。ムンクはベッドサイドの椅子にすわった。しばらくすると、乱れた呼吸が穏やかになった。眠ったらしい。

あのミアが、ここまで変わってしまうとは。

これまでにも、疲れ果ててぐったりしているところを見たことはあるが、こんなミアは初めてだった。まるで別人だ。ムンクはしばらくミアを見守ってから、寒くないことをたしかめ、部屋を出て階段を下りた。桟橋に出る小道をたどり、上着のポケットから携帯電話を出した。

「ミッケルソンだ」

「ムンクです」

「ああ」

「彼女は戻りません」

電話の向こうでしばらく沈黙があった。

「くそっ」ようやく声が聞こえた。「なにか気づいたと言っていたか。われわれが見落としていることを」

「〝これで終わりじゃない〟と」

「どういう意味だ」

「言葉のまんま、これだけでは終わらないということです。少女の小指の爪には数字が刻まれていました。おたくの部下は見落としていた」

「くそっ」ミッケルソンは毒づき、また沈黙した。

「なにか黙っていることがあるんじゃないですか」

ムンクは沈黙を破った。

「戻ってこい」

「明日までここにいます。今日はそばにいてやらないと」

「そういう意味じゃない。オスロに戻ってこいということだ」

「特別班を再開するということですか」

「そうだ。直接話を聞かせてくれ。段取りは明日つけておく」

「わかりました。明日の夕方には行きます」

「そうしてくれ」また沈黙が落ちた。

「ミアなら戻りませんよ」ムンクは無言の問いかけに答えた。

「まちがいないか？」

「断言します。で、オフィスはまえと同じ、マリボー通りのあそこですね」

「手配はできている。公式発表はまだだが、再開の準備は進んでいる。人選はきみに任せる。オスロに戻ったら取りかかってくれ」

「了解」ムンクはそそくさと電話を切った。

身体の奥から湧きあがる喜びをミッケルソンに悟られたくはなかった。自分の居場所に戻れる。オスロに。班が再開される。ようやく復帰できる。だが、手放しで喜ぶわけにはいかなかった。あんな魂の抜けたようなミア・クリューゲルは見たことがない。連れもどすのは無理だろう。それに、木から吊るされた少女のことを考えると、あいかわらず寒気を覚えずにはいられなかった。冷静沈着な捜査官であるこの自分が。

ムンクは空を見上げた。地平線が闇に沈みかけている。冷え冷えとした星明かりが静寂を満たしている。吸殻を海に投げ、ムンクはゆっくりと家に引き返した。

12

トビアス・イーヴェルセンは枝をもう一本見つけ、また矢をこしらえながら弟を待つことにした。ナイフを使うのは好きだ。枝に切りつけるときや、芯を折ってしまわないように慎重に皮を剝ぐときの感覚が。トビアスは手先が器用だった。学校の教科のなかでは木工の成績がいちばんいい。ほかの教科はほどほどで、とくに数学は平均点ぎりぎりだが、こと木工に関しては持って生まれた才能があった。国語も得意で、本を読むのが好きだ。といっても、これまではファンタジー小説やSFくらいしか知らなかった。でも、去年の秋に新しい国語の先生が赴任してきた。エミリエというその先生は、大声で笑ったり、そばかすがたくさんあったりして、先生というより少女がそのまま大きくなったような素敵な人だった。先生の授業は最高に楽しくて、まえの先生とは大ちがいで……よく考えると、まえの先生の授業がどんなだったか、まるで思いだせない。エミリエ先生からは読むべき本がたくさん書かれたリストをもらっていた。そのなかのひとつ『蠅の王』はじきに読み終わるところで、家に帰ってベッドのなかで続きを読むのが待ちきれないほどだった。正確に言うと、楽しみなのはベッドのなかで続きを読むことで、家に帰るのはちっとも楽しみじゃない。書類の上では、トビアスはまだ十三歳だが、中身はもっと大人だった。子供が経験すべきではないようなことをたくさん経験してきたからだ。家出を考えることはしょっちゅうだった。数少ない持ち物をリュックサックに詰めて、暗い家から外の世界に逃げだす。でもそれはかなわぬ夢だ。いったいどこに逃げるのか。誕生日とクリスマスにもらうお金は少しずつ貯めてきたが、遠くへ行くには足りない。それに、弟を置いては行けない。自分がいなければ、誰が弟の面倒を見るというのか。気持ちを切り替えようと、トビアスは注意深く枝にナイフを入れ、皮を千切れさせずにうまく剝げたことに満足の笑みを浮かべた。

トルベンはいつまで矢を探しているんだろう。森を覗きこんではみたが、それほど心配はしていなかった。きっとめずらしいキノコかアリ塚でも見つけて夢中になっているのだろう。

信者の女の子たちを的にしようよ。

あれには笑ってしまった。まだ小さいから、無邪気なものだ。なにもわかっていないし、頭に浮かんだことはすぐに口に出す。トビアスはそんなわけにはいかない。教室でも校庭でも絶えず言動に注意して、みんなから浮かないように気をつけている。そうなったらどんな目に遭うかは、いままで何度も目にしてきた。まるで『蠅の王』の世界だ。弱みを見せれば、すぐにいじめの標的になる。目下のところ、気がかりは体育の授業だった。幸い、運動神経はいい。足は速いし、跳躍にも自信がある。サッカーもうまい。問題は体操着や靴だった。オスロからの転校生たちが値の張るブランド品を持ちこんだせいだ。いまではアディダスやナイキやプーマやリーボックだらけになっている。このあいだも、流行りのロゴのついていないくたびれた靴や短パンをからかわれた。着古したTシャツやジョギングパンツも。でもラッキーなことに、それより大切なことがひとつある。女の子に人気があるかどうかということだ。女の子に人気さえあれば、体操着や、学校の成績や、音楽の好みは誰も気にしない。そして、トビアスは女の子に人気があった。かっこいいからというだけではなく、性格がいいからだ。だから、たとえサッカーシューズに線が一本しか入っていなくても、底に穴があいていても、なんとかうまくやっていけた。

女の子といえば、信者たちのことだ。ずっと無人だった湖のそばの古い農場に誰かが暮らしはじめたという噂は、すぐに広まった。農場はすっかり様変わりし、地元の人間はみんなひどく怪しんでいた。福音派のブルンスタ・キリスト教会の人々だという話もあったが、どうやらそれはまちがいらしかった。以前はそこに属していたものの、そこから分裂して新しい宗派かなにかを立ちあげたらしい。あれこれ憶測が流れていたが、たしかなことを知っている者はいなかった。はっきりしているのは、そこに住む子供たちが学校に行っていないということと、彼らが熱心なキリスト教の信者で、神を中心にした暮らしを営んでいるということだけだった。トビアスは彼らが来てくれたことに感謝していた。自分の身なりのことや、貧乏に関することが話題にされそうだと感じるたびに、信者の女の子たちのことに話を向けると、みんなTシャツのロゴのことなどころっと忘れてしまうからだ。一度など、体育の授業のあとでオスロからの転校生のふたりを黙らせるために、例の女の子たちを見たと嘘までついてしまった。そして、それはうまくいった。奇妙な服を着て、死んだような目をした女の子たちに見つかって、追い払われたという作り話をしたのだ。ばかな真似をしたものだと思う。その女の子たちのことなど知りもしないし、これといって意見を持っているわけでもないのだから。だけどほかにどうすればよかったのか。

トビアスはナイフを置いて、腕時計に目をやった。弟が森に入ってからずいぶんたつ。さすがに心配になってきた。家に帰る時間を心配しているのではない。門限はないし、自分たち兄弟が出かけていても、両親は気づきもしない。冷蔵庫には弟の夕食になるようなものが残っているだろうか。家事ならだいたいこなすことができる。ベッドのシーツも替えられるし、洗濯機も使えるし、弟の学校の準備もしてやれる。ほとんどのことはできるが、食べ物を買うことだけはできない。食べ物に自分のお金を使いたくはない。それはさすがにおかしいと思う。けれど、たいていはキッチンの戸棚になにかしら食べるものが見つかった。インスタントのスープとか、パンの残りとジャムとか。それでなんとかしのぐことができた。

トビアスは切り株のそばに矢を突き刺して立ちあがった。ルンヴァンの近くでバイソン狩りをするなら、そろそろ行かないと。夜の九時には弟をベッドに入れたい。少なくとも平日には。それが弟のためでもあるし、自分のためでもある。兄弟は屋根裏部屋で一緒に寝ていて、トビアスは弟が眠ったあとの数時間、ランプの明かりで本を読むのを楽しみにしていた。

「トルベン？」

トビアスは森に入り、矢と弟が消えた方向に歩きだした。風が少し強まり、さわさわと葉擦れの音がする。怖くはない。これまでもひとりで森に入ったことは何度もある。もっと風の強いときや天気の悪いときにも。まわりのものすべてを揺さぶるような自然の力を感じるのは気持ちがいい。けれど弟は怖がりだ。

「トルベン、どこだ？」

信者の女の子たちについてあんなことを言ってしまったことに、また後悔の気持ちが湧いてくる。あのとき男子更衣室で話したことは全部嘘だ。近いうちに実際に行ってみないと。大人のいない島で暮らす『蝿の王』の少年たちのように、食料と懐中電灯を持ってこっそり家を抜けだし、湖まで遠出することにしよう。道はわかる。新しい農場やらフェンスやらが噂どおりのものなのか、自分の目でたしかめるんだ。楽しいし、ためにもなる――まえの国語の先生がよく言っていた言葉だ。新しいことを勉強するときはいつも、楽しくてためになるのだと教えられた。だからみんなおとなしくすわって、耳を傾けないといけなかった。だけど楽しかったためしはなく、まったくためにもならなかった。その証拠に、授業で習ったことをなにひとつ思いだせない。そのときふと、古い赤のボルボでお祖父ちゃんとドライブしたときのことを思いだした。お祖父ちゃんはこう言っていた――みんながみんな子供を持つことに向いているわけじゃない、なかには親になるべきではない連中もいるんだよ。その言葉は妙に心に残っている。教師にも同じことが言えるんじゃないだろうか。教えるのに向いていない人もいる。教室に入ってくるたびに憂鬱そうな顔をする先生がいるのは、そのせいなのかもしれない。

目の前の茂みががさがさと音を立て、トビアスのもの思いはさえぎられた。と、弟がひょっこり姿を現した。奇妙な表情を浮かべ、ズボンに大きなしみをこさえている。

「トルベン、どうした？」

弟の呆然とした目が向けられる。

「森のなかに、天使が浮かんでるんだ」

「なに言ってるんだ」

「森のなかに、天使が浮かんでるんだ」

肩に腕をまわすと、身体が小刻みに震えているのがわかった。

「作り話をしてるのか、トルベン？」

「ちがうよ。あっちにいるんだ」

「兄ちゃんに見せてくれるか」

トルベンが顔を上げた。

「背中に羽はないけど、絶対に天使なんだよ」

「見せるんだ」トビアスはきっぱりと言い、弟の肩に手を添えて森の奥に入っていった。

13

ミア・クリューゲルは岩の上にすわり、ヒトラ島に沈む最後の夕日を見つめていた。

四月十七日。あと一日。明日には、シグリのところに行く。

疲れた。休息が足りないのではなく、なにもかもに疲れていた。生きることに、人間に、これまで起きたことすべてに。ファイルのなかの写真を見せられるまでは、ある意味で心の平安を見いだしていたが、ムンクが帰ってしまうと、またあの感覚がしのび寄ってきた。苦い感情が。

どす黒い感情が。

ミアは家から持ってきた酒をひと口飲み、ニット帽を耳の下まで引っぱりおろした。空気が冷たくなってきた。結局、春の訪れは早くなかったらしい。すぐそこまで来ていると思いこませただけだ。身体を温めてくれるアルコールを持ってきてよかった。最後の日がこんなふうになるとは思っていなかった。人生最後の二十四時間には、したいことがいろいろあった。鳥や、木や、海や、光、そういったものをもう一度だけ味わい、自分自身を見つめられるように、薬は飲まないつもりだった。けれど、思うようにはいかなかった。ムンクが帰ると、感覚を麻痺させたいという思いがいっそう強くなった。いつも以上に酒をあおり、薬を飲んだ。眠っていた感覚なしに目を覚まし、起きていた感覚なしに眠りに落ちた。ファイルの中身のことは忘れるつもりだった。まったくばかげている。いつになったらこういったことから、仕事から離れられるのだろう。いや、ほかの人間にとっては仕事かもしれないが、自分にとってはちがう。事件が起きるたび、ミアの心には深い傷が刻まれる。魂の奥に届くほど。自分自身が事件に遭遇したように、犠牲者になったように感じてしまう。誘拐され、レイプされ、鉄パイプで殴られ、煙草の火を押しつけられ、薬を打たれ、縄跳びのロープで木から吊るされ、たった六歳で命を奪われたように。

なぜ、教科書に書かれた名前はパウリーネ・オルセンではなかったのか。

それ以外のことは細部にいたるまで正確に計画されていたのに。

いや、もう忘れよう。

木から吊るされた少女のイメージを打ち消そうとしたが、頭から追い払うことができなかった。なにもかもが芝居がかっている。舞台の場面のように。ゲームのようにも思える。なにかのメッセージか。でも誰に宛てたメッセージだろう。発見者だろうか。警察だろうか。これまで関わった事件のなかに〝リッケ〟という名前が登場したことがないか、記憶を探ってみる。だが、なにも見つからない。こういうことは得意中の得意だったはずなのに、いまは頭がうまく働かない。それでもなにか引っかかる。それがなんなのか、突きとめられないのが歯がゆい。海に沈む夕日を見送りながら、意識を集中させようとつとめる。警察に向けられたメッセージだとしたら？　過去の事件、未解決の事件になにか関わりがあるのだろうか。これまでのキャリアのなかで、解決できずに終わった事件はありがたいことに数えるほどしかない。それでも、なかにはいまも心残りな事件がある。たとえば、裕福な老婦人の死体がボクスタ通りの自宅アパートメントで発見された事件。警察は他殺の証拠をつかめずに終わったが、ミアはいまでも被害者の娘のひとりが彼女の死に関わっていたと確信している。そのときの関係者にリッケという名前があったとは記憶していない。それから何年かまえ、リンゲリーケ警察の応援で誘拐事件の捜査をしたこともある。産科病棟からひとりの赤ん坊が消え、容疑者として浮かんだスウェーデン人の男が自殺したが、赤ん坊は発見されなかった。ミアは捜査を続けるよう主張したが、事件は迷宮入りした。あの捜査でも、記憶しているかぎりリッケという名前はなかった。パウリーネ。六歳。ちょっと待って——あの赤ん坊が消えたのは六年前だったはず。酒瓶を空にし、水平線を見つめたまま、ミアは頭のなかを探った。六年前の記憶を。そこになにかあることだけはわかる。あと少しでつかめそうなのに、どうしても意識の表層に浮かびあがってこない。

いまいましい。

ジーンズのポケットを探って薬を探すが、ひとつも見つからない。もっと持ってくればよかった。薬はダイニングテーブルの上に並べてある。ひとつ残らず。数は十分にある。すぐに飲めるようにしてある。朝が来て明るくなるまで待とうと思っていた。

光のなかで旅立とうと。闇のなかで旅立つと、行きつく先にも闇が待っていそうな気がするから。でも、いまはもうそんなことは気にしない。時計の針が午前零時を過ぎるのを待つだけだ。四月十七日が十八日になる瞬間を。

　こっちよ、ミア。いらっしゃい。

　こんな最期を迎えるとは思っていなかった。立ちあがって力任せに空き瓶を海に投げこむ。すぐに後悔の念が湧いてくる。ゴミを捨ててはいけません――子供のころの言いつけは身に染みついている。美しい庭や、両親や、祖母のことが頭に浮かぶ。メッセージでも書いて瓶のなかに入れるべきだった。この世での最後の数時間、なにか美しいことをすればよかった。誰かのためになることをすればよかった。事件を解決すればよかった。家に戻ろうとするが、足が動かない。ミアは岩の上に立ったまま自分の身体を抱きしめ、身をこわばらせた。

　リッケ・J・W。リッケ・J・W。リッケ・J・W。リッケ・J・W。パウリーネ。

　ちがう、パウリーネじゃなくリッケ。リッケ……ちがう（イッケ）？

　ああ、なんてこと。

　突然、すべてが覚醒した。頭も、脚も、腕も、血も、呼吸も、感覚も。

　リッケ・J・W。

そうだ、まちがいない、そうに決まっている。ああ、なぜもっと早く気づかなかったのか。こんなにもはっきりしているのに。家に向かって駆けだす。暗がりでつまずいたが、すぐに立ちあがった。ドアをあけっぱなしにしたまま居間に駆けこみ、キッチンへ向かう。流しの下のキャビネットにかがみこみ、ゴミ箱を引っかきまわす。ここに捨てたはずだ。ムンクが置いていった携帯電話を。

気が変わったときのために置いていくよ。

電話を見つけだし、一緒に捨てたメモを探してさらにゴミ箱をあさる。あった。黄色い付箋紙に暗証番号とムンクの電話番号が書かれている。居間に戻り、さっそく電源を入れた。震える手で小さな画面に暗証番号を入力する。そうだ。まちがいない。つじつまが合わなかったはずだ。すべてに意味があるはずなのだ。これでつじつまが合う。リッケ・J・W。そうだったのか。気づかないなんて、なんてばかなんだろう。

ムンクの電話番号を入力し、相手が出るのをいらいらしながら待った。留守番電話につながり、もう一度かけなおす。何度か繰り返すと、ようやくムンクの眠たげな声が電話の向こうから聞こえてきた。

「ミアか？」あくび交じりの声。

「わかりました」咳きこむようにそう告げた。

「わかったってなにが。いま何時だ」

「時間なんてどうだっていい。わかったんです」

「なんだって？」

「リッケ・J・Wの正体が」

「本当か？　何者だ」

「J・Wは、ヨアキム・ヴィークルンドの頭文字です。ヒューネフォス事件のスウェーデン人の容疑者の。覚えてます？」

「もちろんだ」ムンクのくぐもった声。

「そしてリッケは、〝ちがう〟という意味です。つまり、ヨアキム・ヴィークルンドではないということ。彼は犯人じゃなかった。今回の事件は、ヒューネフォス事件の真犯人が起こしたんです」

　長々とした沈黙。ムンクの頭の歯車がまわる音が聞こえるような気がした。突拍子もなさすぎて嘘のようだが、きっとまちがいない。

「どうです？」

「まったく、途方もない話だな」ムンクがようやく沈黙を破った。「だが悪いことに、その考えは正しいと思う。こっちに来られるか」

「ええ。だけど、今回だけ。この事件が終わったらおしまいです。ほかにやりたいことがあるので」

「もちろん。どうするかは任せる」

「オフィスはマリボー通りのあそこ？」

「そうだ」

「明日の飛行機に乗ります」

「そうしてくれ。じゃあ、オフィスで」

「ええ」

「安全運転でな」

「わたしはいつだって慎重でしょ、ホールゲル」

「誰が慎重だって？」

「ひどい」

「うれしいよ、ミア。また一緒に仕事ができて。それじゃ、明日」

ミアは電話を切ると、うっすらと笑みを浮かべ、しばらくその場に立っていた。気持ちはもう落ち着いている。居間に入り、ダイニングテーブルに並べた薬に目をやった。

こっちよ、ミア。いらっしゃい。

ごめんね、シグリ、とミア・クリューゲルは心のなかで姉に詫びた。もう少しだけ待って。先に片づけなきゃならないことがあるの。

第二部

14

ガーブリエル・ムルクは、落ち着かない気分を抱えながらマリボー通りで待ち合わせの相手を待っていた。オスロ警察の本部は、たしかグルンランにある。だからてっきりそこに呼ばれるものと思っていたが、そうではなく、短いメールの文面にはこうあった——〝マリボー通り。午前十一時に迎えに行く〟。差出人の署名もなにもなし。普通じゃない。考えてみると、この一週間、普通でないことばかりだった。おかげでわくわくしているのも事実だが、じつのところ自分がなにをすることになるのか、いまだにちゃんと理解できていなかった。

仕事だということはわかる。仕事と名のつくものに就くのは生まれて初めてだ。上司の指示に従い、チームの一員として働く。現実世界に足を踏み入れる。早起きをする。まともな社会人として生活する。この二十四年間、そういうこととは無縁だった。ガーブリエルは世間が寝静まった深夜に起きているのが好きだ。そのほうが頭がよく働く。外は真っ暗で、ワンルームの部屋のコンピューター画面だけが光っている

——そういう状態のほうがいい。ワンルームの部屋というのは言葉のあやで、じつはまだ実家で暮らしている。専用の玄関とバスルームはあるが、母親と同じ屋根の下に住んでいる。これはどう考えてもロックの精神に反する。だから、めずらしく新しい知り合いができたり、学生時代の友人とばったり出くわしたりしたときには、絶対に口にしないことにしている。それが悪いというわけではない。実家暮らしのハッカーはほかにもいる。だとしても、あまり体裁がよくはない。

だが、その状況は変わろうとしている。まさに青天の霹靂で、話の展開についていくのに苦労するほどだった。それとも、自分はずっとこうなることを望んでいたのだろうか。七カ月前にネットで知りあった彼女が、あっというまに妊娠した。ふたりで一緒に住むところを見つけなくてはならなくなり、それもあって、これからこの場所で警察関係の仕事に就こうとしているのだった。これまで自分がなにかに向いていると思ったことはなかった。ただし、コンピューターは別だ。コンピューターに関しては、自分の右に出る者はまずいない。だが、それ以外はさっぱりだめだ。学校では、ずっと自分の殻に閉じこもっていた。女の子に声をかけられても赤面するばかりだった。最終学年にもなると、クラスメートたちは夜な夜なトゥリヴァンの森へ出かけてどんちゃん騒ぎをしていたが、ガーブリエルは家にこもりきりだった。卒業後はいくつかコンピューター講座に申しこんだりもしたが、結局受講はしなかった。そんなことをしても意味がない。カリキュラムの内容はすでに知っていることばかりだったから。

落ち着きなくあたりを見まわしたが、それらしい人物は見あたらない。ひょっとして、警察に採用されるというのは、すべて冗談だったのだろうか。はじめのうちは、ネット上の友達にからかわれているのかと思っていた。おもしろがってそういうことをしそうなやつはたしかにいる。人を混乱させて楽しむ連中だ。病院の電子カルテや弁護士事務所のコンピューターをハッキングして、見ず知らずの他人に妊娠を告げるメールを送ったり、認知請求のメールを送ったり。とにかくありとあらゆる面倒を引き起こす連中だ。ガーブリエルはそういうことはしないが、知り合いのハッカーにそんなやつはたくさんいる。そのうちの誰かにかつがれているのかもしれないが、どうもちがう気がしていた。電話をかけてきたのは、いかにも信頼できそうな男だった。ガーブリエルのことはイギリスの政府通信本部(GCHQ)から紹介されたと言っていた。それと、秘密情報部(MI6)と。つまり諜報機関だ。仲間のほとんどがそうであるように、ガーブリエルは昨年の秋にGCHQがネット上で出題した暗号解読問題に挑戦していた。並の人間には到底解けない難問で、百六十組のアルファベットと数字の組み合わせから

なっていた。ほぼそれに近かった。もの数時間で解読を完了させた。を知っていHTMLファイルをもないが、

なり、緊迫感を高めるために残り時間がカウントダウンされる仕組みになっていた。ガーブリエルはいちばんに暗号を解いたわけではなかったが、ほぼそれに近かった。最初に成功したのはロシア人の悪玉(ブラック)ハッカーで、ものの数時間で解読を完了させた。ガーブリエルは、そのロシア人が暗号そのものを解いたのではないことを知っていた。そいつは暗号解読挑戦サイトをハッキングして、解答を含むHTMLファイルを見つけだし、そこから逆に解法を導きだしただけだ。おもしろいと言えなくもないが、暗号を解いたことにはならない。

ガーブリエルは暗号を目にしたとたん、それがX86系の機械語で、ストリーム暗号RC4のアルゴリズムを実装したものだと気づいたが、解くのは容易ではなかった。暗号の作成者はPNGファイルに偽装してデータを隠すなど、いろいろな仕掛けをほどこしていたから、単に数字を解読するだけではすまなかったのだ。それでもたったのふた晩で解くことができた。挑戦としては楽しかったが、解読した先に待っていたのは、さほどおもしろいものではなかった。結局、その挑戦はGCHQが人材獲得のために行った事前審査だとわかった。〝この暗号が解ければ、当局で働く能力があります〟ということだ。

ガーブリエルは自分の名前とともに解読の過程を記したものを送信した。試しにや

ってみるか、といった軽い気持ちだった。そして感じのいい返信を受けとった――〝正解おめでとうございます。誠に残念ながら、当局に勤務いただくにはイギリス国籍が必要です〟。

それきりそのことは忘れていた。先週の金曜日、携帯電話が鳴るまでは。そしてなにかの職に就くことになり、木曜日の今日、ここでこうしてノートパソコンを脇に抱えて人を待っているというわけだった。くわしいことはわからないが、警察関係の仕事らしい。

「きみはガーブリエル・ムルク?」

ガーブリエルはびくっとして振り返った。

「そうですけど」

「キムだ。よろしく」

男は自分の名を告げ、手を差しだした。どこから現れたのかまったくわからなかった。特徴のない外見のせいかもしれない。なんとなく、青い点滅灯とサイレンが近づいてくるのを、もしくは制服姿か、少なくとも高圧的な態度を予想していた。けれど、目の前に立っているのは、どこにでもいるような男だった。風景の一部と言ってもいい。特徴のないズボンに特徴のない靴、特徴のないセーターは人込みに紛れる色をしている。そうか、それが狙いなんだ。私服警官として、目立たないように訓練されているのだ。人目を引かず、どこからともなく現れたと思わせるように。

「こっちだ。来てくれ」キムというその男は、通りを横切って黄色いオフィスビルのほうへ歩きだした。

　ビルの入り口に着くと、キムはカードを取りだして暗証番号を入力した。ドアが開く。ガーブリエルもあとについてエレベーターに乗った。ここでも同じようにカードと暗証番号が必要だった。ガーブリエルは番号を入力するキムの横顔を盗み見た。なにを言えばいいのか、そもそもなにか言うべきなのかもわからなかった。警察関係者と関わり合いになったことはこれまで一度もないし、暗証番号を必要とするエレベーターを使ったこともない。キムはいたってくつろいだ様子に見える。初対面の新入りと路上で落ちあうことにも、エレベーターに暗証番号を入力することにも慣れっこなのだろう。身長は同じくらいだが、キムのほうが引きしまった身体つきで、よく見るとかなり鍛えているようだ。黒い髪を短くし、無精ひげを生やしている。わざとなのか、それとも剃る時間がないのか。じろじろ見る気はなかったが、キムがあくびを嚙み殺すのが目の端に入った。ということはおそらく後者なのだろう。長時間労働、膨大な数の事件、そんなところだ。

エレベーターは三階でとまり、キムが先に降りた。長い廊下を後ろからついて歩くと、もうひとつドアがあり、ここでもカードと暗証番号が必要だった。どこにもなんの表示もない。そこが警察だとも、別の機関だとも、一切なにも書かれていない。最後のドアが開くと、その奥がオフィスだった。広くはないが、開放的で明るい空間だ。仕切りのないオフィスに机が向かい合わせに並び、小さめの個室もいくつかある。ほとんどの個室は壁がガラス張りで、ブラインドが下りている部屋もある。誰もが忙しそうで、入ってきたふたりに注意を払う様子もない。

ガーブリエルはキムに案内され、オフィスを通り抜けてガラス張りの個室の前に立った。外から丸見えではあるが、少なくとも専用の個室が与えられるということだ。

「ここがきみの部屋だ」キムはそう言って、ガーブリエルを先に部屋に通した。

部屋はがらんとしていて、机と椅子と電気スタンドがあるだけだった。どれも新品のようだ。

「必要な備品のリストは提出したね？」

ガーブリエルはうなずいた。

「で、必要なのはイケアの机とスタンドだけ？」

キムは初めて表情を緩め、ウィンクしてガーブリエルの背中を叩いた。

「あ、いえ、ほかにも希望したんですけど」

「冗談だよ。システム担当者がこっちに向かっている。今日じゅうに仕事ができる環境が整うはずだ。オフィスのなかを案内して、みんなに紹介できればよかったんだが、あいにく時間がない。あと五分でミーティングがはじまるから。ところで、煙草は?」

「え?」

「煙草は吸うかい」

「あ、いえ」

「そりゃよかった。ここではルールと呼べるようなものはあまりないが、ひとつだけ、とても大切な決まりがあるんだ。ホールゲル・ムンクが喫煙テラスに出ていたら、誰もそばに行っちゃいけない。そこはムンクが考えごとをする場所だから。ムンクは考えごとをしているときに邪魔されるのを嫌う。いいかい?」

キムはガーブリエルを個室の出入り口まで引っぱっていき、テラスを指差した。男がひとり立っている。おそらくあれがホールゲル・ムンク、自分の新しいボスだろう。先週電話をかけてきて、ほんの十分話をしただけで自分に仕事をくれた人だ。警察関係の仕事を。〝ボスが煙草を吸っているときには邪魔をしないこと〟——問題ない。誰かを邪魔するつもりはないし、言われた以外のことをするつもりもない。そのとき、ムンクの隣に女性が立っているのが目に入った。

「ワオ、マジかよ」ガーブリエルは思わず声をあげた。

大きな声を出したつもりはないが、キムが振り返った。

「どうした？」

「あれって、ミア・クリューゲルですよね」

「知ってるのかい」

「え？　いや直接は知りませんけど、もちろん……その……話には聞いてます」

「だろうね」キムはくっと笑った。「ミアは優秀だ、それはまちがいない。特別な存在だよ」

「黒と白の服以外は着ないというのは本当ですか？」

好奇心に勝てず、ついそんなことを口走ってしまった。が、すぐに後悔した。プロらしくない。素人（しろうと）まる出しだ。すでにここの一員だということを忘れていた。キムにはミアのファンだと思われただろう。あながちまちがいではないが、仕事初日にこんなふうに同僚に知られたくはなかった。

キムがちらっと顔を見る。

「そうだな、黒と白を着ているところしか見たことがないな。なんでだ？」

ガーブリエルはかすかに頬を赤らめ、床に目を落とした。

「いえ、別に。ただネットで見たので」

「見たことをそのまま信じないほうがいいぞ」キムはにっこりして、上着のポケットから封筒を取りだした。「これがきみのカードだ。暗証番号は誕生日になっている。会議室は廊下の突きあたりだ。あと五分か十分ではじまる。遅れるな」

キムはウィンクして、またガーブリエルの肩を叩き、個室を出ていった。

どうすればいいのだろう。ここに立っていればいいのか、すわったほうがいいのか、それとも家に走って帰って、全部なかったこととして忘れてしまい、ちがう仕事を見つけたほうがいいのか。いまの自分は、まるで陸に上がった魚だ。だいたい、あと五分ではじまるのか十分ではじまるのかもわからないミーティングに、どうやって時間どおりに行けばいいのか。

封筒をあけると、驚いたことにカードには自分の顔写真があった。

ガーブリエル・ムルク
殺人捜査課　特別班
突如として、誇らしさが湧きあがった。セキュリティ・ドア。暗証番号。特別班。自分はそういった世界の一員になったのだ。そして、すぐそこのテラスにはあのミア・クリューゲルがいる。そろそろ会議室に向かおう、とガーブリエルは決めた。ここがどれほど得体の知れない場所だとしても、遅れるより早いほうがいいのはまちがいない。

15

タンゲンで養豚業を営む六十歳のトム・ラウリッツ・ラーセンは、もともとインターネットを断固拒否していた。ところが、ヨーナスという若者が農場の手伝いとして住み込みで働くことになったとき、ブロードバンドなしにはここにいられないと宣言された。ラーセンが腹を立てたのは言うまでもない。そもそも気難しい性格で、笑顔になることさえめったにない。そのうえ、思いがけない肺の病を宣告されていた。仕事を休めだと？　そんなばかなことがあるか。これまで家族の誰ひとりとして病気で仕事を休んだことはない。この医者はなにを寝ぼけたことを言っているのか。農場の仕事をやっていくのは無理だと？　これまでこのタンゲンで三世代にわたって養豚を営んできたが、病気で仕事を休んだだの、国から傷病手当金をもらっただのといった話は聞いたこともない。世の中どうなっているのだ。だが、そのうちになんの前触れもなく気を失うようになった。それも頻繁に、ところかまわず。つい最近も豚小屋で扉をあけたまま気を失ってしまい、近所の人たちに囲まれて目を覚ましたときには、豚が村じゅうを走りまわっていた。さすがにきまりの悪い思いをしたラーセンは、翌日には医者の助言を受け入れることにした。ハーマルの病院に予約を入れ、自宅で療養することにしたのだ。職業斡旋所で手伝いも見つけた。

　スタンゲ出身の十九歳のヨーナスは、有能な働き手だということがわかった。ラーセンはすぐにその若者を気に入った。そこらの日曜農夫とはちがい、労働のなんたるかを知っていて、おまけに農夫に必要な資質も備えていた。ただひとつ問題なのが、インターネットとやらのことだった。だが、ともかくもラーセンは、空き部屋に引っ越してきた若者のために回線を引いた。なんでも、ヴェストラン地方に住むガールフレンドがいて電話代がかかりすぎるのだが、インターネットで話せば無料（タダ）で、おまけにお互いの顔も見られるらしい。なんのことやらさっぱりだが、とにかくそういったわけで、通信会社がハーマルから派遣した工事人によって、インターネットがこの小さな農場に開通したのが数カ月前のことだった。

　ラーセンは朝食のコーヒーのお代わりをカップに注ぎ、ノルウェー農民連合のウェブサイトを検索した。ゆうべ見つけた興味深い記事を、もう一度じっくり読みたかった。養豚業大手のノルスヴィン社によると、二〇〇七年以降、へードマルク県の養豚農家のじつに四分の一が廃業しているという。養豚ではもう食べていけないというのがその理由だ。残った農家の保有する豚の数は平均五十三・二頭で、前年は五十一・一頭だったという。なにが起きているかは頭を使わなくてもわかる。規模の大きな農家はより大きくなり、小規模な農家が廃業しているということだ。

ラーセンはコーヒーのお代わりを注ごうと席を立ったが、カップを持ったままキッチンの窓の前で足をとめた。ヨーナスが、悪魔にでも追われているように豚小屋から飛びだしてくる。いったいなんだっていうんだ？　ドアに向かい、外に足を踏みだすと、汗まみれのヨーナスがちょうど家まで駆けもどってきた。真っ青な顔で、幽霊でも見たように目を見開いている。

「どうしたっていうんだ」

「た、大変です……クリス……クリスティ……」

しゃべることもできないようだ。豚小屋のほうを指差して、われを忘れたように腕をばたつかせている。ヨーナスに引っぱられ、ラーセンは手に持ったコーヒーカップを置く間もなく、スリッパ履きのまま庭を突っ切った。豚小屋のそばにある納屋に入ると、ようやくヨーナスの手が離された。目に飛びこんできた光景は異様なものだった。そのあと何カ月ものあいだ、会う人ごとに話して聞かせずにはいられなくなるほどに。思わずカップを取り落としたが、熱いコーヒーが太腿を伝うのさえ感じなかった。

飼い豚のクリスティーネの死骸が囲いのなかに横たわっていた。だが、それは豚一頭の死骸ではなかった。あるのは胴体だけだった。首から上が完全になくなっていた。チェーンソーで切断されているのだ。首をなくし、胴体だけになった豚。

「警察を呼んでくれ」トム・ラウリッツ・ラーセンはなんとかそれだけ言うと、意識を失った。

今回の失神は、肺の病のせいではなかった。

16

サーラ・キーセはトイエンにある弁護士事務所の受付ロビーにすわり、いらだちを募らせていた。あれほどはっきりと、死んだ夫が遺したものには一切関わりたくないと言っておいたのに。いったい夫はなにを遺したというのか。隠し子だろうか。借金を返済しなければ妻であるサーラの私財を差し押さえると告げる督促状だろうか。サーラは完璧な人間とはほど遠いが、夫に比べれば聖人も同然だ。あのろくでなしとのあいだに子供ができたのは大きな失敗だった。当時もいまもそのことを恥じている。そのうえ、あろうことか結婚までしてしまった。ああ、なんてばかだったのだろう。あんな男に引っかかってしまうなんて。グルンランのバーで初めて会ったときのことを思いだす。たいして好みでもなかったのに、押しに負けてしまった。ビールやカクテルを奢られて……ああ、本当にばかだった。だけどそれがどうしたというのか。もう終わったのだ。愛する娘は別として、あの能なしが遺したものなどなにひとつ欲しくない。だいいち、家に寄りつきもしなかったくせに。帰ってくるのはお金を無心するときだけ。それも、実現するあてもない計画のためだのどうのと言って。建築の仕事をやるなどと偉そうに言うばかりで、まともな職に就くことも、自分で事業をはじめることもなかった。いつもそうだ。計画性もなければ、野心もなく、ただあちこちで半端な仕事をして、その日暮らしをするだけだった。おまけに帰ってくるときは、いつもほかの女のにおいをさせていた。そしてシャワーも浴びずに洗いたてのシーツに潜りこんできた。思いだすだけでも気分が悪いが、とにかくもう終わったことだ。

夫はオペラハウスの近くに建設中の高層住宅の十階から転落死した。おそらくそこでちょっとした仕事にありついて、いくらかのお金を手にしたのだろう。まちがいない。夫がそういった夜のアルバイトをするのはよくあることだった。建築現場で十階の高さから落ちるのは、さぞかし恐ろしかっただろう、そう思うとにんまりせずにはいられなかった。知らせを聞いたときは、それこそ笑いがとまらなかった。五十メートルの高さから転落死。いい気味だ。とてつもない恐怖だったにちがいない。落ちるまでの時間はどれくらいだったのだろう。八秒？　十秒？　すばらしい。

サーラ・キーセは受付の時計と弁護士の部屋のドアにいらいらと目をやった。電話で話したときにはっきり言ったはずだ――〝いりません。あのろくでなしからなにかを受けとるなんてまっぴらです〟。けれど、小ずるそうな弁護士はとにかく会いたいと言って聞かなかった。どいつもこいつも、人を食いものにしようとする連中ばかりだ。相手が皇太子でもないかぎり、もう男はいらない。いや、皇太子でもお断りだ。男はもうこりごり。いまは娘とふたりで、カール・ベルネル広場近くの小さな新しいアパートメントに住んでいる。完璧だ。ベッドは自分の香りしかせず、もう安い香水と口臭の混じったいやなにおいを嗅がされることもない。どうしてここへ来ることに同意してしまったのだろう。ノーと言ったはずなのに。ソーシャルワーカーの勧めで受けた講座でも習ったのに――大事なのはきっぱりノーと言うこと。人とのあいだに一線を引くこと。あなたのいちばんの友はあなたです。ほかには誰も必要ありません。断る力を身につけることです。

「サーラ、よく来てくれましたね」

薄い髪をなでつけた弁護士が、ドアから顔を突きだして手招きした。猫背に小さな目、貧相なネズミを連想させる。ただのネズミじゃなく、ドブネズミだ。汚らしい、臆病なドブネズミ。

「なにも受けとる気はないと言ったはずでしょ」

「承知しています」ドブネズミはおもねるように言った。「ご足労いただいて、恐縮です。じつは……」

こほんと咳払いをしてみせる。

「遺産を処理するにあたって、見落としていたものがありまして。小さなことで、ついうっかりしておりました」

「借金の取り立てですか？　それとも裁判所への出頭命令？」

「いえいえ、そういうことではありません」ドブネズミはまた咳払いをし、両手の指先を合わせた。「これなんです」

抽斗があけられ、目の前にメモリースティックが置かれた。

「これは？」

「あなたにです。ご主人が亡くなる少しまえに預かったものです。あなたに渡すようにとのことでした」

「どうして直接渡さなかったのかしら」

ドブネズミはうっすらと笑みを浮かべた。

「おそらく、まえにお宅に戻られたとき、熱々のアイロンが顔に飛んできたからでは？」

思いだして胸がすっとした。あのとき、夫はチャイムも鳴らさずアパートメントに入ってきたのだ。あれにはびっくりした。突然居間に現れて、猫なで声を出しながら馴れ馴れしく触ろうとしてきたので、お金の無心をするつもりだとすぐにわかった。アイロンはものすごい勢いで夫の間抜け顔を直撃した。油断しきっていた夫はみごとに床に伸びた。それ以来、夫の顔を見ることも声を聞くこともなかった。

「もっと早くお渡しすべきだったのですが、忙しかったものですから」ドブネズミがいかにもすまなそうに言った。

「夫からの謝礼をもらいそこねたってことね」

苦笑が返ってくる。

「とにかく、これですべて終わりね」

サーラはメモリースティックを取りあげ、バッグに入れて、ドアに向かった。ドブネズミは薄汚れた椅子から尻を浮かせ、咳払いをした。

「ええ、そうです。ところで、あなたも娘さんもどうされていますか。さぞ――」

「大きなお世話よ」サーラはドアも閉めずにオフィスを出ていった。

カール・ベルネル広場近くの新しい公団住宅に帰る道すがら、メモリースティックを捨てようと何度も思った。ゴミ箱に捨ててしまいさえすれば、夫とは縁が切れる。でも、なぜか行動には移さなかった。好奇心をそそられたからではない。中身にはなんの関心もなかった。どちらかというとけじめの問題だ。あの弁護士はドブネズミだが、一応は弁護士だ。亭主はろくでなしにはちがいないが、最期の望みとして、この自分にメモリースティックを遺したのだ。

サーラはアパートメントに戻り、コンピューターの電源を入れた。さっさとすませてしまおう。黒いノートパソコンがゆっくり起動した。メモリースティックを差しこみ、中身をハードディスクドライブにコピーする。ファイルはひとつきりで、〈Sarah.mov〉と名前がつけられている。まさか動画とは。この期に及んで、あのむかつく顔をもう一度見せられるということか。墓に入ったあとまで自分をいらつかせようというのか。サーラはファイルをダブルクリックし、動画を再生した。

　夫は小型のビデオカメラで自分を撮影していた。携帯電話かなにかで撮ったのだろう。アップになった不愉快なその顔には、これまで見たことのない表情が浮かんでいた。ひどく取り乱しているように見える。

〝サーラ、もうあまり時間がない。けど、どうしても言っておかなくちゃいけない。誰かに伝えないといけない。どうもいやな予感がするんだ〟

　夫の周囲が映しだされる。

〝おれは仕事を請け負って、これをつくった。いまいるのは遠くの……〟

　がさがさという音がして、声がかき消された。送話口が手でふさがれたのかもしれない。言葉の続きは聞きとれなかった。死んだ夫は、震える手で自分の周囲にカメラを向け、しどろもどろになにごとか訴えている。夫はなにかをつくったらしいが、それがどうしたのだろうか。

〝……おれは恐ろしいんだ。自分がいったいなにをつくったのか。これを見てくれ。ここは地下室だ。緊急避難用だろうと思っていたが、そうじゃない。小さなハッチがひとつだけあって……〟

その声はまた雑音にかき消されたが、映像は続いている。地下のシェルターのような部屋が映しだされている。

〝……そうだ、ここでなにかが起ころうとしている、そんな予感がする。よからぬことが……これを見てくれ。こういうものだ。物を運びあげたり、降ろしたりできる。まるで荷物用エレベーターかなにか……〟

と、夫はぎょっとしたように振りむいた。何年かまえ、おびえきったティーンエイジャーたちが森のなかを逃げまわりながらその姿を自分で撮影した《ブレア・ウィッチ・プロジェクト》という映画を見たことがあるが、それに雰囲気がよく似ている。

〝……なにがなんだかわからない、ただ、自分の身になにか起きるような気がする。予感がするんだ。おれがどれほど遠くにいるかわかるか？　頼むから、おれが言うことを書きとめてくれ、サーラ。おれがいるところと、どういういきさつでこの仕事を引き受けることになったのかを。で、もしおれの身になにか起こったら、警察に行ってくれないか。おれにこの仕事を依頼したのは……〟

また雑音が入る。夫の言葉はまったく聞きとれなくなった。恐怖をたたえた目と、わなわな震える唇が目に入るだけだ。そんな映像が一分ほど続き、動画は終わった。

で、この仕事をもらうために、どんな女と寝たの、とサーラは心のなかで毒づいた。

というより、見返りはセックスだけだったかもしれない。まとまったお金を手にしたところなんて見たこともないから。頼むから、ですって？　冗談は休み休み言ってほしい。

短い動画は見るに耐えないものだったが、詮索する気にもなれなかった。こんなものは全部茶番に決まっている。あのばかの言うことを信じるのは、とうの昔にやめている。

サーラは動画をパソコンから削除し、メモリースティックを抜いてゴミ箱に捨てると、廊下に出てダストシュートにゴミ袋ごと投げ入れた。これでさっぱりした。邪魔なものはすべて消えた。

もうすぐ娘が学校から帰ってくる。人生はすばらしい。この家の主は自分だ。サーラ・キーセはテラスに出て煙草に火をつけた。両足をテーブルにのせ、微笑みを浮かべて目を閉じ、日差しを浴びながら、待ちかねた春の気配を楽しんだ。

自分だけの人生。誰のものでもない。ようやく自由になれた。

17

ガーブリエル・ムルクが会議室に向かおうとしたとき、ノックの音がした。

「はい？」

「やあ、ガーブリエル」

ホールゲル・ムンクが入ってきて、ドアを閉めた。ガーブリエルはぺこりと頭を下げ、大きな温かい手を握った。

「いやどうも」ムンクは頭を掻いた。「荷物がまだ届いていないようだな」

「そうなんです、だけどさっきの人が……ええと……」

「キムかね」

「ええ、キムの話では、もうすぐ届くということでした」

「そりゃよかった」今度は顎を掻きながらムンクが言う。「きみの前任者がいたんだが、そいつは誘惑に負けてしまってね。残念だが、よくあることなんだ」

ガーブリエルは、自分の前任者がどういう誘惑に負けたのか尋ねようかと思ったが、やめておくことにした。ムンクの目がなにかを物語っている。キムも同じような表情をしていた。心のなかにいくつもの重荷を抱え、そちらに気をとられているような表情だ。

「イレギュラーな形の採用になってすまなかった。通常は、採用前にかならず面接をするんだが、今回はあいにくと時間がなかったものでね」

「お気遣いなく」

「きみをぜひにという推薦があったんだ」ムンクはガーブリエルの肩を叩きながらうなずいた。「とにかく、急がせてすまなかった。なにしろ今回のことは、なんと言っていいか——キムから説明は受けたかな」

ガーブリエルは首を振った。

「まあいい、おいおいわかってくる。ところで今日の新聞は読んだかな」

「ええ、ネットで読みました」

「とくに目についたニュースはあったか」

「ふたりの女の子が殺された事件ですかね」

ムンクはうなずいた。

「このあとミアとふたりで、メンバー全員に説明することになっているから、きみもじきに概要を知ることになる。警察で働いた経験は？」

ガーブリエルは首を振った。

「心配しなくていい。きみを雇ったのは、きみがすでに備えている能力を買ってのことだ。さっきも言ったように、時間さえあれば、警察学校で教えるようなことを研修でおおまかに学んでもらうんだが、そんな余裕はないから、実地に覚えてもらうことになる。なにか質問があれば、いつでも尋ねてくれ。それでだいじょうぶか」

「だいじょうぶです」

「よかった」ムンクはつぶやいて、また遠い目をした。

「ところで、きみはどう思った」

「なにについてです？」

「今朝読んだニュースについてだ」

「そうですね」自分の頬が赤らむのがわかった。新しいボスがなんのことを言っているのか、すぐに察するべきだった。「たぶん、ほかの人が思ったことと同じです。ショックを受けました。ふたりの少女の失踪事件については注目してましたし。無事に発見されればいいと思ってました」

記事の見出しを思い浮かべる。

パウリーネとヨハンネの他殺死体が発見……

人形のように木から吊るされ……

深い悲しみに沈む遺族……

白のシトロエンの目撃証言……

このドレスに見覚えのある方は……


「そんなことでよかったでしょうか」

「うん？」

　ムンクはなにやら考えこんでいた。

「もっとちがうことを言ったほうがいいですか」

「いや、ありがとう」ムンクはガーブリエルの肩を軽く叩き、ドアのほうに行きかけて足をとめた。「よければ、もう少し聞かせてくれ」

　そしてそのままガラス張りの壁にもたれ、ガーブリエルに椅子にかけるよう促した。

「そうですね、なんと言えばいいか」ガーブリエルは口を開いた。「今朝目覚めたとき、ぼくはごく普通の市民でした。まさか、この事件に関わる仕事をすることになるなんて、思ってもいませんでした」

　仕事だの、事件だのという言葉を口にするのはおもはゆい気分だった。殺人事件の捜査に関わることになるだなんて。記事にはそれ以上のことは書かれておらず、テレビでも目新しいことは報道されていなかった。数週間前に行方不明になり、大がかりな捜索が行われていたふたりの少女の死体が発見されたことは、国じゅうの関心を集めていた。発表された事実以上のことを警察がつかんでいるのはまちがいないが、ドレスに関しては情報提供が呼びかけられていた。ドレス。ふたりの少女は人形の衣装を着せられて発見された。そこからある言葉が浮かびあがってきている――〝連続殺人犯〟。まだはっきりと口にされていないのは、ここがノルウェーで、アメリカとはちがい、そういった犯罪が日常的に起きるような国ではないからだ。まだどの記事にも使われてはいないが、誰の頭にもその言葉がよぎっていた。

「まず思ったのは、これは同じ犯人の仕業だということです」ガーブリエルは言った。

「なるほど、それから？」

「ノルウェーらしくない事件だと思いました」

「まったくだ。ほかには？」

「知り合いの子供でなくてよかったと思いました」

ムンクは身振りで先を促した。

「ふたりとも、小学校入学を控えていたというのが気になりました。はじめは、小学校の教師が関わっているんじゃないかと思いました。それから、ほかにも女の子が失踪するんじゃないかと心配になりました。もしぼくに六歳の娘がいたら、絶対に目を離さないぞとも思いました」

「なんて言った？」ムンクははっとしたように訊き返した。

「もしぼくに六歳の娘がいたら、絶対に目を離さないと」

「いや、そのまえだ」

「ほかにも女の子が失踪するんじゃないかと」

「そのまえだ」

「小学校の教師が関わっているんじゃないかと」

「ふうむ」ムンクはまた顎を掻いた。

そしてドアに手を伸ばしかけた。

「ところで、暗号解読は得意かね」

ガーブリエルは控えめな笑みを浮かべた。

「そのためにぼくを雇ったのでは？」

「そう、たしかに。そうだったな」ムンクはにやりとした。

そしてズボンのポケットに手を突っこむと、なにかを走り書きした紙切れを取りだした。

「これは重要事項というわけじゃなく個人的なことなんだが、ひょっとしてきみならわかるんではと思ってね」

紙切れが差しだされる。

「オタクの友人が何人かいて、クイズを出しあうのを趣味にしているんだ。そのひとりがこれを送ってきたんだが、どうしても解けなくてね」

ガーブリエルは受けとったメモに目をやった。


bwlybjlynwnztirkjao=5

「なんのことかわかるか」ムンクが期待のこもった目で訊いてくる。

「すぐには無理ですね」

「ここ二、三日ずっと頭を悩ませているんだ」ムンクはため息をついた。「だが、もうお手上げだ。もしなにかわかったら教えてくれないか。頼むよ。ライバルにしてやったりと思われるのは我慢ならんのでね」

ムンクは笑って、またガーブリエルの肩を叩いた。

「だが、最優先事項じゃない。あくまで個人的なことだ。いいね？」

「わかりました」ガーブリエルはうなずいた。

ムンクはいったん部屋を出ていったかと思うと、またドアからひょいと顔を出した。

「ミーティングの時間は変更だ。一時間後にはじめる。いいね？」

「わかりました」ガーブリエルはもう一度うなずき、椅子にすわったまま渡された問題に取り組みはじめた。

18

俳優のベンヤミン・バッケは、その日の《VG》紙をめくり、そこに自分の名前がないことを知って落胆を隠せずにいた。この新聞には毎年ベストドレッサーが発表されていて、去年はモートン・ハルケットとアリ・ベーンに次いで自分が堂々の三位だったのだ。なのに、今年は順位表のどこにも自分の名前がない。くそっ。ベンヤミンは楽屋の壁を殴ったが、すぐに後悔した。手が痛いし、大きな音がした。すぐにノックの音が聞こえ、演出助手のスサンネが顔を覗かせた。

「ベンヤミン、どうかした？　物音がしたようだけど」

ベンヤミンはじんじんする手をポケットに突っこんで、顔にとびきりの笑みを貼りつかせた。演技ならお手のものだ。

「なにもない、万事順調さ。トロン＝エスペンの楽屋からじゃないかな」

「そう」スサンネはにっこりした。「あと十五分でリハーサルがはじまるわ。第三幕の最初からよ」

「生きるべきか、死ぬべきか、それが問題だ」ベンヤミンはウィンクした。

スサンネはくすくす笑って出ていった。そうとも、自分にはまだ魅力がある。なのに、なぜだ。去年はランクインしていたのに――なにがいけなかったんだ？　見た目にはかなり気を遣ってきた。ＰＲ会社と契約し、スタイリストまで雇って、魅力的に見せるよう努力してきた。大きなイベントではなるべく写真を撮られるようにもしている。撮られるアングルにまで気を配っているというのに。ベンヤミンはため息をつき、鏡台の前に腰を下ろした。一年でさほど老けたわけではない。それでも、目尻にはわずかに小皺があるし、生え際はほんの少し後退したかもしれない。身を乗りだして生え際を点検する。そう、気になるのはこれだ。まえに点検したときから、二、三ミリ後退したように見える。分け目を横に変えてみる。こうすれば髪がふんわりして見える。ベンヤミンは発声練習をはじめた。喉を温め、鏡に向かって唇を突きだす。

国立劇場の舞台に立つようになってから、かれこれ八年になる。〃新星誕生〃――サミュエル・ベケットの戯曲《ゴドーを待ちながら》でエストラゴンを演じたときは、《ダーグブラーデ》紙にこう評された。以来、主役級の役ばかり演じてきた。少なくともはじめのうちは。ロミオもやったし、ペール・ギュントもやった。そして今度は、メインホールでシェイクスピアの《ハムレット》が上演されようとしている。自分はまた主役を演じ、〃生きるべきか、死ぬべきか〃の台詞を口にするものとばかり思っていた。ところが与えられた役は、ハムレットの友人のホレイショーだった。ハムレット役はトロン＝エスペンにさらわれた。なぜそうなったのか。そうなったからとしか言えない。でも、どうしてなのか。自分のほうがはるかにいい役者なのに。

〃おお、殿下……〃

癪(しゃく)にさわってしかたがない。ただの脇役だなんて。ホレイショーなど、誰からも注目されやしない。話しかけるのはハムレットくらいなものだ。舞台に立ち、お辞儀をして、トロン＝エスペンを王のように扱う――冗談じゃない。とてもじゃないがやっていられない。ベンヤミンは立ちあがり、鏡に映った姿をしげしげと眺めた。ほれぼれするようないい身体だ。それで少しは気分がよくなった。このところのエクササイズの成果が表れている。それとヨガ。フェイシャルエステのおかげで肌も完璧だ。

椅子に戻り、発声練習を続けていると、舞台監督の声がインターコムから聞こえてきた。

「出演者諸君、リハーサルを五分後に開始する。《ハムレット》、第三幕のはじめからだ」

ベンヤミン・バッケは発声練習を終え、楽屋を出ると、舞台に向かった。

19

ガーブリエル・ムルクは会議室の後ろの席にすわり、ミーティングがはじまるのを待っていた。入ってきた全員と握手を交わして挨拶をしたが、名前はほとんど覚えられていない。ここに案内してくれたのがキム、ブロンドの長い髪の女性がアネッテ。若い男が三人、名前はよく覚えていない。それから年配の男がひとり、名前はたしか……ルドヴィークだっただろうか。

ホールゲル・ムンクと、そのすぐ後ろからミア・クリューゲルが入ってきた。ミアがいちばん前の席にすわり、ムンクはプロジェクターの電源を入れて、自分のノートパソコンをつないでいる。

「それじゃ、はじめようか。今日は全員揃っての初のミーティングだ。チーム全員が集まる、それが重要なことだ。初めてのメンバーも何人かいるな――ようこそ。元からいた諸君は、新メンバーが早く慣れて能力を発揮できるよう力を貸してやってくれ。さて、パウリーネ・オルセンの死体発見から今日で十日、ヨハンネ・ランゲについては今日で八日になる。これまでは報道管制を敷いてきたが、今後はマスコミを利用することに決めた。すでに見たと思うが、死体発見時の着衣を今日公開した」

ムンクはひと呼吸置き、一同を見まわした。厳粛な面持ちのなかにちらりと笑みが浮かんだ。

「ここマリボー通りに戻ってこられたことを祝うべきなんだろうが、このとおり、われわれにはもっと重要な仕事がある。それが終わるまでお祝いはお預けだ」

ガーブリエルは部屋を眺めまわした。重苦しい雰囲気のなかにも、笑顔や満足げな表情が見受けられる。どうやらみんなチームの再結成を喜んでいるようだ。

「当初からのメンバーもいるが、新入りも来てくれたことだから、細かいところまで情報の確認を行うことにする。それから、この議事録はＰＤＦファイルにして、今日このあと設置されるサーバーにアップロードしていつでも見られるようにする。諸君も手に入れた情報はすべて共有してほしい。捜査の過程で手にした情報はどんな些細なことでも。メンバー全員が情報にアクセスできるようにサーバーに上げてくれ。そうすれば捜査がスムーズに運ぶし、あとで報告書を書くのも楽だ」

ムンクがノートパソコンのキーを叩くと、パワーポイントの一枚目のスライドがスクリーンに現れた。人形のドレスが写っているが、新聞の一面に載った写真とはちがっている。そのドレスを着たふたりの少女が木に吊るされた姿を写したものだ。そういったものをガーブリエルが見るのは初めてだった。そのとき突然、自分がどんなことに関わることになったのかわかった。これは映画じゃない。テレビドラマでもない。現実なんだ。ふたりの少女はもう存在しない。誰かに殺された。現実のこの世界で。ふたりはもう息をしていない。二度と話をすることもない。笑うこともない。小学校にも入学しない。ガーブリエルは感情を抑えて写真に目をやりつづけたが、胸がむかついてどうしようもなかった。ただでさえ新入りは目立ちやすいのに、最初のミーティングでぶっ倒れてしまってはしゃれにならない。

「パウリーネ・オルセンとヨハンネ・ランゲ」とムンクが続けた。「どちらも六歳。この秋から小学校に上がることになっていた。パウリーネは四週間前から、ヨハンネは三週間前から行方不明だった」

さらに何枚かの写真と地図が表示される。

「パウリーネはスコイエン教会幼稚園から姿を消し、マリダレン渓谷で発見された。ヨハンネはリッレ・エケベルグ幼稚園からいなくなって、ヒューネフォスのハーデラン通り付近の森で発見された。死亡日時を特定するのは難しいが、状況から判断すると、ふたりともしばらく監禁されたあと、この衣装を着せられて、発見現場に遺棄されたと考えられる」

ムンクがまたキーを叩き、新しい画像を表示させた。ガーブリエルは耐えきれず、足もとの床に目を落とした。

なんてことだ。とんでもないところに足を踏み入れてしまった。この子たちは殺された。この現実の世界で。わけのわからないグロテスクなゲームの犠牲者として。家のベッドに戻れたらどんなにいいだろう。この数分で自分の人生は変わってしまった。あんな写真は見たくなかった。そういう人間が存在するなんて知りたくもなかった。あんなことのできる人間がいるなんて。身体じゅうの力が抜けるのを感じる。これまで味わったことのない悲しみが押し寄せてくる。もちろん、こういうことが起きることは知っているが、これまではどこか半信半疑だった。こんなこと、とても現実とは思えない――いやそうじゃない、まぎれもなく現実だ。血なまぐさい残忍さ、これこそが現実なのだ。ガーブリエルは深呼吸をして、じっとすわっていることに意識を集中した。

「性的暴行の痕跡はない」ムンクの話は続く。「少女たちは身体を洗われ、爪をきれいに切られ、髪も梳かされていた。ふたりとも、子供の単独旅行用につくられた〝ひとり旅をしています〟というノルウェー航空のタグが首にぶらさげられていた。背中にはスクールバッグを背負っていた。死因は麻酔薬の過剰投与。同一犯であることはまずまちがいない。誘拐も殺人も周到に計画されている。パウリーネの発見者は、ヴァルテル・ヘンリクセンという男性だ。数年前に飲酒運転で二度検挙されているが、それ以外に犯罪歴はなく、この男が事件に関わっていると考える理由はない。ヨハンネの発見者はトビアス・イーヴェルセンとトルベン・イーヴェルセンの兄弟で、年齢は十三歳と七歳だ。継父であるミーケル・フランクには軽犯罪の前科があり、六カ月服役している。だが、こちらも事件に関わっているとは考えにくい。現場周辺を戸別にまわって訊き込みをしたところ、収穫は多くはなかったが、知ってのとおり、不審な車両の存在が浮かびあがった。年式不明の白のシトロエンだ」

またキーが叩かれ、新聞記事の写真が現れた。ムンクは机の上のミネラルウォーターのボトルに口をつけてから、話を続けた。

「このドレスは人形の衣装を模したもので、被害者のサイズに合わせてつくられている。犯人がつくったものだとすると手がかりは期待できないが、事情を知らない第三者に依頼した可能性はある。写真を新聞に載せたのは、ドレスの製作者が名乗りでることを期待してのことだ。いまのところまだ報告はないが。そうだな、アネッテ」

ムンクはブロンドの女性に視線を投げた。

「ええ、でもまだ公表されたばかりですから」

「それはそうだ」ムンクはうなずいた。「新入りのメンバーのために紹介しておくと、アネッテはわれわれと警察本部との橋渡しをしてくれている。本部に連絡をとるときは、かならずアネッテを通してくれ。情報が漏れないようにするためだ。本部から離れたこの場所にオフィスがあるのも同じ理由だ。だよな、キム」

「テラスで煙草を吸うためかと思っていましたよ」

押し殺した笑い声があちこちであがる。

「ありがとう、キム。部屋を出るときドアにぶつからないよう注意しろ。だがまじめな話、これだけは声を大にして言っておく。情報は一切漏らすな。マスコミにも、本部の連中にも、家族にも、友達にも、妻にも恋人にも同居人にも愛人にも。キム、おまえの場合は犬にもな」

また笑い声が漏れた。ガーブリエルはまわりを見まわした。この状況で笑えるなんていったいどんな連中なんだ。だが、やがて気づいた。誰もがつとめてそうしているのだ。理性と感情を切り離すために。客観的にならなければ、冷静に考えることも正しく判断することもできないとわかっているから。

頭を冷やせ。感情に流されるな。

ガーブリエルは深呼吸をして自分も笑おうとしたが、声は出てこなかった。

「手に入れた情報はわれわれだけのものだが、必要なサポートはすべて与えられることになっている。欲しいものがあれば、そこにいるアネッテに伝えてくれ。本件に関しては、あらゆるものが無制限に認められる」

「無制限というのはどういう意味です？」キムが質問した。

「一切の制限がないということだ。超過勤務であれ、車両であれ、専門技術であれ、人員であれ――この捜査は、われわれと本部にとっての最優先事項であるだけでなく、国全体の重大事だ。命令は最上層部から下りてくる。ミッケルソンということではない」

「法務大臣ですか？」たしかさっき、ヨンなんとかと名乗っていた男が尋ねた。スキンヘッドの強面（こわもて）で、すぐにでも悪党役で映画に出られそうだ。

「それもある」ムンクがうなずいた。

「首相ですか？」男はさらに言った。

「首相官邸にも逐一報告が行っている」

「今年は選挙の年でしたよね」スキンヘッドの男がにやりとする。

「選挙があるのは毎年のことだぜ、カリー」キムが笑って応じた。

カリー。変わったあだ名だ。

「おまえさんたちが首相のことをどう思っていようが、知ったこっちゃない」ムンクが語気を強めた。「この子たちは、自分の娘だったかもしれない。そんなふうに感じているのはわれわれだけじゃない。国民全員が同じ思いでネットやニュースを見ている。国全体がこの死を悼み、ショックを受けている。事件を解決するのは、被害者の家族に正義をもたらすためだけじゃない。いまは国じゅうの子供たちの命が脅かされている、いわば非常事態だ。だからおまえさんが政権にどんな意見を持っていようと、なんの興味もないんだ、カリー。政府からは今回の捜査に対して無制限の協力が与えられる。それが選挙対策かどうかを詮索するのはわれわれの仕事ではない。われわれの仕事は犯人を見つけることだ。わかったか？」

室内の空気がぴんと張りつめた。カリーはそれ以上なにも言わず、ぺこりと頭を下げ、膝の上で指先をもぞもぞさせた。ムンクにはこんな一面もあるのか、とガーブリエルは意外に思った。電話で話したときもさっきの部屋でも、ムンクは驚くほど気さくで穏やかで親しみやすく、まるでテディベアのようだった。それがいまは、眼光鋭く、得体の知れないものを腹に抱えたハイイログマのように見える。なるほど、こういうことか。ほかの誰でもなく、ムンクがここのボスである理由が徐々にわかってきた。

「見てのとおり、ミアが帰ってきた」ムンクは口調をやわらげて言った。

「ただいま」それまで黙ってすわっていたミア・クリューゲルが立ちあがり、スクリーンのそばへ行った。

拍手と口笛がそれを迎える。

「ありがとう、みんな。また会えてうれしいわ」

ガーブリエルはミアをちらっと見た。まともに見つめて、目をそらせなくなったりしたらまずい。もういい加減、脳が容量オーバーだ。パウリーネとヨハンネの死体だけでも平静でいられないのに、ほんの数メートルのところに本物のミア・クリューゲルが立っているなんて。ミア・クリューゲルに熱をあげているのは自分だけではない。フェイスブックには、ミアのファンが立ちあげたページがいくつもある。いまはどうか知らないが、以前あったのはたしかだ。そのページに〝いいね〟をつけたいと思ったこともあるが、そこはハッカーだけにやめておいた。インターネット上の行動はすべて追跡できることを知っているから、クリックひとつにも慎重になっている。

噂では、ミアは姉の恋人のジャンキーを射殺したと囁かれていた。当時、どの新聞もその事件で持ちきりだったが、数週間もすると話題はほかに移っていった。たしか、最終的な警察発表では、ミア・クリューゲルに非はなかったということだったが、それでもしばらくは第一線を離れていたようだ。

ミアは華奢(きゃしゃ)な身体と漆黒の髪の持ち主だった。着ているものは黒と白のタートルネックと、太腿にファスナーのついたタイトな黒のパンツ。ずいぶん疲れているようで、目には力がない。以前新聞で見た写真よりも痩せて見える。ミア・ムーンビーム。ネットではそう呼ばれていた。世代がちがうからよく知らないが、ムーンビームというのは『銀の矢(シルバー・アロー)』という漫画のキャラクターの名前らしい。美しいアメリカ先住民の少女で、一九八〇年代の少年たちはひそかに憧れていたそうだ。

いつのまにか、ガーブリエルの目は釘づけになっていた。ミア・クリューゲル。ノルウェーに名の知れた犯罪捜査官は多くないが、ミアは例外だ。アメリカ先住民を思わせる顔立ちとノルウェー人らしい青い瞳を持つ、若く美しい優秀な女性捜査官。そんな彼女が大きなスキャンダルに巻きこまれた——タブロイド紙の格好のネタだ。いまは気の毒に思えるほど憔悴(しょうすい)して見える。細い脚にはごついライダーブーツを履いていて、歩くたびに金具が音を立てる。片手首には銀のチャームのついたブレスレットを、もう片方には革ひもを巻いている。ネットの掲示板では、その両方にまつわる噂が飛び交っていた。銀のブレスレットは麻薬の過剰摂取で死んだ姉からもらったものらしい。革ひものほうは、性奴隷としてノルウェーに連れてこられた若い女性が殺害された事件で、容疑者のラトビア人の男から奪ったということになっている。ミアが捜査官になって日が浅いころで、その男はなにか同情を引くようなことを言ったらしい。手錠をかけずに尋問をはじめると、男はブーツのなかに隠し持ったカッターナイフで切りかかってきた。顔を血まみれにして男を取り押さえたミアは、奪ったカッターナイフで男の手首に巻いてあった革ひもを切りとった。いまもそれを身に着けているのは、情に流されないよう自分を戒めるためだと言われている。そのときミアはあやうく片目の視力を失うところだった。いまガーブリエルがすわっている場所からでも、そのときの傷を確認することができる。数ある噂話と伝説のなかにひとつでも本当のことがあるのかはわからないが、それでも心惹かれずにはいられなかった。その彼女がいま、目の前に立っている。これから一緒に働くことになるのだ。

ミアは片腕を身体にまわし、小さな声で言葉を選ぶように話しだした。ガーブリエルは全身を耳にしてその言葉を聞きとろうとした。

「これまでのところは、みんなほとんど知っていることだったと思います。ここからはまだ知られていなくて、重要だと思われることを見ていきましょう」

ミアがムンクのコンピューターのキーを叩くと、一枚の写真がスクリーンに映しだされた。

「発見された少女たちは、スクールバッグを背負っていて、なかには教科書が入っていた。表紙には名前が書かれていて、ヨハンネ・ランゲのほうは本人の名前だったけれど、パウリーネのほうには、リッケ・J・Wという名前が書かれていた」

別の写真がスクリーンに映しだされる。

「なんでだ？」

ミアはふっと微笑んだ。

「ありがとう、カリー。あいかわらずせっかちね。また会えてうれしいわ」

「ミアの話を最後まで聞け」ムンクがたしなめる。

「ヨハンネの教科書には本人の名前が書かれていた。なのに、パウリーネの教科書に書かれていたのは、リッケ・J・Wという名前だった。もう明らかなように、ふたつの殺人は偶発的なものではありません。どちらも細部にいたるまで周到に準備されている。犯人はすべてを把握していて、少女たちの名前も知っていたはず。誘拐するまでに長い時間をかけたと考えられます。そのことについてはあとで話すけれど……」

ミアは言葉を切り、咳払いをして腕をいっそうきつく身体に巻きつけた。ムンクが立ちあがってミネラルウォーターのボトルを差しだした。ミアは首を振って、低い声で続けた。

「ふたつの事件に関連があることは疑う余地がない。だけど、さらに別の事件が関わっていることを示す証拠を見つけたの。数年前に起きて、迷宮入りした事件が」

そこでキーを叩く。

「二〇〇六年、ひとりの赤ん坊がヒューネフォス病院からいなくなった。その二カ月後、スウェーデン人の男性看護師、ヨアキム・ヴィークルンドが自宅アパートメントで首を吊っているのが発見された。足もとの床には、誘拐の責任を取るというメモが見つかった。赤ん坊は発見されず、事件は迷宮入りしました」

ミアはまた言葉を切り、今度はミネラルウォーターに口をつけた。見るからに具合が悪そうだ。健康で丈夫なはずのミアがかすかに震えている。頭を働かせようと必死になっているように見える。

「ホールゲルとわたしは」ミアはしばらくして言葉を続けた。「パウリーネの教科書に書かれた名前は、犯人からのメッセージだと確信しています。なぜそんなことをしたのかはまだわからないけれど。J・Wはヨアキム・ヴィークルンドの頭文字で、リッケはちがう（イッケ）を意味している。つまり〝ヨアキム・ヴィークルンドではない〟ということ」

室内にざわめきが広がった。誰もがミア・クリューゲルの頭脳に一目置いているのは明らかだ。

ムンクが続きを引きとった。

「ということで、われわれはヒューネフォス事件の捜査を再開することにした。当時の捜査資料はすべて洗いなおす。事情聴取や目撃証言の記録はすべて。事件の関係者にはあらためて話を聞く。そちらの線は、当時の捜査に関わっていたルドヴィークが指揮をとって、カリーと一緒に進めてくれ。古い目と新しい目で見なおせば、なにか見つかると思う」

ルドヴィークと呼ばれた年配の男と、先ほど政治家に辛口のコメントを吐いていたスキンヘッドのカリーが揃ってうなずいた。

「では、第一の糸口である二〇〇六年のヒューネフォス事件は、ルドヴィークとカリーに任せる。第二の糸口は、ドレスだ。アネッテ、本部に集まった情報を整理して、ミアとわたしにまわしてくれ。それから、過去の犯罪者や容疑者については……」

ムンクは顔を上げた。

「ヒッレ？」

短い黒髪の男がノートから目を離して答えた。長身痩軀で大きな眼鏡をかけている。

「はい、トロンと一緒にリストをつくっているところですが、対象者はそれほど多くありません。いま過去の性犯罪者をチェックしているところです。でもこれって、本当に意味のあることなんでしょうか。今回みたいな事件が過去にありました？　まじめな話、聞いたことがないです。うちのリストをヨーロッパ各国の警察に見せて、自分のところのリストと照合してもらいました。一九九六年にベルギーで起きたマルク・デュトルー事件の関係者のものはとくに念入りに。でも、同じ少女誘拐殺人事件といっても、あれは激しい性的虐待が加えられていて、今回の事件とはまるでちがいます。実際、どこの国からの返事もノーばかりで。もちろんさらに確認を続けますが」

「頼む」ムンクはうなずいた。「そうそう、忘れるところだった。新しいデータベース・システムを導入することになった。今日じゅうに使えるようになる。名前でも、キーワードでも、調べたいことを入力すれば、警察や各機関のデータベースを即座に照会できる。使い方でわからないことがあれば、ガーブリエル・ムルクに聞いてくれ。うちの新しいコンピューター・オタクだ。みんなガーブリエルとは顔合わせがすんだか？」

自分の名前を耳にして、ガーブリエルは飛びあがりそうになった。全員の視線がこちらに向けられている。

「よろしく、ガーブリエル」あちこちから声がかかる。

「よろしく、みなさん」ガーブリエルはぎこちなく挨拶を返した。

なんだか、学生時代に戻ったみたいだ。前に出て自己紹介しろと言われるかと思ったが、幸いそうはならなかった。話に出ているデータベースというのも、なんのことかさっぱりわからない。ムンクが振りむいてウィンクした。

「時間がなくてきみにはまだ話していないんだが、あとで説明する。いいね？」

「わかりました」ガーブリエルはうなずき、ミアがまた話しはじめるのを見てほっとした。

「気づいた人がいるかどうかわからないけど」

ミアはコンピューターのキーを叩いた。

「パウリーネの左手の小指の爪に数が刻まれているのが明らかになったの。これはⅠを表している。そして——」

もう一枚の写真がスクリーンに映しだされる。

「ヨハンネも同じで、左手の薬指に線が二本入っている。こっちはⅡ」

「くそったれ！」ルドヴィークが声をあげた。丸い眼鏡をかけた年配の男だ。

「ええ、まさに」ミアはルドヴィークに目をやった。

「いったいどういうことだ？」とカリー。

「これで終わりじゃないってことよ」アネッテが答える。

沈黙が落ちた。

「つまり、パウリーネとヨハンネの事件は、はじまりにすぎないと考えられる。まだ続きがあるということだ、残念ながら」

ムンクがまた口を開いた。

「というわけで、失踪者の通報にはとくに注意する必要がある。六歳の少女がたとえ半時間でも行方不明だとわかれば、全力をあげて捜査にかかる。いいな？」

全員がうなずいた。

「さて、そろそろ煙草が切れてきた。十分間休憩をとることにしよう。十分たったら戻ってきてくれ」

ムンクが上着のポケットから煙草の箱を取りだしてテラスに向かうと、ミアがあとを追った。なんてことだ。ふたりの少女の写真を見せられただけでも耐えられないのに、さらに次の犯行があるというのか。ガーブリエルは幾度か深呼吸をして動悸を静めてから、廊下に出てコーヒーを飲みに行った。

20

ルーカスは教会の壁際のいつもの席にすわっていた。そこの椅子は座面がやや高くなっていて、説教壇と信徒の姿を眺めわたすことができる。シモン師はすでに祭壇の前に進みでているが、まだ口を開いていない。なにか大事なことを考えているように見える。ルーカスと信徒たちは身じろぎもせずにすわっている。白壁の会堂内は、ピンの落ちる音さえ聞こえるほど静まりかえっている。シモン師がどんな言葉を発するのか、誰もが息を潜めて待ちかまえている。白髪の師が説教をはじめるまえにしばしの間を置くのはいつものことだ。それは神と交信する回路をつなぐためであり、神聖な対話を妨げるものを排除するためでもある。そうやって待つあいだも含め、礼拝の時間はすべてが美しく、神々しく、瞑想的でさえある。ルーカスは膝に両手を置いて静かにすわりながら、そんなことを考えていた。

ルーカスはシモン師の声が好きだった。その声を初めて耳にしたのは、十二年前の夏休み、近所の人たちに連れていかれたソールランのキャンプ場でのことだ。里親たちは、ルーカスをそこに連れていくつもりも、一緒に休暇を過ごすつもりもなかった。彼らがどこに行っていたかは思いだせない——地中海かどこかだと思うが、いまとなってはどうでもいい。じきに十五歳になるころで、はじめは居心地が悪くてたまらなかった。連れは年の離れた大人ばかりだったからだ。とはいえ、自分を部外者だと感じるのは初めてではなく、それまでの人生がずっとそんなふうだった。自分の家だとばかり思っていた児童養護施設を出てからというもの、あちこちの里親に迎えられては追いだされ、いつも居場所が定まらなかった。学校でもそうだ。勉強ができなかったからではない——問題だったのはほかの生徒や教師たちだ。まわりの人間すべてと言うべきか。シモン師はまだ目を閉じたまま、両手をかかげて立っている。そんな師の姿を、ルーカスは称賛の目で見つめた。師から温かな熱が伝わってくる。温もりとやわらかな明るい光が身体に満ち、心が安らいでいく。十二年前、キャンプ場で初めてこの感覚を味わったときのことを思いだす。それまでは、自分が陸に上がった魚のように思えていた。世の中には自分だけが知らされていない秘密でもあるような気がしていた。そんな疎外感を覚えると、決まって頭のなかで叫び声が響き、口に出すのも憚(はばか)られるようなことをやれとそそのかすのだった。けれどあのときは、まるで神そのものに道を照らされたように、キャンプ場のはずれに立つ小さなテントに自然と足が向いていた。白いテントから漏れる一条の光に導かれ、囁き声に招き寄せられた。頭のなかで響くその声は、いつもの恐ろしい叫び声とはまるでちがう、やわらかな異国の言葉で語りかけてきた。〝セクェレ・ヴィア・アド・カエルム〟。やさしく耳に響く声と手招きするような光に、ルーカスはさらに引き寄せられた。〝セクェレ・ヴィア・アド・カエルム〟──天国への道を進め。その声と温もりと光に陶然となり、気づけばテントに足を踏み入れていた。そして、中央の演壇にいたのがシモン師だった。あの輝く瞳、力強い声。その日から、ルーカスは救いを見いだしたのだ。

ルーカスは説教がはじまるのを静かに待つ信徒たちを見わたした。知っている顔ばかりだ。ほとんどが長年の信者たちだが、自分ほど古参の者はいない。あの夏、ルーカスは里親のもとに戻らなかったが、なんの不都合も生じなかった。十二年のあいだにしだいに地位が上がり、いまは弱冠二十六歳にしてシモン師の側近を務めるまでにしているのだ。右腕と言ってもいい。公私にわたり、シモン師のあらゆる活動を補佐している。ルーカスにとって、シモン師のために働くことは自らの使命だった。師のためならどんなことでもできる。師がいなければ生きる意味はなく、必要とあれば、喜んで命を差しだせる。師を信奉する者にとって死はもはや死ではなく、天国に近づくための一歩にすぎない。温もりと美しい光が身体に満ちるのを感じ、ルーカスはこみあげる笑みを抑えた。

ここしばらくは頭のなかの声を聞いていない。もちろんときどきは聞こえるが、若いころのように頻繁ではなく、はっきりとした響きでもなくなっている。あのころ、頭のなかの声、とくに叫び声は、やるべきではないことをやれとルーカスに強いた。抵抗しても無駄だった。叫び声がけっしてあきらめないことは心の奥底でわかっていた。だからしかたなく従った。気持ちを殺して。悪いことが起きないようにと祈りながら。いつのころからか、ルーカスは囁き声と叫び声を神と悪魔の声だと思うようになった。シモン師は、神と悪魔はどちらか一方のみでは存在し得ないと説明してくださったことがある。この世においても、あの世においても、世界の二極を成す存在であり、切り離すことができないものなのだと。そして、光にいたる道がつねに導いてくれるから恐れることはないのだと。ときに悪魔の命令に屈することは大罪ではなく、それは神の存在を証明することにもなるのだと。神は民を試すためにあえて悪魔の声で語りかけることがあるともおっしゃった。とはいえ、そういった声が――とくに叫び声が――さほど頻繁に聞こえなくなったことは、やはりありがたかった。

神にいたる道のなかばには悪魔(デオ・シーク・ペル・ディアボルム)がいる。

これが教会の公式な教義でないことはよくわかっている。平信徒にはとても受け入れられないものだろう。選ばれし者だけがこれを理解することができる。平信徒はただそこにいるだけだ。目の前で敬虔(けいけん)な沈黙を守っているこの者たちのように。師のおっしゃる、光にいたる道という言葉の本当の意味を知るのは選ばれし者だけで、ルーカスはそのひとりなのだ。

今夜の礼拝は平信徒に向けたものだ。今週末に森に戻って、選ばれし者たちと顔を合わせるのが待ち遠しい。内心ルーカスは、なぜシモン師が平信徒に向けた礼拝を続けているのか理解できないでいた。自分たちにはもっと大切な務めがあるはずなのに。だが、師の方針に異を唱えることはない。師は神と通じていて、なにをなすべきかをご存じなのだ。光の家(ルクス・ドムス)。週末まで待つことだ。また身の内に温もりと光が満ちるのを感じ、ルーカスは喜びの吐息を漏らさぬよう唇を引き結んだ。

ついにシモン師が口を開き、神が降臨した。信徒たちは金縛りにあったように身じろぎもせず、至福に身を任せている。この説教は聞いたことがある。平信徒向けに書かれたものだ。ためにはなるが深みはない。ルーカスの心は、来たるべき週末に飛んでいた。ルクス・ドムス。また一歩天国に近づける。ルーカスは目を閉じ、師の言葉を身体に満たした。ほどなくして説教は終わり、師は出口のそばに立った。信徒たちが両手を組み、頭を垂れて出ていくと、白い会堂内にはふたりだけが残された。

ルーカスは師に従って執務室に入り、祭服を脱ぐのを手伝った。下着姿を見ないように顔をそむけ、ふだん着ている背広を身に着けるのをまた手伝う。コーヒーを淹れてカップに注ぐ。師が大きな机の前に腰かけ、神は部屋を出ていかれたのでもう話をしてもよいと身振りで示すのを待って、初めて口を開いた。

「また名前が届きました」咳払いをして、礼拝のあいだ上着の内ポケットにしまっておいた封筒を差しだした。

「ほう?」

師はルーカスの顔を見ると、封筒を受けとった。なかには一枚の白い紙が入っている。そこには名前が書かれているそうだが、それ以上のことは知らされていない。書かれた名前を目にするのは師だけと決まっている。ルーカスの仕事は封筒を受けとり、師に渡すことだ。あけることではない。天使のように、使者として差しだすだけだ。

いつものように、師はなにも言わなかった。書かれた名前をたしかめ、紙をたたみ、窓際の小テーブルの下の金庫に封筒を入れて鍵をかけた。

「ありがとう、ルーカス。ほかにもなにかあるかね」師は顔を上げた。ルーカスはやわらかな輝きをたたえたそのまなざしに笑みを返した。

「いいえ、なにも。あ、いいえ、弟さんが来ておられます」

「ニルスが？　ここに来ているのか」

ルーカスはうなずいた。

「礼拝のはじまる直前に来られましたので、裏の庭でお待ちいただいています」

「よろしい、ルーカス。では入ってもらいなさい」

ルーカスは一礼して訪問者を呼びに行った。

「なぜこれほど待たせるんだ。大切な話だと言っただろう？」

シモン師の弟のニルスもまた、教会の幹部だ。初めて会ったのはソールランのテントのなかだったが、同じくらいの古株であるにもかかわらず、ニルスは師の側近と言える地位には達していない。ルーカスがナンバー2の座に就いたとき、反対の声があったのは知っている。ニルスが就くべきだと考える者は多かった。しかしいつものように、師に異議を申し立てる者はいなかった。なんといっても、師は天国への鍵を賜った方なのだ。

「おわかりでしょう、師は平信徒を教え導くことも大切だとお考えなのです。いまはお会いになる準備ができました」

「ルクス・ドムス」短髪の弟はつぶやいた。

「ルクス・ドムス」ルーカスは微笑んで、ニルスを先導した。

師は立ちあがってふたりを迎えた。ニルスは一礼して、兄の前に進みでた。手と両頬に口づけをする。

「さあ、すわりなさい、弟よ」師は机の奥の椅子に腰を下ろした。

ニルスがちらりとルーカスを見る。

「席をはずしたほうがよろしいでしょうか」ルーカスはすぐにそう尋ねた。

「いや、ここにいてくれ」

師はルーカスにもすわるよう促した。選ばれし者なのだから、席をはずす必要はないのだ。

ニルスがいらついているのがわかったが、ルーカスは黙って従った。

「あちらのほうはうまくいっているか」三人がそれぞれ席につくと、師は口を開いた。

「万事順調です」ニルスはうなずいた。

「柵はどんな具合だ」

「半分以上できています」

「予定通りの高さになりそうか」

「ええ」ニルスはまたうなずいた。

「では、おまえはなぜあちらにいないのだ」

「どういう意味でしょう？」

「あちらですべきことがあるのに、なぜここにいるのかと訊いているのだ」

ニルスがまたルーカスを見た。なにか言いたいことがあるのだが、ルーカスが部屋にいるあいだは口にしづらいようだ。

「信徒をひとり失いかけまして」ニルスは頭を垂れ、恥じるように小声で言った。

「失うとは、どういうことだ」

「若い信徒のひとりが問題を起こしたのです」

「問題とは？」

「たいしたことではありません。手ちがいです。後始末はすんでいます」

「誰だね」

「ラケルです」

「ラケルというのは、あの娘かね」

ニルスはさらに深く頭を垂れた。

「ひと晩いなくなったのです。しかし、いまは戻ってきています」

「では、もう問題はないのだね」

「はい、問題はありません」

「ではもう一度訊く。弟よ、あちらですべきことがあるのに、なぜここにいるのだ」

ニルスは兄である師を仰ぎ見た。五十歳をとうに過ぎているのに、父親に叱られた子供のように見える。

「なにかあればすぐに知らせるようにとおっしゃいましたので」

「もう問題がないのなら、知らせる必要はないのではないかね」

ニルスは素直にうなずいた。が、少し間を置いてから、おずおずと口を開いた。「電話があれば、手間が省けるのではないかと思いますが」

シモン師は椅子に背中を預け、両手の指先を合わせた。

「ほかに言いたいことは？　なにか意見は？　おまえは神に与えられたものに満足で

きないというのだな」

「いえ……そういうつもりでは。ただ少し……」

ニルスは必死で言い訳をはじめた。顔が真っ赤になっている。師が小さく首を振ると、部屋のなかに奇妙な沈黙が広がった。その沈黙はルーカスにとって居心地の悪いものではなかった――師の意見はいつも正しい。だが、ニルスは身の置き場がないようだった。自業自得だ。師の決められたことに異議を唱えるなどとんでもないことだ。ニルスはうなだれたまま立ちあがった。

「土曜日には戻られますか」

「ああ、土曜日には戻る」

「では、そのときに」ニルスはうなずいて退出した。「ルクス・ドムス」こうしてふたりきりになれるのが、なによりもうれしい。

師は笑みを浮かべてルーカスを見た。

「あれでよかったと思うかね」

「もちろんです」

「ときどき、確信が持てなくなることがあるのだよ」師はまた両手の指先を合わせた。

「ひとつ申しあげてもよろしいでしょうか」

「なんだね」

「あなたにお仕えするのがわたしの務めです」

「ほう、そうなのかね、ルーカス」師は目を細めた。

ルーカスは頬が赤らむのを感じた。師のことはよくわかっている。声の調子でわかる。師は喜んでおられる。

「お気づきかどうかわかりませんが、信徒のなかに気がかりな者がいます」

「こちらの信徒かね」

「ええ、平信徒です」

「気がかりというと？」

「その、気にかけるべきかどうか、ご判断いただければと。わたしは気づいたことをお伝えして、あなたをお助けするだけです」

「ああ、感謝しているよ、ルーカス」

ルーカスは小さく咳払いをして続けた。

「いつも礼拝に来る信徒のなかに、好ましくない身内を持つ者がいます」

師は首を振った。「なにが言いたいのだ、ルーカス。はっきり言うがいい」

「眼鏡をかけた車椅子の老婦人です。いつも後ろのほうにいる」

「ヒルドゥルか」

ルーカスはうなずいた。

「彼女がどうした」

「ヒルドゥルは、ホールゲル・ムンクの母親です」

「誰だね」

「ホールゲル・ムンク、警察関係者です」

「そうか、それは知らなかった」

師はホールゲル・ムンクの名前を知っているはずなのに。ルーカスはとまどったが、それには触れなかった。

「ヒルドゥルはムンクの母親です」

「それがなぜ気にかかるのかね」

「お耳に入れておきたかっただけです」

「封筒のなかのもののことを考えているのか」

ルーカスはまた慎重にうなずいた。

「ありがとう、ルーカス。だが、ホールゲル・ムンクのことを気にかける必要はないだろう。それよりもいまはもっとよく考えなければならないことがある。そうではないかね」

「おっしゃるとおりです」ルークは席を立った。

「ルクス・ドムス」師は柔和な笑みを浮かべた。

「ルクス・ドムス」ルーカスも笑みを返した。

そしてふかぶかと頭を下げ、それ以上なにも言わずに師の執務室をあとにした。

21

ミア・クリューゲルはオフィスの自分の部屋で、ジーンズのポケットのなかの錠剤をもてあそんでいた。この事件を終わらせてしまうまでは飲まないと決め、島の家に全部置いてくるつもりだったのだが、決心が鈍り、念のためにポケットに数錠入れてきてしまったのだ。飲みたくてたまらない。全身がうずうずする。現実の世界に身を置くのがどういうことか忘れていた。これまでずっと遠ざけてきた世界。あと少しで逃れられるはずだったのに、ムンクが現れたおかげで計画が台無しになってしまった。

　オスロに戻ってから四日になるが、アルコールも一切口にしていない。ホテルの部屋のミニバーに何度か手を伸ばしかけたが、なんとかこらえた。ムンクは官舎を手配しようと言ってくれたが断った。ホテルのほうがいい。お金なら喜んで払う。ここに戻ってきたかったわけではない。帰ってきたつもりもない。だから無機質なホテルの部屋のほうが都合がいい。仮の住みか。時をやりすごすための部屋。生活にどっぷり浸かりたくはない。この事件を解決するだけ。これが片づけば、元の場所に戻る。ヒトラ島に。シグリのもとに。どの日にちがふさわしいだろうか。あの日から十年になる四月十八日は過ぎてしまった。次の記念日は誕生日だ。十一月十一日。ふたりが三十三歳になる日。なるはずだった日。十一月というのはあまりにも先に思える。遠すぎる。もっと近い日を探さなければ。それとも、探す必要などないかもしれない。別にいつでもかまわない。肝心なのは、行動を起こすことだ。ここから逃れることだ。人々から。ポケットから薬を一錠出して舌の上にのせる。思いなおし、吐きだしてポケットに戻した。

「服のことがわかったわ」

　アネッテが部屋に入ってきた。

「え？」

「人形のドレスの件で情報提供があったのよ」

「こんなに早く？」

「ええ」アネッテは笑顔で手に持った紙を振ってみせた。「サンドヴィカにある〈イェンニ洋裁店〉のイェンニという女性が電話をかけてきたの。連絡が遅くなって恐縮してるみたい。忙しくて今日まで新聞を見ていなかったそうよ。一緒に行く？」

「そうする。ムンクはどこ？」

「幼稚園にお孫さんを迎えに行かなくちゃいけないそうよ。運転はあなたがする？それともわたしがしましょうか」アネッテは車の鍵を指にぶらさげている。

「あなたがお願い」ミアは微笑み、アネッテのあとについて地下の駐車場に向かった。

「それで、そのイェンニはなんて言っているの」車が中心街を離れて高速道路に入ると、ミアは尋ねた。

アネッテとはこれまでいくつかの事件で一緒に仕事をしているが、それほど親しい関係にはならなかった。理由はわからない。アネッテに問題があるのではない。機転がきくし、気さくな性格だ。法律の専門知識があり、すばらしく頭が切れる、チームになくてはならない存在だと言える。親しくならなかったのは、ミアが同僚とは距離を置いているからだろう。もちろんホールゲル・ムンクとは親しくしているが、それは例外だ。いまの自分に友達と呼べる相手はいるだろうか。オースゴールストランの昔なじみとは、もう何年も話していない。シグリがいなくなってからは、ますます自分の殻に閉じこもるようになった。あまり賢明ではなかったかもしれない。仕事以外の世界を持ったほうがよかったのかもしれない。でも、いまとなってはどうでもいいことだ。この事件が片づけば、ヒトラ島に戻る。シグリのところへ行く。ミアはブレスレットにぶらさがったSの形のチャームをなでた。こうすると気持ちが落ち着く。

「わたしが直接話したわけじゃなくて、本部から報告があったの。でも、たしかな情報だと思う」

「後ろ襟の刺繍のことは知ってたって?」

アネッテは車線を変更しながらうなずいた。

「マルコによる福音書十章十四節、〝幼子らをわたしのところに来させなさい〟。犯人は狂信的な人物だと思う?」

「まだなんとも言えない」ミアはサングラスをかけた。

外の日差しが眩しい。ほかの人の目には春の穏やかな日差しかもしれないが、ミアにとってはちがう。あらゆる刺激がいまの自分にはきつすぎる。ゆうべもテレビをつけてみたが、すぐに頭痛がした。ムンクのオフィスでは、ラジオを消してほしいと頼まなくてはならなかった。

ふたりは黙ったまま高速道路を走った。アネッテがなにか聞きたそうにしているのはわかっていたが、ミアは気づかないふりをした。ほかのみんなも同じだ。なに食わぬ笑顔の下に興味津々の目を隠している。気心の知れたカリーやキム、ルドヴィークは別だが……いや、彼らだって同じかもしれない――〝元気かい〟、〝どうしてたんだ?〟、〝体調はもういいのか、ミア〟、〝うつ状態だったと聞いたけど?〟、〝頭を剃ったんだって?〟、〝絶海の孤島で自殺未遂をしたというのは本当かい?〟。アネッテに様子をうかがわれているのを感じる。口にされない質問が車内に充満している。マリボー通りのオフィスと同じだ。けれど、ひとつひとつ説明する気力はない。それはまた今度にしたい。アネッテのことは好きだ。いつか一緒にビールを飲みに行ったりできるかもしれない。できないかもしれない。どうだろう、わからない。

こっちよ、ミア。いらっしゃい。

どうしてそんなところにひとりでいるの?

サンドヴィカで高速道路を降りたところで、雨が降りはじめた。フロントガラスに雨が叩きつけるが、ミアはサングラスをはずさなかった。レンズの奥の瞼を閉じ、フロントガラスを打つ雨音と、エンジンのうなり声に耳をすます。ふと、十一歳の自分に戻った気がした。ある土曜日、ホルテンにある父の塗料店に遊びに行った帰り、車の後部座席にすわっていたときの自分に。なにもかもが甦る。父のにおいや鼻歌、革の手袋、片手で握ったハンドル。母が一緒にいないせいで、のびのびとした気分だった。

父さんとおまえの歌を聞きたいかい、ミア?

うん、歌って!

父は古いミュージカル曲を歌ってくれた。

もう一回、もう一回!

もう一回?

うん!

子供のころを思いだして甘酸っぱい気持ちになり、ミアはサングラスの下で微笑した。そういうときはいつもくすぐったさを覚え、頬が熱くなる。あのころ、人生はシンプルだった。いまはみんないなくなってしまった。ミアひとりを残して。

ふいに車がとまり、ミアはもの思いから引き戻された。

「着いたわ」アネッテがそう告げて車を降りた。

ミアはサングラスをダッシュボードに置き、アネッテのあとに続いた。雨はやんでいる。通り雨だったようだ。穏やかな春の日差しが雲の切れ間からまた顔を出し、サンドヴィカ郊外に建つ黄色い壁の小さな店を照らしている。

ショーウインドウには〈イェンニ洋裁店〉と書かれ、ガラスドアの内側には、昔ながらの札がかかっている――〝本日休業〟。ミアがノックすると、やさしそうな年配の女性がカーテンの後ろから不安げに顔を覗かせた。

「どちら様？」ガラスドア越しに女性が訊いた。

「オスロ警察、殺人捜査課のミア・クリューゲルです」相手を安心させるために、ミアはガラスに向かって身分証をかかげた。

「警察の方？」女性は意外そうにふたりを見た。

「ええ、そうです」ミアはやさしく答えた。「入ってもよろしいですか」

女性は新聞報道のせいですっかり動転した様子で、ドアをあけるのに手間どっていた。年老いた指を震わせながら、やっとのことで鍵をまわした。ミアは静かになかに入り、もう一度身分証を提示した。ふたりが入ると女性はドアを閉め、すぐに鍵をかけた。そして華やかな色彩にあふれた店の真ん中で立ちつくした。

「イェンニさんですね」ミアは尋ねた。

「ええ、ごめんなさい、ぼうっとしてしまって。ああ、なんてことでしょう。震えがとまらないわ。イェンニ・ミットゥンです」女性は小さなか細い手をミアに差しだした。

「こちらはあなたの店ですか」アネッテは店内を見まわした。

ハンドメイドの服を着たマネキンがウインドウに飾られている。壁や棚にもテーブルクロスやワンピースといったイェンニの手製らしき品々がずらりと並び、壁のひとつはパッチワーク・キルトで埋めつくされている。古きよき手仕事の世界そのものだ。

「ええ。一九七二年から営んでいます」イェンニ・ミットゥンはうなずいた。「夫とわたしのふたりではじめた店なんですけど、いまはわたしひとりです。夫は一九八九年に亡くなったもので。〈イェンニ洋裁店〉という名前にしようと言いだしたのは夫なんですの。イェンニとアーリルのほうがいいと思ったんですけど、夫がどうしてもと言うもので……」

イェンニは声を詰まらせた。

「このドレスはあなたがつくられたものですか」

ミアは内ポケットから写真を二枚取りだして、カウンターの上に置いた。イェンニは首からひもで下げていた眼鏡をかけ、写真をじっくり見てからうなずいた。

「ええ、どちらもわたしがつくりました。あの、わたしはどうなるんでしょう。なにか悪いことをしてしまったんでしょうか」

「そんなことはありませんよ、イェンニ。悪いことなどしていません。注文主のことを教えていただけますか？」ミアは尋ねた。

イェンニはカウンターの後ろにまわり、本棚からリング式のバインダーを取りだした。

「全部ここに控えてあります」とバインダーを指でつつく。

「どういったことが？」

「注文の内容すべてです。寸法や生地、金額や納品日――全部ここに書いてあります」

「お借りしても？」

「ええ、かまいませんとも。なんでも持っていってくださいな。ああ、本当に恐ろしいこと。いったいどうしたらいいのか……知ったときは、もうショックで……近所の人が新聞を持ってきてくれたんですけど……」

「ドレスを注文したのは？」

「男の人です」

「名前は？」

「名前はわかりません。その人は写真を持ってきました。人形の写真を。そういうドレスを子供に着せたいのだと言って」

「なんのためのドレスか言っていませんでしたか」

「いいえ、わたしも尋ねませんでしたし。もし知っていたら……でもまさかこんなことに……」

イェンニは頭を抱え、椅子にすわりこんだ。アネッテが店の奥に入り、水の入ったグラスを持って戻ってきた。

「ありがとう」イェンニの声は震えている。

「注文があったのはいつですか」

「一年ほどまえ、去年の夏です。最初の一着はということですけど」

「注文主が来たのは、一度だけではなかったということですか」

「ええ、そうです。何度も来ました。支払いはきちんとしていました。期日内にいつも現金で支払いがありました。お金に関して問題は一切なかったんです」

「つくったのは全部で何着ですか」

「十着です」

イェンニは床に目を落とした。アネッテがミアを見て眉を上げた。

これで終わりじゃない。ドレスは十着。

「注文主が最後に来たのは？」

「それほどまえじゃありません。ひと月半ほどになるかしら。ええ、たしか三月のなかばだったと思います。そのとき、最後の二着をお渡ししました」

「どんな男だったか思いだしていただけますか？　ご気分が悪くなければ、ですが」

「ごく普通の人でした」

「普通というのは、どういうところが？」

「きちんとした身なりをしていました。仕立てのいいスーツに、帽子もかぶっていて。靴もちゃんと磨かれていましたし。背はそれほど高くなくて、アーリル——死んだ夫とそう変わらなかったから、百七十五センチくらいかしら。太っても痩せてもいなくて、ごく普通の身体つきでした」

「言葉に訛りのようなものは？」

「訛り？　いいえ」

「外国人のような話し方でもなく？」アネッテが尋ねた。

「ええ、そうです。ノルウェー人で、たぶんオスロ出身です。年は四十五くらいの、ごく普通の人でした。感じがよくて、身なりがよくて。まさかこんなことになるなんて……その、もしあのときわかっていれば……」

「よくお話を聞かせてくださいました」ミアはイェンニの手にやさしく触れた。「大変参考になりました。もうひとつ、よく思いだしていただきたいのですが、その男性にどこか変わったところはありませんでしたか。特徴のようなものは?」

「さあ、どうかしら。タトゥーがあったことか?」

アネッテがまたミアを見て、口の端に笑みを浮かべた。

「タトゥーがあったんですね」

イェンニはうなずいた。

「このあたりです」そう言って首に手をやる。「いつもタートルネックのセーターで隠れていたんですけど、一度だけ少し見えていたことがあって。わかります? 首まわりのゆったりしたタートルネックだったんです」

イェンニは説明するために自分の襟もとに手を触れた。

「タトゥーの大きさは?」アネッテが尋ねた。

「大きかったわ。ここからこのあたりまで、一面に広がっていて……」

「タトゥーの絵柄はわかりますか」

「ええ、鷲だったわ」

「首に鷲のタトゥーのある男だったんですね」

イェンニはおずおずとうなずいた。

「すぐに報告して」ミアが言うと、アネッテはうなずいて携帯電話を取りだし、外に出ていった。

「お役に立てたかしら」イェンニは不安げにミアを見上げた。「わたし、刑務所に送られたりしません？」

ミアはその肩にやさしく手を置いた。

「いいえ、そんなことはないですよ。ただお手数ですが、正式な供述調書を作成するためにオスロに来ていただきたいんです。すぐでなくてかまいませんが、二、三日以内にお越しいただけますか」

イェンニはうなずき、ミアを送りだそうと戸口へ向かった。ミアはジーンズの後ろのポケットから名刺を出して手渡した。

「ほかに思いだしたことがあれば、ご連絡ください」

「わかりました。でも、なにか困ったことになったりしないでしょうね」

「いえ、そんなことはありません」ミアは笑顔を見せた。「ご協力感謝します」

店の外に出た瞬間、背後で鍵をかける音が聞こえた。気の毒に。イェンニは心底おびえている。振り返ると、カーテンの隙間から顔が覗いていた。このあと、ひとりきりでなければいいけれど、とミアは思った。せめて電話をかける相手がいれば。

振り返ると、アネッテは電話を終えたところだった。

「ホールゲルと話せた？」

「携帯にかけたけど出なかったわ。代わりにキムに伝えておいた。そっちの線は彼があたってくれるそうよ」

「よかった」ミアは笑顔で答えた。

ふたりは車に戻り、オスロへの帰路を急いだ。

22

ストーティング通りにある〈ペッペ・ピザ〉で、ホールゲル・ムンクは人形の髪の梳かし方を教わっていた。ムンクとマーリオンは食事を終えたばかり、というよりまともに食事をしたのはムンクだけだ。マーリオンはソーダを飲みながら遊んでばかりいる。娘のミリアムにはいやな顔をされるが、孫娘にはどうしてもノーと言えない。かわいい目で見つめられると、抵抗のしようがないのだ。最初からそうだった。マーリオンが生まれてからというもの、やれテディベアだの人形だのとプレゼント攻めにしているせいで、孫娘の部屋はおもちゃ屋のようなありさまになっている。とうとう堪忍袋の緒を切らしたミリアムに、いいかげんにしてと怒られたほどだ。分別のあるしっかりした子に育てるつもりなんだから、甘やかさないでと。

「わあ、お祖父ちゃん、見て。モンスター・ハイだよ！」

「モンスター・なんだって？」

「モンスター・ハイ。学校なの。見て、ジャクソン・ジキルだよ。男の子。あの素敵な黄色いシャツ見て。あれってモンスターだからなんだよ。あれ買ってくれる？」

「今日はなにも買わずにおこう、マーリオン。ママが言ってただろ。誕生日まで待たなきゃだめだって」

「でもそれって一兆日も先だよ！　それに、いまはお祖父ちゃんと一緒なんだから、ママのルールは関係ないの」

「そうかい？　誰が決めたんだ」

「わたしよ。いま決めたの」

「へえ、そうなのかい」

「自分で決めなきゃ。だってもうじき六歳で、小学校に入るんだから、もう誰も指図はできないの。決めるのはわたし」

まったく誰に似たのやら。やさしくて愛らしいのに、とんでもなく頑固で意志が強い。

「あ、あれドラキュローラだ！　見て、お祖父ちゃん、ドラキュローラだよ！　それにフランキー・シュタインも！　フランキー・シュタインだよ、お祖父ちゃん！　ねえお願い、買ってもいいでしょ、お祖父ちゃん？」

結局、マーリオンは欲しいものを手に入れた。いつものことだ。人形をふたつ。ジャクソン・ジキルとフランキー・シュタイン。モンスターの学校とやらの生徒だそうだ。なんのことやらさっぱりだが、そんなことはどうでもいい。マーリオンが微笑んでくれ、やわらかくて温かい腕で首に抱きついてくれさえすればそれでいい。この人形たちがどこの学校に行こうが、マーリオンの母親にいやがられようが、かまうもんか。

「ジャクソン・ジキルはフランキー・シュタインのボーイフレンドになりたいんだけど、フランキーは付きあいたくないの。タフな女の子で、将来の夢だってばっちり考えてるんだから」

「つまり、自立してるってことか？」

マーリオンが明るい青色の目で見上げる。

「うん、そういうこと」

ムンクは笑みを漏らした。まるで娘が子供に戻っておしゃべりしているみたいではないか。幼いマーリオンはミリアムに生き写しだ。学校に上がるミリアムを送っていった日のことがふと脳裏に甦った。どんなに誇らしかったことか。幼い娘が成長して、初めて世界に出ていこうとしていたのだ。髪をお下げにし、おろしたての服を着て、新品のスクールバッグを背負った姿はとてもかわいらしかった。学校に行くのをとびきり楽しみにしていたものの、新しいものだらけの世界に少しおびえてもいた。ムンクはマリアンネと一緒に校庭に立ち、校舎に入っていく娘を見送った。一緒になかへ入ることは禁じられていた。入学初日の子供たちの顔合わせには両親を立ちあわせないというのが学校の方針だった。ミリアムは父親の手をぎゅっと握り、離すのをいやがった。まだパパっ子だった。それがあっというまに十五歳になり、派手な化粧をするようになって、ドアを閉ざした部屋のなかで騒々しい音楽を聴き、パパっ子のかけらもなくなってしまったのはどういうわけだろう。そこから二十五歳へ一足飛びに成長したのは言うまでもない。まったく、どうしてこんなことになったんだ？　脚にまとわりついて、ほかの子供たちのことを怖がっていた幼い娘が、今日はウェディングドレスの仮縫いに出かけ、まもなくマーリオンの父親であるヨハネスと結婚しようとしている。ヨハネスはフレドリクスタ出身の新米の医者で、それ以外のことはろくに知らない。ムンクは孫娘に注意を戻した。この子はまだ自分を世界一の祖父だと信じているし、ハグをして、膝に乗りたいと思ってくれている。

「じゃあ、お祖父ちゃんがジャクソン・ジキルだよ」マーリオンが言った。

「なんだって、マーリオン?」

「お祖父ちゃんがジャクソン・ジキルで、わたしがフランキー・シュタイン」

「もうピザは食べないのか」

「フランキー・シュタインはダイエット中だからなにも食べないの。ねえ、人形を持ってよ、お祖父ちゃん」

ムンクはしぶしぶ人形を受けとり、携帯電話に次々と入ってきているメールに気をとられないようつとめた。二度と同じまちがいは犯さない。マーリオンといるあいだはマーリオンに全神経を傾ける。これからはそうするのだ。それ以外のものは待たせておけばいい。

「なにか言ってよ、お祖父ちゃん」食べ残しのピザをよけてテーブルの上にほっそりしたモンスターの人形を立たせながら、じれたようにマーリオンが言った。

「なんて言ってほしいんだい」

「えー、それはお祖父ちゃんが決めなきゃ。遊び方、知らないの？」

「やあ、やあ」ムンクは作り声でジャクソン・ジキルのふりをした。近くのテーブルの客に聞かれなければいいが。

「あら、ジャクソン、元気？」マーリオンもフランキー・シュタインの声で言う。

「映画を観に行かないか」

「うん、いいわね。なにをやってるの？」

「《長くつ下のピッピ》だ」

「そんなの、子供の映画じゃない」フランキー・シュタインがため息をつく。「それにさっきの声とちがうよ、お祖父ちゃん」

「ごめんよ」ムンクはそう言って、孫娘の髪をなでた。

「いいよ」マーリオンがうなずいた。「だって、お祖父ちゃんはお年寄りだし、若い子のすることなんてわからないもんね」

マーリオンは二体の人形を手に持って、お手本を示しはじめた。

「やあ、フランキー」

「あら、ジャクソン」

「金曜に学校であるパーティーに行く？」

「行きたいけど、デートじゃないわよ。ただの友達なんだから」

「キスしていい？」

「キスはだめ、ハグだけよ」

「じゃあ、ハグしてよ」

「オーケー」

マーリオンはふたつの人形をくっつけた。ムンクはそのすきに電話を覗き見した。アネッテから電話とメールが入っている。キムからもメールが二通。それに顧問弁護士のクルト・エリクセンが数回電話をしてきている。なんの用だ。マーリオンが遊びに夢中になっているので、そのあいだにアネッテからのメールを読んだ。

〝ドレスをつくった女性を見つけました。それに客も。首に鷲のタトゥーを入れた男です。キムには伝えました。電話をください〟

早いな。鼓動が速まるのを感じる。刑事の性（さが）だ。これほどすぐ反応があるなら、マスコミもたまには役に立つと言わねばなるまい。続いてキムからの二通のメールにも目を通す。

〝鷲のタトゥーの男のことでなにかつかめそうです。カリーがその男を知っているとのこと。電話をください〟

二通目はひとこと。

〝どこです？〟

「ねえ、マーリオンは？」

はっとして見上げると、娘が目の前に立ち、かすかにいらついた表情を浮かべていた。

「やあ、ミリアム。マーリオンならそこに……」

マーリオンは席にいなかった。

「いまのいままで……」

最後まで言い終えることはできなかった。ミリアムは飛んでいって、店の奥で人形ごっこを続けるマーリオンを連れ戻した。

「おもちゃを次々に買い与えないでって言ったでしょ」

「そうだが……」

「支度して、マーリオン、帰るわよ」

「もう？　だって、これからお祖父ちゃんとアイスクリームを食べるんだよ」

「それは今度にしましょ。さあ」

ミリアムはマーリオンの持ち物をしまいはじめた。ムンクも立ちあがって手を貸した。

「それで仮縫いはどうだったんだ。うまくいったのか」

「イメージ通りじゃなかったの」ミリアムがため息をつく。「でも、仕立て屋さんに調節してもらうことにした。間に合ってくれればいいんだけど」

「そうだな、五月十二日なんて、すぐ先だ」

「ええ、ほんとにそうなのよ。行くわよマーリオン、走らなきゃ。パパが違法駐車してるから。お祖父ちゃんにバイバイして」

「バイバイ、お祖父ちゃん」孫娘がにっこり笑って抱きついてくる。「次に会うときまでに、お人形ごっこの練習しといてね」

「わかったよ」ムンクも微笑んだ。

「ひとりで来る？」とミリアムが訊いた。

「どこへ？」

「結婚式。ひとりで来る、それとも誰か連れてくる？」

結婚式に誰か連れていく？　そんなこと思いもしなかった。どういうわけか、ふいにケアホームのカーレンのことが頭に浮かんだ。ムンクが訪ねていくといつもうれしそうにしてくれる。だが、最初のデートで結婚式に連れていく？　そんなのはどう考えてもおかしい。

「ひとりで行くよ」

「ミアと来たら？　戻ってきてるんでしょ。ミアに来てほしいな。携帯に電話してみたんだけど、つながらなくて」

ミアを連れていく。なるほど。ミアならミリアムとも気心が知れている。

「新しい携帯に替えたんだ。だが、訊いてみるよ。たしかにいい考えだ」

「よかった。じゃあ、リストに入れておく」ミリアムはそう言って、笑みらしきものを浮かべてから、いつものそっけない顔に戻った。「それにもうひとつ。今度の週末、ヨハネスとフレドリクスタに行かなきゃならないの。マーリオンを預かってくれる？」

「もちろん」

「昔の部屋に戻ったの？　ヒューネフォスの家は引き払ったのよね」

「ああ、戻ってる。週末のあいだずっと預かれるよ。楽しみだ」

「わかった、電話する」

ミリアムがマーリオンを出口へ追いたてる。

「バイバイ、お祖父ちゃん」

「バイバイ、マーリオン」

ムンクはドアが閉まるまで手を振り、それから勘定をすませに行った。

外に出るとすぐさま部下に電話をかけた。気晴らしの休憩は十分とった。ドレスの件を確認せねば。キムがワンコールで電話に出た。

「もしもし」

「なにがわかった？」

「アネッテとミアがドレスをつくった女性を見つけました。サンドヴィカの仕立て屋です」

「それで？」

「客は四十代なかばの男でした。首に鷲のタトゥーがあります。ドレスは十着」

「十着？」

「そうです」

なんてことだ。

「身元はわかってるんだな」

「カリーはそう言ってます。もちろん、百パーセント確実なわけじゃありません。でも、首に大きな鷲のタトゥーがある四十代なかばの男がそんなにいると思います？ローゲル・バッケン。そいつはどんぴしゃなんです。前科はありませんが、カリーが麻薬捜査班にいたときに会ったそうで」

「そいつはどういう男なんだ」

「麻薬の運び屋です。ブツをピックアップして配達するってわけです」

「取っ掛かりがつかめたようだな」

「ですね」

「住所はわかるか」

「確認できたかぎりでは、最新の住所はグルンランのホステルです。それがこのローゲル・バッケンと同一人物ならということですが」

「もう誰か行かせたか」

「アネッテとミアが向かってます」

「こっちも五分で行く」ムンクはそう言って、電話を切った。

23

ミアはアネッテのためにドアを押さえ、あとから薄暗いロビーのなかへ入った。長年のあいだにかなりの数のホステルを訪問してきたが、ここにもやはり、どうしようもない絶望感が漂っている。最期の地に足を踏み入れるまえにつかのま立ち寄る場所。誰にも求められていない者だけが行きつく場所だ。

「すみません」アネッテが薄汚れたカウンターの奥に声をかけたが、誰も出てこない。

「このまま上がっていけば?」

ミアは上階への入り口らしきドアまで行き、ノブをまわした。鍵がかけられている。

「ブザーを押して入れてもらわないといけないみたいね」アネッテが言って、フロントデスクの奥を覗きこんだ。「こういう場所って、普通はインターホンがあるんじゃないの? 人の出入りを管理したいはずだから」

ミアはまわりを見わたした。ロビーに家具はほとんどない。小さなテーブル。スピンドルチェアが二脚。隅には干からびたヤシ。

「すみません」アネッテがもう一度呼びかけた。「警察です。誰かいませんか」

ようやくカウンターの奥のドアがあき、痩せた年配の男が出てきた。

「なにか?」

「警察の殺人捜査課の者です」ミアは身分証をカウンターに置いた。

男は胡散臭げにそれに目を落とし、ミアの写真をじろじろと眺めながら、片手に持ったサンドイッチを口に放りこんだ。

「それで?」指で歯をほじりながら男が訊く。「どういうご用件ですかね」

「ローゲル・バッケンという男を探してるの」アネッテが言った。

「バッケンねえ」男は目の前に置かれた宿帳にちらっと目をやった。

「ローゲル・バッケンよ」たたみかけるようにミアも言った。「四十代なかばで、首に大きな鷲のタトゥーがある」

「ああ、あいつか」男は舌で歯の掃除をしながら言った。「来るのが遅すぎたね」

「どういうこと?」

痩せっぽちの男はうすら笑いを浮かべた。ふたりをじらして楽しんでいるようにも見える。警察をよく思っていないことは明らかだ。

「もうチェックアウトしたよ、一カ月以上になるかな」

「チェックアウト?」

「死んだんだ。おだぶつさ。自殺だ」男はそう言って、カウンターの向こうに腰を下ろした。

「ふざけてるの」ミアはいらだって言った。「ところで、ここは法律を守ってるんでしょうね。いちゃいけない人間が泊まってない？　ドラッグをやらせたりは？」

男は椅子から立ちあがり、おもねるような笑みを浮かべた。

「滅相もない。あいつは自殺したんだ。最上階から飛び降りて、アスファルトに叩きつけられてね。おたくらの言ってる男かどうかは知らないが」

「ローゲル・バッケン。四十代なかばで、首に大きな鷲のタトゥーがある」

「ここにいたローゲルのようだな」男はうなずく。「ひどい話だが、あいつが最初ってわけじゃない。それが人生ってやつでね。ああいう連中にとっては」

「くわしく教えて」アネッテが言った。

「八階のラウンジにあるバルコニーから飛び降りたんだ」

「バルコニーなんてあるの？　管理はどうなってるのよ」

男は肩をすくめる。

「どうすりゃいい？　窓に釘でも打って閉じちまえと？　人には自分の人生を決める権利がある。別にご立派な身分じゃなくても。ちがうかい」

ミアはその皮肉を無視することにした。

「彼の部屋を見せてもらえる？」

「悪いが、もうほかの客が使ってる。ここに泊まりたい人間はわんさといるんだ。数カ月は順番待ちなほどでね」

「家族はいた？　持ち物を取りに来た人は？」

「いや。警察に電話したら、遺体を引きとりに来た。ここにいる人間で家族がいる者は多くない。いたとしても、家族のほうが関わり合いになるのをいやがるしね」

「所持品はまだ残ってる？」

「たしか、箱に入れて地下室に置いてあるはずだよ」

「ありがとう」ミアは言った。じれったくてたまらない。

「どういたしまして」

ミアはカウンターを指でこつこつと叩いた。すっかり忘れていた。首都の警察で働くのが、街に戻るのが、どういうことかを。家が恋しかった。あの島が。海の眺めが。

こっちよ、ミア、いらっしゃい。

「早くしてほしいんだけど」と男をせかした。

「なにを」

「彼の所持品を取ってきて。わたしたちがまる一日無駄にしないように、さっさと渡して」

男はぶすっとしながらも、うなずいて奥の部屋に入っていった。

「ああもう」ミアはつぶやいた。

「どうしたのよ」

「どうって？」

「いつもはあんな人間にいらついたりしないのに」

「ゆうべ眠れなくて」とごまかした。

その瞬間、ドアがあき、ホールゲル・ムンクが現れた。

「なにがわかった？」息を切らしながらカウンターまでやってくる。

「悪い知らせです」

「なんだ」

「ローゲル・バッケンは一カ月以上前に自殺しています」アネッテがため息をつく。

「パウリーネが行方不明になるまえか」

ミアはうなずいた。

「くそ！」

携帯電話が鳴りだし、ムンクはしばらく画面を見つめてからそれに出た。痩せっぽちの男が奥の部屋から箱を持って現れた。

「これだよ。持ち物はこれだけだ」

目の前のカウンターに箱が置かれる。

「携帯電話はある？　コンピューターは？」

男はまた肩をすくめた。

「たしかめてない」

ミアは尻ポケットから名刺を取りだし、カウンターに置いた。

「これは預からせてもらう。訊きたいことがあればわたしに電話して」

「なんだって！」

電話中のムンクがいきなり怒鳴り、アネッテとミアは同時に振り返った。通話を終えると、ムンクはけわしい顔でふたりに向きなおった。

「それだけか」箱に向かって顎をしゃくる。

「そうです」

「誰からの電話ですか」ミアは気になって尋ねた。

「顧問弁護士だ」

「問題でも？」

「すぐに行かなきゃならない。オフィスで会おう」

ホールゲル・ムンクは電話をダッフルコートのポケットにしまうと、ふたりの部下のためにドアをあけた。

24

ルーカスは心地よい春風を顔に感じながら自転車を漕いでいた。今日は気持ちがはずんでいる。早起きして、やるべきことはみんなすませてしまった。朝の祈りも掃除も。教会をきれいに片づけておくのはルーカスの役目で、大事な仕事だ。朝の祈りは、本当は〝やるべきこと〟などではない。喜びだ。ときには、目が覚めてまだベッドにいるときから祈りをはじめることもある。先に服を着て朝食をすませてしまわなければならないのだが、そうせずにはいられないのだ。でも、もっともなことだと思う。神に語りかける——朝目をあけて、いちばんにそうするのは正しいことだ。祈るときは、かならず感謝の言葉ではじめることにしている。親愛なる人々を気づかってくださる神に感謝する。シモン師を。森に住む同志たちのことを。かつての家族を守ってくださることにも感謝すべきではないかと思うこともあるが、正直なところ、いままでは顔も覚えていない。血のつながった家族は自分を手放し、里親たちは気にもかけてくれなかったが、それを恨む気持ちはない。どうして恨んだりするだろう。主よ、彼らをお許しください、自らの行いを省みることのできない者たちなのです。いまとなってはどうでもいいことだ。ああいう身の上でなければ、自分はソールランのキャンプ場に行きつくこともなかった。神とシモン師に出会い、完全な幸福を得ることもなかった。ルーカスは満面の笑みを浮かべ、ペダルを漕ぐ足に力をこめた。不満などどこにあるだろう。そんなものはない。人生はすばらしい。完璧だ。小さく笑い声を漏らし、短い祈りを唱える。感謝の言葉を。主よ、ありがとうございます。森の鳥たちとこのすばらしい道を与えてくださって。主よ、ありがとうございます。春とほかのすべての季節を与えてくださって。主よ、ありがとうございます。わたしを価値あるものにしてくださり、シモン師に引きあわせてくださって。目覚めるときも眠りにつくときも、わたしの心は日々喜びに満ちています。最後の部分を口に出して言うと、全身が温まり、光に満たされるのを感じた。マリダル通りで、自転車のすぐ横を車が走りぬけていった。進むべき道も知らずに闇雲に急ぐだけの、神を知らない不幸な人間だ。あやうく倒されそうになったが、腹を立てないようにした。不信心者たちにエネルギーを費やすのはとうの昔にやめている。取るに足らない者たちのために、そんなことをしても無意味だ。最初こそ、自分のように幸運ではない彼らに哀れみを抱いていたが、そう思うこともなくなった。自分の人生を選ぶことは誰にでもできる。幸福への鍵は自分の手のなかにある。大事なのはそれに気づくかどうかだ。シモン師はいつもそう言われる。ルーカスが好きな言葉だ。師の説教は聞き飽きることがない。〝あなたがそうさせなければ、誰もあなたを傷つけることはできません〟、〝つねに自分には無理だと思うことをしなさい〟、〝苦悩は水をやらなければ育つことのない植物です、それを生かすか殺すかはあなたが決めるのです〟。ルーカスはまた笑みを浮かべた。師はこのような言葉をたくさん語ってくださる。神と直接交信することができる。自分はそれをこの目で目撃した。嘘ではない。もう何度も目にしている。神が部屋のなかに現れるのを。主よ、ありがとうございます。わたしを清めてくださって。主よ、ありがとうございます。道端に美しい花を咲かせてくださって。主よ、ありがとうございます。囁き声を聞かせてくださって。主よ、ありがとうございます。叫び声を聞かせてくださって。主よ、ありがとうございます。わたしの人生を完全なものにしてくださって。

　ルーカスは自転車を降り、スタンドを立てて、岩に腰かけた。待ち合わせの場所はいろいろで、この道路脇もそのひとつだった。相手の女には何度も会ったわけではなく、これが八回目あたりだろうか。向こうはいつも車で来る。最後に会ったのは数週間前だ。たいていの場合は近づいてきて、窓をあけ、封筒を渡すと、なにも言わずに去っていく。だが、前回はちがっていた。車を降り、煙草に火をつけ、短い会話をした。たいした話題ではなく、天気の話とかそういうものだ。年は知らない。三十五歳くらいだろうか。いつでもきちんとした服装で、ショートブーツを履き、コートかしゃれた上着を着て、真っ赤な口紅をつけ、美しい笑顔を浮かべている。長い黒髪で、鼻筋が通り、どんな天気でもつねにサングラスをかけている。選ばれし者ではない。それははっきりしている。身なりを見れば明らかだ。口紅とショートブーツとサングラス、しかも煙草まで吸っているのだから。聖書のなかなら娼婦と書かれるだろうが、師はこう言っていた――〝光にいたる道は、ときに沈黙の闇を通る〟。自分とこの女は、天秤の両側にのっているようなものなのだと思う。片方に相手、もう片方に自分。どちらも使者だ。神によって、神のために呼び寄せられた者同士なのだ。ルーカスは立ちあがり、伸びをすると、草むらに小石を蹴りこんだ。低く鼻歌を歌う。最近はじめたことだ。声を出して歌うのではなく、ごく静かに、聖歌の旋律をハミングする。フン、フン、フン。昇りはじめた太陽を仰ぐ。リスが木から木へと飛び移っている。

主よ、ありがとうございます。リスやほかの動物たちを与えてくださって。ルーカスは今年の秋に二十七歳になるが、気持ちはずっと若かった。時間など存在していないように感じる。年齢などない。神にも年齢はない。時にははじまりも終わりもない。それは平信徒のためのものだ。腕時計や電話を使い、ただただ前へ進もうとしてばかりいる者たちの。〝永遠はすでにはじまっている〟――師が初めてそう言われたときのことをはっきりと覚えている。ソールランのキャンプ場でルーカスが神に出会い、救われてから三日目のことだった。永遠はすでにはじまっている。ルーカスは鼻歌交じりにまた木々を見上げた。ゴジュウカラが羽をふくらませている。遠くでキツツキの音が聞こえる。先週の土曜日にはフクロウを見かけた。森の家で。光の家（ルクス・ドムス）で。フクロウを不吉な鳥だと嫌う者は多い。だが、そんなことはない。週末は期待どおりに実りの多いものとなった。それ以上と言ってもいい。ニルスの働きはたいしたもので、森の家は楽園そのものに変わっていた。

車が近づき、ルーカスから少し離れたところにとまった。前回とはちがう車だが、窓の奥にいるのはいつもの彼女だった。ポニーテールにされた長い黒髪、そして口紅。だがサングラスはしていない。今日は車を降りるつもりはないようだ。ルーカスを呼び、窓をあけて、封筒を差しだした。どこか警戒するように、まわりの様子を少し気にしている。急いでいて、一刻も早く終わらせたがっているように見える。手を伸ばして封筒を受けとった瞬間、女は振りむいてルーカスを一瞥し、また顔をそむけた。

ルーカスははっとした。両の瞳の色がちがう。片方は茶で、片方は青だ。そんな目はいままで見たことがなかった。ルーカスは口もきけずに封筒を握って立ちつくし、久しく感じたことのなかった恐怖が押し寄せるのに気づいた。満ち足りた自分の血のなかに、なにかどす黒いものが注ぎこまれた気がした。二色の瞳を持つ女は窓を閉めると、マリダル通りを走る車の列に加わり、現れたときと同じようにすぐ見えなくなった。

25

ミア・クリューゲルは大きな段ボール箱をオフィスに運びこみ、ドアを閉めた。いつもは騒々しいオフィスだが、いまは静かだ。誰もいない。アネッテとは戻る途中に別れた。娘のことで用があるため、少し遅れると言っていた。その必要はないとミアは答えた。所持品を調べるのはひとりでできるからと。アネッテはもうしわけなさそうだった。家族と仕事のあいだで板ばさみになっている者がみな浮かべる表情だ。だいじょうぶよとミアは言い、重要なことがわかったら電話すると約束した。正直に言えば、ひとりで仕事ができるほうがありがたかった。そのほうが楽だからだ。じっくり考えられて、手がかりも見つけやすい。アネッテや同僚たちにはなんの不満もない。みな立派に仕事をしている。それでもときどき、人に囲まれているのが苦しくなり、頭が働いてくれなくなる。

・

ミアは箱を会議室に運んでいき、テーブルに置いた。椅子にすわり、壁に目をやる。いつものようにルドヴィークがそこにふたつの事件に関する写真を貼り、付箋紙と矢印をつけ、名前と疑問点を書きこんでいる。パウリーネとヨハンネ。〝ドレスは？誰が？〟。その答えはすでにわかっている。手に入れられたのは、首に大きな鷲のタトゥーのある男が遺した段ボール箱だけだったが。ミアは箱の蓋をあけ、広いテーブルの上に中身を並べはじめた。入っているものは少ない。写真が数枚。一枚は犬の写真。ゴールデン・レトリーバーだ。釣りをしている男の写真。顔は入っておらず、両手で抱えた大きな鮭だけが写っている。車の写真。自分の車なんて撮ってどうするというのか。さらに箱をあさると、請求書の束の下に探していたものが見つかった。ノートパソコンとｉＰｈｏｎｅだ。ｉＰｈｏｎｅの電源を入れようとしたが、バッテリーが切れていた。箱のなかに充電器は見あたらない。ノートパソコンの充電器もなく、そちらも電源を入れてみたが、立ちあがらなかった。

自分の部屋に充電器を取りに行こうとしたとき、廊下の奥の部屋から物音がした。全員が帰宅したわけではなかったようだ。新入りのオタクの彼がまだいる。名前は……ガーブリエル？　そう、ガーブリエルだった。自分の頭がまだ本調子でないのが歯がゆい。島で摂取していた薬とアルコールの影響がまだ消えていない。吐き気とめまいがし、食欲はなく、考えがまとまらない。廊下を進んでガーブリエルの部屋に向かいながら、運動を再開しようと決心した。かつては健康そのものだったが、ずいぶん昔の話だ。チェンはまだこの街に住んでいるだろうか。たぶん住んでいる。でも、ミアに腹を立てていた。それともミアが怒っていたのだったか。思いだせない。頭のなかにメモをとる。チェンに電話すること。運動を再開すること。筋肉に血を通わせること。そして、頭の調子を取り戻すこと。

「まだいたのね」

ミアはノックをせずにドアから顔を覗かせた。ブロンドの若者が飛びあがった。

「その、足音が聞こえなくて」とばつが悪そうに言う。

顔がうっすら赤くなっている。

「ごめんなさい、悪かったわ」ミアはにっこりしてみせた。「ちょっと手伝ってもらえないかと思って」

「もちろんです」ガーブリエルはうなずいた。「これをつなぎ終わるまで待ってもらえます？」

ガーブリエルは床のケーブルを指差した。

「ゆっくりやって」

「警察はこういうことにくわしい人ばかりだと思ってました」ガーブリエルはケーブルを手にデスクの下に潜りこみながら笑みを返した。「でも、これを設置した人はなにもわかってなかったみたいで」

「わたしに訊いてもだめよ。コンピューターのことはさっぱり。会議室にいるわ」

「わかりました。すぐ行きます」

ミアは自分の部屋に寄って、ノートパソコンとｉＰｈｏｎｅの充電器を持ちだした。自分の車と犬の写真を取っておくというのは、どういう人間なのだろう。ミアの部屋に写真はない。ヒトラ島に越したときに、私的な持ち物はすべて貸倉庫に預けた。三年分のレンタル料を前払いしてある。自分の持ち物のことはいま考えたくない。自分の写真、両親やシグリの写真。それを頭から閉めだし、会議室に向かった。ローゲル・バッケンのノートパソコンと電話を充電器につないでから、ムンクの喫煙用テラスに出て、新鮮な空気を吸った。夕闇が迫り、冷えこんできている。革ジャケットの前をかきあわせた。ニット帽が恋しい。われながら情けなくなってきた。これじゃ、甘ったれた子供だ。自分を憐れみはじめているのだろうか。いまになって。泣きごとなど一度も言ったことはないのに。ふいに煙草が吸いたくなった。いままで吸ったことはないが、ここではそうするのがもっともな気がした。考えるために煙草を吸う。ムンクがしていることだ。そういえば、ムンクはどこにいるのだろう。腕時計を見る。弁護士に会いに行ってから二時間が過ぎている。深刻な話でなければいいけれど。それでなくても問題は山積みなのだから。

「あの、ミア？」

ガーブリエルが会議室のなかに立っていた。ミアも室内に戻った。ふと、来たばかりのこの若者が気の毒になった。誰かからここでのやり方をちゃんと教わったのだろうか。ここでなにをすべきかを。

「調子はどう、ガーブリエル？」ミアは大きなテーブルのそばに腰を下ろした。ハッカーの若者は目をそらして俯いた。真っ赤になっている。ずいぶん繊細なのね、とミアは思い、ポケットからミントタブレットを取りだした。

「ええ、だいじょうぶです」ガーブリエルが言った。

「もう慣れた？　なにか必要なものはある？」

「備品の設置を終えたところなんですけど、問題なさそうです。それに、今度本部に呼ばれてるんです、オリエンテーションとかで。ムーレルって人だったかな？」

「ああ、彼ね、わたしたちはハットトリックって呼んでる。いい人よ」ミアはうなずいた。

「よかった」とガーブリエルもうなずき返す。「警察のデータベースは見たことがなかったんで、どんなふうになってるのか、楽しみなんです」

ミアはにやっとした。

「ハッカーなのに警察のデータベースを見たことがないって？　それはどうだか。インターポールの覗き見もなし？　よしてよ、見てたんでしょ？」

ガーブリエルはまた赤面し、口ごもった。

「その……」

「からかっただけよ。楽にして。別に気にしないし。気にしてるように見える？」

ミアはガーブリエルにウィンクをして、ミントを差しだした。ガーブリエルはそれを受けとって椅子にすわった。感じのいい若者だ。やさしくて頭がいい。礼儀正しく、すれていない。こういう人間なら、そばにいるのも悪くはない。実際、気分がよくなってきていた。脳がまた動きだしている。

「なにを手伝ったらいいんですか」

「このふたつ」ミアは充電中のコンピューターと携帯電話を指差した。

「誰のものです？」

「ローゲル・バッケン。女の子たちが着ていたドレスを注文した男よ」

「タトゥーの男ですか」

「ええ。よく知ってるわね」

ガーブリエルが微笑んだ。

「班のメンバーの電話とメールの内容を全部記録してあるんです。ぼくのコンピューターですべて見られるようにしてあって」

ミアはミントをひとつ口に入れた。

「そうなの？　新しいシステムかなにか？」

「と訊かれても、まだ来たばかりなんで」

ガーブリエルはとまどったようにミアを見た。

「わたしのほうも、ここに来るのは久しぶりだから」ミアはウィンクした。「でも、本当なの？　みんなの会話やメールの内容すべて？」

「はい。それに、全員の携帯に追跡装置がついてて、どこにいるかわかるようになってます。セキュリティとハイパー・コミュニケーションってやつです」

「驚いた。でも、すごく役に立つわね」

「ですよね」ガーブリエルはうなずいた。

「それじゃ、カリーが夜中にゲイ仲間とチャットしたら、次の日にはみんなに知れわたってるってわけね」

ガーブリエルは困った顔をした。ミアが冗談を言っているのか、なにか意図があって言っているのかわからないのだ。

「ええ、理論的には」その顔がまた真っ赤になる。

「冗談よ」

ミアは立ちあがってガーブリエルの肩を叩いた。ガーブリエルはコンピューターと携帯電話に近づき、床にすわりこんで、ふたつの機器の電源を入れた。見ていると、やがてどちらも立ちあがった。先に起動したｉＰｈｏｎｅに、パスワードの入力画面が表示された。すぐにコンピューターも起動し、こちらもパスワードを要求する。

「アクセスするのは簡単？」

「はい」

「やってもらえる？」

「いまですか」

「ええ、お願い」

「わかりました」

ガーブリエルは立ちあがり、自分の部屋からメモリースティックを持ってきた。まずはコンピューターのほうの作業に取りかかる。

「こっちにはオフクラックというプログラムを使います」ガーブリエルはメモリースティックを差しこんだ。

スタートボタンを押しつづけると、電源が切れた。それからまた電源を入れる。

「起動の順番を変えてやって、メモリースティックを読みこんでから、ハードディスクを読みこむようにするんです。わかります？」

ミアはうなずいた。コンピューターに精通しているとはとても言えないが、これくらいは理解できる。ガーブリエルがまた電源を入れなおす。

「できました。これで起動時にメモリースティックからオフクラックが読みこまれます」

ミアはガーブリエルの作業を見守った。

「見てください、このコンピューターにはユーザーがふたりいます。ローゲルとランディ」

「ランディって誰？」

ガーブリエルは肩をすくめた。

「ガールフレンドがいたんじゃないですかね」

「ランディね、確認しなきゃ。忘れてたら言って」

「了解」ガーブリエルはうなずいた。「どっちのパスワードをクラックします？」

「ローゲルからはじめましょ」

「オーケー」ガーブリエルが画面を指差す。「〝LM Pwd 1〟と〝LM Pwd 2〟と書いてある欄を見てください。パスワードが七文字以上なら――おそらくそうだと思いますけど――最初の七文字が〝LM Pwd 1〟の欄に、残りの文字が〝LM Pwd 2〟のほうに現れます。あとはユーザーを選ぶだけです」

ガーブリエルは〝ローゲル〟を選び、プログラムの〝クラック〟コマンドをクリックした。

「するとあら不思議」

もどかしい思いで待っていると、数秒後、目の前にパスワードが現れた。

〝FordMustang67〟

六七年式フォード・マスタング。写真に写っていた車だ。これなら、天才ハッカー君に手伝ってもらわなくても、自分でクラックできたかもしれない。数秒ではもちろん無理だが、時間さえかければ。

「こういうことって、誰にでもできるの？」

「オフクラックはフリーウェアなんで、ネットで手に入ります。だからなにが必要かわかってれば、そうですね、誰にでもできます」ガーブリエルはうなずき、コンピューターに向かうとまた電源を入れなおした。

ログイン画面が現れ、ガーブリエルがパスワードを打ちこもうとしたときに、ミアの電話が鳴った。発信者名は〝ホールゲル・ムンク〟。ミアは喫煙テラスに移って電話に出た。

「ミアです」

「ミア、ホールゲルだ」

「いまどこです？」

「車のなかだ。話さなきゃならないことがある」

「わかりました。どうぞ」

「電話じゃだめだ。ビールを飲みに行こう」

「あなたがビールを?」

「いや、飲みたいわけじゃない、話をしたいんだ。個人的な話で、仕事じゃない。きみはビールを飲め。こっちは水にする」

「わかりました。どこで会います?」

「いまはオフィスか」

「はい」

「すぐに〈ユスティセン〉に来られるか」

「だいじょうぶです、ホールゲル。じゃあそこで」

変だ。これまでは、電話で話すのをためらうことなんてなかったのに。そのとき、ガーブリエルの言葉を思いだした。電話はモニターされている。もちろん安全のためだが。深刻なことが起こっていなければいいけれど、とミアはまた思った。

「行かなきゃならないの」なかに入ってガーブリエルに告げた。

「わかりました」ガーブリエルはうなずいた。「コンピューターはもう見られます。iPhoneのほうもクラックします?」

「そうしてくれるとありがたいわ」ミアはにっこりした。「まだ帰らないの？」

「もうしばらくいるつもりです。夜のほうが仕事がはかどるし、覚えることもたくさんあるんで」

「なにか重要なことがわかったら、電話してもらえる？　なかったら、明日見せてもらう」

「わかりました」

「助かるわ、ありがとう」

階段を下り、ジャケットの前をまたかきあわせると、ミアはムーレル通りに向かった。

26

ホールゲル・ムンクは〈ユスティセン・ビアガーデン〉の加熱灯の下にすわっていた。ミアがそばに寄ると、気遣わしげな顔でメールを打ち終え、携帯電話をテーブルに置いた。

「やあ、ミア」

「お待たせしました、ホールゲル」

「外の席でもだいじょうぶか。もう注文はした」

「だいじょうぶです」ミアは椅子を引いた。

　正直なところ、四月末のオスロの夜は外にすわるには寒すぎたが、加熱灯で暖をとればなんとかなる。それに、ムンクと一緒のときは店内の席にすわっても意味がないことはわかっている。絶えず煙草を吸いに出るから、最初から外の席にいるほうが楽だ。ミアはブランケットを膝にかけた。

「なにを注文したんですか」

「ミネラルウォーターとサンドイッチ、きみにはビールだ。ほかになにがいるかわからなかったんでね」

「いえ、ビールだけでいいです」

　ムンクは感じのいい素朴なビアガーデンを見わたした。

「ここはずいぶん久しぶりだ」

「わたしもです」ミアは微笑んだ。

　最後にここに来たときのことはふたりともよく覚えていたが、どちらもその話をするつもりはなかった。目を合わせてうなずくだけで十分だ。二年前、彼らはこの同じテーブルについていた。ミアの事件に対する調査が行われていたときだ。ミアの精神状態はどん底で、話ができるのはムンクだけだった。だが、運悪く《ダーグブラーデ》紙のカメラマンに気づかれて写真を撮られ、しつこく話しかけられた。ムンクは礼儀正しく、しかし断固たる態度でカメラマンを店から追いだした。まるで騎士のように。それを思いだし、ミアは口もとをほころばせた。あのとき、ミアにはムンクが必要だった。今度は自分が必要とされている。

「大げさにするつもりはなかったんだが、電話で話す気にはなれなくてね。別に深刻な話じゃない。その、事件より重大ってわけじゃないんだ。それでもきみのアドバイスが欲しくてね」

ウェイトレスが注文の品を持って現れた。ムンク用のミネラルウォーターとエビのサンドイッチ、ミアにはビール。

「どうぞごゆっくり。ほかにご注文があれば呼んでください」ウェイトレスはにっこり笑って去っていった。

「それに、きみの復帰祝いもまだだったしな」ムンクが笑顔になってグラスをかかげた。「乾杯」

「乾杯」ミアも笑みを返し、ビールに口をつけた。

認めたくはなかったが、おいしかった。まさにこれを求めていた気がする。用心しないといけないのはわかっているが、いまはなるようになれという気持ちだった。少しはリラックスしてもいいはずだ。ムンクは言葉少なにエビのサンドイッチを平らげ、皿を脇に寄せると、煙草に火をつけた。

「バッケンの所持品に、手がかりになりそうなものはあったか」

「ノートパソコンとｉＰｈｏｎｅが」ミアはうなずいた。

「よかった。なにかわかりそうか」

「まだなんとも。いまガーブリエルがチェックしてくれています」

「あいつをどう思う」

ミアは軽く肩をすくめ、もうひと口ビールを飲んだ。

「ゆっくり話したわけじゃないけど、いい子そうです。若いですが、それがかならずしも問題だというわけじゃないですし」

「おれもあいつはよさそうだと思う」ムンクが煙を吐きだした。「たまには、外部の人間を入れるのも悪くないみたいだな。警察の考え方に染まっていない新鮮な目を。どうしても視野が狭くなりがちだから、だろ？」

「そうですね」ミアはうなずいた。「ガーブリエルがプロなのはたしかみたいですし」

ムンクは微笑んだ。

「ああ、そうだな。不適格とは言えんだろう、控えめに言っても。あいつのことは、ロンドンのMI6から紹介されてね。去年ネットに出ていた暗号解読問題があっただろ、あれを解読したんだ」

ミアはまた肩をすくめた。

「ああ、知ってるはずはないか。しばらく世間とは無縁だったからな。首相が誰かは知ってるか」

「誰でも同じでしょ」

ミアはまた肩をすくめた。これで三度目だ。

ムンクは笑ってウェイトレスに合図した。

「なにかお持ちしましょうか」ウェイトレスがにこやかに言った。

「アップルケーキにアイスを添えたやつをもらうよ。ビールのお代わりは？」

ミアはうなずいた。

「アップルケーキとビールですね」ウェイトレスは言って、また奥へ引っこんだ。

「ともかく、あいつはコンピューターに関してはプロだ。問題は、警察官に向いているかどうかだ」

「そんな人、います?」ミアはにっと笑った。

「たしかにな。まあでも、戻ってこられたのはうれしいよ。きみが帰ってきてくれたのもな。今日、ミッケルソンと話したんだ。事件のせいで世間の注目が集まっている。国の安全にも、警察の仕事振りにも。上からも早急に解決しろとやいやい言われてるそうだ。毎日のように、大臣たちから捜査の進捗状況を尋ねる電話が来てるらしい」

「ミッケルソンがあたふたするのはかまわないですけどね」

ミアはビールを飲みほし、ポケットからミントタブレットを取りだした。ウェイトレスがアップルケーキとビールのお代わりを運んできた。ムンクがケーキを食べはじめるまで、ミアはビールに手をつけなかった。アルコールを欲しているようには見られたくない。ここに来たのは酒を飲むためではなく、ムンクの相談にのるためだ。

「それで、弁護士のところへ行ってきたんですか」

「ああ、いやな野郎だ」ムンクはため息をついた。「なにから話せばいいのやら。さっきも言ったように、難しい話じゃない。だが、最近はあれこれ手いっぱいでね。ミリアムは結婚するし、おまけに……」

「あら、そうなんですね。よかった。知りませんでした」

ミアは自分が心から喜んでいるのに気づいた。ミリアムのことは大好きだ。会った瞬間に馬が合うとわかった。父親との関係がぎくしゃくしているのは知っていたが、時が解決するだろうとずっと思っていた。

「ああ、そうなんだ。まあよかったよ」

「相手はヨハネスですよね。もう医学部は卒業したんですか」

ムンクはうなずいた。

「いまは研修医をやってる。ウレヴォール病院で一年間だ」

「へえ、それはラッキーですね。たいていは僻地に行かされると思ってましたけど」

「ああ、うまくやったもんだ」ムンクは苦笑した。「いや、ありがたいことだ。本当に。いいやつだよ。あいつの幸運をミリアムにも分けてやってほしいもんだが」

「どういうことです？」

ムンクは口ごもった。

「いや、なんと言ったものかな。ミリアムのほうは、英語の勉強をはじめたはいいが、じきにやめてしまっただろ。国文学もやりかけたが、そっちも向いてないと言いだす始末で」

「ジャーナリズムの勉強もしてませんでしたっけ」

　ムンクはうなずいて、ケーキを口に運んだ。

「コースを修了する寸前までいったんだが、それも中断中なんだ。どういうつもりなのか、さっぱりわからんよ」

「もう少し大目に見てあげなきゃ」ミアはそう言って、ビールを飲んだ。「十五歳で両親が離婚して、自分は十九歳で出産した。無理もないですよ。ゆっくり考えさせてあげないと」

「かもしれんな」ムンクはため息をつき、また煙草に火をつけた。

「ミリアムになにかあったんですか」

「いいや、なんでだ」

「なんでって、まるで当てっこゲームでもしてるみたいだから」ミアは笑みを浮かべた。

「どういう意味だ？」

「肝心の用件はなんなのか、自分では言わずにわたしに当てさせようとしているみたい。そういうゲームなんでしょ？」

　ムンクはくくっと笑った。

「あいかわらずだな。生意気で、遠慮ってものがない。これでも上司なんだぞ、わかってるのか。黙って指示に従うくらいでないと」

「そんなのお断り」ミアはにやりとしてみせた。

「話というのは、ちょっとやっかいなんだ。どう言ったらいいか、正直まごついてる」

「それじゃ、最初から話してください」

「わかった」ムンクは煙草に口をつけた。「母のことは知ってるよな」

「ええ、どうかされたんですか」

「数年前にケアホームに入ったのも話したよな」

「ええ、それで？　具合でも悪いんですか」

「いやいや、身体のほうはだいじょうぶなんだ。脚はよくないからときどき車椅子を使うが、それは問題じゃない」

「ホームが気に入らないとか？」

「最初はね。だがすぐに慣れた。似たような境遇の仲間ができて、手芸クラブにも入ってる。だから、それも問題じゃない。ただ、急に信心深くなりだしたんだ」

「どういうことです？　本格的に信仰に目覚めたってことですか。神様にすがるようになったとか？」

　ムンクはうなずいた。

「へえ、ご家族はみんな信仰とは無縁だと思ってましたけど」

「だからおかしいんだ。母から宗教めいた話を聞かされたことなんて一度もない。それが日に日に変わっていくんだ。手芸クラブの仲間と一緒に、毎週礼拝に行くようになって」

「きっとお年のせいでは？　老いってそういうものなのかも。その、お元気だとはいえ、来た道に比べれば、先が長くないのはたしかですし。別に悪いことでもないんじゃないですか、すがるものがあるというのは」

「ああ、だがいいことばかりでもなくてね。最初はなんの心配もなかったんだ。八十まで生きてきたんだし、自分のことは自分で決めればいいと思ってね。でも……」

ムンクは口ごもった。

「でも？」

「ことはもっと深刻だった。それでクルトが電話してきたんだ」

「クルトというのが弁護士ですか」

「そうだ」

「なにが問題なんです？」

ムンクは煙草を揉み消し、新しい煙草に火をつけた。

「財産をすべて教会に寄付すると決めたそうなんだ」

「嘘でしょ」

「本当だ」

ムンクがお手上げの仕草をする。

「どうすりゃいいんだか」

「財産はたくさんなんですか」

「それほどでもないが、そうは言ってもね。マヨルストゥーアにアパートメントがある。ラルヴィクには山小屋も。預金もそこそこ。親父が遺した金にはほとんど手をつけてないんだ。金が惜しいっていうわけでもないんだが、マーリオンに遺してやれればと思っていたもんでね。家族の遺産として」

ミアはうなずいた。ムンクは孫娘にべったりだ。微笑ましいが、少々行きすぎにも思える。孫娘のために腕を片方切り落とせと言われたら、ためらわずにそうするだろう。麻酔なしでも。ほら、くれてやる、もう片方もいるか、と。

「それは困りましたね」

「ああ、だろ？　それで、どうしたらいい？」

「うーん、やっかいですね」

「金の問題なんかたいしたことじゃないのはわかってるし、まじめな話、本当にこんなことを考えている場合じゃない。六歳の女の子がふたり殺され、ドレスはまだ八着残っている。まさに悪夢だ。ずっと不安でたまらないんだ。ろくに眠れやしない。寝床に入っても、また女の子が行方不明になったという電話がかかってくるんじゃないかと思って寝つけないんだ。わかるか？」

ミアはまたうなずいた。自分もまったく同じ気持ちだ。

「だから電話では話したくなかったんだ。もっと大変なことが起こってるから。犯人のやつを捕まえる以外のことに時間を費やしているなんて、誰にも知られたくないしな」

「犯人がひとりならいいんですけど」

「複数犯の可能性があると思うか」

「わかりませんが、先入観は持たないようにしないと」

「もちろんだ」

ムンクはミアが言ったことを考慮するように、しばらく黙りこんだ。

「話をしてみたら？」

「なんだって」

「お母さんと。いま言ったことをそのまま伝えるんです。マーリオンのことを」

「ああ、そうだな。そうすべきだと思う」ムンクはため息をついた。「ただ、母は言いだしたら聞かないところがあるんだ。無理やりホームに入れた腹いせじゃないかとも思うんだが」

「たしか、アパートメントに火をつけるなんておっしゃったんですよね。でも、しかたがなかったと思います」

「ああ、わかってる。それでもな」

ミアはふとムンクが気の毒になった。母親から孫娘まで、気の強い女たちに囲まれた気のよすぎる男。本人はそのことに気づいていないのだろう。離婚のことも、自分のせいだと思っているほどだから。あなたの責任じゃない、マリアンネが決めたことなんだから、とミアは何度も説得しようとした。だが、ムンクは聞く耳を持たなかった。

「ほかにもいると思うか」

「殺人に関わった人間ですか」

ムンクはうなずいた。

「いない気がします」

「同感だ。だが、先入観は捨てないとな」

「このところ……」ミアは言いかけてやめた。

「このところ、なんだ？」

「その、なんて言えばいいのか……あまり集中できなくて。入りこめないんです。全体像が見えなくて。パターンの奥になにかがあるのははっきりしてるのに、それをつかめないんです。わかってもらえます？」

「そのうちつかめるさ。しばらく現場を離れていたんだ。そのせいだよ」

「かもしれません」ミアは小さくうなずいた。「だといいんですけど。正直言って、自信が持てないんです。子供みたいにいじけたりして。自分らしくありません。こんな状態でいるのがたまらないんです。勘が戻らなかったら、事件からはずすと約束してください」

「きみが必要なんだ、ミア。だから戻ってきてもらったんだ」

「家族の問題を解決するために？」

「ひとことといいか、ミア。くそくらえ」

「そっちこそ。わたしは島にいたかったのに」

ふたりはふっと笑い、愛情をこめて顔を見あわせた。それ以上の言葉はいらない。

ムンクがまた煙草に火をつけ、ミアはもうひと口ビールを飲んで、ブランケットをきつく身体に巻きつけた。

「ヒューネフォスの事件は二〇〇六年でしたね」

「八月だ」ムンクはうなずいた。「なぜだ?」

「もしあの子が生きていたら、今年学校に上がっていたはず。そのことは考えました?」

「ああ、考えた。ガーブリエルと話していたときに、なにかが引っかかったんだ」

「彼はなんて?」

「教師がどうとか。教師の線をあたってみればとか、そんなようなことだ」

「悪い考えじゃないですね。意外と警察官に向いてるかも」

「生きているとは思っていないんだな」

「というと?」

「いまこう言ったろ――〝学校に上がっていたはず〟。行方不明になった赤ん坊が。見つけられなかったが、生きているかもしれん」

「いいえ」

「確信があるのか」

「生きてはいません」

「ああ、同感だが、可能性は？」

「ありません」ミアは断言した。

「教師かもという説についてはどう思う？」

「悪くないですね。頭に入れておきましょう」

ムンクはうなずいて、携帯電話に目をやった。

「行かなきゃならん。寝るまえに書類仕事がある。ミッケルソンがうるさくてな」

「そっちの仕事はアネッテが引き受けてくれているんじゃ？」

「できるかぎりのことはやってもらってるよ」

ムンクが立ちあがって、財布を取りだした。

「ここはわたしが」ミアはきっぱり言った。

「本当か？」

「もちろん。一族の財産がなくなるかどうかの危機なんですから、このくらいはさせてください」

「ハハハ」ムンクは笑ってみせ、ウィンクした。

「明日の朝は全体ミーティングをします？」

「まだ決めてない。コンピューターとiPhoneからなにがわかるか、確認してから決めよう」

「連絡します」

「ああ、頼む。じゃあな」

ミアはムンクが去ったあともそこに残り、目の前にある空のグラスを見つめていた。もう一杯飲みたいが、やめておいたほうがよさそうだ。ホテルに帰って、早めに清潔なシーツに潜りこんだほうがいい。そうは思いつつ、グラスの縁を指先でこつこつ叩きながら、頭を働かせようと事件のおさらいをはじめた。

「なにかお持ちしましょうか」

ウェイトレスがまたやってきた。あいかわらず口もとに笑みを浮かべている。

「ええ、ビールをもう一杯。それにラッツェプッツ・シュナップスのショットもお願い」

「かしこまりました」ウェイトレスはうなずいて去っていった。

「ミア？」

見覚えのある女性が火のついた煙草を手に中庭に立っていた。誰だっただろう。同年配らしきその相手はテーブルのそばまでやってきた。

「忘れたの？　スサンネよ。オースゴールストランの」

そう言うと、かがみこんでミアをぎゅっと抱きしめた。そうだった。スサンネ・ヴァール。同じ通りの数軒先に住んでいて、シグリとミアの一歳下だった。ずっと昔、三人は仲がよかった。

「ああ、スサンネ。ごめんなさい、仕事のことで頭がいっぱいになってて」

「いいのよ。お邪魔じゃなければいいけど。すわっていい？」

「ええ、もちろん」

「それにしても、びっくりよね」スサンネが笑った。「何年ぶり？」

「ものすごく久しぶりよ」

スサンネは心からうれしそうにミアの顔を見つめた。

「最後に会ったのは……そうだ、新聞で読んだわ。あの話、してもかまわない？」

「ええ、いいわよ」ミアは微笑んだ。

「で、どうなったの？　事件の調査とかいろいろのあと」

「休暇をとってたの」

「おしゃべりするの、ほんとに迷惑じゃない？」

「ううん、そんなことない。会えてうれしいわ」

ミアはさっきまでムンクがすわっていた椅子を示した。

スサンネのことはときおり思いだしていた。とくにシグリが死んでからは。でもシグリの葬儀で会ったきりで、なにやかやと忙しく、連絡もとっていなかった。こうして旧友に再会するのはうれしかった。

ウェイトレスがビールとラッツェプッツ・シュナップスを持って戻ってきた。

「なにか頼む?」

スサンネは首を振った。

「なかでビールを飲んでるの。仕事の仲間と来てて」

あとの言葉にはかすかに誇らしげな響きがこめられていた。

「じゃあ、オスロに越してきたの?」

「ええ、四年前に」

「いいわね、仕事はなに?」

「国立劇場で働いてるの」

「すごいじゃない、おめでとう」

たしかスサンネは、ホルテンのアマチュア劇団に入りたがっていた。幸運なことに、そこからステップアップを果たしたようだ。ステージに立つなんて、ミアには考えられないことだ。考えただけで震えが走る。

「ただの演出助手なんだけど、それでもすごく楽しいの。もうすぐ《ハムレット》をやるのよ。演出はスタイン・ヴィングゲ。きっとヒットすると思う。ぜひ観に来て。初日のチケットを多めに持ってるの。欲しい？」

ミアは小さく笑った。そう、スサンネはこういう子だった。元気いっぱいで、おおらかで、みんなに好かれていた。昔と同じように熱のこもった目で見られると、ノーとは言えなかった。

「そうね」ミアはうなずいた。「いまはすごく忙しいんだけど、時間がとれるか確認してみる」

「ほんとに会えてよかった」スサンネが笑った。「ねえ、ビール取ってきていい？役者たちは自分のことしか気にしてないから、わたしがいなくなっても平気だし」

「そうして」ミアは微笑んだ。

「ここで待ってて。帰っちゃだめよ」

スサンネは急いで煙草を揉み消すと、いそいそと飲み物を取りに行った。

27

六時にセットしておいたアラームが鳴りだしたとたん、トビアス・イーヴェルセンは目を覚ました。ベッド脇のテーブルに慌てて手を伸ばし、アラームをとめる。けたたましい音で親たちを起こしたくなかった。弟のトルベンは友達の家に泊まりに行っていて今日はいない。トビアスはベッドを出ると、できるだけ静かに服を着た。何日もまえから遠出の計画を立てていたから、準備はすっかりできている。荷物を詰めたリュックサックはベッドの足もとに置いてある。どれくらい留守にするかはわからないが、念のためにあれこれ余分に入れておいた。ふたりが泊まれるテント、寝袋、キャンプ用のコンロと食料、ナイフ、替えの靴下、寒くなったときのためのセーター、屋根裏で見つけた方位磁石と古い地図。探検の準備は整っている。家を出るのが待ちきれなかった。

弟と森の木に吊るされた女の子を見つけてから数日のあいだは、家にいてもさほどつらくはなかった。母と継父を訪ねて大勢の人が——たいていは警官が——やってきて、あれこれ質問し、調べまわっていたので、母も継父もよそ行きの顔をしていた。家の掃除までしたくらいだ。居間はずいぶんきれいになり、いやなにおいもあまりしなくなった。警官たちはとても親切だった。トビアスをヒーローのように扱ってくれて、よくやった、立派な行動だったと褒めてくれた。照れくさいくらいに。ふだんはそんなにふうに褒められることなどめったにない。警察は連日やってきた。深夜は引きあげていったが、朝早くから夜遅くまでずっといた。現場は〝警察〟と書かれた赤と白のビニールテープで封鎖され、野次馬が入れないようにされていた。野次馬はわんさとやってきた。近所からも遠くからも。少し離れたところにはテレビ局の車が何台もとまり、空にはヘリコプターが飛び交い、大勢の記者やカメラマンがうろついていて、そのなかの何人かはトビアスの話を聞きたがった。発見から数日間は電話が鳴りっぱなしで、母親は誰かとお金の話をしていた。インタビューを受ければ大金が入るという話だったが、警察にノーと言われた。正直なところ、トビアスはほっとしていた。学校の休み時間も、これまでとはちがう扱いを受けるようになった。ほとんどの同級生は——とくに女の子たちは——死体を見つけたことをかっこいいと思っているようだった。トビアスはちょっとした地元の有名人になったからだ。でもそれがトラブルのもとにもなっていた。オスロから引っ越してきた例のふたりを中心に、何人かの男子がトビアスを妬み、悪口を言うようになった。トビアスは母親に頼んで数日のあいだ学校を休むことにした。記者が学校にもやってきて、サッカーボールを蹴っているところを写真に撮ったり、フェンス越しに呼び寄せようと声をかけてきたりするからだった。もちろん、相手にはしなかった。自分が見たことを誰にも話してはいけないと警察に言われていたから、その言いつけを守ることにした。警官たちは白いビニールのつなぎを着て、森じゅうを捜索していた。トビアスは椅子にすわってその様子を見物した。そんなことを許されているのは自分だけだった。NRKもTV2も、誰もかれもが、立ち入り禁止テープの張られた道路の端からなかへは入れず、出入りする警察車両に大声で呼びかけるだけだった。でも、トビアスは死体の発見者で、森の様子を知りつくしていたから、警官たちともあれこれ話をするようになった。よく顔を合わせたのはキムとカリーとアネッテという人で、そのボスでひげを生やしているのがホールゲルという人だった。ボスは一回来ただけだが、トビアスに質問したのも、見たことを誰にも話すなと言ったのもその人だった。いちばん頻繁に話をしたのはキムで、その次がカリーだった。すごく感じがいい人たちで、ふたりともトビアスのことを子供扱いせず、大人のように接してくれた。森の奥から出てきては、庭にすわったトビアスにいろいろ質問をしていった。森にはふだん大勢の人間が出入りしているのか。あの小屋を建てたのはトビアスか。近所にはどんな人たちが住んでいるのか。最近なにか怪しいものを見なかったか。最初の晩、臨床心理士が訪ねてきてカウンセリングをすると言ったので、少しその女の人と話をした。それは別にかまわなかったけれど、女の子を発見したことで自分がとくに動揺しているとは思わなかった。最初の何日かは、自分が見たものの正体がわかっていなかったからだ。数日たってようやく気づいた。外の階段にすわっているときに、その意味が頭のなかではっきりしはじめた。あれは現実にあったことなのだ。木に吊るされていたヨハンネという女の子には両親がいて、姉がいて、祖父母がいた。親戚や友達や近所の人たちも。死んでしまったその子に、みんな二度と会えないのだ。そしてそれは誰かがわざとやったことだった。トビアスの家のそばで。吊るされるのは自分だったかもしれない。あるいは弟かも。そう思うとぞっとした。ひどく気分が悪くなって、ベッドに横になってしまった。その晩は恐ろしい夢にうなされた——大勢の人間に縄跳びのロープで首吊りにされ、尖った矢を射られている夢だ。トルベンが助けてと叫んでいるのに身動きもできず、息苦しさに必死でもがこうとした。はっと目を覚ますと汗びっしょりで、頭が枕にべったりくっついていた。

警察は数日あたりを捜索したあと、来なくなった。道路の立ち入り禁止のテープも取りはずされたので、記者が何人か家まで来てチャイムを鳴らしたが、母親はなかに入れなかった。本当は入れたかったにちがいない。記者のなかには大金を出すと言う者もいたはずだから。でも、警察のボスのホールゲルに――ひげ面でやさしい目をした太っちょの男の人に――きつくとめられていた。

出かけることに決めてから計画は十分に練ってきて、タイミングも完璧だった。学校は休んでいるし、めずらしく弟も家にいない。準備ができると、トビアスはリュックサックを背負い、裏口からそっと外に出た。

湖には行ったことがあるので、道はわかっている。地図と方位磁石を持ってきたのは、万一のときのためだ。途中で遠まわりする必要があるかもしれない。マッチは？　マッチはちゃんと入れたっけ？　リュックサックを降ろして脇ポケットを確認する。よかった、入っている。マッチは大事だ。たき火がなければ夜は寒くなる。朝まで帰らないつもりではないが、なにが起こるかわからない。この陰気な家には帰らず、森で暮らすことにするかもしれない。それもありうる。二度と戻らない。そうしたって当然だ。ばかな考えなのはわかっている。弟は明日戻ってくる。弟とは一緒にいたい。でも、ひとりになれる時間もたまにはいいものだ。

トビアスはリュックサックを背負いなおし、そっとドアを閉めた。庭に出ると、さわやかな春の空気が身体を包みこんだ。足早に草地を横切り、森に入る。自分たちが建てた小屋や女の子を見つけた場所を見ずにすむように、いつもとはちがう道を選ぶことにした。いまはあのことを考えないようにしないと。恐怖を感じたくはない。しゃんとしていなければならない。自分ひとりで探検に出かけるのだ。怖がってなどいられない。川沿いの道をたどり、細く延びた小道に入った。一時間ほど歩いてから、朝食を食べようとリュックサックを降ろした。腹ごしらえをしておかないと。物音を立てたくなかったので、家を出るまえにキッチンは使えなかった。森のなかは心地よくからりと乾いている。しばらく雨が降っていない。切り株にすわって景色を楽しみながら、持ってきたサンドイッチを食べ、ジュースを飲んだ。トビアスは春が好きだ。冬の寒さが緩むと、期待に胸が躍りだす。なにか新しいことが起こりそうな、世界が変わりそうな気がしてくる。新年は真冬ではなくて春に来ればいいのにといつも思う。十二月三十一日とその翌日とではなんの変わりもないが、春ならなにもかもが変わる。若葉が木々を彩り、草花が地面を埋めつくし、鳥たちが戻ってきて、梢でさえずりだす。トビアスは朝食を終え、鼻歌を歌いながら尾根を目指した。これから信者の女の子たちのことを調べに行く。作り話はもうやめて、実際のところをこの目でたしかめなければとずっと思っていて、それをようやく実行に移すことにしたのだ。森で夜を明かすことになるとしたら、本を持ってくればよかった。たき火のそばで本を読んだら、きっと気分がいいだろう。いまはエミリエ先生が薦めてくれた本の二冊目に取りかかったところだ。『蝿の王』はもう読み終えた。一語一語をむさぼるように夢中で読んだ。全部理解できたかどうかはわからないが、それでもいい。いい本だった。いい気分になった。新しい本はもう少し手ごわかった。『カッコーの巣の上で』だ。大人の言葉で書かれているから、難しすぎるようだったらほかの本にすればいいと先生には言われたが、読み切るつもりだ。いまのところとてもおもしろい。アメリカンインディアンのチーフ・ブロムデンの話で、彼は出ることのできない病院に入れられている。婦長の女の人はとても厳しくて、まさに魔女だ。チーフ・ブロムデンは耳も聞こえず口もきけないふりをしているが、その目的は……よくわからないが、それでも話はとてもおもしろい。持ってくればよかった。置いてくるなんて、ばかなことをした。

尾根の上に出ると、見晴らしがよくなった。遠くには湖も見えている。一、二時間もあればあそこまで行けるだろう。早く着きたいとは思うものの、不安もあった。みんな信者たちの噂話をしているけれど、本当のところは誰も知らない。もしも危険な連中だったら？　危険じゃなくても、訪問者をいやがったら？　逆に、すごくいい人たちだったら？　大歓迎され、チキンとソーダまで出してもらって、友達もたくさんできるかもしれない。そこに住むように言ってくれて、トルベンも呼んでくれるかもしれない。そうなったらなにもかもうまくいく。いろんな問題があっさり解決するかもしれない。

すぐには近づかないほうがいいだろう。なにが待っているかわからないから。まずは、ちょっと離れた、見晴らしのいい場所にテントを張る。目立たないように全身をカムフラージュして地面に腹ばいになり、双眼鏡で様子を探る。そうやってタイミングを見計らうことにしよう。

トビアスは笑みを浮かべた。いいプランだ。見晴らしのいい場所にテントを張る。そしてスパイみたいに様子を探る。本を持ってくるべきだった。どう考えても。でも取りに戻るには遅すぎる。代わりにインディアンになることにしよう。極秘任務にあたるチーフ・トビアス・ブロムデンだ。

少し暖かくなってきた。太陽が雲の後ろから顔を覗かせ、目の前の道を照らしはじめた。きっといい兆しだ。トビアスは上着を脱いでリュックサックに入れ、森のなかを進みつづけた。

すぐそばに来るまでフェンスに気がつかなかった。自分の世界に入りこんでいたにちがいない。カムフラージュとテントのことで頭がいっぱいだった。ここにはまえにも来たことがあって、見張りをするのにぴったりの場所も知っていた。古い農場と土地はもともと町が所有していたもので、麻薬中毒者のための施設として使われていた。リハビリのために農作業をさせたり、森を散歩させたりするためだ。けれど、そのあと町にお金がなくなったのか、ほかのことに使うことになったのか、理由はよく知らないが、施設は閉鎖されてしまった。農場はしばらく空き家になっていた。それを信者たちが買ったのだ。トビアスはここに二度来たことがあった。一度目はまだ麻薬中毒者たちがいて、二度目は空っぽだった。一緒に来た親友のヨン＝マリウスは、六年生のとき母親の都合でスウェーデンに越していってしまった。残念なことに。それはともかく、ふたりで来たときに偵察にぴったりの場所を見つけてあった。農場からそう遠くない高台の上で、そこからなら内部の様子がよく見えるはずだ。

でも、こんなフェンスがあった覚えはなく、そのせいであやうく突っこむところだった。金網のフェンスで、上のところに有刺鉄線が取りつけられていそうなタイプのものだ。トビアスは慌てて飛びのき、木の後ろに隠れると、思わぬ障害物をじっくりと観察した。有刺鉄線はついていないが、かなりの高さがある。トビアスの背丈の倍以上だ。フェンスは新しそうに見える。設置されたばかりらしい。フェンスのてっぺんを見て考える。のぼれるかもしれないが、農場からは丸見えだろう。こちらからも、フェンスの向こうの農場がはっきり見えている。そこはすっかり様変わりしていた。

いくつか新しい建物も建てられている。横にも上にも増築されていて、尖塔がそびえているので、農家というよりは小さな教会のように見える。隣にあるのは温室だろうか。目の上に手をかざしてみたが、そこまでは確認できなかった。フェンスと建物のあいだにはなにもなく、どこにも隠れられそうにない。偵察地点にしようとしている高台は反対側にある。そこに行くには、新しくできたフェンスをぐるっとまわりこまないといけない。乗り越えてしまえばずっと近道だが、考えた結果、危険を冒すことはないと判断した。フェンスのなかにいる人たちを怪しんでいるわけじゃない。いい人たちだとしても、見つかったときに言い訳のしようがないからだ。それになんといっても、ここからそう遠くない場所で、首にタグをぶらさげたドレス姿の女の子が木から吊るされていたのだ。用心するに越したことはない。

家に帰ったっていい。それもひとつの手だ。発見ならあった。新しく建てられた建物とフェンス。信者たちのキャンプ場のようなものだ。それだけでも話の種になる。ちょっとのあいだ戻ることを考えたが、好奇心が恐怖に勝った。話の種は多ければ多いほうがいい。住人の姿を見られるかもしれない。トビアスは少し下がって森のなかに入った。このぐらいの距離を保てば、木々に隠れられるし、フェンスも見失わずにいられる。左まわりで行ったほうが近そうだ。左側にはフェンスの端が見える。右側はどこまでも続いていて、先が見えない。トビアスはパーカーのフードをかぶり、次の行動を考えた。フードで顔が隠れると気持ちが落ち着いた。わくわくもしてきた。自分は任務にのぞむスパイだ。リュックサックにはナイフと懐中電灯があるし、解かなきゃならない謎もある。しゃがみこむと、できるだけ身を低くしたまま、フェンスに沿って木々のあいだを進みはじめた。音を立てないように気をつけながら先を急ぐ。前かがみになって、小走りで数百メートルほど進んだところで、腹ばいになり、あたりを確認した。人の姿は見えない。フェンスの向こうの地面に穴が掘ってある。遠くに車も見える。トラクターだ。ふたたび先へ進む。腰をかがめて小走りを続け、よさそうな場所を見つけて、ヒースの茂みに飛びこんだ。こっちのほうがさっきより眺めがいい。やっぱり温室がある。それもふたつで、どちらもかなり大きい。ここに住んでいる子供たちが学校に通っていないのは知っている。店にも行かないのかもしれない。自給自足の生活をしていて、外に行く必要がないのかも。トビアスはリュックサックから双眼鏡を取りだした。温室がはっきり見えた。それにトラクターも。古びた緑色のマッセイ・ファーガソンだ。

ファインダーに人間の姿が飛びこんできて、心臓が跳ねあがった。男。いや、女だ。灰色のワンピース姿で、頭になにか白いものをかぶっている。片方の温室に入っていった。そして見えなくなった。さらに双眼鏡を覗き、人影はないかと探したが、あたりは静まりかえっていた。トビアスは双眼鏡を下ろし、首にかけたストラップにぶらさげると、立ちあがった。思い切って、さっきよりも長い距離を走る。さらに見晴らしのいい場所に行こうと気が急く。恐怖は跡形もなく消え、好奇心に支配されていた。もう一度ピースの茂みに飛びこんだとき、温室の入り口が開いて、誰かが現れた。今度はふたりだ。さっきの女の人と……？ よく見えるように双眼鏡を調節した。男の人だ。女と男。男の人も灰色の服を着ているが、頭にはなにもかぶっていない。女の人だけがなにかをかぶる決まりなのかもしれない。これもいい話の種になりそうだ。女はみんな白い帽子をかぶっていて、男は頭になにものせていない。でも、ちがうかもしれない。それに、そんなことがわかってもなんの意味もない。もっと近寄ってみないと。これじゃなにもわからない。

また身体を起こして走りだそうとしたとき、フェンスの向こうに女の子がいるのに気がついた。びっくりしすぎて、身を伏せるのも忘れていた。相手の姿を見つめたまま、立ちつくしてしまった。年はトビアスと同じくらいか、少し下かもしれない。温室のそばの女の人と同じような、分厚い灰色のウールのワンピースを着て、頭に白い帽子をかぶっている。野菜畑にしゃがみこんで、雑草を抜いているようだ。畑ではニンジンかレタスでも育てているのかもしれないが、ここからだとわからない。トビアスは目立たないように少しかがんだ。女の子が上体を起こして、腰を伸ばした。膝の土を払う。疲れているみたいだ。距離はそれほどない。十メートルくらいだろうか。息を殺して見守っていると、女の子はまた地面にしゃがみこんで草むしりを続けた。首筋をさすり、額を拭う。自分がスパイで、見られてはいけないことをトビアスはすっかり忘れていた。女の子はとても疲れて、喉が渇いているように見える。飲み物をあげるくらいかまわないはずだ。リュックサックのなかには大きな水のボトルが入っているんだし。

咳払いをしてみた。女の子は気づかずに草むしりを続けている。トビアスはあたりを見まわして、古い松ぼっくりを二個見つけた。そのひとつをそっと女の子に向かって投げた。が、たいして飛ばず、フェンスの手前に落ちてしまった。中腰になり、力をこめてふたつ目を投げると、今度は成功した。フェンスの中央に当たり、音がした。ひどく大きな音だったので、しまったと思い、ヒースの茂みに飛びこんで、じっと身を伏せた。

また顔を上げると、女の子がフェンスに近づいてきていた。音を聞きつけたようだ。こちらを向いている。視線がまっすぐトビアスに注がれている。トビアスは唇に指を当てた。シーッ。女の子はびっくりした顔をしながらも、おとなしくそれに従った。女の子が左右を確認する。まず一方を、そして反対側も。それから慎重にうなずいた。トビアスもあたりを見まわしてからフェンスに近づいた。リュックサックをあけて水のボトルを取りだし、フェンスの下からすべりこませて、急いで隠れ場所に戻った。灰色の服の女の子はまたあたりを見まわした。誰もいない。ぱっと立ちあがって水のボトルまで走り、それを手に取るとワンピースのひだのなかに隠して、草むしりをしていた畑に駆けもどった。見ていると、ボトルのキャップをはずし、ほとんど飲みほしてしまった。よっぽど喉が渇いていたんだろう。またあたりを見まわしている。不安そうだ。誰か来るんじゃないかと恐れている。トビアスは思い切って少しフェンスに近寄った。女の子も静かに近づいてきたが、絶えず後ろを気にしている。やっと顔がはっきり見えるようになった。青い目でそばかすがたくさんある。へんてこな帽子と厚手のワンピースのせいでおばあさんみたいだが、そうではなかった。普通の服を着ていたら、同級生の女の子と変わらないだろう。女の子はボトルをトビアスのほうにかかげてみせた。返してほしいかどうか確認しているようだ。トビアスは首を振った。女の子がひざまずいて、ワンピースのポケットからなにか取りだした。メモ帳と小さな鉛筆。紙になにか書いて、丁寧に折りたたむ。それから立ちあがり、フェンスに駆け寄ってきて、その紙を差しだした。そして不安そうにあたりを見まわし、元の位置に駆けもどって草むしりを続けた。トビアスはフェンスににじり寄り、紙を取りあげた。這って戻るとそれを開いた。〝ありがとう〟と書いてある。女の子ににっこりしてみせた。声を出さずに〝どういたしまして〟と伝えたいが、どうしていいかわからない。女の子があたりをうかがい、またなにか書いた。また駆け寄ってきたが、今度は紙をたたまずに、メモ帳と鉛筆をフェンスのそばに置いた。トビアスはすぐにフェンスまで這っていき、メモ帳と鉛筆を取ると、隠れ場所に取って返した。メモ帳にはこう書かれていた――〝わたしはラケル。話はできないの。あなたの名前は？〟。トビアスは女の子のほうを見た。話ができない？　いったい全体、どういう決まりなんだ。それに、なんであんなに喉が渇いていたんだろう。どうしてひとりなんだ？　トビアスは少し考えてから、返事を書いた。〝ぼくはトビアス。きみはここに住んでるの？　なんで話ができないんだ？〟。メモを持ってフェンスまで行き、また引き返した。〝ここに住んでるの？〟なんて書いたのは、ちょっとばかだったかもしれない。どう考えても住んでいるし、見ればわかることだ。でも、ほかになにを書けばいいかわからなかった。女の子はメモを見て少し微笑み、すばやく返事を書いた。あいかわらず不安そうだ。何度もあたりを見まわしてから、フェンス越しに新しいメッセージを渡して寄こした。〝そう、ここに住んでるの。ルクス・ドムスに。なぜ話せないかは言えない〟。トビアスがそれを読むと、女の子は手振りでなにかを伝えたそうにした。もっと付け加えたいことがあるのに、どうしていいかわからないような様子だ。トビアスは微笑み、返事を書いた。〝ぼくはこの森のはずれに住んでる。近所だよ〟。スマイルマークも書き添えた。それから〝ルクス・ドムスってどういう意味？〟と続けた。女の子はメモ帳を受けとって引き返し、また少し笑顔になった。人目がないことをもういっぺんたしかめたあと、返事を書き、フェンスまで来てメモ帳を置くと、畑に駆けもどった。〝ルクス・ドムス＝光の家。助けてくれるなんてやさしいのね。ありがとう〟。後半部分を読んでトビアスは面食らった。たいしたことはしていない。水をあげただけだ。なんと返事を書けばいいだろう。話せないとなると、言葉のひとつひとつがとても重要だ。よく考えないと。しばらく鉛筆を噛んでから、訊きたいことを思いついた。〝もっと助けがいる？〟。そう書いて、フェンスの下からメモ帳をすべりこませた。

と、母屋のほうで物音がした。女の子はそちらを振り返り、急いで返事を書いた。今回は紙を破り、最初のメッセージと同じように折りたたんだ。人の姿が見えた。何人かがなかから出てきている。かなりの人数だ。教会でなにかが終わったところのようだ。女の子はぱっと立ちあがり、フェンス越しにメモを差しだした。話し声も聞こえはじめた。女の子を呼んでいる。

「ラケル！」

女の子はゆっくり立ちあがり、服の埃を払った。頭を垂れているせいで、もうその目は見えない。鍬を持ちあげ、呼ばれたほうに静かに歩いていく。トビアスは身じろぎもせずに突っ伏していた。怖くて動けなかった。女の子が戻ると、一同は温室のひとつに入っていった。ふたたび農場に静寂が訪れた。トビアスは隠れ場所から這いだして、最後のメモを取りに行った。ポケットに突っこみ、木立のなかに入って、さらに安全な隠れ場所を見つけてから、ようやくそれを取りだした。震える指で紙を広げ、書かれた言葉を見てはっとした。

〝ええ、助けて、お願い〟

トビアスはそっとフェンスのそばに戻った。向こう側はあいかわらず静まりかえっている。いったいどうすればいいのか。極秘任務にでもあたっているつもりでいたが、そんなのはくだらないお遊びだった。

これはちがう。

現実だ。

灰色のワンピースの女の子は実在している。水さえ与えられず、話すことさえできない女の子。そしてその子はいま、自分に助けを求めている。

トビアスはリュックサックを背負い、静かに高台に向かった。そこからなら、もっとよく見ることができる。

28

ミア・クリューゲルは、部屋のなかに誰かいるような気がして目覚めた。目がまともに開かない。まだ半分眠りのなかにいて、頭に靄がかかっている。無理やり瞼を押しあげ、自分ひとりだとたしかめた。誰もいない、自分だけだ。憂鬱が押し寄せる。自分に残されたものはこれだけ。ホテルの部屋と殺人事件。でも、別にかまわない。いつまでも続くわけではないのだから。

こっちよ、ミア、いらっしゃい。

どうせ、じきにあちらへ行くのだ。なにを気に病む必要がある？　ああでもない、こうでもないと、あれこれ考えてなんになる？

不思議なことに、頭痛がする。この半年、ありとあらゆる薬を飲んできたから、このくらいの痛みは感じなくなっていると思っていた。ゆうべは予定よりも長くスサンネと一緒にいた。いや、予定というのもおかしい、偶然会っただけなのだから。とにかく、飲みすぎたということだ。ミアはさっきまで見ていた夢の世界に戻ろうと目を閉じた。夢にはローゲル・バッケンが出てきていた。ホステルの最上階に裸で立っているところだ。鷲のタトゥーは首だけでなくほぼ全身を覆っていた。なにか伝えようとするように、下にいるミアに向かって叫んでいたが、聞きとれなかった。車の音がうるさいうえに、誰かが耳もとで意味不明な言葉をしきりに囁きかけていた。声の主をたしかめようと振りむいたが、そこには誰もいなかった。ローゲル・バッケンは腕を振りまわし、なにかを訴えつづけていた。「こっちに来て」とミアは呼びかけた。「降りてきて」するとローゲル・バッケンは飛び降りた。ミアに向かってゆっくりと落ちてきた。タトゥーはさらに大きくなり、身体じゅうを覆いつくし、周囲にまで広がっていた。腕が翼に変わった。脚は鉤爪(かぎづめ)に。顔にはくちばし。ぶつかる、と思った瞬間、ローゲル・バッケンは翼を広げて飛び去った。結局、言葉は聞きとれなかった。目の前に墓地が現れる。シグリの墓石。誰かがまた耳もとで囁いている。姿は見えず声だけだ。遠くで鐘が鳴っている。島。ヒトラ島で教会の鐘が鳴り響いている。永遠を告げる高らかな響きが、ベッド脇に置いたジーンズのポケットの携帯電話の着信音に変わった。ミアは音のするほうに手を伸ばし、朦朧とした頭のまま画面に触れて応答した。

「もしもし、ミアです」

「すいません、起こしました？」

ガーブリエル・ムルク。新入りの。すぐ赤面するかわいい男の子。ハッカーだ。

「いいえ」ミアはベッドの上に身を起こした。「何時？」

「九時です」

「すごい、早くから仕事してるのね」

目は完全に覚めた。夢は消えた。ホテルの部屋が視界に飛びこんでくる。

「家には帰ってないので」

「職場に住みこみってわけ？」

ガーブリエルが小さく笑った。

「いえ、えーっと、まあそんな感じです。覚えることがたくさんあるんで。ちゃんとやらないといと思って」

「そうね」

ミアはどうにかベッドから這いだし、ブラインドをあけた。

オスロ市街にも春が訪れている。スピーケルシュッパ公園の子供たち。カール・ヨハン通りを行き来する老人たち。王宮には国王。国会には政治家たち。誰もが日々の営みにいそしんでいる。その日々がつつがなく続くようにするのがミアの使命だ。この若い新人の意気込みはよくよくわかる。

「たまには寝なきゃだめよ」

「だいじょうぶです」ガーブリエルは続けた。「徹夜作業は慣れてるんです。わかったことをお知らせしたほうがいいと思ったんで」

「お願い」ミアはブラインドを下ろした。

朝日を浴びるのはまだつらい。もう少し眠っていられたらどんなにいいか。ローゲル・バッケンはなにを叫んでいたのだろう。

「自分がちゃんとした警察官じゃないのはわかってます」ガーブリエルが弁解するように言った。「なので、これが重要なことかどうかはわかりません」

「ちゃんとやってるわよ」ミアはあくびをした。「聞かせて」

「わかりました。コンピューターにはふたりのユーザーがいましたよね」

「ローゲルとランディね」

「そう、ローゲルとランディ。それで、ここからが変なんです」

「なにが？」

「まずはローゲルのほう。そっちはとくに意外なことはありませんでした。あまりコンピューターは使ってなかったようです。オタクじゃありませんね」

「どうして」

「たいていの男と同じような使い方しかしてませんから」

「たとえば？」

「Eメール。車とバイク。よくある感じです、まさに」

「メールの相手は？　気になる人物はいた？」

「とくには。個人的なやりとりはほとんどないんです。つまり、知り合いからのメールは。バイク乗りの雑誌を注文していました。あとは請求書、発送通知、ジャンクメール。かなりさびしい生活ですね、メールアカウントから判断すると」

「みんながネット漬けの生活をしてるわけじゃないのよ、ガーブリエル」

「そうですけど、それにしてもね。個人的なものがないのは変ですけど、気になるのはそこじゃないんです」

「ちょっと待ってくれる？」

「了解」

ミアは携帯電話を保留にして、ベッドサイドテーブルにある備え付けの電話に手を伸ばした。フロントに電話してルームサービスの朝食を注文する。昨日はホテルの食堂で朝食を食べようとして失敗した。人が多すぎた。

「お待たせ」

「オーケー、ローゲルのほうはもうちょっと調べますが、話したいのはもうひとりのことなんです」

「ランディ？」

「そうです」

「どういう人間なの」

「そこが妙なんです」

「というと？」

ガーブリエルはしばらく黙りこんだ。

「直接見てもらったほうがいいんですけど、ふたりは同じだと思うんです」

「どういうこと」

「ローゲルとランディ。ふたりは同一人物なんです」

「ローゲル・バッケンがふたりいるってこと？」

「というか、なんというか。まあ、そういうことですね。彼は女になるのが好きだったんです」

「冗談でしょ？」

「いや、ほんとです」

「どうしてわかったの」

「ローゲルというユーザー名のときは男です。バイクや車の写真を保存したりして。釣りにも行くし、酒も飲みます。ランディのときは全然ちがいます。女なんです。ブラウザにブックマークされてるのは、かぎ針編みとかインテリアデザインのブログばっかりです。女装した自分の写真も保存してるし。二重生活を送っていたみたいです」

「まちがいないの？」

電話の向こうでため息が聞こえた。

「自分がちゃんとした警察官じゃないことはわかってますけど、女装した男を見分けるくらいはできます」

「ごめんなさい。ただ、あまりに突拍子もない話だったから」

「ですよね。でも本人です。百パーセントまちがいなく。オフィスに来て、自分の目でたしかめてください」

「すぐに行く。携帯のほうは？」

「そっちもちょっと妙なんです」

「というと？」

「メールがほとんど全部消去されていて、登録されてる番号もありません。どういう人間か知りませんけど、自分の痕跡を残さないように、徹底的に注意してたみたいですね」

「女装した自分の写真以外はね」

「ええ、そうですけど、さっきも言ったように、それはコンピューターに残ってるだけなので」

「メールがほとんど消去されてるって言ったけど、てことは、いくつかは残ってるの？」

「はい、謎めいたものが少し」

「読んで」

「え、いまですか？」

「ええ、いますぐ」

ミアはふっと笑った。

「わかりました」

ガーブリエルは咳払いをして、発見されたメールについて説明しはじめた。

「メールは三件あります。すべて三月二十日付です」

「彼が死んだ日ね」

「そうなんですか？」

「ええ、中身を読んで」

ノックの音がした。ミアが備え付けのガウンを着て朝食を受けとるあいだに、ガーブリエルはメールを開いた。

「オーケー、最初のは短いです」

「送信者は？」

「名前がありません」

「そんなことできるの？　メールを送るときに自分のアドレスを隠すなんて」

「ええ、楽勝です」

「きっとお祖母さんとしゃべってる気分でしょうけど、教えて、どうやってやるの？」ミアはコーヒーに口をつけた。

苦い。吐きだして、小さく悪態をついた。どうしてまともにコーヒーも淹れられない人間ばかりなんだろう。皿の上のスクランブルエッグとベーコンもあまりおいしそうには見えない。

「ネット経由で送るんです。〈TxtEmNow.com〉とかそういうサイトを使って。登録しなくても使えるサイトがたくさんありますよ。電話番号とメッセージを入れるだけで送れるんです。たいていは広告がついてますけど。それで稼いでるんです」

「メールの内容は？」

「三通あります」

「読んで」

「〝太陽に近づきすぎるのは賢明でない〟」

「もう一度、お願い」

なにも食べられそうにない。ミアはトレイを窓台に移動させた。

「〝太陽に近づきすぎるのは賢明でない〟。これが最初のメールです」

「返信はなんて？」

「されていません。送信元がわからないメールには返信できませんから」

ミアはベッドにすわり、壁に頭をもたせかけた。頭痛がひどくなってきた。太陽に近づきすぎる。鷲のタトゥー。翼。翼のあるイカロス。彼は太陽に近づきすぎ、翼が溶けた。尊大。傲慢。ローゲル・バッケンは一線を越えた。

「聞いてます？」

「ええ、ごめんなさい、ガーブリエル。ちょっと考えこんでて」

「次のを読みます」

「ええ」

「〝そこにいるのは誰だ〟」

「それで全部？」

「はい。最後のも読みますか」

「読んで」

「〝バイバイ、鳥さん（バーディー）〟」

ミアは目を閉じたが、なにも浮かばなかった。〝そこにいるのは誰だ〟、〝バイバイ、バーディー〟？　いまの段階では、なんのことかさっぱりわからない。ベッドから立ちあがってバスルームに行く。鏡に映った姿はひどいものだった。疲れきっている。生気がまるでない。幽霊のように。かがんでバスタブに湯を張りはじめた。

「ミア、聞いてますか」

「ええ、ごめんなさい、ガーブリエル。あとの二通のメールがどんな意味なのか考えようとしてて」

「わかりました？」

「いいえ、いまは無理。すぐにそっちに行くわ、いい？」

「了解です、ずっとここにいますから」

「よかった。ガーブリエル、よくやってくれたわ」

ミアは電話を切り、ベッドのそばに戻った。携帯電話を窓台に置いて、なんとか朝食を食べようとした。だめだ、喉を通らない。別にかまわない。〈カッフェ・ブレネリーエ〉でコーヒーとスコーンを買おう。

〝そこにいるのは誰だ〟、〝バイバイ、バーディー〟。

ミアは服を脱いでバスタブに浸かった。温かい湯に包まれ、気分が落ち着く。スサンネと飲んだのは楽しかった。本当に。次の約束までしたような気がするが、はっきりと思いだせない。最後のほうはちょっと酔っぱらっていた。

ミアはバスタブの端に頭をもたれさせて目を閉じた。

〝そこにいるのは誰だ〟、〝バイバイ、バーディー〟。

たいした手がかりではないが、少なくともきっかけはつかめた。

29

あまりに深く眠っていたせいで、セシリエ・ミュクレはなかば痛みを覚えながら目を覚ました。習慣で目覚まし時計に手を伸ばしたが、鳴ってはいなかった。瞼が重くて持ちあがらない。ふんわりした雲に包まれたように暖かで心地がよく、身体に力が入らない。上掛けを引き寄せて俯せになり、枕に顔を押しつけた。身体の声に従おうとする。〝眠りに戻れ、眠りに戻れ。頭や心の声など無視すればいい。いまはただ眠るだけ。眠れ、眠れ、セシリエ、眠れ〟。医者に処方された薬のせいだ。本当は気が進まなかった。睡眠薬など飲んだことはなかったから。薬は嫌いだ。頭ははっきりさせておきたい。なにかに自分の身体をコントロールされたくはない。自分のことは自分でコントロールするべきだ。上掛けの下からもう一度手を伸ばし、いつものように六時十五分にセットされたアラームが鳴りだすのを待った。でもまだ鳴らない。いぶかしさが頭をかすめるが、すぐに眠気に押し流される。薬の効き目で、まともにものを考えられない。セシリエは上掛けの下で身体を丸め、やわらかい枕に頭を沈めた。

「これは勧めではなく、命令です」と医者には言われた。「この薬を飲みなさい。睡眠が必要です。眠らなければなりません。何度言ったらわかるんですか」

世界一のお医者だ。少し厳しくはあるけれど、セシリエに必要なことをわかっていて、自分の身を大事にしなさいと言ってくれる。でもそれはセシリエが不得意なことだ。自分の身を大事にしなさいとみんなに勧められるが、言うほど簡単なことではない。そういうことができない母親に育てられたからだ。母はいつでも自分よりほかの人を優先させていた。身に染みついた性分を変えるのは難しい。

セシリエは心配性だ。だから眠れない。最後にぐっすりと眠ったのはいつだっただろう。夜もじっとはしていられない。少し眠っただけで起きてしまい、深夜のテレビ番組を見て、お茶を飲み、数分うとうとしたかと思うとアラームが鳴り、また六時十五分がやってくる。気がかりはいくらでもあり、セシリエは人一倍それを心配してしまう。

「きみは必要のないことまで心配してるんだ」と夫は言う。スクレルドにテラスハウスを買ったときもそうだった。

「ほんとに買ってもだいじょうぶ?」

「なんとかなるさ」夫はそう言ったし、それは正しかった。ふたりはなんとかやっていけた。とくに夫が北海油田で働きはじめてからは。

六週間働き、六週間の休暇。もちろん留守のあいだは夫が恋しいが、お給料はとてもいい。それに、休暇のあいだ夫はずっと家にいてくれる。セシリエは夫を愛している。完璧な夫だ。最高の友であり、最高の恋人でもある。油田で働いている夫の同僚たちとはちがう。彼らはお金を持って帰ってくると、さっさと町に出かけていく。六週間働き、六週間飲んで暮らすのだ。夫はそんなことはない。帰ってくると、ずっと家にいてくれる。

セシリエ・ミュクレは腕を天井に向かって伸ばし、ようやく目をあけた。頭がはっきりするまで、もう少しベッドにいることにしよう。けだるくはあるけれど、たっぷり休息がとれた気がする。ひと晩ぐっすり眠れたせいで、身体はほかほかと温まり、こわばりがとれ、リラックスしている。ゆうべは夢も見なかった。このところ熱にうかされたような恐ろしい悪夢ばかりだったが、ゆうべはなにも見なかった。生き返ったような気分だ。

けれど、はっきりと目覚めたとたん、暗い寝室が目に飛びこんできて、また不安を覚えはじめた。本当は何時だろう。ベッドサイドランプをつけようと手を伸ばした。つかない。どうしてこんなに真っ暗なのだろう。それに寒い。停電だろうか。セシリエは小さな目覚まし時計のボタンを押して明かりをつけ、時刻を確認して仰天した。十時十五分前？　どうしよう、何時間もまえに起きないといけなかったのに。カロリーネを幼稚園に送っていかないといけなかったのに。ベッドの横に脚を下ろしたものの、すぐには立ちあがれず、鉛のように重い頭を抱えてしばらくじっとしていた。目をあけているのさえつらい。ドアのそばにある照明のスイッチのところまでどうにかたどり着いた。が、天井の明かりもやはりつかない。家のなかは冷えきり、妙に静まりかえっている。ふらつきながら窓まで行って、カーテンをあけた。春の陽光が差しこみ、ようやくまわりが見えるようになった。

セシリエは廊下に出た。カロリーネを起こさないと。脚が重く、暗い廊下を歩きながらよろめきそうになる。靴下を履くのを忘れたので床が冷たい。手探りしながらカロリーネの部屋に向かった。

「カロリーネ」

声まで細くかすれ、目覚めるのを拒否しているように聞こえる。

「カロリーネ、起きてる?」

娘の寝室から返事はなかった。十時十五分前なのに? カロリーネは朝寝坊なほうではない。たいてい七時には起きてくる。少なくとも目は覚ます。両親の寝室にテディベアを抱えてやってくることもある。一日でいちばん素敵な時間だ。カロリーネとテディベアと一緒にベッドで過ごす静かな時間。

「カロリーネ?」

手探りを続けているうちに、目が暗さに慣れてきた。と、足の裏にべたついたものを感じた。いったいなに? 立ちどまって、足を上げた。そっと足の裏に触ってみる。床になにか気持ちの悪いものがくっついている。昨日拭き掃除をしたばかりなのに。恐る恐るべたつく床を進み、カロリーネの部屋に入った。照明のスイッチを押したが、そこも明かりはつかなかった。

「カロリーネ?」

急いで窓まで行ってカーテンをあけた。光が部屋に注ぎこみ、その瞬間、セシリエの胸騒ぎは現実になった。

「カロリーネ!」

自分の目を疑った。カロリーネがベッドにいない。床には血が滴っている。きっとまだ目が覚めていないのだ。足にも血がついている。夢を見ているにちがいない。まだ眠りのなかなのだ。睡眠薬なんて飲むんじゃなかった。医者にどうしてもと言われたからだ。セシリエは娘の部屋のなかで自分が目覚めるのを待った。こんな夢は耐えられない。カロリーネがベッドにいない。朝の十時十五分前。床には血。明かりがつかない。家は暗い。セーターの下の腕に鳥肌が立つ。とにかく早く目覚めないと。目覚まし時計がもうすぐ鳴るはず、そう自分に言い聞かせて唇を嚙んだ。

これはただの夢だ。

セシリエ・ミュクレはわれを忘れていた。遠くで鳴っている電話も耳に入らなかった。

30

ミア・クリューゲルはストール通りの〈カッフェ・ブレネリーエ〉の窓際にすわり、二杯目のコルタードを飲んでいた。昨夜スサンネと飲みすぎたせいで、スコーンを食べてオレンジジュースを飲んだところで猛烈な二日酔いに襲われたが、それでも身体はゆっくりと確実に回復に向かっていた。いつもは目もくれない新聞を、どういうわけか今日は読むことにした。だが、一面の見出しはひどいものだ。〝森の幼子殺人事件〟――それが新聞のつけた名前らしい。マスコミによってこんなふうに事件に呼び名がつけられるのが、ミアには許せなかった。殺人事件の捜査、行方不明者の捜索、暴動、戦争、どんな形の悲劇だろうとおかまいなしだ。それが読者にどんな影響を与えるのかわかっていないのだろうか。人々の恐怖心に火をつけ、おびえさせるということを。地獄に落ちればいい。どうしてこういったことを禁止する法律がないのだろう。なにかの罰則があるべきでは？　もっと悪いことに、こういう愚か者たちは犯罪者に望みどおりのものを――世間の注目を――与えてしまっていることに気づいていない。なぜわからないのか。多くの場合、そういった注目こそが犯人の求めているものなのだ。全国の新聞に大々的に報じられることこそが。〝森の幼子殺人事件〟――どうやったらそんなフレーズを思いつくのか。隣人、友人、幼稚園職員へのインタビュー記事が載っている。〝警察は手がかりをつかめず〟――なぜそう言い切れるのだろう。パウリーネがビーチにいる写真に、誕生日に家族と撮った写真。ヨハンネがスケート場やプールで祖父と写った写真。ミアは首を振りながらも、記事から目が離せなかった。〝容疑者なし〟、〝悲しみに暮れる国民〟。葬儀の写真。遺体発見現場付近に供えられた花やキャンドル。少女たちに送られた手紙やカード。泣いている子供たち。泣いている大人たち。

新聞を置いて、コルタードの残りを飲みほしたとき、携帯電話が鳴った。

「はい、ミアです」

「ホールゲルだ。どこにいる？」

「〈カッフェ・ブレネリーエ〉です。ストール通りの。どうしたんですか」

「また女の子が行方不明になった」

ぞわりと腕に鳥肌が立つ。ミアは革ジャケットを着ると、数秒後には店を飛びだしていた。

「いまオフィスですか」

「出るところだ」

「プルーエン通りの〈セブン-イレブン〉の外で拾ってください」

「わかった」

ミアは電話を切り、ユングストルゲ広場の方向へ走った。なんてこと。これで三人目だ——左手の指の爪に三本の線。いや、そうはさせない。今回はこちらも動きが早い。行方不明にはなっているが、もう捜査がはじまっている。もう線は刻ませない。今度の子は手遅れになるまえに探しだす。人込みをかき分けて走りながら、ミアは心に誓った。

ユングストルゲ広場の角に着いたとき、ムンクの黒のアウディがプルーエン通りを走ってくるのが見えた。ミアは助手席に飛びのり、ドアを勢いよく閉めた。

「現場は？」息を切らしたまま訊いた。

「ディーセンだ。ディーセン通り。十分前に通報があった。アンドレア・リング。父親が目を覚ましたときにベッドにいなかった」

ムンクは青い点滅灯をルーフに取りつけ、アクセルを踏みこんだ。

「父親はいま起きたばかり？」

ミアは携帯電話で時刻を確認した。

「そのようだ」ムンクがつぶやいた。

「誰が現場に？」

「キムとアネッテだ。カリーも向かっている」

ムンクは行く手をさえぎっている路面電車と歩行者にクラクションを鳴らした。

「なにやってるんだ、まったく」

「家からいなくなったんですか？」

ムンクはうなずいた。

「変ね。最初のふたりは幼稚園からいなくなったのに」

「ぐずぐずせずに、道をあけるんだ」

ムンクはふたたびクラクションを鳴らし、ようやく渋滞を抜けて、シンセン方向に向かった。

「父親だけが家にいたんですか。母親はどこに？」

「わからん」

携帯電話が鳴り、ムンクが出た。ぶっきらぼうな声だ。ひどく機嫌が悪い。

「なんだって？　くそ！　ああ、立ち入り禁止にしろ。それからすぐに鑑識班を送るんだ。なに？　いや、そんなことはどうでもいい、それどころじゃない。いや、もちろん犯罪現場として扱う。五分で着く」

ムンクは電話を切り、首を振った。

「アネッテですか」

「キムだ」

「なにか見つかったんですか」

「血だ」

「血？」

ムンクがけわしい顔でうなずく。

「それじゃ、わたしたちが追っている人間じゃないかもしれませんね。手口がまったくちがう」

「そう思うか」

ムンクはミアを見ずにそう言った。ミアは革ジャケットのポケットからミントをひとつ取りだした。六歳の女の子がディーセンの自宅の寝室から消えた。ふたつの事件とは無関係な可能性もあるが……三本目の爪の線……いや、だめだ。もうそんなことはさせない。

ムンクがまたクラクションを鳴らした。車が停止する。ふたりのパンクロッカーが、青い点滅灯など目にも入らないといった様子でのんびり横断歩道を渡っていく。

「血は女の子のものですか」

「まだわからん。鑑識班が向かってる」

「バッケンのことは聞きました？」

「鷲のタトゥーの男だな、聞いたよ。ローゲルとランディだって？　気になるな。女装愛好家だったのか？」

「そのようです」

「だが、いまその話はしたくない。いまはごめんだ」

最後の言葉はミアに向けられたものではなかった。ムンクは歯を食いしばってそうつぶやくと、トロンハイム通りに入り、ディーセン方面に車を進めた。小さな赤いテラスハウスが建ち並ぶディーセン通りは、非常事態に驚いて目覚めたばかりのように見えた。

「なにがわかった?」ムンクは車を降りるとすぐに言った。

「アンドレア・リング。六歳。寝室からいなくなりました。階段の下から寝室まで血痕が続いています。ベッドにも血痕が付着」

キムがけわしい顔で頭を掻いた。

「父親はどこだ」

「居間です」キムが指差した。「完全に取り乱しています」

「医者は来てるのか」

キムはうなずいて、ふたりを案内した。玄関へと続く砂利道に入ったとき、アネッテが家のなかから現れた。携帯電話を持って、深刻な顔をしている。

「もうひとり出ました」

「なんだと?」ムンクが大声をあげた。「また女の子が消えたのか」

「はい。たったいま通報がありました。カロリーネ・ミュクレ。六歳。スクレルドの自宅寝室から消えました」

「くそ!」

「血は?」ミアは訊いた。

アネッテがうなずく。

「わかった。きみたちふたりはスクレルドに行け。キムとおれはここに残る。鑑識班も向かわせろ」

「もう手配済みです」アネッテが言った。

ムンクがちらっとミアを見た。なにも言わなかったが、考えていることはわかった。

一日にふたり?

同時にふたりを?

「わたしの車で行きましょ」アネッテがそう言い、先に立って縁石にとめた赤いプジョーのほうへ駆けだした。

31

《アフテンポステン》紙の記者ミッケル・ヴォルは、インターネットに記事をアップロードし終え、ほっとひと息ついていた。このところひどくあわただしく、まともに推敲もせずに送信してしまった。〝パウリーネとの最後のお別れ〟――掲載された記事に何度か目を通してみたが、誤字は見あたらなかった。やれやれ、問題なさそうだ。

前日、同僚ふたりと葬儀の記事を書くよう指示された。同僚たちは本紙に載せる特集記事を担当し、ミッケルは電子版のほうで別の切り口を探すことになった。通常、《アフテンポステン》の本紙担当記者が電子版の記事を書くことはないが、この事件だけは別だ。〝一致団結、最優先〟が目下のモットーで、それは他紙も同様らしい。

スコイエン教会には参列者が詰めかけていた。遺族は報道陣の立ち入りを自粛するよう求めていたが、それに従わない者もいた。ミッケルは他紙の記者が数人、家族や隣人や友人に紛れて教会内に入るのに気づいた。なにごともやった者勝ちの業界ではあるが、それでも越えてはならない一線というものがあるはずだ。《アフテンポステン》でこの事件を担当している仲間は、その点問題ない。才能ある優秀な記者たちばかりだ。念を押されるまでもなく、節度を守ることをわきまえている。満員の劇場で〝火事だ！〟と叫ぶようなことはしない。配慮というものを知っている。薄汚れた指で遠慮なく傷口をつつくような真似はしない。他紙の連中のように。

数カ月前、ミッケルは他紙から声をかけられた。じきに四十歳、《アフテンポステン》で働いて十二年近くになる。オファーされた職は魅力的で、次にまたそんなチャンスがあるという保証もないが、それを断ってよかったと思っている。〝パウリーネとの最後のお別れ〟——パウリーネの幼稚園の友達とその両親に取材して書いた記事だ。これは悪趣味ぎりぎりだろうか。そうかもしれないが、報道する責任があると判断した。意味のあることだ。友達をなくした深い悲しみ。泣いているその少女の写真も撮った。片手には花束を持ち、もう一方の手にはパウリーネのために描いた絵を持っていた。美しく、胸を打つ光景。報道のガイドラインには則っているはずだ。ちがうだろうか。ミッケルはため息をついて腕を伸ばした。少女たちの死体が発見されてからというもの、あまり寝ていない。判断力が鈍ってきているのかもしれない。十年前ならこの記事を書いただろうか。五年前なら？　やましさを脇に押しやってキッチンに行き、コーヒーを淹れた。編集部内はざわついている。こういった事件は久しぶりだ。というより、こんな事件がいままであっただろうか。連続殺人犯が少女たちに人形のドレスを着せ、スクールバッグを背負わせ、木から吊るす？　ミッケルは首を振り、コーヒーに口をつけた。なにもかもが現実とは思えない。アメリカやテレビのなかではありえても、このノルウェーではありえない。教会から会葬者が出てくるのが見えたとき、感情を抑えるのに苦労した。小さな白い棺。沈痛な面持ち。悲嘆の色。〝パウリーネとの最後のお別れ〟——あの記事が一線を越えたものでなければいいが。ああ、そうにちがいない。いい記事のはずだ。

「また出動したみたいです」

シリエがキッチンに顔を覗かせた。

「今回はどこに向かってる？」

ミッケルはカップをカウンターに置き、後輩の女性記者のあとについて隣の部屋に入った。警察の動きを把握するため、そこで無線を二十四時間体制で傍受している。

「スクレルド」

「また女の子か？」

「まだわかりません」シリエはわずかに音量を上げた。

「どうなってる？」

編集長のグルングが部屋に入ってきた。赤ら顔には無精ひげが伸びている。やはりあまり寝ていないようだ。

「いくつかの班がスクレルドに派遣されてます」シリエがグルングに伝える。

「スクレルド？ ディーセン通りじゃなかったか？」

「どっちもです」

「ディーセン？」ミッケルは訊いた。それは知らなかった。

「数分前だ」グルングがうなずいた。「エーリクとトーヴェがいまそっちに向かっている」

グルングはシリエに向きなおった。

「スクレルドのほうの住所はわかるか」

「ヴェルディング・オルセン通り、スクレルド校の近くです」

「おれが行きます」ミッケルは言った。

「よし」グルングはうなずいた。「なにかわかったらすぐに連絡をくれ、いいな」

ミッケルはデスクに戻って鞄をつかんだ。

「カメラマンはいないか」

グルングが声を張りあげる。

「エスペンが行けるはずです」

「いや、あいつはディーセンに行った」

「ニーナに電話してください」ミッケルは出口に向かいながらそう言った。「現地で合流してくれと」

一階までエレベーターで降り、タクシー乗り場まで走った。車に乗りこみ、ディーセンにいる同僚のエーリク・ルニングに電話をかけた。

「エーリクです」

「どうなってる？」

「立ち入り禁止になってます。なかに入れない。カオスですよ。なにが起こってるか、誰もわかってない」

「行ってるのは、うちの紙だけか？」

「まさか」

エーリクはくっと笑った。

「すごいぞ、ふたりのお出ましだ。ミア！　ミア！」

エーリクの声はしばらく遠ざかり、やがて戻ってきた。

声はまた遠ざかり、今度は戻ってこなかった。

「どうなってる？」

「ムンクとクリューゲルです。やっぱり、ここでなにか起きたんだ。ミア！　ミア！」

ミッケルは運転手に目で合図し、スピードを上げさせた。スクレルドにはいちばんに着きたい。他紙の連中が無線を傍受していなければいいが。もう一度エーリクに電話してみたが、すぐに留守電に切り換わった。ホールゲル・ムンクとミア・クリューゲルが来た。まちがいない、なにか重大事件が起きたのだ。

ヴェルディング・オルセン通りに着いたときには、すでにあたりは封鎖されていた。ミッケルは運転手に金を払って車を飛び降りると、小さな人だかりができているのを見つけ、そちらに近づいた。やけに封鎖が早い。このところどんどんそうなっている。警察無線を傍受していても、後れをとってしまうのだ。そのことが記者たちのあいだでも話題になっている。なにがまずいのだろうか。警察が新しい通信手段を試しているという噂もあるが、いまのところそれがなんなのかは明らかになっていない。

立ち入り禁止テープの前まで行くと、《VG》紙の記者が見つかった。

「なにがあったんだ?」

「まだわからない」

《VG》紙の記者は煙草に火をつけて、道路のほうを示した。

「三人目か四人目だと思う。向こうの黄色いテラスハウスのどれかだ。上の人間はまだ誰も来ていない。下っ端の警官ばかりだ。なにもわからん」

ミッケルはあたりを見まわした。続々と人が到着している。NRKとTV2のクルーもいる。《ダグスアヴィーセン》紙の記者に会釈したとき、携帯電話が鳴りだした。

「ミッケルです」

「グルングだ。どんな状況だ?」

「まだなにもわかりませんが、各社が集まってます」

「なんだっていつも後れをとるんだ！」

「たしかに問題ですね。対処の必要がある」

グルングは黙りこんだ。編集長は指図されるのが嫌いだ。

「ムンクとクリューゲルはディーセンらしいです」とミッケルは話題を変えた。グルングの機嫌を損ねたくはない。そのせいで痛い目に遭う同僚たちを何人も見てきた。サンドヴィカあたりに飛ばされて、行方不明の猫の記事を書くのはごめんだ。

「クリューゲルはさっきディーセンを出た。スクレルドに向かっているはずだ」

「ニーナとは連絡がとれましたか？」

「ああ、そっちへ向かっている。お、エーリクから電話だ。連絡が入った。またかけなおす」

「了解」ミッケルは電話を切った。

状況を把握しようと、立ち入り禁止テープのところまで戻った。警察は住宅だけでなく、道路全体を封鎖している。ムンクとクリューゲルがディーセンに現れ、クリューゲルはそこからこちらへ向かっているという。やはり大事件だ。それも複数の。同時にふたり？　それなら明日の一面は決まりだ。賭けてもいい。ミッケルはどこかからしのびこめないかとあたりを見まわした。別の入り口があるはずだ。タクシーを降りた場所まで戻ってみる。ここにいるべきか、周囲を探るべきか。そう考えていると、また電話が鳴った。今回は非通知だ。

「もしもし。ミッケルです」

なにも聞こえてこない。

「ミッケル・ヴォルです。どなたですか」

よく聞こえるように、反対側の耳を手でふさいだ。すでに大勢の人間が集まり、あたりは車両や通りすがりの野次馬でごったがえしている。

「気の毒に」

奇妙な声がした。不自然な響き――変声機が使われている。誰なのかわからない。

「どなたですか」もう一度言った。

「気の毒に」相手もそう繰り返す。

ミッケルは群衆から離れ、通りを渡って、静かな場所へ移動した。

「気の毒って?」

相手はまた黙りこんだ。

「もしもし?」

だんだんいらついてくる。

「もしもし？　いいですか、誰だか知らないが、こんなことをしてる暇はないんだ」

「気の毒に」不自然な声が繰り返す。

「気の毒ってなにが。あんたは誰なんだ」

「こんなところに立っているだけなんて、気の毒に」声が言った。

そのとき、赤いプジョーが到着した。ミア・クリューゲルと同僚が乗っている。プジョーが立ち入り禁止テープのところまで行くと、そこにいた警官がなかへ通した。

「くそ！」

カメラマンはなにやってるんだ。ここを撮らないでどうする。

「いいか、いやがらせならほかのやつを探してくれ」ミッケルは声を荒らげた。「忙しいんだ」

切ろうとした瞬間、奇妙な声がまた聞こえた。

「三人目」

「どういう意味だ？」

「三人目」また声が言う。「名前はカロリーネ。まだ切るつもりか？」

とたんに、ミッケルの全神経が相手に集中した。

「あんたは誰なんだ」

「ドナルド・ダック。誰だと思った？」声がミッケルをからかう。

「いや、その……」

くくっと笑う声。

「別のやつらに電話しようか。《ダーグブラーデ》のトゥニングに。《VG》のルードに。そっちにかけようか」

「いや、いや……おい、待ってくれ、聞いてるから」

ミッケルはさらに群衆から遠ざかった。

「それでいい」

メモ帳とペンを取りだそうとポケットを探る。

「友達になるか」奇妙な声が訊いた。

「場合によっては」

「場合によっては？」

「ああ、友達になるよ」ミッケルは慌てて言いなおした。「カロリーネって誰だ」

「誰だと思う？」

「それが……三人目なのか」

「ちがった、カロリーネは四人目だ。アンドレアが三人目。ディーセン通りには行ってないのか」

立ち入り禁止テープのあたりが騒がしくなった。別の車両が入っていく。鑑識班だ。

「どうやってたしかめればいい……？」

「たしかめるって？」

「つまり……」

ミッケルは言葉に詰まった。額が火照り、てのひらは汗ばんでいる。

「寝ているところはすごく愛らしい」声が言った。

「誰が？」

「あの子たちが」

「いたずら電話じゃないってどうやったらわかる？」

「指でも送ろうか？」

背筋に震えが走る。平静を保つのがますます難しくなってくる。

「い、いや、それはごめんだ」

相手がまたくっと笑う。

「正しい質問をするといい」

「どういう意味だ」

「記者会見で。正しい質問をするといい」

「正しい質問？」

「どうして豚の血が床に滴っていたのか」

「どうして……え、なんて言った？」

ミッケルは電話を落とさないようにしながら、メモ帳を出そうと必死でポケットを探った。

「チクタク」奇妙な声がそう言うと、電話は切れた。

32

ホールゲル・ムンクは薄いラテックスの手袋をはずし、煙草を吸いにテラスに出た。ひどい日になったものだ。昨晩はあまり眠れず、ベッドで寝返りを打ってばかりだった。母親とはまだ遺産の話をできずにいるし、そんなことを気にして寝つけずにいること自体が情けなかった。まったく、それどころではない。ふたりの少女が失踪。

それも同じ日にだと？　ムンクは煙草に火をつけ、窓からなかを覗きこんだ。室内では鑑識作業が続けられ、父親はグルンランの警察本部に行っている。母親の居場所はまだわからない。父親はショック状態で、まともに話もできない様子だった。夫婦は別居中のようで、今週は父親が娘を預かる番だったらしい。母親は女友達と山小屋に出かけているそうで、携帯電話もつながらない。テラスの両開きのガラス扉が割られていた。一階の床と階段、そして娘の部屋にも血痕が残されている。アンドレア。何者かが少女を寝室から連れ去った。ムンクはふかぶかと煙草を吸うと、かすかな頭痛を振り払おうとした。ミアに電話する。数秒で出た。

「そっちはどうだ」

「カロリーネ・ミュクレ、六歳。自宅からいなくなりました」

「無理に押し入った形跡は？」

「いえ、鍵は玄関マットの下にありました」

なんてことだ。ムンクはため息をついた。玄関マットの下。いまだにそんなことをする人間がいるとは。

「血は？」

「階段の踊り場から寝室まで血痕が続いています」

「両親は？」

「セシリエとヨン＝エーリク・ミュクレ。ふたりとも犯罪歴はなし。父親は油田で働いています。いま連絡をとろうとしてます。母親は教師」

「教師？」

「ええ、でも母親の犯行じゃないですね。完全なショック状態です。ウレヴォール病院に送りました。自分がどこにいるかもわからない様子で。わたしたちと話をする暇はないと言い張ってました。カロリーネを幼稚園に送っていくから、と」

「わかった」

「これから一軒ずつまわって、目撃者がいないか確認するところです」

「ああ、こっちもそうだ」

「訊き込みはアルファ1体制でいきますか」

ムンクはうなずいた。

「ホールゲル？」

「なんだ。ああ、総動員体制でやってくれ。全員で。全員と言ったら、全員だ。通りという通り全部、草の根を分けても目撃者を見つけだせ。いいな？」

「了解」ミアは電話を切った。

ムンクはもう一度ふかぶかと煙草を吸った。頭痛がひどくなってきた。水がいる。液体が必要だ。それに食べ物も。電話が鳴りだした。

「ムンクだ」

「ガーブリエル・ムルクです。いまちょっといいですか」

「話の内容によるな」

「個人的に頼まれていた問題のことなんですけど」

ムンクは眉間を揉んだ。

「暗号です」ガーブリエルが続ける。

記憶をたどり、ようやく思いだした。解けなかった数学の問題だ。スウェーデンの女性がネットで送ってきたものだ。

「解けたのか」

ムンクは室内に戻り、血痕を踏んだり、どこかに触れたりしないよう注意しながら歩いた。鑑識作業はまだ終わっていない。

「なんなのかはわかったと思うんですけど、足りないものがあるんです」

「足りないとは？」

「なんなら、あとにしましょうか」

　玄関を抜けて外に出ると、また煙草に火をつけた。立ち入り禁止テープは通りのずっと向こうに移動させた。できるだけマスコミを遠ざけておくためだ。ミッケルソンに報告に行くのは気が重い。殺害されたふたりの少女。容疑者ゼロ。さらにふたりが行方不明。本部では大騒ぎだろう。

「グロンスフェルト暗号だと思います」ガーブリエルが言った。

「なんだって」

「グロンスフェルト。暗号の一種です。ヴィジュネル暗号の変種で、文字じゃなく数字の鍵を使います。でも、足りないものがあるんです。ほかにもなにか受けとってませんか」

　ムンクは集中しようとつとめた。

「ほかに？　わからんな。どういうものだ」

「文字とか数字です。グロンスフェルト暗号が機能するためには、送り手と受け手の両方が、同じ文字や数字の組み合わせを持っている必要があります。それで第三者に解読されるのを防ぐんです」

「思いあたらんな」ムンクがそう言ったとき、キムが門を抜けて入ってきた。「あとで考えてみる」

「わかりました」ガーブリエルが言って、電話を切った。

「なにかつかめたか」ムンクは訊いた。

キムが首を振る。

「この時間はほとんどの人間が仕事に出ています。なので、また夕方にまわることにします」

「なにもなしか？　そんなわけない、誰かがなにか見てるはずだ」

「いまのところありません」

「もう一度行け」

「ですが、たったいま――」

「もう一度行けと言ったんだ」

若い警察官はうなずいて、門を出ていった。

ムンクが家のなかに戻ろうとしたとき、ミアからまた電話がかかった。

「どうした？」

「女です」それだけで意味はつかめた。

「目撃者が見つかったのか」

「向かいに住んでいる老人です。眠れなくて、午前四時頃、窓の外を眺めていたとか

で。誰かが郵便箱のあたりをうろついているのが見えて、確認しに外へ出たというこ
とです」

「ずいぶん勇敢なご老人だな」

「たしかに」

「それで？」

「その女に向かって大声で呼びかけたそうです。相手は走って逃げました」

「女だってことははっきりしてるのか」

「百パーセント確実だそうです。数メートルしか離れていなかったと言ってます」

「驚いたな」

「まえに女かもと言いましたよね？」ミアが勢いこんで言う。「だと思ったんです」

「ああ、そう言ってたな。目撃者はそこにいるのか」

「連れていきます」

「十分後にオフィスで会おう」

「わかりました」ミアは電話を切った。

ムンクは走りだし——はしなかったが、走らんばかりの勢いで——車に戻った。急いでハンドルを握り、立ち入り禁止テープのそばにいる記者やレポーターの群れを突

っ切ると、フラッシュがいっせいに光った。ハゲタカどもにくれてやるネタが、これでようやく見つかった。

女。

ムンクは青い点滅灯を車のルーフに取りつけ、猛スピードで中心街を目指した。

第三部

33

アフガニスタン帰還兵のトム＝エーリク・ソルリエが居間の窓辺にすわっていると、二台のパトカーが家の前の道路にとまり、検問所を設置しはじめた。ソルリエはコーヒーテーブルから双眼鏡を取り、ふたりの警官にピントを合わせた。いつものようにずっと警察無線を聞いていたので、事件が起きたことはわかっていた。ふたりの少女が殺され、さらにもうふたりの少女が行方不明になったことで、警察はオスロと郊外を結ぶすべての道路に検問所を置くことにしたらしい。さらにピントを調節する。警官たちはヘルメットをかぶり、短機関銃で武装している。ヘッケラー&コッホ社のMP5。たびたび使ってきたから、その銃のことはよく知っている。警官たちは検問所の設置を終え、さっそく通りかかる車をとめはじめた。朝早い時間なのは、ドライバーにとっては幸いだろう。いまはまだ都心に向かう車がほとんどで、出ていこうとする車は少ない。

ソルリエは双眼鏡を置き、ニュースの音量を上げた。テレビはつけっぱなしにしてある。コンピューターも警察無線も。つねに最新の情報を把握しておくためだ。現役でなくなったいま、それが生を実感する手立てになっている。
シェパードの子犬のレックスがバスケットのなかで伸びをして、近づいてきた。足もとで小首をかしげ、舌を出してみせる。散歩に行きたいのだろう。頭をなでてやりながら、テレビの画面に注目した。TV2のレポーターがマイクを持ってカメラの前に現れた。背後にスクレルドの住宅地らしきものが見えている。警察の立ち入り禁止テープ。少女のうちのひとりが行方不明になった現場だ。一時間前にニュースで知った。ソルリエは立ちあがって子犬の首輪をつかんだ。外の階段を下り、リードをつけて庭に放した。いまは散歩に行く気になれない。頭が痛む。

警察が検問所をたたむころには、日はとっぷりと暮れていた。まる一日だ。徹底的にやれと上から言われているのだろう。テレビの前で夕食を食べていると、画面にモンタージュ写真が現れた。女だ。運よくスクレルドで目撃証言が出たらしい。どこにでもいそうな女の顔。記者会見の映像。女性検察官。少女たちはまだ見つかっていない。手がかりなし。車に乗りこむふたりの捜査官。ベージュのダッフルコートを着たひげの男。長い黒髪の女。ふたりとも鋭い目をしている。ダッフルコートの男が手を振って記者たちを追い払っている。ノーコメント。

トム＝エーリク・ソルリエはテレビの音量を下げ、コーヒーを淹れようと立ちあがった。と、なにか聞こえたような気がした。庭に誰かいるのだろうか。靴を履いて外に出る。シェパードがリードにつながっていない。

「レックス？」

裏庭にまわり、リンゴの木を見て仰天した。

誰かが犬を殺して、縄跳びのロープで木に吊るしていた。

34

ミア・クリューゲルは道路を渡り、トイエン通りを歩きはじめた。ポケットのミントを口に入れ、店先に並ぶ新聞の見出しを無視しようとつとめた。また売店があり、そこでも自分の人生が見世物になっている。〝謎の女——いまだ手がかりなし〟。一面には老人が目撃した女のモンタージュ写真。モンタージュに問題はない。目撃者の観察眼にも問題はない。唯一の問題は、それがどこにでもいそうな顔だということだった。情報提供の電話が九百本。初日だけで。みな隣人だとか、同僚だとか、姪だとか、前日にフェリーの列で見かけた誰かだという話だった。警察本部の電話回線はパンクし、一時的に停止しなければならなくなった。つながるまで二時間待たされるという噂も流れている。〝カロリーネとアンドレアの目撃証言を求む〟。一面にでかでかと載せられたふたりの少女の写真を見ると、嘲笑（あざわら）われているような気がした――おまえには無理だ。これはおまえの責任だ。この子たちが死んだらおまえのせいだ。

それにしても、あの血はどういうことだろう。どうにもちぐはぐに思える。ほかの証拠との整合性がない。成分を調べたところ、どちらの少女のものでもなかった。人間の血ですらなかった。豚の血だ。犯人の女は――あるいは男は――警察をからかっている。この違和感はなんだろう。なにかが引っかかる。スクレルドで目撃された女。モンタージュ写真。なんだか、ゲームでも仕掛けられているような気がする。なにもかもこちらの思いのままだ、なんだってできるのだ、と。

こっちの勝ち。おまえの負けだ。

ミアはジャケットの前をかきあわせ、また通りを横切った。白のシトロエンに関してはなんの情報もない。犯罪者リストからもなにも出てこなかった。ルドヴィークとカリーはヒューネフォスの事件を洗いなおしている。マリボー通りの会議室には壁一面に写真とメモが貼りつけられているが、いまのところなにも見つかっていない。なんといっても、赤ん坊がさらわれた病院には八百六十人近い職員がいたのだ。もちろん、出入りが可能だった患者やその家族や見舞客もいる。つまり、容疑者は何千人にものぼる。防犯カメラの映像にも手がかりはなかった。当時、産科病棟内にカメラはなく、出入り口に設置されているだけだった。映像のチェックに膨大な時間を費やした結果、それが徒労に終わったことは、いまもよく覚えている。捜査報告書と供述調書ばかりが山のように増えていった。医師、看護師、患者、理学療法士、ソーシャルワーカー、患者の家族、受付係、清掃員……ミア自身が事情聴取した相手だけでも百人近くにのぼる。誰もが動揺していた。どうしてこんなことが起きたのか。産科病棟に入りこみ、誰にも見咎められず赤ん坊を連れだすなどということが、なぜ可能だったのか。警察の上層部は、スウェーデン人の青年が犯行を〝自白〟したうえで自殺したとき、飛びあがらんばかりに喜んだ。そしてさっさと捜査を打ち切った。警察の失態を——汚点を——うやむやにして先に進むために、すべてなかったことにした。

ミアはまた道路を横切り、とある中庭に足を踏み入れた。最後に来てからずいぶんたっているが、店はまだあった。人目をしのぶようにひっそりと建っていて、緑のドアには店の名さえ書かれていない。ノックしてドアがあくのを待った。少女たちの家族と支援者は、有力な目撃証言に謝礼を支払う意向だという。ムンクとミアは反対だった。時間が無駄になるだけだ。通報の数ばかりが増え、たしかな情報を持った人間からの電話がつながりにくくなる。だが、弁護士と相談した結果、家族たちはやってみることに決めたらしい。警察がそれをとめることはできない。それに、まったくの無駄とは言い切れないかもしれない。大金につられて、ひょっこり有力な情報が出てこないともかぎらない。

ドアの小窓があき、男の顔が現れた。

「なにか？」

「ミア・クリューゲルです。チャーリーはいます？」

小窓が閉じられた。数分後、男が戻ってきた。ドアがあき、なかに通される。この用心棒は新入りだ。顔に見覚えがない。いかにもチャーリーが選びそうな男だ。ボディビルダーのように筋骨たくましい身体、タトゥーの入った、ミアの腿よりも太い腕。

「向こうにいる」男は顎で店の奥を示した。

チャーリー・ブラウンはカウンターの奥に立ち、ミアを見ると満面の笑みを浮かべた。変わっていない。ほんのわずかに年をとって、目のあたりに少し疲れが滲(にじ)んでいた。

るが、いでたちは昔と変わらずカラフルだ。たっぷりメイクをして、派手な緑のスパンコールのドレスに身を包み、首には羽根つきのショールをかけている。

「ああら、ミア・ムーンビーム」チャーリーが笑い、カウンターの奥から出てきてミアを抱きしめた。「すっごく久しぶりじゃない。ねえ、元気だった？」

「元気よ」ミアはうなずいて腰を下ろした。

店内にいるのは六、七人の男性客だけで、ほとんどが女物の服を着ている。豹柄のパンツにハイヒール。白のドレスにシルクの長手袋。チャーリーの店では誰もが人目を気にせず、なりたいものになれる。やわらかい照明。落ち着いた雰囲気。隅のジュークボックスから流れるエディット・ピアフ。

「ひどい顔してる」チャーリーが首を振りながら言った。「ビール飲む？」

「ちょっと待って、やっとアルコール販売の免許をとったの？」

「もう、堅いこと言わないの」チャーリーはミアに向かってウィンクをすると、ビールを差しだした。「小さいグラスのやつもいる？」

「昼間からそんなのまで出すの」ミアは微笑み、ビールをひと口飲んだ。

「お望みのものはなんなりと」チャーリーがまたウィンクして、ミアの前のカウンターを拭いた。

「さびしいことに、ここもお客がずいぶん減っちゃってね。みんな年をとったし。ま、チャーリーは別だけど」

チャーリーは緑のショールを首に巻きつけ、棚の瓶に手を伸ばした。

「イエーガーでも飲む？」

ミアはうなずき、ニット帽と革ジャケットを脱いだ。店内の暖かさが心地いい。しばらく外の世界から隠れていられる。かつて自分の事件に対する調査がマスコミを賑わせていたころ、ミアはよくここへ来ていた。たまたま見つけた店だったが、すぐになじんだ。詮索する人間は誰もいない。落ち着いていて安全で、第二のわが家のように思えた。いまとなっては、ずいぶん昔の、別の人生のように思える。赤い壁のそばに並んだブースにいる女装の男たちは、見覚えのない顔ばかりだ。

チャーリーはグラスをふたつ出して、それぞれにイエーガーマイスターを注いだ。

「乾杯。また会えてうれしい」

「わたしもよ」ミアは微笑んだ。

「ちっとも老けてないじゃない。ま、言う必要もないわよね」

チャーリーはミアの顔を両手で包み、しげしげと眺めた。

「この頬骨。警官なんてやってるのがもったいない。モデルになるべきだったのに。

でもね、まじめな話、健康的な生活をしなきゃだめよ、お肌のために。それに、若いのはわかるけど、たまにはちょっとくらいお化粧したらどう？　ずけずけ言って悪いけど。チャーリー・ママはいつだって本音しか言わないの」チャーリーはウィンクをし、軽く笑みを浮かべた。

「ありがとう」ミアも笑みを返し、イエーガーマイスターを飲みほした。

熱いものが喉をくだっていく。

「こっちにシャンパン一本もらえる、チャーリー？」

「大声出すなって言ったでしょ、リンダ」

チャーリーはテーブル席の客に向かって言った。その男はピンクのミニドレスとショートブーツ姿で、手袋とパールのネックレスを着けている。四十代らしく見えるが、仕草は十五歳の少女そのものだ。

「いいじゃない、チャーリー。やさしくしてよ」

「ここは上品な店なの。トルコの娼館じゃないのよ。新しいグラスいる？」

「うん、いま使ってるグラスでいい」リンダと呼ばれた男がくすくす笑った。

「品がないわね」チャーリーはあきれ顔でため息をついた。

そして奥の部屋からシャンパンの瓶を取ってくると、テーブルまで運んだ。ポンと音を立てて栓があき、女装の男たちは拍手喝采した。

「それにしても」戻ってきたチャーリーが言った。「もう死んだかと思ってたのよ」

「噂に尾ひれがついたのね。死人には見えないでしょ」

「ちょっと口紅を引いて、ファンデーションを塗りさえすればね」チャーリーが笑った。「やだ、ひどいこと言っちゃった。あたしってひどい女ね！」

カウンターから身を乗りだしたチャーリーにぎゅっと抱きしめられ、ミアは笑みをこぼした。女装したクマに抱きしめられるのは久しぶりだ。いい気分だった。

「気を悪くした？　あなたはすごくゴージャスよ。ほんとに！　百万ドルよ」

「べつにいいわ」ミアは笑った。

「二百万」

「もういいって、チャーリー」

「一千万。イエーガーのお代わりは？」

ミアはうなずいた。

「それで、なにか用？」ふたりのグラスが空になると、チャーリーが訊いた。

「力を貸してほしいの」ミアはそう言って、ジャケットの内ポケットから写真を取りだした。

カウンター越しにそれを押しやる。チャーリーは眼鏡をかけ、キャンドルの火に写真をかざした。

「あら、ランディじゃない」チャーリーがうなずいた。「気の毒にね」

「彼、ここの客だったの？　ごめん、彼女ね」

チャーリーは眼鏡をはずし、写真をカウンターに置いた。

「ええ、ランディはここに来てた」そう言ってまたうなずく。「ときどきね。立てつづけに来ることもあったし、数カ月来ないこともあった。ローゲルって、いわゆる——うーん、なんて言うのかな——本当の自分を受け入れられない人だったの。ランディになるのをやめようとしてた。でもほら、やっぱり自分を抑えられなくて。楽になろうとして、いつもすごく飲んでた。ときどきほかのお客の迷惑になって、帰ってもらうこともあったっけ」

「理由はわかる？」

「飛び降りた理由？」

ミアがうなずくと、チャーリーはため息をついて答えた。

「わからない。世間は厳しい、としか言えないわね。自然体でいるのは楽じゃない。社会に求められるものと自分の本能が食いちがう場合はとくにね」

「あなたって誰より自然体よね」ミアは言って、グラスをかかげた。

チャーリーは笑った。

「あたし？　そりゃ、あたしは、三十年前になにもかも吹っ切ったから。でもみんながみんな、そんなふうにはいかない。罪悪感や羞恥心や良心の呵責に苛まれる人もいる。携帯でネットが見られて、火星に探査機だって送れる時代なのに、人の考え方や感情だけは、いまだに暗黒時代と同じなのよ。でも、あなたはわかってくれてるわよね」

「わたしが？」

「そう、頭がいいもの。だから好きなのよ。それに美人だってこともあるわよ、もちろん。だけどなにより頭がいい。なにもかも説明する必要がないの。首相になったらいいのよ、ミア。この国の連中にものを教えてやってよ」

「遠慮しとくわ」

「そうね。いい人すぎるし」

チャーリーは笑い、ふたりのグラスにイエーガーを注いだ。

「彼女、いつもここにひとりで来てた？」

「誰？　ランディ？」

ミアはうなずいた。

「たいていは。何度か友達を連れてきたけど、あたしは話をしなかった」

「男？」

「いえ、女」

「どんな人？」

「堅い感じ。背筋が伸びてて。黒髪をポニーテールにしてた。目が変わっててね」

「どういうこと、目が変わってるって」

「左右の瞳の色がちがうのよ」

「本当？」

チャーリーはうなずいた。

「片方が青で、片方が茶色。ちょっと気持ち悪かった。冷たい感じで。笑わないし。連れてこなくなったから喜んでたの、正直言って。気味が悪かったから」

「いつごろの話？」

「うーん、いつだったかな」

チャーリーは布巾を取りだし、またカウンターを拭きはじめた。

「あなたがここに来なくなって数カ月後だと思う。ところで、どこに行ってたのよ」

「しばらく世界から消えてたの」

「とにかく、戻ってきてくれてよかった。会いたかったのよ」

チャーリーはウィンクをし、ショットグラスをかかげた。

「ほかのお客を追いだしちゃう？　そしたら本格的に飲めるわよ、昔みたいに」

「また今度ね、チャーリー」

ミアはジャケットを着た。

「いまは手いっぱいで」

ポケットからペンを出し、ナプキンに電話番号を書く。

「なにか思いだしたら電話してくれる？」

チャーリーがカウンターに身を乗りだして、ミアの両頬に別れのキスをした。

「また来てよね」

「約束する」ミアは微笑んだ。

ニット帽を目深にかぶり、雨に濡れたオスロの夜に足を踏みだした。タクシーを探したが、一台も走っていない。まあいい。急いではいない。ホテルで帰りを待っている人がいるわけじゃない。ジャケットのフードをニット帽の上にかぶり、街の中心に向かって歩きだしたときに電話が鳴った。ガーブリエル・ムルクだ。

「もしもし」

「もしもし、ガーブリエルです。いまだいじょうぶですか」

「だいじょうぶ。まだオフィス？」

「はい」

「二十四時間体制でやる必要はないのよ。家に帰ったっていいんだから。ホールゲルにそう言われなかった？」

「ええ、わかってますけど、覚えることがたくさんあるんで」

ガーブリエルの声には疲れが滲んでいる。

「それで、なにかわかったの」

「ええ、じつはそうなんです。消去したメールを復元する方法があるはずだと思って、友達に電話してみたんです。アップル・マニアの」

「それで？」

「楽勝でした。復元済みです」

「ローゲルの携帯にあったものがすべて？」

「はい」

「すごいじゃない。それで、なにがわかった？」

「いいニュースと悪いニュースがあります。消去したメールは見つかったんですけど、たいしてありませんでした。携帯がかなり新しかったんだと思います。ちょっと目がしょぼしょぼしてきたんで、声に出して読む元気はないんですけど、明日見てもらえます？」

「そうする。今回も送り主は匿名ってことね」

「でも、番号はわかります」

「誰の番号だった？」

「持ち主の名前はわかりません。だから電話したんです。ちょこっとデータベースをハッキングして、誰の番号か調べようと思って」

「ちょこっとって？」

しばらく間があった。

「必要なだけです」

「というと？」

「そう、違法ですよね。ほんとは裁判所の令状を取らないと。どうします？」

「ホールゲルには話した？」

「電話に出ないんです」

「待ってられない。やって」

「ほんとに？」

「ええ」

「了解です」

「いまからやってくれる？」

「寝てからにしようかと思ってたんですが」

「そのほうがよければ。明日の朝でもいいし」

「いまやってもいいですけど」

「いまのほうがいい。わたしも起きてるから」

「わかりました」


ミアは電話を切り、街の中心に向かって歩きつづけた。通りはひっそりと静まりかえっている。家々の窓辺には人影が見え、テレビの画面がちらついている。ホテルの部屋がますます味気ないものに思えてきた。あそこに帰る理由なんてない。どうせ眠れそうにないし。もう一杯ビールを飲んでもいい。意識を集中させるために。

幸い、〈ユスティセン〉は空いていた。ミアはビールを注文して静かな隅のテーブル席についた。ペンと紙を取りだし、まっさらなその白い用紙を見つめた。四人の少女。六歳。パウリーネ。ヨハンネ。カロリーネ。アンドレア。紙のいちばん上に四人の名前を書く。パウリーネ。幼稚園から消える。マリダレン渓谷で発見。ヨハンネ。幼稚園から消える。ヒューネフォスのハーデラン通り近くの森で発見。カロリーネとアンドレア。自宅から拉致（らち）。どこで発見される？ パターンが見つからない。どこかに答えがあるはずだ。ローゲル／ランディ・バッケン。メール。〝太陽に近づきすぎるのは賢明でない〟。〝そこにいるのは誰だ〟。〝バイバイ、バーディー〟。

一通目のメール。イカロス。ローゲルはやってはならないことをした。二通目のメール。〝そこにいるのは誰だ〟――さっぱりわからない。〝バイバイ、バーディー〟――こっちのほうがわかりやすい。《バイ・バイ・バーディー》はゲイの男たちに人気のあるミュージカル映画だ。鷲のタトゥー。さよなら、鳥さん（バーディー）。

口のなかにいやな味がしたので、ミアはまたイエーガーを注文して、それを洗い流した。アルコールのせいで気分がいい。少し酔いはじめているが、そのほうがものを考えやすい。もう一枚紙を取りだし、最初のメモの横に置く。スクールバッグ。教科書。紙。教科書に書かれた名前。人形のドレス。〝ひとり旅をしています〟。「ここまではしっくりくる」すぐにそう書く。疑問はない。豚の血。〝そこにいるのは誰だ〟。「こっちは納得がいかない」そう書き添える。ふたりは幼稚園から失踪。ふたりは家から。十着のドレス。女。ミアはビールのお代わりを注文した。ようやく頭がはっきりしてきた。女装愛好家。女。性別。性別をごまかしている？　性別がまちがっている？　羞恥心。罪悪感。〝ひとり旅をしています〟。ひとつ目のグループははっきりと知性を示している。スクールバッグも、名前も、人形のドレスも。あとのふたつがうまくつながらない。意味をなさない雑音だ。豚の血と〝そこにいるのは誰だ〟。さらにもう一枚紙を探しだし、最初の二枚の横に置く。ビールを飲みほしてお代わりとイエーガーを頼む。この調子だ。なにかがわかりそうな気がする。三枚目の紙のいちばん上に〝女〟と書く。ヒューネフォス。産科病棟。少女たちを洗って身じたくさせた。麻酔。世話。看護師？　モンタージュ。どこにでもいそうな顔。目立たない？　まわりの風景に溶けこむには？　紙の中央に余白を残し、いちばん下に書きつけていく。冷たい。笑わない。左右の色がちがう瞳。片方は茶色で片方は青。分裂した人格？　ひとりはマリダレン。ひとりはヒューネフォスのハーデラン通りの近く。森。隠れた場所。捜索が必要。労力が必要。追跡が必要。見せつけているのに、隠している。自分のしたことを知らせたがってはいるが、たやすく見つけさせはしない。豚の血？〝そこにいるのは誰だ〟。最初の二件の現場はなぜきれいなのか。堅い感じ？　あとの二件はなぜあんなに血で汚されていたのか。ミアはさらにアルコールを注文し、もう一枚紙を取りだした。頭がまわりだし、なにかつかめそうな感じがする。なにかが見えかけているが、焦点がうまく合わない。傲慢さ。わたしを見ろ。わたしがやったことを見ろ。リッケ・J・W。おまえが能無しだと証明してやる。おまえとわたしとの闘いだ。ゲーム。なぜ最初はきれいで、そのあとは汚したのか。血？ 豚の血？ 演出。芝居じみている。目くらまし。つられてはいけない。もつれた頭がほどけてくる。考えがあとからあとから湧きだしてくる。この調子だ。目くらまし。つられてはいけない。ミアは猛然とメモをとりつづけた。飲み物に手をつけるのも忘れていた。つられてはいけない。すべてに意味があるわけじゃない。芝居じみた、わざとらしいものはちがう。それは本質じゃない。目くらまし。意味がない。意味のあるものだけを見る。真実を。どの要素がなにを示しているのか。どれに注目し、どれを無視するのか。これはそういうゲームなのか。

そう、そういうゲームだ。

ミアはわれ知らず微笑んでいた。脳の奥深くで思考を続ける。街はもう存在しない。〈ユスティセン〉も存在しない。テーブルもビールも存在しない。縄跳びのロープ、スクールバッグ、人形のドレス、〝ひとり旅をしています〟、そして麻酔薬。すべてしっくりくる。豚の血はしっくりこない。〝バイバイ、バーディー〟と〝太陽に近づきすぎるのは賢明でない〟。これは重要じゃない。〝そこにいるのは誰だ〟は？

「ミア？」

驚きのあまり、椅子から飛びあがりかけた。茫然とまわりを見まわすが、自分がどこにいるかもわからない。

「ごめん、邪魔しちゃった？」

ゆっくりと現実が戻ってきた。ビールが目に入る。部屋が目に入る。それからようやくテーブルのそばに立ったスサンネが目に入った。髪は乱れ、ジャケットは雨に濡れていて、取り乱した様子をしている。

「ねえ、だいじょうぶ？」

「すわってもいい？　仕事中みたいだから、邪魔はしたくないんだけど」

返事をする暇はなかった。スサンネはジャケットを脱ぐと、溺れたネズミのように椅子に崩れ落ちた。

「ええ、すわって、邪魔じゃないわ。外は雨なの？」

「どしゃ降りよ」スサンネはため息をついて、両手に顔を埋めた。「どこへ行っていいかわからなくて。あなたがここにいるかもって思ったの」

「当たりね。ビール飲む？」

スサンネは黙ってうなずいた。ミアはカウンターに向かった。ビールとイエーガーマイスターを二杯ずつ持ってテーブルに戻る。

「小説でも書いてるの？」スサンネが前髪のかぶさった目に弱々しい笑みを浮かべた。

「ううん、仕事」

「よかった。だって、その台詞(セリフ)はもう使われてるから」スサンネが紙を指差した。

「〝そこにいるのは誰だ〟はね」

「どういう意味、使われてるって。なんの台詞？」

「《ハムレット》の出だしの台詞よ」

スサンネは髪を耳の後ろにかけ、ビールに口をつけた。

「本当？」

スサンネが笑った。

「そのはずよ。これでも演出助手だし。台本はほとんど覚えてる」

「ごめん、そんなつもりじゃなかったの。本当にそうなの？」

スサンネは軽く咳払いをすると、一瞬にしてオースゴールストランの演劇少女だったスサンネに変身した。

「〝そこにいるのは誰だ。なに、そっちこそ誰だ。とまって名を名乗れ。国王陛下万歳！〟」

スサンネはもうひと口ビールを飲んで、照れたような顔をした。

「オリジナルじゃない。ということは、これは無視できる」ミアはつぶやいた。

「無視するってなにを？」

「ああ、なんでもないの。で、どうしたの。なんでそんなひどい格好なの？」

スサンネはまたため息をついた。耳の後ろの髪をつかみ、それで顔を隠そうとする。

「よくある話よ。わたしがばかだったの」

そのときようやく、ミアは相手がかなり酔っていることに気づいた。ろれつはまわらず、ビールグラスを口もとに運ぶのにも苦労している。

「役者なんて信じちゃだめね」スサンネが話を続ける。「愛してるって言ったと思ったら、次の日には愛してないって言う。そしてまた愛してるって言って、それを信じたら、今度は照明係の子と寝る。なんなのよ、いったい」

「顔がふたつあるみたい。どっちが本物なのかわからないわね」

顔がふたつ？

性別をごまかしている？

俳優？

「あの大嘘つき」スサンネが声を張りあげた。

その声は店内に響き、客が数人振りむいた。

「じきに忘れるわ」ミアはスサンネの腕に手を置いた。

「ええ、いつもそう。そしてまた馬に乗るはめになるのよ、終わりのないメリーゴーラウンドの。イプセンの《ペール・ギュント》みたいね。ぐるぐるまわってるうちに、人生なんて終わる。結局、真実の愛なんて見つからないのよ」

「酔ってるでしょ」ミアはまた相手の腕に触れた。「ばかなこと言って。もう帰って寝ましょ」

ミアも酔いを感じていた。自分のグラスを飲みほし、スサンネがビールの残りを飲むところを見守った。

「最後はいつでもひとりで家に帰るはめになるのよ」スサンネはそう言って涙を拭った。

ミアの電話が鳴った。またガーブリエル・ムルクだ。目を上げてスサンネの様子をたしかめた。

「いいから出て」スサンネがうなずいた。「だいじょうぶ、そんなに落ちこんでるわけじゃないし。自分がみじめなだけ」

「ほんとに？」

「ええ、もちろん」

「すぐ戻る」

ミアは応答ボタンを押し、中庭に出た。

「もしもし」

「ガーブリエルです」

「なにかわかった？」

「また行きどまりです」

「なにも見つからなかったってこと？」

「いえ、番号はヴェロニカ・バッケのものでした」

「すごいじゃない、ガーブリエル。で、それ誰なの？」

「それを言うなら、〝誰だったの〟です。ヴェロニカ・バッケは二〇一〇年に九十四歳で亡くなってます」

「なんで？」

「高齢でしたから」

「ええ、それはわかるけど、どうして彼女の電話番号が二カ月前に使われてるわけ？

二〇一〇年に亡くなったのに」

「わかりません、ミア。くたくたなんです。目もかすんじゃって。もう三十時間近く起きてるんで」

「寝てちょうだい。明日話しましょう」

ミアは電話を切って店内に戻った。スサンネはテーブルを離れ、カウンターの前にふらつきながら立っていた。酔っぱらってなどいないと言い張ってバーテンダーにお代わりを注文しようとしているが、相手にされていない。ミアはテーブルの紙を集め、革ジャケットを着ると、友人を店の外に連れだした。

「酔ってないわよ」スサンネはまだ言い張っている。

「今夜はわたしの部屋に泊まって」

ミアはスサンネの身体に腕をまわして濡れた通りに出ると、ゆっくりとホテルへ向かった。

35

青と茶の瞳を持つ女は、自宅のバスルームの鏡の前に立っていた。キャビネットをあけ、コンタクトレンズを取りだす。今日は青。仕事用の青だ。左右の色を同じにする。仕事中は同じ。仕事中は本当の自分ではない。本当の自分は同僚たちには見せない。それに、どちらにしても本物の仕事じゃない。ただの隠れ蓑だ。形だけのもの。髪をきつくポニーテールにして、鏡に顔を近づける。慎重にレンズを目にはめ、まばたきをする。作り笑いを浮かべ、しげしげと自分を眺める。こんにちは、わたしはマーリン。マーリン・ストルツ。ここで働いています。わたしのこと、知っているつもりかもしれないけど、本当はなにも知らないのよ。わたしは嘘の名人だから。愛想よくあなたの話を聞いているふりをするのも上手なの。まあ、ワンちゃんが病気？ 心配ね。元気になるといいわね。スカッシュを一杯ですね、すぐお持ちします、ミセス・オルセン。シーツも換えて、気持ちよくしますね。洗いたてのシーツほど気持ちのいいものはないですもんね。青と茶の瞳を持つ女はバスルームを出て、寝室に入り、クロゼットをあけて制服を出した。職員は白を着る。好都合な規則だ。誰もが同じものを着ていたら、目立つこともない。左右の瞳の色がちがわないかぎり。いまは同じだ。

いまは青。海のような青。ノルウェー人の瞳。美しい瞳。普通の瞳。昼休みの休憩室。まったく、本当にそうよね。彼女は番組を降ろされるべきね。全然いいと思わない。下手くそだもの。生気のない顔。空っぽ。うつろ。空虚な言葉。死んだような目の下で動く唇。別れたご主人、本当にそんなこと言ったの？　なんてひどい！　ええ、もちろんフェイスブックはやってるわ。コーヒー。八時。ときどき夜間勤務がある。ガレージに車をとめる。でも、これは本物の仕事じゃない。そう、真実はここにはない。

青と茶の瞳を持つ女は玄関に向かい、バッグとコートを抱え、外の階段を下りて車に乗りこんだ。エンジンをかけ、ラジオをつける。行方不明のふたりは見つからない。子供を持てない者もいる。誰がそれを決めるのだろう。子供を持てるかどうかを。子供を失う者もいる。誰がそれを決めるのか。子供を失うかどうかを。これは本当の仕事じゃない。これはちがう。そう、誰もわたしの本当の仕事を知らない。いや、知っている人間はいるが、他言はしないはず。

ラジオのチャンネルを変える。どこも同じだ。少女たちは失踪中で、誰も居場所を知らない。少女たちはどこにいるのか。まだ生きているのか。誰かが監禁しているのか。女の子は何人欲しい？　子供は何人いればいい？　普通は二、三人くらいだろうか。普通？　それなら、子供がいないのは普通じゃないのか。子供を持てない場合はどうなのか。控えめな速度で市街地を出る。人目を引かないように、車は飛ばさない。スピード違反でとめられたら、自分の車ではないことがわかってしまう。本名はマーリン・ストルツではなく、まったくちがう名前だということも。それはまずい。だから車は飛ばさない。目立たずにいるのは難しくない。職場にいるときも。仕事に就くには学歴が必要だと考える人もいる。そんなことはない。紹介状は簡単に偽造できる。証明書は簡単に偽造できる。紹介状が必要なだけだ。証明書が必要なだけだ。青と茶の瞳の女は高速道路を降り、白いレンガ造りの建物の前に着いた。車を駐車して、入り口に向かう。八時十分前。時間通りに出勤すれば、誰にも咎められない。

ドアをあけて更衣室に向かう。コートをかけ、ロッカーにバッグを置いて、もう一度鏡を覗く。瞳は両方とも青。わたしは青い瞳の女の子。これはただの遊び。本当の仕事はまったくちがう。誰も余計なことを言わないかぎり、それで問題ない。目立たずにいるのは難しくない。青と茶の瞳を持つ女はポニーテールの緩みを直し、職員の詰所に向かった。

「おはよう、マーリン」

「おはよう、エーヴァ」

「元気？」

「ええ、元気よ。あなたは？」

「長い夜だった。ヘレン・オルセンの具合がまた悪くなって。救急車を呼ぶことになったのよ」

「まあ、大変。よくなってるといいけど」

「だいじょうぶ。今日戻ってくるわ」

「そう。よかった。ワンちゃんの具合はどう？」

「元気になってきてる。心配してたほど悪くはなかったの」

わたしは病気じゃない。病気なのはそっち。

「今日の担当は？」

「あなたとビルギッテとカーレンよ」

わたしは病気じゃない。病気なのはそっち。

「これなに？」

青と茶の瞳を持つ女は、コーヒーマシンの上に貼られたポスターに目をとめた。

〝ヒューヴィクヴァイエン・ケアホーム十周年記念パーティー！〟

「ああ、それね。金曜に大きなパーティーがあるの」

「へえ、楽しそうね」

「行く?」

「ええ、もちろん。もちろん、行くわ」

誰もかれもが病気だ。こんなのは現実じゃない。

「そのまえに女同士で集まって飲もうって言ってるんだけど。あなたも来る?」

「もちろんよ。楽しそう。なにか持っていきましょうか」

「ビルギッテに訊いて。彼女が幹事だから」

「わかった。そうするわ」

「楽しみ!」

「わたしも」

「仕事がんばってね、マーリン」

「ありがとう。運転気をつけて。ご主人によろしく」

「ありがとう。言っとくわ」

青と茶の瞳を持つ女はカップにコーヒーを注ぎ、椅子にすわって新聞を読むふりをはじめた。

36

ミア・クリューゲルはサングラスをかけ、朝食ビュッフェが用意されたホテル最上階のテーブルについていた。頭がずきずきして、昨夜のことをまともに思いだせない。スサンネを支えながら歩いているうち、途中でもう一軒バーに寄ってしまったようだ。どこの店だっただろう？　オレンジジュースを飲みほし、ベーコンを数切れ無理やり胃に収める。自分でもあきれるほど気分が悪く、それが後ろめたかった。たしか、酔ってムンクに電話をしたような……気づいたことをすぐに伝えないとと思ったことだけは、頭の片隅でぼんやりと覚えている。まあいい。スサンネがトイレから現れ、這うようにしてテーブルに戻ってきた。ミアよりひどい状態だ。ほとんど酔いが醒めていない。

「こんなことやめなきゃ」ミアの心を読んだように、スサンネが言った。

そして椅子に崩れ落ち、頭を抱えた。

「ほんとにそう」ミアはうなずいた。「一緒にいる相手が悪いのね」

「わたしのこと？」スサンネが顔をしかめた。

「ちがう、そうじゃなくて。お互い、悪い仲間と一緒にいるってこと。わたしたちのせいじゃないわ」ミアは微笑んだ。

「役者たちのことね。どいつもこいつも、自分が大好きなチンパンジーばっかり。誰も注目なんてしてないのに。仲間内で相手を取っかえひっかえして、それを噂するのが大好きで。誰がどの役をもらうかなんて話に、他人も興味があると信じこんでるの。演出家が誰と寝てて誰と寝てないかとか、それを誰がどう思ってて、別の誰かはどう思ってるかとか、そんな話に」

「相手にするのをやめなさいよ」

「もううんざり。〝ぼくを見て！ ぼくを見て！ ぼくを見て！〟。まるで、いまだに小学校の校庭にいるみたい」

ミアは昨夜、突破口にかなり近づいていた。すべてのピースがあるべき場所におさまりかけていた。今日もできればホテルの部屋に閉じこもって、ひたすら手がかりを検討していたい。それがいちばん好きなことだ。事件に没頭する。奥深くに潜りこむ。それが自分の居場所。自分にふさわしい場所だ。

「しまった。今日は正午からドレスリハがあるんだった。すっかり忘れてたわ」

「ドレスリハ？」

「衣装を着て、小道具も全部置いてやるリハーサルよ」

　ミアはうなずいて腕時計を見た。

「だいじょうぶ、まだ十時半だから」

「昨日、どうして《ハムレット》の冒頭の台詞をメモしてたの?」

「捜査に関係してるから話せない」

「わかった」スサンネはうなずいた。「ちょっと不思議に思っただけ」

「そうよね」

「行方不明の女の子たちのこと?」

「それも言えないのよ、スサンネ」

「劇場の仲間にあなたを知ってるって言っちゃった。それもだめ?」スサンネが慌てて打ち明けた。

「いえ、それはだいじょうぶ。どうして?」

「キャストのなかにパニッレ・リングっていう子がいるの。オフィーリア役の。その子が行方不明の女の子の叔母なの。今回のことで完全に参っちゃってて」

「そうなの」

「そう、アンドレアが姪なのよ。知ってた?」

「言えないわ、スサンネ」

「そうよね、もちろん。ちょっと引っかかっただけ」

「引っかかった？」

「アンドレアが行方不明になったのは《ハムレット》の公演がはじまる直前で、あなたがその冒頭の台詞を紙に書いてた。だから、つながりがあるかもしれないと思ったの」

ミアは微笑み、友人の手に自分の手を重ねた。

「もうこの話はやめましょ。それでなくても、あなたはいろいろ大変なんだし。単なる偶然、なんの関係もないわ。いい？」

「わかった。お酒はやめなきゃね。考えすぎちゃって」

「そうね」ミアはまた微笑んだ。「わたしもきっぱり禁酒する」

スサンネが笑う。「わたしも飲んだ翌朝はいつも同じことを自分に言い聞かせてる。でも元気になると、忘れちゃうの。なんでかな」

「ほんとね」ミアも笑った。

「さあ、急がなきゃ」スサンネが立ちあがった。「家に帰ってリハーサルのまえに着替えておかないと。昨日の服のままで行ったら、白い目で見られちゃう。みんなすぐにあたりを見まわして、ほかにも外泊した人間がいないかってチェックするの。わかる？」

「ええ」ミアはうなずいた。

そして立ちあがり、スサンネにハグをした。

「いろいろありがと。また会えるわね？」

「もちろん。でも、ビールはもうなし。次はお茶にしましょ」

「オーケー」スサンネはにっこりした。

ブロンドの友人はハンドバッグを取りあげて手を振ると、精いっぱいしらふのふりをしながら食堂を出ていった。

37

ホールゲル・ムンクは警察本部のミッケルソンのオフィスの外にすわり、いらだちを募らせていた。通話のモニタリングに同意などするんじゃなかった。そのせいで、誰もかれもがじかに会って話をしたがる。そんな場合ではない。少女たちに残された時間はかぎられている。それはたしかだ。同じ人間の犯行だとすれば。そう、やったのは同じ人間だ。手口は多少ちがう。特徴が異なる部分はあるが、例の殺人犯にまちがいない。女らしいということはわかったものの、それ以上のことはなにもつかめていない。千件を超える通報があったが、役に立つものはゼロだった。そもそも目撃証言が正しければだが。老人の話は信憑性がありそうに思えた。女。三十歳から三十五歳。身長百七十センチ前後。髪はフードで隠されていた。まっすぐな鼻。青い目。薄い唇。だが、そんな人間はいくらでもいる。少女たちはどこに囚われているのか。もう死んでいるのか。

ムンクはポケットからガムをひとつ取りだし、指先でこつこつと椅子を叩いた。ミアに付きあってもらい、ケアホームに寄って母親と少し話をすることになっているが、中止にしようかと思いかけていた。本当にそれどころではない。こんな意味のない呼びだしで半日も無駄にするとしたらなおさらだ。だがやはり、少しだけケアホームに寄り、母親に手短に意見を伝えるくらいはしてこよう。なんとかなるはずだ。手遅れになるまえに、そうしておく必要がある。母親の財産が、あの世での永遠の命とやらを約束するどこかのペテン師に巻きあげられてしまうまえに。相続人が自分であるうちに。携帯電話で時刻を確認すると、さらにいらだちが募った。

アンドレアとカロリーネが連れ去られた。それも、ムンクが捜査の指揮を引き継いだあとに。じきに何者かが少女たちに麻酔をかける。身体を洗う。人形のドレスを着せる。背中にスクールバッグを背負わせ、木に吊るす。そのまえに見つけなければ。だが、目下のところ五里霧中だ。どの方向に捜査を進めればいいかわからない。どう動くべきか。唯一の手がかりの女も、身元はまるでわからない。女装愛好家のローゲル・バッケン。そちらの線も行きづまっている。ミアは夜中に酔って電話してきて、話があると言っていた。なにかに気づいたらしいが、ろれつもあやしい状態だったので、寝るように言った。その通話もモニターされている。望ましい内容とは言えない。ガーブリエルと話をして、明らかにプライベートな内容の会話は削除できるか確認しなければ。そういったものが報告書に記載されないように。ゆうべのミアとの会話もだ。

「ホールゲル、入ってくれ」

ミッケルソンは不機嫌だった。ひそめた眉でわかる。

「進捗状況は」腰を下ろしたとたん、そう尋ねられた。

「昨日と同じです。モンタージュ写真の女に関しては、信用できる情報はひとつもなし。引きつづきあたっていますが、残念ながら見込みは薄いようです」

「アルファ1体制でもめぼしい情報がつかめないのか。いったいどういうことだ」

ムンクは学生時代に戻ったような気になった。校長室で停学でも言い渡されているような気分だ。癪でたまらないが、いまはどうしようもない。

「わかりません。非常によく練られた計画のようだとしかいまは言えません。衝動的な犯行なら、とうの昔に逮捕できているはずです」

「そんなことはわかってる。なにかほかにないのか」ミッケルソンががなりたてる。

「小言を言うためだけに呼んだんですか」ムンクはそっけなく言った。「なら、電話でこと足りたでしょうに」

「ああ——いや——悪かった」

ミッケルソンは眼鏡をはずして瞼を揉んだ。よくない兆候だ。なにかある。

「上から圧力がかかってる」そう言うと、また眼鏡をかけた。

「どこから？　法務警察省あたりですか」

「どこでもいい」

「最善は尽くしてます」

「わかってる。向こうにもそう言った。用件はそれじゃない」

「じゃあ、なにが問題なんです」

もうかんべんしてほしい。こっちには大事な用事が山ほどある。

「ミアのことだ」ミッケルソンがムンクを見た。

「ミアがなにか？」

「うん」

　ミッケルソンはまた眼鏡をはずすようにはずした。

「問題視されている。捜査からはずすように言われた」

「捜査からはずす？　正気ですか？　せっかくオスロに連れもどしたのに。本人は望んでなかったんだ。わかってるはずです。いやがるのを、無理やり説得したんだ。こっちの勝手な都合で。なのに、いまになって追いだせと？　冗談じゃない」

「まあ、まあ、ムンク。そういうつもりじゃないんだ」

「なら、どういうつもりです」

「つまり……」ミッケルソンはまた眼鏡をかけた。眉間の皺が深くなる。「その、彼女はすっかり……その、よくなってるのか？」

「時間の無駄です」ムンクは立ちあがった。「ふたりの少女が誘拐されたっていうのに、上はミアの精神状態がどうのとほざいてるって？　ほかにやることがあるはずだ」

「言葉を慎め、ムンク。勤務中だぞ」

「冗談じゃない、ミッケルソン。法務警察省？　ふざけてるのか。政府？　政府の評判なんかが問題だとでも？　上はそんなことを気にしてるのか。ミアのおかげで、これまで警察がどれだけ成果をあげてこられたか。売春婦殺しが趣味のロシアの外交官の事件もそうだ。あのとき警察が面目を保てたのは誰のおかげです？　あんたか、ミッケルソン？　あんたはなにか役に立ったのか。コルソスの老夫婦の強殺事件も。あれを解決したのはあんたか、ミッケルソン？　法務警察省はなにを考えてるんだ」

ムンクは立ちあがって出ていこうとした。

「もちろん、これまでのミアの貢献を忘れたわけじゃないが」ミッケルソンが言った。「〝国は感謝しています〟とでも言ってほしいのか。〝ありがとう、ありがとう、ノルウェーじゅうが感謝しています〟とでも。だが時代は変わるんだ。ビョルン・ダーリにヴェーガル・ウルヴァン。偉大なスキー選手だ。山ほどメダルを獲った。だがそれも過去の話だ。いまはもう競技に出ることはない。言いたいことはわかるな」

「なんなんです」ムンクはため息をついた。「いや、まったくわかりませんね。クロスカントリーの選手がこの件となんの関係があるのやら。血迷ったんですか、ミッケルソン。いまは殺しの話をしてるんだ。タイツ姿でゴールを競いあってる男たちの話じゃなく。殺しなんです、ミッケルソン。六歳の少女ふたりの。わからないのか」

ムンクはドアノブをつかんだ。怒りで熱くなっていた。

「わかった、わかった」ミッケルソンが言った。「悪気はなかったんだ。ミアには当面いてもらっていいが、この事件が終わったら、去ってもらう。いいか、ムンク。それで最後だ。なにがあっても。わたしの一存ではどうにもならない。それから……」

ミッケルソンは抽斗（ひきだし）をあけ、名刺を一枚取りだした。

「……ミアを彼のところに行かせてくれ」

名刺が差しだされる。

「臨床心理士？」

ミッケルソンがうなずく。

「法務警察省の命令だ」

「なんなんです、ミッケルソン。なんでミアを島から連れだすまえに言ってくれなかったんだ」

ミッケルソンは両手を広げた。

「政治だよ」

「政治か、くそくらえだ」

ムンクは名刺を机に叩きつけた。

「精神科医なんかに診せる必要はない」

「臨床心理士だ」

「知るか。似たようなもんだ。ミアにはやるべきことがある。責任は取ると言ったはずです」

「おまえがどうこうできることじゃない」

警察本部長はノートパソコンを開き、音声ファイルをクリックした。すぐにピンときた。昨夜のミアとの会話だ。

〝ムンクだ〟

〝ホールゲル、ホールゲル、愛しのホールゲル〟

〝きみか、ミア。いま何時だ〟

〝本物じゃない。ただのゲームよ。ローゲル・バッケンは青と茶色の目をしてる。こっちよ、スサンネ。そう、横になって。服を脱がしてあげるから。もしもし、聞いてる、ホールゲル？〟

ろれつのまわらないミアの声。ムンクがため息をつくと、ミッケルソンは再生をとめた。

「もっと聞く必要があるか」

「酔ってただけです」

「新聞が嗅ぎつけたらどうなると思う」

ミッケルソンは椅子の背にもたれた。

「わかりました。ミアを臨床心理士のところに行かせる、話はそれだけですか」

「それだけだ」

ムンクは机の上の名刺を引っつかみ、挨拶もせずにオフィスを飛びだした。

38

ホテルの外に立ったミアは、ムンクと一緒にヒューヴィクヴァイエン・ケアホームに行くと約束したことを後悔していた。スサンネと朝食を食べたあと、まっすぐベッドに戻った。もちろん、少し後ろめたくはあったが、なにしろふらふらだった。ヒトラ島で飲みすぎた薬がまだ抜けきっていない。それに、脳のほうは休む間もなく働きつづけている。ベッドでも車でもオフィスでも、つねにスイッチが入ったままで、思考は少しも休止しない。ふと、島へ帰ろうかという思いがよぎった。あの夜明けや海が見たい。せめてもう少し寝ていられたら。昨夜は夜更かししすぎた。母親と話すくらい、ムンクはひとりでできるだろうに。ポケットのミントをひとつ取りだしながら、ムンクに電話をかけ、適当な理由をつけて断ろうかと考えはじめた。が、遅かった。ミアはぼそりと悪態をつき、縁石の上にとまったアウディに乗りこんだ。

ムンクは苦虫を嚙みつぶしたような顔をしていたが、どうしたのかと尋ねる気にはなれなかった。

「もう一台携帯を持ったほうがいい」ムンクが言った。

「なぜです？」ミアはそう言いながら、ミントをもうひとつ口に入れた。

「昨日の夜、電話をしてきただろ」

「やっぱり！　かけたような気がしてました」

「酔っぱらってたな」

「オースゴールストランの旧友とばったり会ったもので」

「なるほど。通話がモニターされてるのは知ってるな」

ミアは返事をしなかった。記憶をたぐりよせたが、なにを言ったか思いだせない。まあいい、気にしてもしかたがない。

「なにか進展は？」ムンクが訊いた。

「ローゲル・バッケンには女友達がひとりいました。ランディになっているときに、よく一緒にいたようです」

「女の身元は？」

ミアは首を振った。

「不明です。でも、左右の目の色がちがうそうです」

「どういうことだ」とムンクが興味を示す。「そんなことがありえるのか」

「ええ、片目が青色で、もう一方が茶色です。遺伝的なものでしょう」

「事件に関係がありそうか」

「あらゆる可能性にあたってみないと」

「ああ、たしかに」

ムンクは窓をあけ、煙草に火をつけた。ミアは車のなかで煙草を吸われるのが嫌いだ。今日のような体調のときはとくに。でも、なにも言わずにおいた。ムンクのほうも疲れきっているようだ。憂鬱そうな顔をしている。

「ほかには？」

「ガーブリエルがバッケンの携帯のデータを復元して、番号を見つけました」

「ああ、その件は聞いてる」ムンクはうなずいた。「ヴェロニカ・バッケ。二〇一〇年に亡くなってるそうだな」

「ほかになにかわかりました？」

「いや、たいしてない。最後に住んでいた場所はヴィーカ。曾孫のベンヤミン・バッケと暮らしていた。俳優の。知ってるか？」

「いいえ」

「国立劇場所属。《ハロー》誌にもよく出てる、セレブってやつだ」

ミアはその意味を考えようとした。今日はきつい一日になりそうだ。脳がシロップみたいに溶けかけている気がする。もうアルコールは口にしない。この事件が終わるまでは。でも、はたして終わるのだろうか。頭が働かない。そう、スサンネと飲んだのがいけなかった。手がかりをもっと深く検討してみるべきだった。もう少しでたどり着きそうだったのに。なにかある。まだはっきりと形になっていないなにかが。

「誰かが二年のあいだ彼女の携帯を使っていた。毎月料金を支払っていたから契約は切れなかった。そういうことですか」ミアは言った。

「そうだ。そうとしか考えられん」ムンクはうなずいた。

「どう思います？　料金を支払っていたのは曾孫でしょうか。俳優の」

「ああ、可能性はある。今日事情聴取するつもりだったんだが、リハーサルかなにからしい。できるだけ早く話を聞くことにしよう」

「肺癌の具合はどうです」ミアは窓をあけながら言った。

「きみに言われたくない」ムンクが言い返す。「こっちは酒も飲まないし……」

「……コーヒーにも手をつけない。だから煙草くらい大目に見てくれって言うんでしょ」ミアは笑った。

「やけにご機嫌だな。どうした?」

「別に。ただ、もしかすると、なにかつかめたかもしれません」

「なにを?」

ムンクは高速道路を降りてヒューヴィク通りに入った。

「手がかりのことですけど」ミアは続けた。

「ああ」

「ちょっとこれ見よがしだと思いません?」

「どうかな」ムンクは言った。「そのへんはそっちの専門分野だ」

「ちょっと、まじめに聞いてください」

「ああ、わかってる。きみのこみいった思考回路についていけてないだけだ。聞いてるだけでめまいがしてくる」

ムンクはそう言い終えると、ヒューヴィクヴァイエン・ケアホームの前に車をとめた。

「さあ、行くか」エンジンを切り、ため息をつく。

信心深いたちだったら、十字を切っているところね、とミアは思った。母親との会話がよっぽど気重らしい。

「だいじょうぶですよ。気楽にいけばいいんです」

「もう一本煙草を吸ってからにする」ムンクはそう言って車を降りた。

ミアも外に出ると、サングラスをはずした。少し気分がよくなってきた。ヒューヴィクはいいところだ。やはりムンクについてきてよかった。

「さっきの続きを聞かせてくれ」ムンクが煙草に火をつけた。

「いま？」

「そうだ。かまわんだろう。きみの頭のなかを覗かせてくれ」

「わかりました」ミアは車のボンネットに腰を下ろした。「やつが残したひとつ目のヒントは？」

「追ってるのは女だと思ってたが」

「いまは気にしないでください。ひとつ目の手がかりは？」

ムンクは肩をすくめた。

「ドレス？」

「ちがいます」

「スクールバッグ？」

「いいえ」

「マルコによる福音書十章十四節、〝幼子らをわたしのところに来させなさい〟？」

「いいえ」

「じゃあ、なんだ。教えてくれ」

ムンクはため息をついて、煙草に口をつけた。

「リッケ・J・Wです」

「なぜそれがひとつ目の手がかりなんだ」

「これだけしっくりこないからです。ほかのはすべてうまく当てはまるでしょ？　パズルのピースみたいに。でも注目すべきなのは、そっちじゃないんです。そこからはずれたものを見ないと」

「なるほど！」とムンクが身を乗りだす。

「さて、しっくりこないひとつ目の手がかりは？」

「教科書に書かれた名前か」

「正解。明確なヒントでしょ」

「なんのヒントだ？」

「真の意図を告げるための。さあ、もっとよく考えましょ」

「真の意図？」

「ああもう」ミアはため息をついてみせた。

ムンクはふかぶかと吸いこんだ煙を、春の日差しに向かって吐きだした。

「わかった、真の意図だな」ムンクは言った。「ほかの手がかりは重要じゃない。少女の身体を洗ったこと。ドレス。学校の道具。だが、リッケ・J・Wの文字は、特別な意図を持って残された。なにかの目的を持って」

「よくできました」ミアは冷やかすように拍手した。

「どうだ、まだまだ脳みそは錆びついてない」

「それでリッケ・J・Wの意味は？」

「ヒューネフォス」

「そのとおり。で、次のヒントは？」

「豚の血か？」

「残念、それは三番目」

「じゃ、二番目はなんだ」

「ローゲル・バッケンに来た三件のメールを覚えてますか」

「ああ」

「しっくりこないのは？」

「ほかのふたつはしっくりくるのか」

「ええ、そうです。ほら、がんばって。イカロスは太陽に近づきすぎた。鷲の翼。《バイ・バイ・バーディー》はゲイに人気のミュージカル映画。ローゲル・バッケンは鳥のタトゥーを入れたゲイの男性。どれもうまく当てはまる。でも〝そこにいるのは誰だ〟は当てはまらない。これだけがなじまない」

「それが二番目の手がかりか。〝そこにいるのは誰だ〟が」

ミアはうなずいた。

「どういう意味だ？」

「わかりません。でも昨日、それが《ハムレット》の冒頭の台詞だとわかりました」

ムンクは新しい煙草に火をつけ、落ち着かなげに建物の入り口を見た。ミアは噴きだしそうになるのをこらえた。特別班のリーダーともあろう男が、母親との話し合いくらいでこんなにびくつくなんて。

「《ハムレット》といえば、国立劇場でもうじきはじまるな。ヴェロニカ・バッケの携帯？　彼女の曾孫か？　そっちの線をあたればいいのか」

「わかりません」ミアはそう言いながら、考えた。「なにに注目すべきかわかっただけで、意味するところは不明です。いまはまだ」

「で、豚の血が三番目なんだな」

　ミアはうなずいた。

「どういう意味だ？」

「言ったでしょ、そこまではまだわかりません」ミアはそう言って、ポケットのミントを口に放りこんだ。「なかに入りませんか。それとも、一日じゅうこうしてます？　退屈したら、バレルッド・ゴルフコースに行ってみてもいいかも」

　ミアは通りの向かいにある看板を指差した。

「なに言ってる」

「おかしな名前ですよね、球遊び用の原っぱ（バレルッド）・ゴルフコースなんて」

　ムンクは首を振った。なにがそんなに楽しいのかという顔をしている。笑う気にも、冗談を言う気にもなれないようだ。そして火をつけたばかりの煙草を揉み消して、階段を上がり、ケアホームのなかに入っていった。

39

ヒューヴィクヴァイエン・ケアホームは、見るからに富裕層向けの介護施設だった。裕福な西オスロの住人が好みそうなところだと考えながら、ミアはいくつかドアを抜け、明るく広々としたロビーに入った。どこもかしこも磨きあげられている。清潔で快適な空間、真新しい調度品、モダンな照明、壁にはいくつもの原画。ミアが知っている作家の作品もいくつかある。母のエーヴァは芸術好きで、折りにふれてミアと姉をさまざまな展覧会に連れていってくれた。

壁にはいろいろな催しの写真も掲示されている。飾り棚はトロフィーでいっぱいだ。国内外への旅行。ブリッジのトーナメント。ボウリング。ここは人生という旅の終着駅のはずだが、そう思わせるものはなにもない。このホームでは、死海で泳いだり、カボチャを育てて品評会で優勝したりするまでは、死ぬわけにもいかないらしい。

「幸運を祈っててくれ」ムンクはため息をひとつつき、廊下の奥へ消えていった。

奥は個室になっているのだろう、とミアは想像した。バスルームにテレビ、ラジオ、二十四時間サービス。ここにいるお年寄りは、汚れたおむつのまま、食事や水も与えられずに何日も放置されることなどけっしてない。安楽椅子のひとつに腰を下ろしたとき、雑誌に気づいた。《60プラス》――〝人生最良の年代のために〟、〝認知症を防ぐ軽い運動〟、〝セレブの誰それ、愛車と口紅のカラーをお揃いに〟。祖母がこの場所や雑誌を見たらなんと言うか。そう思うと頬が緩んだ。雑誌を戻し、別の一冊を手に取ろうとしたとき、壁に貼られたカードゲームの大会の賞状に気づいた。〝ヒューヴィクヴァイエン・ケアホーム　二〇〇九年　カナスタ・クリスマス・トーナメント、優勝者　ヴェロニカ・バッケ〟。立ちあがってよく見てみた。やはり、まちがいなくヴェロニカ・バッケとある。例のヴェロニカにちがいない。ミアはガラス張りのカウンターに置かれた小さな呼び鈴を鳴らした。数秒後、奥のオフィスから女性職員が現れた。

「はい、なんでしょう」

職員の見た目はケアホームの雰囲気にぴったりだった。やさしそうで、感じがよく、血色のいい頬をしている。雇う人間まで内装にコーディネートしているのかもしれない。ここにはきっと、厨房の奥で手巻き煙草を吹かすやつれた顔の職員などいない。

目の前の相手はミアと同年配に見える。すっと伸びた背筋に、にこやかな顔、瞳は鮮やかな青、黒髪をポニーテールにまとめている。

「ミア・クリューゲルといいます」

迷ったが、警察の身分証は出さないことにした。

「マーリンです。どなたにご面会ですか」職員はやさしく訊いた。

「友人についてきたんです。ホールゲル・ムンク。いまお母さんに会いに行ってます」

「ヒルドゥルね」青い瞳の職員は微笑んだ。「すばらしい方ですわ」

「ほんとに」ミアはうなずいた。「そういえば、ヒルドゥルのお友達のヴェロニカがカナスタの大会で優勝されたんですね。あそこの賞状をいま見せてもらいました」

「ええ、そうです」職員はにっこりした。「毎年、クリスマスにトーナメントを開くんです。ヴェロニカは、亡くなるまえに三年連続で優勝されたんですよ」

「カナスタって、やったことがないわ」

「わたしもです」職員はものやわらかに言い、ミアにウィンクした。「でも、お年寄りは楽しんでいらっしゃいますよ」

「それが肝心ですね」ミアは微笑んだ。「ね、ふと思いついたんですけど、うかがってもいいかしら。本当は話しちゃいけないことかもしれないけれど、ひょっとして、ヴェロニカって、あの二枚目俳優のご親戚？」

「ベンヤミン・バッケ？」

「そう、その人よ」

青い瞳の職員は、ミアの顔を見つめた。

「ええと。そういうことは話せないことになっているんです」

「でしょうね」ミアはうなずいた。「彼はよく会いに来てました？　見かけたことは？　実物もやっぱりハンサムかしら」

ポニーテールの職員は微笑んだ。

「それほど頻繁には来られませんでした。年に数回かしら。ここだけの話、テレビで見るよりかっこよかったですよ」

そう言ってくすくす笑った。

「まあ、そうなの」ミアも笑みを返した。

「お待ちになるあいだ、コーヒーでもいかが？　ちょうどお昼の休憩をとるところなので、ついでに淹れてきましょうか」

「いえ、けっこうです。ありがとう」ミアはそう言って椅子に戻った。

青い瞳の職員はもう一度笑顔を見せると、奥のオフィスに消えた。ロビーの隅に小さなテレビが置かれている。リモコンを探すと、テレビのすぐ横に見つかった。

今日は正午に記者会見が予定されている。ミアは自分が出ずにすんでほっとしていた。マスコミは苦手だ。いい関係にあるとは到底言えず、そばにいられるだけで身構えてしまう。そして仮面をかぶり、本音を漏らさないようにする。それが苦痛だった。性分に合わないからだ。本当はできるだけありのままでいたい。演劇の世界でも同じではないだろうか。スポットライトを浴びたい人間もいれば、裏方に徹したい人間もいる。テレビの音量を少し下げ、チャンネルをNRKに変えた。〝森の幼子殺人事件〟——他局よりは控えめながら、やはり事件名が画面に表示されている。ミアは首を振り、音量の目盛りを一段階上げた。スタジオにはキャスターがふたり、警察本部の階段前にもレポーターがひとり待機している。記者会見は延期されたようだ。ミアはテレビを消し、外へ出てガーブリエルに電話をかけた。

「もしもし」

「なぜ延期になったの？　なにかあった？」

「いいえ、もうじきはじまります」

「今日はアネッテが担当ね」

「はい、そう思います。女の検察官と一緒に。あの髪の短い」

「ヒルデね」

「ええ、たぶん」

「ヴェロニカ・バッケのことでなにかわかった？」

「調べるように言われてましたっけ」

「いいえ、でも気になることが出てきて。調べてみてくれる？」

ガーブリエルはため息をついた。

「わかりました。なんですか」

「どうかした？」

「いえ、なんでも。ただ、いろんなことを思いつくなと思っただけです。それに
……」

「それに、なに？」

「いえ、別にいいんです。彼女が妊娠していて」

「あら、おめでとう」

「ええっと、どうも……で、なにを調べればいいんですか」

「はっきりとはわからないの、ただの勘。ヒューヴィクヴァイエン・ケアホームの
……えっと、なんて言うんだっけ……」

「入居待ちリスト？　入居するつもりなんですか」

「へえ、言うじゃない。そんな口がきけるようになるなんて」ミアは噴きだした。

「すみません。今日はなにかと大変で」

「そう。でも、八つ当たりはやめて。彼女が妊娠したのはわたしのせいじゃないでしょ」ミアは冷やかした。「自分で蒔いた種なんだから」

「ですよね。でも、夜中に突然なにか食べたくなるのって、普通なんですか」

「食べたいってなにを？」

「ソフトクリームとか」

「たしかに、妊娠中は妙なものが食べたくなるって聞くわね」

「ねえ、わかります、真夜中にソフトクリームを見つけるのがどれだけ難しいか」

ミアはまた噴きだした。

「はいはい、笑えますよね」

ガーブリエルはかなりご機嫌斜めのようだ。

「ところで、欲しいのは職員のリストなんだけど。それと客の」

「客？」

「ケアホームに住んでる人をなんて呼ぶの？　入居者、それとも入所者？」

「言いたいことはわかります。職員と利用者の名簿のようなものですね」

「そう、手に入れられる？」

「合法的に？」

「ノー」

「このせいでトラブルになったら、かばってくださいよ」

「あなたなら、そんなのお手のものでしょ」

「そうですけど」ガーブリエルはため息をついた。

「もちろん、わたしが責任を取る。ヒューヴィクヴァイエン・ケアホームよ。住所は必要？」

「いえ、調べます。とくに知りたいこととか、ありますか」

「いいえ。さっき言ったとおり、ただの勘だし。ムンクのお母さんとヴェロニカ・バッケが同じ施設に暮らしていた。調べてみる価値はあると思う」

「ムンクさんのお母さんが？」

「あ、いまのはひとりごと」

「てことは、ムンクさんにも隠し事をすることになるのか」ガーブリエルがまたため息をつく。「このこと、内緒にしろって言うんでしょ？」

「わかってるじゃない。もう切らなくちゃ。この次の全体ミーティングはいつ？」

「三時です」

「ありがとう。またあとで」

電話を切ったとき、ムンクが正面階段に現れた。ミアは近寄ろうとしたが、ほかにも誰か出てきたのを見て立ちどまった。先ほどの青い瞳の女性と同じ白い制服を着た女性職員だ。きれいな顔に、スリムな身体つき、髪はウェーブのかかった長いストロベリー・ブロンド。声をあげて笑い、ムンクの腕にやさしく触れている。ムンクのほうは頬を赤くして、ズボンのポケットに手を突っこんでいる。まるでティーンエイジャーだ。ミアはミントを口に放りこみ、さりげなく脇に身を寄せた。ストロベリー・ブロンドの女性はふたこと三ことムンクと言葉を交わしたあと、腕にまた軽く触れ、笑顔で館内に戻っていった。

「どうでした？」ムンクが車のそばまで来ると、ミアは尋ねた。

「訊かないでくれ」ムンクは煙草に火をつけた。

「あれ、誰ですか？」

「誰のことだ？」

「わかってるくせに」

ムンクは煙草を手にしたまま車に乗りこんだ。

「ああ、彼女か。ええと……たしかカーレンとかいったな。母の世話をしてくれているんだ。別に……」

車のエンジンをかけ、ヒューヴィク通りを走りだす。

「別に？」

「で、なにかニュースは？」と話をそらそうとする。

「ちょうど記者会見の最中です」

ムンクがラジオをつけた。アネッテの声が聞こえてくる。

「新たな情報はありません。引きつづき捜査中です。情報提供にご協力ください」

発表すべきニュースなどなにもない。それでも記者会見は要求される。ミアはムンクをちらっと見た。もの思いに沈んでいるようだ。ヴェロニカ・バッケが母親と同じケアホームにいたことを話すべきだろうか。いや、いまは言わずにいよう。ガーブリエルが調べてくれているし、ムンクはそれでなくても手いっぱいだ。

「臨床心理士のところへ行ってくれ」高速道路に乗ったとき、ムンクがだしぬけに口を開いた。

「なんの話です？」

ムンクは上着のポケットから名刺を取りだし、ミアに渡した。

「臨床心理士と面談するんだ」

「誰に言われたんです？」

「ミッケルソンだ」

「ばかばかしい」

「そんな目で見るなよ。昨晩のきみの電話を聞いたらしい。まともじゃないと思われている」

「大きなお世話よ」ミアはぴしゃりと言った。

「おれもそう言ってやったよ」

「同意見、ってわけですね」

ミアはグローブボックスをあけ、受けとった名刺を見もせずに放りこんだ。

「まったく、こんな仕打ちを受けるなんて」

「なにを期待してたんだ？」

「ちょっぴりの敬意とか？」

「そいつは望み薄だな」ムンクはため息をついた。「帰る途中でハンバーガー屋にでも寄るか」

「賛成」

高速道路を降り、ガソリンスタンドに寄ったとき、雨が降りはじめた。

40

ポスティロビゲ・ビルにある《アフテンポステン》紙編集部の窓の外では雨がぱらついていた。ミッケルらは記者会見を見ようと編集長室に集まっていた。正午から開始される予定が十分遅れている。顔を揃えているのは、ミッケル・ヴォル、シリエ・オルセン、エーリク・ルニングと、編集長のグルングだ。こんなことを考えている場合でないのはわかっているが、いまミッケルはグルングの隣の革張りの椅子、つまりVIPシートにすわっている。スクレルドで例の電話を受けてから、ある変化が生じた。ミッケルの地位が上がったのだ。いまや編集部じゅうの注目の的と言っていい。グルングがテレビの音量を落とし、会議をはじめた。

殺人犯から接触を受けたことは部外には伏せてあった。いまのところ、記事にもしていない。議題はまさにそれだった——この件を報道すべきかどうか。するならば、どういった形が適当か。

「わたしは、待つべきだと思う」シリエがリンゴをかじりながら言った。

「なぜだ？」グルングが訊いた。

「公にしたら、犯人が逃亡する可能性があるからです」

「ぼくは記事にしたほうがいいと思います。使わない手はないでしょう？」エーリクが言った。

二十六歳の気鋭の若手記者エーリクは、入社したときからグルングの秘蔵っ子で、これまではミッケルがいまかけている椅子が定位置だった。そのことで嫉妬や悔しさを感じているかもしれないが、いまはそれをうまく隠し、いかにもリラックスした様子で脚を広げてすわっている。だが、手にはゴム製のストレスボールを握りしめている。

「明日、犯人が《VG》に電話をかけたらどうします？　今夜にも《ダーグブラーデ》に接触したら。誰がそれをとめられますか」エーリクは続けた。「スクープのチャンスが手のなかにあるんですよ。でも、いま行動しなければふいになる」

ミッケルは顔をしかめた。エーリクは、オスロのホームレスに関する連載記事で去年スクープ賞を獲ってからというもの、やたらと〝スクープ〟という言葉を連発するようになった。

「じゃあ、なぜまだほかに電話していないのよ」シリエが突っかかる。

シリエとエーリクは昼と夜のようなふたりだ。シリエは二十代、唇にピアスをつけ、声が大きく口が達者で、左派的でリベラルな視点の持ち主であり、要するに《アフテンポステン》の記者によくいるタイプだと言える。エーリクのほうは物腰穏やかな現実派で、いつもスーツをぴしっと着こなし、櫛目の通った髪をして、おまけに人好きのする笑みと輝く瞳まで持った、全国の母親が娘婿にしたがるような青年だ。編集部内で議論になると、ふたりの意見は真っ向から対立するのがつねだった。

ミッケル自身は、もう少し古いタイプの記者だ。手帳を手放さず、取材対象と親しくなる。以前は、直接会うか、何度か連絡をとった相手から聞いたこと以外はけっして書かなかった。だが最近は、プレスリリースや簡単な電話だけで取材をすますことがほとんどになっている。電話さえ省略することもある。服装に関して言えば、シリエ側でもエーリク側でもなかった。ふたりの中間あたりの、あまりぱっとしない感じということになるだろうか。まったくの無頓着だというわけではない。もっとスマートないでたちを心がけるべきだろうか、妹が読んでいる雑誌の見出しにあるように、着るもので〝個性を表現〟してみようかと考えるときもある。だが、結局のところなにもせずにいる。クロゼットにはかれこれ十年近く同じ服が並んでいる。なぜなら――どう言えばいいか――そう、どんなスタイルを選ぶにせよ、そうやって自意識過剰なまでに外見にこだわることは、重大な使命を帯びたこの仕事にふさわしくないと思うからだ。そしていま、それが正しいことが証明された。殺人犯は自分に電話をかけてきたのだ。ほかの誰でもなくこの自分に。

「そうだな」エーリクが言った。「きみの言うとおり、このチャンスは見送ろう」

「やめてよエーリク。そういう受動的攻撃は、女の専売特許なんだから」

「へえ、そんなことしたかい」

「まったくもう」シリエが苦笑いした。

「きみはどう思う、ミッケル」グルングがそう言って、ミッケルを見た。

ほかのふたりもようやく口を閉じた。誰もがミッケルの意見を聞きたがっている。こんなことを言うのはなんだが、謎の電話が図らずも自分に有利に働いたということだ。

「どうでしょう」ミッケルは咳払いした。「たしかに、この件を記事にするのはひとつの手です。それはまちがいありません」

「しかも、特ダネになる」テーブルの上でストレスボールを転がしながら、エーリクが口をはさんだ。「独占スクープだ。よそはどこも知らない。だから出しましょう」

「でも同時に」ミッケルは続けた。「スクープのひとつやふたつのために、犯人との接触の道が断たれるような事態を招くのは賢明じゃない。協力したほうがいいかもしれません」

テーブルのまわりはまた静かになった。

「協力？」シリエが口を開いた。「それって、サ、サツにってこと？」

「警察だ」グルングはため息をついた。「うちは三流紙じゃないんだぞ。わかってるだろ、ここは《アフテンポステン》だ」

「だからって、サツって呼んじゃいけないわけじゃないでしょ」シリエは言い返し、リンゴをもう一口かじった。

「もういい」グルングが言った。「とにかく決めないと」

「なにを？」エーリクが尋ねた。

「この情報を警察に知らせるかどうかを」

「そんなことして、なにかいいことがありますか」エーリクはため息をついた。「第一に、ぼくらは確たる証拠を持ってるわけじゃない。警察の役に立つようなものはなにも。でも、ぼくらならこれを利用できる。ちがいます？」

「こんなこと言うなんて変だけど、その点に関してはエーリクに賛成です。サツに知らせるべきじゃない、ってところじゃなく……」シリエはうなずいた。

「警察だ」グルングが正した。

「……役に立つような証拠はなにも持ってないという点では。いまはまだ」

「だろ」エーリクがうなずいた。

「でも、記事にするのは反対です。いま報道することでどんな事態が起きるか、予想できないですから。それに三日もたってるし。いまさらなんだ、って言われるのが落ちよ」

「そんなことはない」エーリクが言い返す。「まだ十分ニュースになるさ」

「静かに、はじまるぞ」グルングがそう言ってテレビの音量を上げた。

会見の場に現れたのはアネッテ・ゴーリだった。検察官のヒルデ・シモンセンも一緒だ。

「ゴーリとシモンセンか」エーリクがため息交じりに言って、またストレスボールをいじりはじめた。「ムンクかクリューゲルを出せよ。またクリューゲルの特集記事を書きたいのに」

「へえ」シリエが鼻で笑う。「あなたがクリューゲルにしたいのは別のことでしょ、ばればれよ。特集？　いまはそう呼ぶわけ？」

「静かに」グルングがさらに音量を上げた。

アネッテ・ゴーリが会見場に集まった記者たちに挨拶しはじめたとき、ミッケルの携帯電話が鳴りだした。室内は静まりかえった。

非通知着信。

「二回鳴るまで待て！」

「出て！」

エーリクとシリエが同時に言った。グルングはテレビのリモコンのミュートボタンを押し、〝スピーカーフォンに切り替えろ〟と手振りでミッケルに伝えた。ミッケルは椅子にすわりなおし、咳払いをしてから電話に出た。

「もしもし、《アフテンポステン》のミッケル・ヴォルです」

スピーカーからパチパチという雑音が流れてくるが、人の声は聞こえない。

「《アフテンポステン》のヴォルですが」繰り返す声が少しうわずった。

返事はない。雑音が聞こえるだけだ。

「誰なんだ」じれたエーリクが口を開いた。

グルングとシリエが顔をしかめる。

「だ、ま、れ」グルングがテーブルの向こうから口だけ動かして言った。

数秒後、キンキンした金属的な声が聞こえた。

「ほかにも誰かいるんだな」

さすがのエーリクも黙りこんだ。ストレスボールをいじるのもやめ、目を見開き、口もぽかんとあけている。どうせいたずらだろうと、内心疑っていたのだろう。殺人犯からの電話だって？ジャーナリストにとっては夢みたいな話だが、なぜミッケルなんだ、と。だがもうはっきりした。これは本物だ。シリエがかじりかけのリンゴを口から離し、テーブルの上にそっと置いた。

「ああ」ミッケルは答えた。「スピーカーフォンにしてる」

「おやおや、それは光栄」金属的な声はおどけたように言った。「《アフテンポステン》のみなさんが読者の声に耳を傾けてくださるとは。かえって好都合だ、責任を負う人間が増えることになる」

「なんの責任だ？」ミッケルはかすれた声で訊いた。

「それはまたあとで話す。ところで、記者会見はどうした？　質問することがあったはずだ」

「どうして豚の血が床に滴っていたのか」ミッケルはぎこちなく答えた。

「よろしい、覚えていたんだな」

「こっちにもやり方ってものがある。自分が感じた疑問や訊きたいこと以外は質問しない」

向かいにすわったグルングが、そんな答えはまずいという顔で激しく首を振る。相手の機嫌を損ねないよう、調子を合わせること。事前に相談してそう決めてあった。

声がぱたりと途絶えた。

長い沈黙のあと、笑い声が聞こえた。「ジャーナリストの誠意というわけか」

「そうだ」ミッケルは言った。

「いいやつだな」あざけるような声。「でも、ジャーナリストに誠意なんてないことは誰でも知ってる。誠実なつもりでいるだけだ。知ってるだろう？　去年、信頼のおける職業についての調査でジャーナリストの順位が最低ランクだったことを。弁護士や広告屋や中古車のセールスマンより下だった。見てないのか」

相手はまた笑った。今度は心からおかしそうに。エーリクが首を振りながら、テーブルの上の携帯電話に向かって下品な仕草をした。グルングが睨みつける。

「だがそんなことを言うために、電話をしたんじゃない」声が冷ややかになる。

「では、なんのためにかけてきたんだ」ミッケルは訊き返した。

「おや、今日は威勢がいいな。その質問は自分で考えたのか」

「ふざけるのもいい加減にしろ」ついにエーリクが爆発した。「あんたがただの暇な変人で、いたずら電話をかけてきてるわけじゃないと、どうしたらわかる？」

怒りで顔をどす黒く染めたグルングが、とっさにテーブルの下でエーリクの足を蹴った。ふたたび沈黙が落ちたが、電話はまだつながっている。

「いい質問だ」声がそっけなく言った。「いまのは？」

「エーリク・ルニングだ」エーリクが答える。

「これはこれは、まさかあのエーリク・ルニングとは！　二〇一一年のスクープ賞の受賞者の。おめでとう」

「どうも」

「ホームレスのことを書いたあと、フログネルの自宅に戻って、熱い風呂に浸かりながらシャルドネを飲むのはどんな気分だ。それがジャーナリストの誠意なのか」

エーリクはなにか言いかけ、思いとどまった。

「でもたしかに、ルニング、きみの意見はもっともだ。わたしが本物かどうか、どうやってたしかめる？　ひとつゲームをしてみようじゃないか」

「ゲーム？」エーリクは咳払いをした。

「新聞種になるというゲームだ。やってみるか?」

テーブルのまわりは静まりかえった。誰も口を開けずにいる。

「心を決めるまえに、ルールを説明しようか。そちらも報道するばかりでは飽きるだろう? たまには自分たちが新聞種になってみたらどうだ。おもしろいと思わないか」

「なにをしろと言うんだ」ミッケルが尋ねた。

「きみたちに決めてもらう」

「決めるってなにを」

「誰が助かり、誰が死ぬか」

四人の記者は顔を見合わせた。

「どういう意味だ」

くくっという笑い声。

「どういう意味だと思う? まだ決めかねているんだ。アンドレアかカロリーネか。きみたちに決めてもらう。楽しいだろう? ゲームに参加させてやろう」

「じょ、冗談でしょ?」シリエが言った。

「おや、女性もいるとはすばらしい。名前は?」

「シ、シリエ・オルセンよ」

シリエはことの重大さに度を失っている。

「シリエ・オルセン、あのことについてどう思う？」

「あのことって？」

声がまたくくっと笑った。

「犯人が女だということ。信じるか？」

「ええ」シリエはおずおずと答えた。

「ずいぶん素直だな。それに単純だ。単純すぎてつまらない。がっかりだ。もっと手応えがあるかと思っていたのに。それじゃ、ミッケル、きみは信じるか」

ミッケルは、少し考えてから言った。「ああ」

「なんだ、頭のまわるやつは誰もいないのか。女。老人が女を目撃した。女装した男だとは考えないのか？　ホームレスだとは？　エーリク、得意分野だろう？　ホームレスなら、二千クローネで引き受けるんじゃないか。夜中にスクレルドの通りにフードをかぶって立ってくれと頼まれたら。しかもそこまでは車で送り迎えすると言われたら。自分がホームレスだったら引き受けるんじゃないか、エーリク」

「女じゃない。そう言いたいのか？」エーリクは自信なげに言った。

「やれやれ、思っていたよりずっと鈍いな」冷たい声が言った。「もう少しできる男かと思っていたのに。まあいい、忘れてくれ。さて、ルールはこうだ。一分以内に選べ。アンドレアかカロリーネか。選ばれたほうが今夜死ぬ。もうひとりは助かる。二十四時間以内に家に帰れる。選ばなかった場合は、ふたりとも死ぬ。わたしはどちらでもいい。ひとりが死に、ひとりが助かる。きみたちが決めろ。ルールはわかったな」

「そんな無茶な」グルングが抗議する。

「一分後にかけなおす。せいぜい考えてくれ」

「だ、だ、だめよ」シリエが声を震わせた。

「チクタク、チクタク」そう聞こえたとたん、電話は切れた。

41

ルーカスは天国にいた。早くもそんな気分だった。この日をどんなに心待ちにしていたことか。森にあるこの家を訪れるのはこれで三度目だ。〝光の家(ルクス・ドムス)〟——シモン師の好む呼び方で言うと、〝天国の門(ポルタ・カエリ)〟。これほど美しいものがあるだろうか。ポルタ・

カエリ。天国の門。朝からうずうずしどおしだったが、ようやくこうして来ることができた。いま自分は天国に近い場所にいる。はやる気持ちを抑えるのに苦労しながらも、ルーカスは師が子供たちに説教を聞かせるあいだ、スピンドルチェアにすわって静かに待っていた。

神はシモン師に告げられた。この場所に新たな方舟(はこぶね)を建てよと。動物たちではなく、選ばれし者たちのための方舟を。光の家。天国の門。そして最後の審判の日、ともに旅に出る。ほかの者は行けない。彼らだけ。わずか四十名。世界にはほかにもいくつか方舟がある。神はそう師に伝えられた。だが、ほかの方舟がどこにあるかは知らされていない。ほかにもあるということだけわかっていれば十分だ。いずれ天国で会えるのだから、急ぐことはない。天国。神の王国。トルコ石を思わせる清らかな川の流れ、黄金の家々、白くまばゆい雲の絨毯。無限の命。選ばれし者たち。永遠。

ルーカスは目を閉じ、師の声を身体に満たした。神の声、これは神の声そのものだ。子供たちがもっとも大切なのだと神はおっしゃった。その純真さが。子供は、純真で清らかで、母の胎内にいたころと変わらず無垢でなければならない。俗世の汚れにまみれた者はだめだ。純粋でないなら、清めなければならない。たとえ痛みを、地獄の業火を必要としようと。師は穏やかで落ち着いた、それでいて神の御手のように力強い声で語りかけている。厳しさのなかにやさしさのこめられた声で。川の流れが目に浮かぶ。いくつもの清流が緑の木々のあいだを縫い、純白の野原に建つ黄金の家の前へと注いでいる。

「子らよ、われは汝らを闇から光へと導くため、汝らの前に現れるだろう」師の説教は続いている。「手遅れとなるまえに汝らの悪しき行いを断ち、魂を救うため、地獄のありさまをその目に見せるだろう。われ、イエス・キリストは、汝らの魂を身から引き離し、地獄へと伴うだろう。さらにまた天国のさまを見せ、数多（あまた）の啓示を授けるだろう」

師は口を閉じ、子供たちを見わたした。師はこの瞬間を大切にされている。ひとりひとりと目を合わせるのは重要なことだ。そうすることで、信徒たちは師の目の奥に神のまなざしを見ることができる。ルーカスは目をあけて微笑んだ。自分は師の家の隣に住むことになる。神がそう約束してくださったのだ。ここにいる子供はそれほど多くない。八人だけだ。師が自分で選ばれた。少女が五人と少年が三人。ほぼ完全に清らかな子供たちだ。師があと何度かやさしく導けば、完璧に清められるだろう。

ルーカスはあたりを見まわし、特別扱いされている少女、ラケルがいるかたしかめた。子供たちはみな同じような姿をしている。神の御前ではみな平等だから、そうでなければならない。それでも、ラケルはすぐに見つかった。青い瞳とそばかす。ラケルは二、三度問題を起こしている。師があの少女に目をかける理由がわからない。あの子のなにが特別なのだろう。光の家から逃げだして、永遠に地獄で過ごしたいというのなら、行かせてやればいい。なぜあんな子に無駄な時間を費やすのか。信徒のなかには、代わりなどいくらでもいるのに。

もちろん、そんな思いを口にすることはない。師はいつもなにが最善かをご存じだ。自分などが考えるべきことではない。ばかだな、とルーカスは首を振り、また目を閉じた。師の声がふたたび身の内に満ちる。小さな吐息さえ漏らさぬよう、唇をしっかりと引き結んだ。

「ある晩、わたしが家でお祈りをしていたとき、イエス・キリスト様が来てくださったのです」師はまた語りはじめた。「何日も熱心に祈りを捧げていると、突然神がそばにいらっしゃったのがわかりました。神のお力とお恵みとが家じゅうを満たしました。わたしはまばゆい光に包まれ、美しく満ち足りた感覚に圧倒されました。寄せては返す波のように光があふれ、それはまさに目をみはるような光景でした。そのとき、イエス様がお声をかけてくださったのです。〝われはイエス・キリストなり。わが再臨に備えるため、敬虔なる信徒を集め、罪人に罰を下す術を汝に教える。闇の力は実在し、わが審判こそ真であある。わが魂の力によって、汝を地獄へ連れていこう。そこで目にするものをみなに語って聞かせるがいい。われは幾度も汝の前に現れるだろう。汝の魂を身から引き離し、地獄へと伴おう〟。〝ああ、イエス様、わたしはなにをなせばよいでしょう〟。わたしはイエス様がお姿を見せてくださったことに、叫びだしたいほどの喜びを感じていました。それほどまでに美しく、清らかで、満ち足りた、力強い愛を感じるのは初めてのことでした。賛美の言葉がわたしの唇からほとばしりました。そのとき、わたしは人生を神に捧げ、民を罪から救うために尽くすことを誓ったのです。わたしの家に現れたその方が本当のイエス様、つまり神の御子だということは疑いようもありませんでした。〝さあわが子よ。わが魂とともに地獄へ参ろう。そこで見たものを民に告げるがよい。そして闇にさまよう魂を、イエス・キリストの喜びの光のなかへと導くがよい！〟。イエス様がそうおっしゃると、わたしの魂はたちまち肉体を離れました。そして、イエス様とともに家をあとにし、天へと昇っていったのです」

シモン師は立ちあがると、子供たちにも立つようにと告げ、部屋の真ん中に輪をつくらせた。師はルーカスに向かってうなずき、輪に加わるよう促した。ルーカスは椅子からゆっくり立ちあがり、ふたりの子供の手を取った。

「祈りましょう」師はそう言い、頭を垂れた。

まもなく、小さな部屋は低いつぶやき声に満たされた。

「天にましますわれらの父よ。願わくは御名をあがめさせたまえ。御国を来たらせたまえ。御心の天になるごとく、地にもなさせたまえ。われらの日用の糧を、今日も与えたまえ。われらに罪を犯す者を、われらが赦すごとく、われらの罪をも赦したまえ。われらを試みにあわせず、悪より救いいだしたまえ。国と力と栄えとは、かぎりなく汝のものなればなり。アーメン」

「アーメン」ルーカスは繰り返した。そうせずにはいられなかった。

ポルタ・カエリ、天国の門。これからはこの場所で、来るべき日に備えるための時を過ごすのだ。

師はドアをあけ、子供たちを外へ送りだした。ラケルを除いて。いつもそうやって、もう少し話をするためにラケルだけが残される。この子は群れからはぐれた子羊のようなものなのかもしれない。そうにちがいない。迷える子羊と羊飼いなのだ。ルーカスは師の分別を疑ってしまったことにまた罪悪感をおぼえた。

「ラケルには少し、神とわたしとの時間が必要なのだよ」師はそう言うと、ルーカスに退出するよう促した。

ルーカスはうなずき、微笑んで部屋を出た。

「誰かが入ってきて邪魔をしないようにしてくれるかね、ルーカス」

「もちろんです」ルーカスはそう言って一礼した。

そっとドアを閉じると、外は暗くなりはじめていた。空には星がまたたいている。温かいものが身の内を巡るのを感じながら、ルーカスは笑みを浮かべた。自分たちはあそこへ向かうのだ。天国へ。待ちきれない気分だった。楽しみでしかたがない。どれほど胸を躍らせているか、口ではとても言い表せそうにない。ぞくぞくするような心地よい感覚が、頭のてっぺんから手足の先までをくまなく満たしている。トルコ石の色をした川に、黄金の家。夢のようだ。自分はなんと幸せなのだろう。ルーカスは腕を組み、満面の笑みを浮かべたまま、覚えたばかりの新しい聖歌をハミングしはじめた。

42

それはまちがいなく、ミッケル・ヴォルの人生でもっとも長い一分だった。そして、もっとも短い一分でもあった。もっとも短く、もっとも長い一分。時間がとまったように、そして指のあいだからすべり落ちていくようにも感じられた。時間は新たな意味を与えられ、同時に意味を失った。最初の五秒は、互いに顔を見合わせていただけだった。ミッケルはシリエを見た。シリエはぽかんと口をあけ、UFOでも見たような顔をしている。そしてすがるような目でグルングを見た。年かさの者に救いを求めたのだろうが、グルングからはなんの助けも得られそうになかった。いつもは頼もしい編集長も、テーブルに置かれた携帯電話とミッケルの顔を代わる代わる見ているだけだ。ミッケルはエーリク・ルニングに目を移した。

エーリクは固まっていた。機能が停止してしまったかのように。顔にはなんの動きも、なんの表情も見てとれない。手にはつぶれかけたストレスボールを握りしめている。口は半開きになり、ウィットも皮肉もすっかり引っこんでしまったようだ。残りの三人も同じだった。仰天。呆然。驚愕。そんな状態で最初の五秒が過ぎた。

次の十五秒はまったく逆だった。全員がいっせいにしゃべりだした。トンネルのなかで貨物列車が近づいてくることに気づいた四人の子供のように。出口はひとつ。線路の上を走って逃げるしかないが、悲劇が待っていることを誰もが内心知っている。それでも走る。本能のままに。脈絡のない言葉が飛び交いはじめる。

「なんてこった」

「ひとり選ばないと」

「まいったな」

「いたずらじゃないの？」

「吐きそうだ」

「いや、選ぶなんて……」

「選ばなかったらどうなる？」

「ああ、どうしよう」

「ひとり選ばなくては」

「無理だ」

「こんなことあるわけがない」

「編集長？」

「ミッケル？」

「いったいどうしたらいい？」

「ほかの人を殺すなんて無理よ」

「吐きそうだ。気持ちが悪い」

「ひとりだけなら救える」

「エーリク？」

「シリエ？」

「なにもしなかったら、どうなる？」

「ふたりとも死ぬ」

「幼い女の子を殺すなんてできないわ」

「くそ」

「ひとりは救うことができる」

「くそ」

「どうしたらいい？」

「くそ」

二十秒が過ぎた。オフィスの時計には秒針がない。〈12：16〉――これでは役に立たない。秒がわからなければ。いま必要なのは秒だけだ。時間でも分でもなく、秒だけ。次の十秒は、どれだけ時間が過ぎたかをたしかめるのに費やされた。この時点で、パニックが山火事のように室内に広がっていた。

「何秒たった？」

シリエの顔は死人のように真っ青だ。

「あと何秒残ってる？」

グルングが立ちあがり、テーブルに両手をついて言った。

「誰か時間を確認してなかったのか」

ミッケルは携帯電話から壁の掛時計にまた目を移した。秒針がない時計など、壁に描かれた数字と同じだ。トンネル内の線路を走る四人の子供は、迫りくる列車の振動を感じている。

「時間ばかり気にしたってしょうがない！」

エーリクも立ちあがり、テーブルに拳を叩きつけた。一度、二度、三度。

「そうだ、時間ばかり気にしたってしょうがない！」

グルングはテーブルから手を離し、髪を掻きむしりはじめた。

「何秒たった？」

この部分で十秒が無駄にされた。三十秒経過。

「考えないと、いますぐ！」エーリクが叫んだ。「怒鳴りあっていてもなんにもならない」

「言い争ってる場合じゃないわ！」

「どうするか決めないと」とミッケルも叫んだ。

「いったいどうすりゃいい?」グルングはあいかわらず髪を掻きむしっている。

「みんな、落ち着こう」エーリクがさらに声を張りあげる。

「みんな、落ち着きましょう」とシリエ。

四十秒経過。最後の二十秒は一秒一秒が一分のように感じられた。あるいは一時間にも。いや、一年かもしれない。時計の針がとまってしまったようにも、猛スピードで進んでいるようにも思えた。最初に提案らしい提案を口にしたのは、エーリクだった。

「投票しよう」

「なんですって?」

「なにも言うな。いまから投票をする。なにかすべきだと思う人は挙手して」

エーリクが手を上げた。グルングも。ミッケルも真っ白な頭のままそれに従った。ただの条件反射で。シリエの手はテーブルの上に置かれたままだ。

四十九秒経過。

「三対一だ」

「でも——」シリエが反論しかけたが、エーリクは無視した。

「カロリーネを救いたい人は手を上げて」

「つまり、アンドレアを殺すってこと?」シリエは涙声になっている。

「手を上げろ!」エーリクが怒鳴った。

五十三秒経過。

「カロリーネを救いたい人は手を上げろ!」エーリクが繰り返す。もう必死だ。列車がすぐそばまで迫っている。出口はひとつ。列車をとめるか脱線させるか。

エーリクは手を上げ、グルングを見つめた。グルングはそれにならい、切羽詰まった顔でシリエを見た。

「いや」シリエがすすり泣く。「いや、だめよ」

五十七秒経過。

グルングとエーリクは手を上げて立ったまま、ミッケルを見た。

「イエスかノーか?」エーリクがせかす。

ミッケルは膝に置いた手を上げようとしたが、それは動かなかった。鉛のように重い。これほど腕を重く感じたことはなかった。意志に逆らおうとしているかのようだ。あるいは素直に従っているのかもしれない。どちらなのか、それさえ判断できなかった。

五十九秒経過。

「さあ、早く！」エーリクが怒鳴った。「カロリーネを救いたくないのか。どうなんだ」

「アンドレアを殺すことになるわ。そんなことできない」

「イエスかノーか？」グルングも大声をあげる。

突きあげられた手には髪が数本握られている。ミッケルはもう一度挙手しようとしたが、あいかわらず手が膝に張りついたように動かなかった。

そのとき、ミッケルの携帯電話が鳴った。

室内は静まりかえった。時間切れだ。着信音がまた鳴る。じっと見つめているはずなのに、ミッケルには電話がどこかへ消えてしまったように思えた。しっかりと目で捉えられない。別の部屋にでも行ってしまったのかもしれない。月面にでも。どうしたらいいのかわからない。しまいに、エーリクが身を乗りだして画面にタッチした。

「もしもし」金属的な声が響いた。

沈黙が流れる。

「わくわくするね。どうなった？」

誰も答えられない。

「もしもし。いるんだろう？」声が尋ねた。

シリエはグルングを見た。グルングはエーリクを、エーリクはミッケルを。ミッケルは自分の指に目を落とした。

くくっという笑い声。

「舌を抜かれたのか？　答えをもらおうか。じきにタイムリミットだ。チクタク、チクタク」

エーリクが咳払いした。

「われわれは……」

「アンドレアか」口調が冷ややかに変わる。「それともカロリーネか。どっちを家に帰す？　ひとりは死に、ひとりは助かる。簡単な話だろう？」

「ふたりとも助けて」シリエがすすり泣いた。

声がまた笑った。

「ああ、だめだめ、ミス・オルセン。それはルール違反だ。ひとりが助かり、ひとりが死ぬ。誰が助かり、誰が死ぬか決めてもらう。気分がいいだろう、人の生死を操るのは。神のように。神の役を演じるのは楽しくないか、ルニング」

部屋はまた沈黙に包まれた。かたつむりのようにのろのろと数秒が過ぎる。ミッケルの頭は完全に停止していた。シリエは自分の身体を抱きしめている。グルングは両手を上げて立ちつくしている。エーリクが口をあけてなにか言おうとした。

「わかった」氷のような声が言った。「ふたりともということか。残念だが、それがお望みならしかたがない。ゲームへの参加に感謝する」

「だめ」シリエが大声をあげ、両手で電話をつかむと、必死で懇願しようとしたが、もはやあとの祭りだった。

電話は切れていた。

43

ミア・クリューゲルは喫煙用のテラスにすわり、ムンクが自分の肺を虐める様子を眺めていた。今日のミーティングを終えたばかりで、ことのほか機嫌が悪そうに見える。

「こんなことがあっていいのか」ムンクは瞼を揉みながら何度も繰り返した。

この一週間というもの、チームの誰もが満足に眠っていないが、とりわけムンクは睡眠が足りていないようだった。ミアは頭にある考えをムンクに伝えようとしながら、幾度も思いなおしていた。まだ確信が持てない。ただの勘だ。けれど、その勘がまちがっていないという感覚は刻一刻と強くなっていた。

「こんなことがあっていいのか」ムンクがまた言い、吸っている煙草の火先を使って次の煙草に火をつけた。

「こんなことって?」ミアはポケットからミントを取りだした。

「は?」ムンクが無愛想に答え、振りむいた。

話しかけてきたのがミアだと気づくと、ムンクの表情がやわらいだ。

「なにもかもさ」そう言ってまた瞼を揉む。「どこかに目撃者はいるはずだろ? 六歳の女の子ふたりが、忽然と消えちまうなんてことがあるか」

「身代金の要求はないんですか」

「まったくない。家族はたしか五十万クローネの謝礼金を申しでているはずだ。それだけ出せば、有力な情報が寄せられそうなもんだが」

「百万に上げるそうですね」

ムンクはうなずいた。

「明日、発表するらしい。それでうまくいくよう、祈るしかない」

「……それと、不心得者たちからの電話で、回線がパンクしないように」

「そこが問題だな」ムンクはため息をつくと、煙草をふかぶかと吸った。「ベンヤミン・バッケとは連絡がとれたか」

ミアはうなずいた。

「四時半に劇場で会うことになりました。三十分しか時間がとれないとか。《ハムレット》のリハーサルだけじゃなく、《カリウスとバクトゥス》の公演にも出てるそうです、虫歯の精の。一緒に行きます？」

ムンクは首を振った。

「いや、そっちは頼む。曾祖母(ひいばあ)さんのアパートメントに住んでるんだったな。携帯電話の請求書が送られてるのもそこだな。任せていいか」

「問題ありません」

「とにかく信じられんよ。誰かがなにかを見てるはずなんだ。犯人が車の乗り降りをするところとか。山小屋やら地下室やらに出入りするところとか。女の子たちに食事だって与えているはずだ。あれこれ食料を買いこんでいるはずだろう？ それに……」

ムンクは煙草の火先をじっと見つめた。

「これが綿密に計画されたものだとしたら、よっぽどツキがなければ、目撃情報を得るのは難しいでしょう」ミアは静かに言った。

「で、これは綿密に計画されたもの、ってわけだ」ムンクはため息をついた。

「ええ、残念ですが、そのようです」ミアはうなずいた。「証拠から考えて、準備に何年もかけていた可能性があります」

「ということは、すぐに見つけないとふたりとも死ぬことになる」

ミアは黙ってすわったまま、眼下の通りを眺めた。ときどき、通りにいる人々がうらやましくなることがある。普通の人たち。小さな店を営んでいたり、子供たちに靴を買ってやったりしている人たち。こんな事件を扱う必要のない人たち。ミアはミントをもうひとつ口に入れ、心を決めて切りだした。

「話したいことがあります」

「なんだ、言ってみろ」

ミアは少し黙り、適当な言葉を探した。

「なんだ」ムンクがせかす。

ミアはようやく口を開いた。「この事件は、あなたにも関わっているんだと思います」

「関わっている？」

「あなたも計画の一部なんです」

「いったいなんの話だ、ミア」

ガーブリエル・ムルクがテラスにつながるドアから顔を覗かせ、遠慮がちにふたりの会話に割って入った。

「お邪魔してすみませんが……」

「なんの用だ」ムンクが嚙みつくように言った。

「ええと、その……ミア、見つけましたよ、昼間に頼まれてた情報です。どうしたらいいですか」

「リストをキムとルドヴィークに渡して、ヒューネフォスの事件と照合するように頼んで。なにか見つかるかもしれない」

「わかりました」ガーブリエルはそう言うと、ムンクのほうをちらとも見ずに、急いでドアを閉めた。

「おれも計画の一部だって？　いったいどういう意味だ」

「おそらく」ミアは重い気持ちでうなずいた。「あなたに向けてメッセージが送られている」

「おれに？」

ミアはまたうなずいた。

「はい」

そこにふたたび邪魔が入った。今度はひどく興奮した様子のアネッテ・ゴーリが、ノックもしないでムンクに声をかけた。

「すぐ来てください」

「なんだ」

「突破口が開けました。弁護士から電話があって……」

アネッテは手にした付箋紙のメモを見た。

「……名前はリーヴォル。《アフテンポステン》紙の代理人です。犯人から接触があったそうです」

「なんだと」ムンクはそう言うと立ちあがり、煙草の火を揉み消した。「いつだ？」

「数日前から、何度かあったらしいです。直近のものは、今日の昼休みです」

「それをいまごろ連絡してきたのか」ムンクは声を荒らげた。「ばかものめ」

「弁護士に相談するのに一日か二日かかったというところでしょうね」

「なんてこった。そいつらはどこにいる？」

「ポスティロビゲ・ビルです。そこでわれわれを待っています。下に車を待たせています」

ムンクはミアを見た。「来るか?」

ミアは首を振った。「ベンヤミン・バッケに会いに行かないと」

「そうだったな」ムンクは複雑な表情でミアを見た。「さっきの件はあとで話そう。なんのことやらさっぱりだが」

「じゃあ、〈ユスティセン〉で」

「そうしよう」ムンクはそう言うと、アネッテのあとを追って足早にオフィスを出ていった。

44

ミアが到着したとき、ベンヤミン・バッケは国立劇場の外にすわっていた。落ち着かなげな様子だ。腕時計に目をやり、携帯電話をいじり、煙草に火をつけ、太腿を指で叩き、誰かに気づかれてはいないかときょろきょろあたりを見まわしている。人目を避けたいのなら、この場所は待ち合わせに最適とは言えない。ミアはヘンリック・イプセンの像の陰に隠れ、しばらく相手を観察することにした。

見覚えのある顔だが、どこで見たのかは思いだせない。《セオホル》のような芸能雑誌は読まないからちがう。歯医者の待合室にいても、あの手の雑誌はページをめくる気にさえなれない。あれが悪いというつもりはないが、中身に興味が湧かないのだ。ミアの身のまわりで嵐が吹き荒れ、その激しさが最高潮に達していたころ、マスコミからのアプローチがたびたびあったが、ミアは取りあわなかった。〝ミア・クリューゲルの真実〟を書きたいと言ってジャーナリストのひとりが電話してきたこともあった。そもそも、ああいった連中をジャーナリストと呼べるのだろうか。どうにも納得がいかない。誰かのバストやら休暇の行き先やらについて書きたてるのが、ジャーナリストの仕事と言えるのか。そう名乗るには最低限の基準が必要なのでは？　そのジャーナリストには、〝恋人と過ごす、太陽の輝く素敵な休日〟を提供しますと言われたが——〝ところでいまは誰かとお付き合いされてます？〟——丁重に断った。ミアは思いだして苦笑いをし、すぐそばの売店で買ったリンゴをかじった。太陽の輝く素敵な休日。そんなもので釣る気だったのか。その程度の餌で。私生活を丸裸にされる代償がたったのそれだけ？　素敵な休日が聞いてあきれる。

ベンヤミン・バッケは口の端に煙草をくわえ、目をすがめて電話の画面をいじっていた。ポケットに電話をしまい、煙草を指にはさんで転がしながら、しばらくまた指先で太腿を叩いていたかと思うと、もう一度電話を取りだして画面を触りはじめた。そのときミアは思いだした。〝海辺の思索はもういらない〟という例の映画祭で見た映画のワンシーン。そこで警察官の役を演じていたはずだ。ベンヤミンはミアのような、というよりキムやカリーのような、捜査班の一員の男性刑事を演じていた。あまりはまり役とは言えなかった。ミアはリンゴをもうひとかじりすると、芯をゴミ箱に捨て、劇場のほうへ歩きだした。

ベンヤミン・バッケはミアに気づくと立ちあがり、にこやかな笑みを浮かべて近づいてきた。

「やあ、ミア。お会いできてうれしいです」そう言ってミアの手を握りしめる。

「こんにちは」親しげな態度にとまどいながら、ミアは言った。

彼にとってはこれが普通なのかもしれない。テレビに出たり、新聞種になったりする人間はみんな仲間のようなものなんだから、お互い助けあおう、といった具合に。ミアのやり方とはまるでちがうが、目くじらを立てることもない。

「〈テアテルカフェーン〉の席を予約したんですが、かまわないですか」ベンヤミンはそう言いながら煙草を揉み消した。

「ええ」ミアはにっこりした。「でも、それほど時間はかからないと思います」

「せっかくだから、付きあってくださいよ」ベンヤミンはウィンクして、ミアの腕に軽く触れた。「お腹がすいちゃって。一日じゅうリハーサルだったのに、このあとは子供劇場の仕事があるし、夜もまたリハーサルなんですよ」

「もちろん」ミアはうなずいた。「わたしは遠慮しますけど、どうぞ食事なさってください」

「よかった」ベンヤミンは微笑み、身振りで通りの向こうへ案内した。

〈テアテルカフェーン〉に入ると、ベンヤミンはウェイトレスをファーストネームで呼び、予約した窓際の席に向かうあいだもその彼女にしきりに話しかけていた。そのうえわざわざミアにも紹介した。もう驚かなかったが、ウェイトレスのほうが握手しながらいかにも気まずそうなので、ミアも苦笑せずにはいられなかった。馴れ馴れしく接するのは相手を懐柔するためではあるだろうが、ベンヤミンがつとめてそういう態度をとっているようにも思えない。この業界では、誰もが友人同士のように親しげなのが普通なのかもしれない——お互い気心の知れた、チームの仲間じゃないか、役をくれよ、この役ならやれるから……。

とにかくベンヤミンが軽い男なのはまちがいない。スサンネがこの男と付きあうほど愚かでなければいいけれど、とミアは願った。この男に泣かされたんではありませんように。いや、彼が相手ではないだろう。スサンネは年上の包容力のある男が好みだったはず。若い男ではなく。とはいえ、ベンヤミンだって、その気になればしっかりした包容力のあるタイプを演じることはできるだろう。ちなみにいま演じているのは……なんと言えばいいか……無邪気な若者?

「電話をもらったときは、驚きましたよ」ベンヤミンは注文をすませると、そう言った。「いったい、どういうことです?」

ミアは笑いをこらえた。まえに見たあの映画とまるきり同じ台詞だ。

「型どおりの確認をするだけです」そう言って水のグラスに口をつけた。

「それじゃ、はじめてください」

ベンヤミンは髪を手で掻きあげ、ウィンクした。本当に軽い男だ。今度スサンネに会ったら、この男には近づくなと言っておかないと。

「あなたのひいお祖母さんのヴェロニカ・バッケのことなんです」

「へぇ?」ベンヤミンは両眉を吊りあげた。

「あなたのひいお祖母さんですよね、ヴィーカのハンステーン通り二十番地にお住まいだった。二年前に亡くなられましたね」

「ええ、そうです」

「亡くなられたとき、そこに住んでいらっしゃいましたか」

「いや、何年もまえからケアホームに入っていました」

「ヒューヴィクヴァイエン・ケアホームですね」

「はい、そこです。ねえ、本当にどういうことなんです？」

「ハンステーン通り二十番地にはどなたがお住まいですか」

「そこはぼくが使ってます。七年前から」

「ひいお祖母さんが施設に入られてから？」

「そうです」

「相続されたんですか。あなたの名義になっています？」

「いえ、父親の名義です。ねえ、なにがあったんです？　なぜそんなことを訊くんですか、ミア」

またファーストネームだ。ミアと呼ばれると、つい相手を信用して打ち明け話をしたくなる。たしかに効果的な技だ。いつか試してみよう。

「先ほども言ったように、形式的なものです」ミアはそう言って、また水を飲んだ。

「いまはなんの作品に出演されているんですか」

「え？　ああ、《ハムレット》です。正確に言うと、まだリハーサル段階ですけど。いまは子供向けのお芝居に出演してますが、それとは別に、とびきり画期的なすごいプロジェクトにも取り組んでいて、そっちのリハーサルもやってます。脚本家はまだ二十二歳のノルウェー人女性なんですが、とても才能があるんですよ。ぼくらが共同でサポートしてるんです。無料で。彼女、なんて言うのかな、荒々しくて、前衛的で、エッジが効いてるんですよね」

「なるほど」ミアはうなずいた。「彼女宛ての郵便物はどこに届きますか」

「誰の？」

「ヴェロニカさんのです」

「郵便物がどうかしたんですか」

「ひいお祖母さんの郵便物はケアホームに送られていたのか、あなたのアパートメントに届いていたのか、どちらですか」

ベンヤミンは当惑している。

「ええと、ほとんどはケアホームに送られていました。どういった郵便物ですか。一部はぼくのほうに来てましたけど、それはホームに転送したり、会いに行くときに持っていったりしていました。どういう種類のものですか」

ミアはジャケットのポケットから紙片を出し、白いテーブルクロスの上をすべらせた。

「これはヴェロニカさんの携帯番号でしたか」

ベンヤミンは番号をじっと見つめ、さらにとまどいを深めたような顔をした。

「いったいなんのことか、さっぱりです」

「この番号は、彼女が使われていたものではないですか」

「曾祖母は携帯電話なんて持ったこともありません。毛嫌いしてましたから。それに必要もないですよ。ホームの入居者は自分専用の固定電話を持ってるんですから」

ミアは紙片を手もとに引き寄せ、ポケットに戻した。

「ありがとうございます」そう言って立ちあがった。「お訊きしたかったことは以上です。お時間を取っていただいてどうも」

「これで終わり?」ベンヤミンは言った。がっかりしたようにさえ見える。

「ええ――いえ、もうひとつ」ミアはふたたび腰を下ろした。「ひいお祖母さんの遺産を相続されたのはどなたですか」

「父です」

「ひょっとして……どう言えばいいかしら……ひいお祖母さんはいくらか教会にお金を寄付されませんでした？」

ベンヤミンは黙りこみ、爪楊枝をくわえたまま窓の外を見やった。

「答えないといけませんか」しばらくしてようやくそう言った。

「いえ、もちろん、答える必要はありません」ミアはそう言いながらベンヤミンの手に軽く触れた。「重大事件の捜査中に、その、彼女の名前が浮上したんです。本当はお話ししちゃいけないんですが、ベンヤミン、でも……」

ミアはベンヤミンのほうに身を寄せた。

「……この事件をもう少しで解決できそうなんです。もし助けていただけたら、今夜じゅうにも解決できるかもしれません」

「重大事件？」ベンヤミンも身を乗りだしながら声を潜める。

ミアはうなずいて人差し指を唇に当てた。ベンヤミンもうなずき返し、乗りだしていた上体を起こしてすわりなおすと、役者らしく何食わぬ顔をこしらえた。

そしてさりげなくあたりを見まわして言った。「ここだけの話にしておいてもらえますか」

「もちろん」ミアは小声で答えた。

ベンヤミンが咳払いをする。

「父は非常にプライドの高い人なので、これが公になると……」

「ほかには漏らしません」ミアはウィンクした。

「示談で解決したんです」ベンヤミンは口早に言った。

「示談というと？」

「曾祖母は亡くなる直前に遺言を書き換えました」

「教会はいくら受けとることになっていたんですか」

「すべてです」ベンヤミンはまた咳払いした。

「でも、それを食いとめることができたんですね」

ベンヤミンはうなずいた。

「父は教会に連絡をとりました。訴訟をにおわせて、ある程度の金額を提示したんです。それで片をつけたってことです」

「いくらくらい？」

「十分な額です」ベンヤミンは言葉を濁した。

ミアはしばらく相手を観察した。嘘をついているようには見えないが、なんといっても相手は役者だ。ヴェロニカ・バッケの名前で携帯電話を契約することもできる。

それに、《ハムレット》のリハーサル中だとも言っていた。

〝そこにいるのは誰だ〟

　オフィスで本格的に事情聴取しようかとも考えたが、尾行をつけるほうがいいと判断した。ベンヤミン・バッケの話に嘘がないかどうかはすぐにわかるだろう。

「ありがとうございます」ミアはそう言って、もう一度ベンヤミンと握手を交わした。「とても助かりました」

　そして席を立ち、革ジャケットのファスナーを上げた。

「これで終わりですか？　なにか食べません？」

「いいえ、でもありがとう。ではまた、ベンヤミン」

「それじゃ、また。ミア」

　ミアはニット帽をかぶり、口もとに笑みを浮かべたまま〈テアテルカフェーン〉をあとにした。

45

トビアス・イーヴェルセンはなるだけ身体を縮こめながら、高台のてっぺんを目指して進んでいた。そこからなら農場がよく見えるだろう。まえの晩は人目につかない森の奥にテントを張り、そこで過ごした。もともとは家に戻るつもりだったが、灰色の服を着た女の子と出会ったせいで、帰るわけにはいかなくなった。ラケル。あの子はそう名乗り、助けてと書いたメモをトビアスに渡した。ここに残らなければ。温もりのかけらもない薄暗い家に戻っている場合じゃない。トビアスはまだ十三歳だが、すっかり大人になった気がしていた。大人びているのはまえからだ。ほかの子たちには考えられないようなことまで経験させられてきた。でもそれはいま問題じゃない。いまは自分の行動を自分で決められる。

木立が途切れたところまで這って進むと、双眼鏡を目に当てた。農場はしんと静まりかえっている。時刻はわからないが、まだ少し暗いから早朝のはずだ。昨夜は輪郭しか見えなかったものも、いまははっきり確認できる。いくつか建物を建てているところのようで、あちこちに資材が置いてある。大小の材木に、セメントが詰まっているらしき袋。コンクリートミキサーや小型トラクター、そして小型の掘削機まである。

敷地内には白い建物が七つ――母屋（おもや）、屋根に十字架がついた小さな教会、温室が二棟、さらに小さい家が三軒。納屋もひとつある。ゆうべもいまいるこの場所にうずくまって、真っ暗になるまで双眼鏡で農場の様子を観察していた。見取り図をつくろうと、建物と畑の配置や、砂袋や材木が積まれた場所、そして門の位置を小さな紙に描きこんだ。周囲には昨日メモをやりとりした例のフェンスが張りめぐらされ、見たかぎりでは、入り口はひとつしかない。門だけだ。鍵がかかっているかどうかはわからないが、扉が閉まっている。ゆうべ、男がその門をあけるのが見えた。暗くなる直前に一台の車が到着したときだ。大きな黒い車で、たぶんランドローバーかホンダのCR－Vだろう。車のことは、あまり興味がないからたいして知らない。どちらかというと、バイクのほうが好きだ。とくにオフロードを走れるクロスカントリー用のやつが。でも、車のことも少しなら知っている。

車でやってきたふたりの男は、王様か首相のように迎え入れられた。短いブロンドの髪の若者のほうは従者かボディガードらしかった。先に車を降りて、急いでドアをあけたからだ。もうひとりのほうは老人で、白い髪を長く伸ばしていて、『指輪物語』のガンダルフみたいな杖を持っていた。

建物からは人々が飛びだしてきて、到着したふたりにうやうやしくお辞儀をし、何人かが前に進みでて白髪の男性と挨拶を交わした。そのあと全員が屋根に十字架のついた教会のなかに入っていった。やがてあたりは暗くなり、それ以上はなにも見えなくなった。窓の奥で電灯がついたが、その窓はガラスのようでガラスでない、よくわからない不透明な材質のもので覆われているようだった。そのあと、テントのなかでサンドイッチを食べ、コンロを使ってスープを温めた。テントのなかでガスを使うべきでないのはわかっていたが、外で火をつけると見つかるかもしれないので、用心したのだ。それに、まえにテレビの番組で、北極を探検したボルゲ・オウスランがテントでコンロを使っているのを見たこともある。外が寒すぎるせいだったか、ホッキョクグマがうろついているせいだったか、よくは覚えていないけれど、とにかくボルゲも無事だった。

トビアスはなかなか寝つけなかった。あの女の子のことが気になっていた。ラケル。学校にいる女の子たちとはまるでちがって見えた。国語のエミリエ先生によれば、最近の女の子はなにかと大変らしい。一部の女子生徒が肌を露出した服装をしてきたので、クラスで一度話し合いが行われたことがある。エミリエ先生は授業を一時限つぶして、国語や本のことを話す代わりに、濃い化粧をしたり、おへそが丸見えなシャツや短すぎるスカートを身に着けたりする子たちのことについて、みんなの意見を聞いた。先生は、まだ十三歳だということをわきまえるべきではあるけれど、そういう格好をしたくなる気持ちも理解できると言っていた。テレビでは、ブラジャーとパンツと網タイツだけみたいな格好の女性歌手たちがもてはやされているからだ。その後、ある程度規則が決められ、女の子たちの服装はいくらかまともになった。それでもラケルの格好とは大ちがいだ。

〝助けて、お願い〟

ラケルはとてもおびえているようだった。本気で。弟と一緒にインディアンになって、バイソンを捕まえるふりをしているときとはわけがちがう。バイソンなんていないし、自分たちだって本当はインディアンじゃない。でも、これは現実だ。自分はトビアスで、あの子はラケル。そして、ラケルは本気でおびえていて、自分はいまあの子を助けようとしている。トビアスは口にくわえた小枝を嚙みながら双眼鏡で農場の様子をうかがい、前夜つくった見取り図に漏れがないか確認した。

それから双眼鏡を門に向け、ピントを合わせた。門扉はフェンスと同じように金網らしきものでできていて、内側に開くようになっている。門扉の中心には鎖がつけられ、錠らしきものも見える。トビアスはヒースの陰に双眼鏡を置き、上着にしまっておいたサンドイッチの包みを開いた。残りはふたつ。昨日の夜、食べずに取っておいたものだ。ひとつはブラウンチーズ、もうひとつはサラミのサンドイッチ。先にブラウンチーズのほうを食べ、川で汲んできた水を飲んだ。さあ、計画を練らなくては。それが肝心だ。まずは農場のなかがどうなっているか、しっかりつかんでおかないといけない。映画で見たから知っている。ラスベガスの銀行の——いや、カジノの——金を狙う男たちの映画だ。その話のなかでは、地図や見取り図を大量に用意し、何度も打ち合わせをして、細かく計画を立てていた。地図はもうつくった。あとは計画を立てるだけだ。

サラミのサンドイッチを食べようとしたとき、農場でなにかが起きた。トビアスは双眼鏡をつかんだ。ドアが勢いよく開き、人影がひとつ飛びだしてきた。灰色の服を着た女の子だ。セーターの下で心臓が跳ねあがった。ラケル。昨日ふたりが出会ったフェンスのほうへと必死に駆けていく。服の裾を踏んで転んだが、すぐに立ちあがった。走りやすいように裾をたくしあげたものの、なかなかスピードが上がらない。すぐに男たちが同じドアから出てきて、ラケルを追いかけはじめた。四人、いや五人いる。心臓が早鐘を打つ。双眼鏡を持つ手が震えてしまう。ラケルは後ろにちらっと目をやり、もう一度つまずいた。男たちがぐんぐん追いあげる。手を振りまわしながら、なにか叫んでいる。ラケルがようやくフェンスにたどり着き、手を伸ばした。よじのぼろうとするが、なかなかうまくいかない。網目が細かすぎるし、服が重すぎるせいだ。男たちがあっというまにやってきた。ひとりがフェンスのそばまで来てラケルの足をつかんだ。引きずり下ろされたラケルは悲鳴をあげ、足をばたつかせた。そして両腕をつかまれ、建物のなかに連れもどされた。あたりはまたひっそりと静まりかえった。

トビアスは寒気を感じた。身体の表面ではなく、内側がひやりと冷たくなった。頭のなかがごちゃごちゃで、寝ころんでいるのに息苦しくてたまらない。いったい全体、あそこでなにが起こってるんだ？　慌てて立ちあがった。計画を練っている暇はない。荷造りしている暇もない。トビアスは急いでテントに戻り、ナイフと見取り図を手に取ると、静かに高台を下り、農場に近づいた。

46

ミアは〈ユスティセン〉の店内にすわり、ビールを飲もうかと迷った末に、ミネラルウォーターを注文した。数分後、ムンクが現れ、息も荒く向かいの席に腰を下ろした。

「どうでした」ミアは尋ねた。

「数日前、《アフテンポステン》に犯人から接触があった。ミッケル・ヴォルという記者に電話をかけてきたらしい、声を変えて。カロリーネたちに関することを話したそうだ」

「なぜ警察に通報しなかったんです？」

「手前勝手なろくでなしどもばかりで、自分のところの新聞を売ることしか考えていないからだろ」

ムンクは憤懣やるかたないといった様子だ。

「それじゃ、いまになって知らせてきたのは？」

「知るか」と吐き捨てる。「弁護士は、彼らの行動に問題はないし、訴えられるようなことはなにもないの一点張りだ」

「出頭させることぐらいはできますよね」

「ミッケルソンのやつ、検討した結果、おまえが行って事情聴取すれば十分だろうと判断した、だとさ」

「ほんとに？」

「政治家どもめ」ムンクは毒づいた。「わが身かわいさにもほどがある」

ムンクはエビのサンドイッチとコーラを頼み、上着を脱いだ。

「それで、どうなったんです？」

「話は聞いた。明日、内容が書面で送られてくる」

「なにか役に立ちそうですか」

「いや、そうでもない」ムンクは悔しげに首を振った。「バッケのほうは？」

「大当たり」

「どういうことだ」

「やっぱり、あなたはこの事件に関係しています」

ムンクが眉を上げる。

「それはもう聞いた。どういうことだ」

「あなたに向けられたメッセージだということです」

注文の品が運ばれてくると、ムンクはコーラに口をつけた。

「説明がちょっと難しくて。まえに言ったとおり、ただの勘なので」

「聞かせてくれ」

「わかりました。犯人はヒューネフォスで行方不明になった赤ん坊のことに目を向けさせようとしています。あのときの捜査責任者は？」

「おれだ」

「そのとおり」

「《ハムレット》」ミアは続けた。「《ハムレット》のテーマは？」

「真実の愛か？」とムンクがあてずっぽうを言う。

「それは《ロミオとジュリエット》。さあ、もう一度。《ハムレット》は？」

「文学はそっちの専門だろ、ミア」

「二学期のあいだに三回授業に出ただけで、試験も受けなかったので専門とは言えません」

「シェイクスピアはあまり知らないんだ」ムンクはため息をついた。

「オーケー、気にしないで。復讐です。《ハムレット》は復讐の物語。もちろん、それだけじゃないですが、それが主なテーマです」

「なるほど。赤ん坊が消えた。捜査の担当はおれだった。スウェーデン人が首を吊った。われわれは捜査を打ち切った。赤ん坊はまだ見つかっていない。おそらく死んでいる。真犯人はあのスウェーデン人じゃないというわけだ」

「リッケ・J・W」

「それだ。だから《ハムレット》というわけか。つまり、これは復讐だということか」

「そう考えられるんじゃないかと」

「でも、それだけだろ？　たしかに一理はある。赤ん坊がいなくなった、イエス。責任はおれにある、イエス。《ハムレット》のテーマは復讐、イエス。だがなぜ少女を十人殺す？　それがおれとどうつながるんだ。ちょっと飛躍しすぎじゃないか、ミア」

ミアはミネラルウォーターを飲みながら、考えをまとめた。

「ベンヤミン・バッケの曾祖母のこともあります」

「ヴェロニカ・バッケだな、それがどうした」

「彼女はあなたのお母さんと同じケアホームで暮らしていました。これをどう思います？」

ムンクの目が見開かれる。

「あの施設に？　どうやってわかった」

「今日見つけました。こうしているあいだにも、ルドヴィークがケアホームの職員や入居者やその関係者の名前をヒューネフォスの事件の記録と照合してくれています。ベンヤミン・バッケが犯人だとは思えませんけど、ヴェロニカ・バッケ名義で登録された携帯がメールの送信に使われたことを忘れるわけにはいきません。ケアホームの誰かが送ったのか。それともなにかの目くらましなのか。いまのところ、なんとも言えません。ルドヴィークにそっちも調べてもらってます」

「それで？」

「まだなにも。そう、それにお母さんとヴェロニカ・バッケとのつながりはケアホームだけじゃありません」

「ほかにもあるのか」

「教会です」

「彼女も教会に通っていたのか」

「それだけじゃないんです。ヴェロニカも財産を教会に寄付しようとしていたんです」

「なんだって」

「呑みこめてきました？　説得力はあるでしょ」

「さすがだ、ミア。よくやった」

ムンクはつぶやくように言うと、考えこんだ。いま聞いた情報を整理しようとしているのだろう。

「でも、どういうことでしょう」

「そうだ、どういうことだ？」

「まだわからないですが、偶然にしてはつながりが多すぎる、そう思いませんか」

「だが――」ムンクは顔をしかめた。

「ええ、わたしもまだ理解できてるわけじゃないんです。あまりにもごちゃごちゃで。それが目的なのかもしれない、こちらを惑わそうとしているのかも。袋小路が多すぎます。こんなこと言うのはなんですけど、敵はやり手です。この殺人犯は。わたしも同じようにしたでしょうね」

ムンクがちらりとミアを見た。

「ほら、もし逆の立場だったらということです。意味ありげな目印をいたるところに残して、手口を変えて……捜査を攪乱する。あちこち振りまわす。そう、テニスみたいに」

「テニス？」

「サーブを打つ側がつねに有利だということです。攻めつづけてさえいれば、相手は返球するのが精いっぱいで、こちらがゲームを支配できる。ミスしないかぎり勝てる」

「つまり、犯人はサーブを打つ側だということか」

「ええ」

「喩えがよくわからんな」ムンクはため息をついた。「テニスと殺人が同じだって？」

「言いたいことはわかってるはずです。鈍いふりをして。わたしの優秀さを認めたくないだけなんでしょ。自分のアイデアじゃないと気がすまないんだから」

「ああ、おれはそういう男さ」

ムンクはウィンクし、エビのサンドイッチの最後のひと口を飲みこむと、ナプキンでひげについたマヨネーズを拭きとった。

「一本吸ってくる」

「わたしも煙草をはじめるべきかも」ミアはため息をついた。「ニコチン補給に付きあうだけなんて退屈で」

「悪いね」ムンクはこれっぽっちも悪いと思っていない様子で言い、先に立って中庭に出た。

「とりとめがないし、推測でしかないのもわかってます」中庭の加熱灯のそばに腰を下ろすと、ミアは言った。「でも、のんびりすわってるわけにはいきません」

「なら、アイデアのキャッチボールでもするか」ムンクはウィンクした。

「もう、やめてください」ミアは笑った。「スポーツの喩えはもうおしまい。とにかく、言いたいことはわかるでしょ」

「カオスか」

「まさに」

「テニスよりカオスのほうがよっぽどわかりやすい」

「はいはい、わかりました。それじゃ、カオスと呼びましょ」

「カオスとテニスじゃずいぶんちがうぞ。テニスならまだ攻略法がある」

「この事件にはないと？」

ムンクは煙草に火をつけた。「いや、あるはずだな」

「なら、わたしの喩えにも一理あるでしょ」

「カオスのほうがわかりやすい」

「ときどきすごく子供っぽいことを言いますよね、わかってます？」

「人目を引かずに銀行強盗をするにはどうしたらいいか」

「向かいのビルを爆破する、でしょ。知ってますよ、そんななぞなぞ」ミアはまたため息をついた。

「すまん」ムンクはにやっとして、瞼を揉んだ。「長い一週間だったもんでな。今日は弁護士と話していて癇癪（かんしゃく）を起こす始末さ。なぜ自分のケツは自分で拭かせないんだ、ってな。で、次はどうする」

「それが訊きたかったんです」

「教会か？」

「当然そうなりますね」

「明日の朝、ふたりで？」

「ええ」

「ガーブリエルはまだオフィスにいるかな」

「たぶん」

「メールを送って、教会について調べるように言ってくれ。行くまえに情報を仕入れておけるように。教会の名前は思いだせないが、所在地はブーレルのボーゲルッド通りだ」

「了解」ミアは携帯電話を取りだした。

「ところで」ムンクは吸っている煙草の火を新しい煙草に移した。「さっきの話だが」

「テニスの？」

「そうだ。サーブ権があれば勝てるって話だ」

「ミスさえしなければ……」

ふたりは黙って顔を見合わせた。

「いい考えじゃないか」

「たしかに」ミアはうなずいた。

「こっちから攻撃を仕掛けてやろう」

「なにか案を考えてみます」ミアはもう一度うなずいた。

「頼む。そのあいだにこっちは、わが家の金を狙っているくそったれどものリストをつくっておく」ムンクは立ちあがった。

「もう行くんですか?」

「今夜はマーリオンのお守りを頼まれてるんだ。結婚式の準備があるんだと。いろいろやることがあるらしい」

「そうでしょうね」ミアはうなずいた。「ミリアムによろしく伝えてください」

「わかった」

ムンクは煙草を揉み消して店を出た。ミアはビールを注文しようかと考えたが、今度もやはりミネラルウォーターにした。そしてペンを出し、紙をテーブルに広げた。考えを整理するのはこの方法しかない。以前はすべてがはっきりと見通せたし、頭の回転もずっと速かった。いちばん冴えていたころは、目をつぶりさえすれば頭のなかで考えをまとめられたものだが、それも過去の話だ。トゥリヴァンでの事件。ヒトラ島での数カ月。ずいぶん目が曇ってしまった。脳細胞にも霞がかかっている。休みをとれと命じられた。長いあいだたっぷり休んだ。圧力に屈したからではない。薬漬けになりたかったからだ。死んでしまえるほど。いまそのつけがまわってきている。目の前の紙にメモをとりはじめる。ペンに頭の代わりをさせるために。カオスになんらかの秩序を見いだすために。考えるのがつらい。ふたりの少女が死んだ。ふたりは行方不明。自分が解決しなければ。ムンク。ムンクとつながっているのはまちがいない。それはたしかだ。でも、本当にそうだろうか。数年前は苦もなくできたことが、いまはおぼつかない。島を離れるべきじゃなかった。あの計画を実行するべきだったのだ。

こっちよ、ミア、いらっしゃい。

一枚目の紙にもう一度名前を書いた。パウリーネ、ヨハンネ、カロリーネ、アンドレア。六歳。この秋から小学校に通うことになっていた。マルコによる福音書十章十四節〝幼子らをわたしのところに来させなさい〟。〝ひとり旅をしています〟。縄跳びのロープ。木から吊るされる。森。清潔な服。きれいに洗われた身体。シェイクスピア。《ハムレット》。スクールバッグ。教科書。もうすぐ、もうすぐたどり着けそうだ。リッケ・J・W。ヒューネフォス。行方不明の赤ん坊。〝ひとり旅をしています〟。

こっちよ、パウリーネ、いらっしゃい。

こっちよ、ヨハンネ、いらっしゃい。

こっちよ、カロリーネ、いらっしゃい。

こっちよ、アンドレア、いらっしゃい。

ふとわれに返ると、ウェイトレスが隣に立っていた。ああ、もう。たどり着けそうだったのに。行くべき場所に。ずっと訪れていなかった場所に。

「なにかお持ちしましょうか」

「そうね、ビールをひとつ」ミアはいらつきながら答えた。「それと、ラッツェプッツ。ラッツェプッツを二杯」

あの場所に戻るには、助けが必要だ。

47

ミア・クリューゲルは酔っていたが、眠れなかった。飲みすぎたはずなのにまだ飲み足りない。ホテルの部屋は寒々として、いつもよりいっそう味気なく見える。心の友のはずの清潔なシーツさえ、敵みたいによそよそしく思える。この部屋を選んだのはなにも思いださずにすむからだったが、いまは家が恋しかった。家。慣れ親しんだ場所。安全な場所。気にかけてくれる誰か。ミッケルソンが正しいのかもしれない。臨床心理士の力が必要なのかもしれない。入院するべきかもしれない。ずっとナイフの刃の上でバランスをとっているような状態だった。少し回復して前向きになり、強くなれたと感じることもあったが、いまはまた螺旋を描きながら下降しているような気分だった。

全身がぐるぐるまわりだしそうに思え、広いベッドにしがみついた。酒はやめなければ。そんなことはわかっている。酒なんて、みんながやめるべきだ。たどり着けそうだったのに。行くべき場所へ。目に見えているものの奥へ。ほかの誰にも見えないものを見ること、それが自分の使命だ。でも、いまの自分には荷が重すぎる。休みをとろう。どこかへ行けばいい。島に隠れる。世界を閉めだす。役割は果たしたはず。でもだめだった。現実がドアをノックしつづけている。邪悪なものの呼び声が邪魔をする。カモメの鳴き声は車の騒音に変わってしまった。星々も街明かりとネオンに変わってしまった。ずいぶんと繊細になったものだ。身体が透明になってしまいそうな気がする。

ミアは裸足で床を歩き、椅子の上のジーンズを見つけた。薬がまだポケットに入っている。ひとつ取って窓に近づき、水と一緒に飲みくだした。腰を下ろし、長いこと通りの信号を眺めていた。その色がぼやけてくると、ふらふらと冷たいベッドに戻り、枕に頭を横たえた。

ようやく眠りかけたとき、携帯電話が鳴った。無視しようとした。休んだほうがいい。聞こえなかったことにして。電話は鳴りやんだ。重要なことではなかったのだろう。また電話が鳴った。またとまる。白いシーツに横たえた身体が鉛のように重い。三度目に電話が鳴ると、もう放っておけなかった。

「ミア？」

ムンクだ。

「何時ですか」ミアはくぐもった声で答えた。

「五時だ」

「なにがあったんです？」

「少女たちが見つかった」

「えっ」

「ホテルの外で拾う。十分で用意できるか。長い移動になる」

「くそ」悪態が口をついてでた。「すぐに準備します」

48

トビアス・イーヴェルセンは木の陰に身を伏せ、あたりが暗くなるのを待っていた。最後のサンドイッチを食べてからずいぶんになり、腹が空いてきている。でも、まだ家には帰れない。最初は門から入れないか試してみるつもりだったが、やめることにした。錠のついた鎖がかかっているし、あまりに目立ちすぎる。男たちがラケルを小さな家のなかに連れもどしたあと、農場はすっかり静かになった。教会から何度か人が出てきて温室に入っていったが、それ以外は誰も見ていない。墓場みたいにしんとしている。木の梢を風が吹きぬける。トビアスはジャケットの前をかきあわせ、もう一度双眼鏡を取りだした。家に帰ったほうがいいのだろうか。警察に通報するべきだろうか。ラケルが無理やり連れもどされるところを見たのだから。あれは法に反することにちがいない。それともちがうのだろうか。男たちはラケルを傷つけはしなかった。家のなかに引きずりもどしただけだ。言いつけを破ったお行儀の悪い子供みたいに。それに、警察が捜索するには令状が必要かもしれない。アメリカの映画ではいつもそうだ。令状がなければ、人の家に入って捜索することはできない。ノルウエーではどうなのかわからないが、きっと同じだろう。急に弱気が顔を出した。もともと遊び半分ではじめたことだった。少し調べてみたかっただけだ。ちょっとした探検のつもりだった。助けを求めている人間に会うなんて思っていなかった。トルベンの顔が目に浮かんだ。いまごろは家に戻って、兄ちゃんはどこに行ったのかと途方に暮れているはずだ。母親も継父もトルベンを安心させてやれはしないだろう。自分のいないあの家に弟がいると思うと気が気ではなかった。帰らなければという思いが刻一刻と強くなる。しょせん、あの女の子のことはなんにも知らないのだ。ただのわがまま娘かもしれない。もしかすると、エーリンみたいな子なのかもしれない。去年同じクラスにいた女の子だ。校長室にしのびこんでお金を盗んだり、休憩時間に校庭で煙草を吸っているところを見咎められ、先生の手に噛みついたりした。エーリンもとてもいい子に見えた。少なくとも自分にはやさしかったが、そのあと退学になり、すっかり姿を見なくなってしまった。ラケルもそんな子なのかもしれない。自分が大げさに考えすぎただけなのかもしれない。母親には作り話はやめろとしょっちゅう言われている。そういうのはよくないと。話をつくるのは悪いことだと。寒くなってきた。春が来たはずなのに、まだまだ冷えこむことがある。とくに夜分は。キャンプの道具を持ってくればよかった。テントと寝袋とリュックサックは、ゆうべ過ごした高台の上に置いてきてしまった。懐中電灯も。忘れるなんて間抜けなことをした。頭はどこについてるのと母親にはよく言われる。空っぽな脳みそだね、と。なんだか情けなくなってきた。ばかみたいだ。じきに真っ暗になってテントまで戻れなくなってしまう。森を抜ける道が見つけられなくなる。いま歩きだせば帰れるかもしれない。少なくともテントまでは戻れるはずだ。懐中電灯さえあれば家まではたどり着ける。それがいちばんいいのかもしれない。荷物をまとめるんだ。そして家に帰ろう。トルベンのもとへ。トビアスは身を潜めていた場所から起きあがり、あたりを見まわした。と、そのとき、ドアのひとつが開いた。トビアスはそこに立ったまま双眼鏡を目に当てた。男がふたり、家から出てきた。もうひとつの人影を両脇からはさむようにしている。ラケルだ。頭になにかかぶせられている。フードだ。男たちはそれぞれラケルの腕をつかみ、無理やり歩かせている。三人の姿は教会の後ろに消え、ふたたび反対側から現れた。トビアスの鼓動が速くなった。自分の目が信じられなかった。映画のワンシーンみたいだ。ラケルは捕らえられている。両手は前で縛られ、頭はフードですっぽり覆われている。ふたりの男は、ラケルを引きずるようにしてトビアスの隠れているほうに歩いてくる。トラクターと納屋の横を通りすぎ、畑を横切りはじめる。なにをするつもりだ？　トビアスは勇気を奮いおこし、フェンスのほうへ近づいた。ふたりの男が立ちどまった。ひとりがしゃがみこむ。なにかしているが、よく見えない。

と、いきなりラケルが消えてしまった。跡形もなく。あとに残ったふたりは、家のほうへ引き返していった。

その瞬間、トビアスは決意した。真っ暗になるまで待つ予定だったが、ぐずぐずしている暇はない。フェンスまで這っていき、よじのぼりはじめた。あんなふうに子供を扱うことは許されない。子供をひどい目に遭わせるなんて許されない。その子がなにをしたかは問題じゃない。あんなことをして、罰せられずにすむなんてありえない。勇気がどっと湧いてくる。そして怒りも。金網をつかみ、穴に指を突っこんだ。うまい具合に足がかかり――やった！――夢中で背の高いフェンスを乗り越えてなかに入った。うずくまって息を整えながら、あたりを見まわす。農場はまた静かになっていた。地面はひんやりと湿っている。ラケルはどこにいるんだ？ 平らな地面の真ん中で、ラケルはいきなり消えた。怖いはずなのに、少しもそう感じなかった。怒りのせいだ。子供を傷つけるすべての大人たちに腹が立ってたまらなかった。子供は自由であるべきだ。楽しみと安心を与えられるべきだ。うなだれたままキッチンに立たされたりせずに。ばかな子だと罵られるのはつらい。腕をつかまれるのはつらい。弟がひどい目に遭わないよう、口答えをこらえるのはつらい。トビアスは地面に伏せ、進みはじめた。男がしゃがんだのは百メートルくらい先のところだ。あのあとラケルがいなくなった。ちゃんと育てられもしないのに子供をつくる大人がいるのはなぜだろう。ある日、国語の授業のあと、エミリエ先生に首の傷痕はどうしてついたのかと訊かれた。痣は腕にもあった。話してちょうだいと先生は言った。やさしく背中をなでてくれた。話していいのよ、わたしには打ち明けてくれてだいじょうぶ。でも、なにも言わなかった。でも先生は、先生がどうだというわけじゃない。助けようとしてくれたのはわかっている。でも先生は、話したらどうなるかを知らない。家に帰って自分が話したことが親にばれたとき、先生はそこにいない。そうだろう？　打ち明けても、ひどくなるだけだ。なにもかも。そう、どうなるかはわかっている。辛抱するしかない。生き延びるために。弟を同じ目に遭わせないために。殴られるのは自分でいい。頭はどこについてるの。おまえ、ちょっと鈍いんじゃないか……。

トビアスは濡れた草の上にしゃがみ、できるだけ身を縮めた。膝が濡れたが、そんなことはどうでもいい。平気だ。強いから。ふだんは黙って耐えている。口答えはしない。逆らったって、ひどいことになるだけだ。うなずき、頭を垂れ、はいと言う。いまはなにも怖くなかった。あいつらはラケルの頭にフードをかぶせた。あんなことは許されない。大人が子供にあんなことをしちゃいけない。そろそろと前に進む。何度もとまって、危険はないか、建物のドアが開いていないかたしかめる。誰にも見つかってはいない。五年したら十八歳になる。十八になれば、自分でなんでも決められる。家を出て、なんとかして仕事を見つける。弟はそのときまだ十二歳だが、きっと一緒に連れていく。お家で問題はない、トビアス？　お母さんに懇談会に来てと話しておいてちょうだい。お母さんと話がしたいの。長いこと顔を見せておられないのよ。大事なことなの、伝えておいてね。その手、どうしたの。その耳は？　力になれることはない、トビアス？　わたしを信頼してちょうだい。

ラケルが姿を消したあたりまでたどり着いた。あたりはもう真っ暗だ。教会が空に向かってそびえ立ち、尖塔は月と雲を突くように伸びている。大昔のホラー映画みたいだ。《フランケンシュタイン》か《ドラキュラ》か。怖くなってもいいはずだが、少しもそう感じない。怒りのせいだ。白い帽子をかぶったラケルのあの目。あいつらは大人で、ラケルは子供だ。子供を傷つけてはいけない。やはり懐中電灯を持ってくるんだった。目の前の地面さえろくに見えない。月が雲間から顔を出すと少しは明るくなるが、二、三秒もするとまた隠れてしまう。自分はばかじゃない。ラケルが宙に消えたはずはない。地面のどこかに穴があるはずだ。ハッチかなにかが。子供を地中の穴に放りこむなんて、どういう大人なんだ？

トビアスはかがみこみ、あたりの地面を探りはじめた。突然、教会の明かりがついた。とっさに地面に突っ伏し、濡れた地面にぴったり張りついた。土と草のにおいがする。しばらくじっとしていたが、誰も出てこなかった。思い切って起きあがり、四つん這いになった。窓明かりでまわりが見やすくなった。地面のハッチを探す。人が消えるわけがない。

見つけるのに長くはかからなかった。真新しい白い板で一メートル四方の枠がつくられている。穴に出入りするためのハッチだ。錠がかかっている。大きいものではなく、体育の先生がボールをしまう棚につけているような金色をした小型の南京錠だ。あの錠のせいで、許可をもらってからでないとサッカーボールは使えない。もう一度あたりを見まわした。人影は見あたらない。でも、声が教会から聞こえてくる。歌声だ。教会のなかで人々が歌っている。歌うだけでなく、ほかにもなにかしている。神だかなんだかわからないものにそれを捧げようとしている。ここに自分がいることも知らずに。ラケルを助けだそうとしている者がいることも知らずに。南京錠をはずそう。ラケルを助けだすんだ。ふと笑いがこみあげる。体育の先生はサッカーボールがなくなるのを不思議がっていた。南京錠が簡単にあけられることを知らないのだ。トビアスも何度もあけたことがある。クラスの男子のほぼ全員がやり方を知っていた。テストでカンニングするより簡単なくらいだ。金属加工の授業中、先生が煙草を吸いに外へ出たとき、生徒はみんなピッキングの道具をつくった。必要なのは細長い金属片だけだ。女の子が使っている爪やすりなんかでもいい。金属カッターでそれを切り、針金状になるまでやすりをかける。もちろん、いくらかコツは必要だ。誰かにやり方を見せてもらわないといけない。でも、いったん方法がわかれば楽勝だ。トビアスは上着にしまっておいたジップロックの袋から鍵束を取りだし、ピッキング用の針金をはずした。鍵穴の広くなった部分が右側に来るように南京錠を持つ。針金を差しこみ、内側の金属に当たる感触があるまで、左に強く押しこむ。針金の先で穴のなかを探り、錠を手前に引っぱりながら針金をしっかり押しつけ、右側に勢いよくひねる。かちりと小さな音がして、南京錠が開いた。それをはずして重いハッチを持ちあげた。梯子がある。長い梯子が穴の底へと伸びている。トビアスは慎重に穴のなかに頭を差し入れ、声を潜めて呼びかけた。「おーい、ラケル、そこにいるのか?」

49

ホテルを出ると、ムンクがすでに待っていた。ミアは黒のアウディに乗りこみ、眠気を振りはらおうとした。薬の作用で身体が重たく、動作がもたつく。ムンクもたいして眠ったようには見えない。昨日と同じ服を着ている。肘に革パッチのついたコーデュロイの茶色の上着に、しみのついたシャツ。目の下に隈ができ、眉間には深い皺が刻まれている。ミアはふと気の毒になった。ムンクには伴侶が必要だ。人生をともにする女性が。面倒を見てくれる誰かが。いつも人の面倒を見てばかりだから。

「行き先は」ミアは尋ねた。

「イセグラン要塞」

「え、どこですか」

「フレドリクスタ市だ」

ミアは顔をしかめた。ほかの少女ふたりはオスロの近くで見つかった。森のなかで。殺人犯はまた手口を変えた。

「発見者は」

「学生のカップルだ」ムンクはため息をついた。「フェンスで囲いがされている場所みたいだが、しのびこんだらしい。いちゃつこうとでも思ったんだろう。よくわからんが」

「現場にいるのは？」

「地元の警官だ。カリーとアネッテが先に向かっている。じきに到着するはずだ」

「現場の状況は？」

「ふたりの少女は杭をはさむようにして草むらに横たわっていた」

「杭？」

　ムンクがうなずいた。

「どんな杭ですか」

「木製の杭で、てっぺんに豚の頭がのっている」

「どういう意味です？」

「そのままの意味だ。少女たちは、豚の頭が刺さった杭の両側に横たわっていた」

「本物の豚の頭？」

　ムンクがまたうなずく。

「なんてこと」ミアはため息を漏らした。

「どういう意味だと思う」

　ムンクは暖房をつけ、市庁舎広場のそばのトンネルに入って中心街を離れた。

「杭に刺さった豚の頭が？」

「そうだ」

「なんとも言えませんね」

車内が暖まると、ミアはさらに眠気を覚えた。目覚ましにコーヒーが飲みたいが、どこかに寄ってほしいと頼むのも気が引ける。

「なにかを意味しているはずだ」

「蠅の王」ミアはぽつりと言った。

「なんだって」

「本の名前です——『蠅の王』。少年たちが無人島に漂着する話です。彼らはその島に怪物が棲んでいると思いこんで、生贄(いけにえ)にした豚の頭を杭に刺すんです」

「なんてこった」ムンクはため息をついた。「おれたちは怪物を相手にしてるってことか」

「かもしれません」

「ミントの袋がそこに入ってる」グローブボックスが指差される。

「それが?」

「ひとつ舐めるといい」ムンクはそう言って高速道路に乗った。

一瞬いらだちを覚えたが、それはすぐに消えた。ミアはグローブボックスをあけ、ミントの袋を取りだした。ふた粒取り、残りは袋ごと革ジャケットのポケットに突っこんだ。

「なぜフレドリクスタなんだ」ムンクは疑問を口にした。「つながりがわからない。それに、かなり人目につく場所だ」

「わたしたちが鈍すぎるんです」ミアは携帯電話を取りだした。

「どういう意味だ」

「おまえたちはちゃんと仕事をしていない、と言われてるんです」

「やれやれ」

ミアは連絡先リストのガーブリエルの番号を呼びだした。

「ガーブリエルです」

「ミアよ。仕事中？」

「そうです」電話口でガーブリエルがため息をついた。

「フレドリクスタ市のイセグラン要塞について教えてほしいの」

「いま？」

「そう。ムンクとそこへ向かっているところだから。女の子たちが見つかったのよ」

「聞きました」

沈黙が流れた。ガーブリエルがキーを打つ音が聞こえる。

「なにか見つかった？」

「なにを探せばいいんですか」

「なんでも」

「了解。言いますよ」ガーブリエルはあくびを嚙み殺した。「イセグラン要塞。フレドリクスタの街はずれにある小島に築かれた要塞。島はグロンマ川の河口域に位置している。十二世紀末にボルクシセル伯爵とかいう人により建設。石材と木材による建築。一二八七年にどこかの王によって破壊された。新たな要塞が建設されたのは十六世紀。何年のことかはわからないけど、ペーテル・ヴェッセル・トルデンショルが、大北方戦争時に拠点として使用した。イセグランという名前の意味は……専門家の意見も分かれているみたいですが、フランス語の〝イル・グラン〟、つまり〝大きな島〟ですね。なにか役に立ちました？」

「あんまり。ほかになにかない？　もっと現代のことで。いまはなにに使われてるのかとか」

「ちょっと待っててください」

ミアは携帯電話を耳と肩ではさみ、ミントをもうひとつ口に入れた。喉の奥にまだ酒の味が残っている。

「たいしてありませんね。イセグラン要塞で撮られた結婚式の写真とか。リタイア組が日帰り旅行に行く場所として人気みたいです」

「それで全部？」

「はい、いや、ちょっと待ってください」

ふたたび沈黙。

「なにか見つけた？」

「役に立つかどうかわかりませんけど、二〇一三年に記念碑の除幕式が行われる予定です。要塞にじゃなく、海岸の遊歩道に建てられるみたいですけど」

「なんの記念碑？」

「〝ムンクの母〟という名前だそうです。エドヴァルド・ムンクの母と叔母のブロンズ像です」

「やっぱり」ミアはつぶやいた。

「なにか助けになりました？」

「ええ。ガーブリエル。助かったわ、ありがとう」

ミアは電話を切ろうとしたが、ガーブリエルは話を続けた。

「ムンクさんはそこにいます？」

「いるけど」

「機嫌は？」

「まあまあよ、なぜ？」

「ちょっと話をさせてもらえませんか」

「わかった」

ミアは電話をムンクに渡した。

「もしもし、ムンクだ」

ムンクの母。思ったとおりだ。

「わかってる」ムンクが電話に向かって言った。「そのことは気にしなくていい。まえにも言ったように、個人的なことだ。いまはもっと大事な仕事がある。なに？ そうか、気になってしかたがないんだな、だが……え？ ああそうだ。ネットで知りあった友人から受けとった。スウェーデンの。なに？ 彼女は〈margrete_08〉と名乗っている。もう気にするな。ああ、ああ、わかるよ。またあとで話そう」

ムンクは少し笑ってから、電話を切り、ミアに返した。

「なんだったんです？」

「たいしたことじゃない。個人的なことだ」

「いい子ですよね」

「誰が？　ガーブリエルか？　ああ、たしかに。いいやつだ。来てもらってよかったよ」

ミアはミントをもうひとつ口に入れ、窓を少しあけた。

「ガーブリエルからなにか情報はあったか、イセグラン要塞について」

「ええ」

ミアはいま聞いた内容を繰り返した。

「くそ。てことは、やっぱり狙いはおれなのか。あの子たちはおれのせいで死んだのか」

ムンクは顔をゆがめ、ハンドルに両手を叩きつけた。

「たしかなことはわかりません。どれくらいで着きそうですか」

「一時間半くらいだ」

「ちょっと眠ってもかまいませんか」

「そうするといい」ムンクはうなずいた。「おれの分も頼む」

50

現場には日の出とともに到着した。寝起きらしいぼさぼさ髪の若い警官に身分証を見せると、手振りで奥へ通された。〈カフェ・ガライエン〉という名の小さな赤い建物のそばに車をとめ、ふたりは出迎えたカリーに案内されて古い石壁沿いを歩きだした。ミアは対岸の遊歩道に気づいた。あそこにブロンズ像が建てられるはずだ。エドヴァルド・ムンクの母と叔母。ラウラ・カトリーネ・ムンクとカーレン・ビョルスタ。ミアはエドヴァルド・ムンクにはくわしかった。オースゴールストラン出身の人間はたいていそうだ。小さな町だから、有名な画家がそこに住んでいたことをみんな自慢にしている。とはいえその昔、みすぼらしい身なりのムンクを見かけると、日傘を差した上品な婦人たちは不快そうに背を向けてしまったと言われている。ありがちな話だ。白いポリエステルのテントが現れ、鑑識官たちが立ちあがった。かつて町の住民はムンクを蔑(さげす)んでいた。でもいま、そういうことは都合よく忘れられてしまっている。ノルウェーの偉大な芸術家はたいていそうだ。死ななければ作品の価値を認めてもらえない。これはミアが思いついたことではなく、母の受け売りだ。子供のころ、ミアの家では芸術と文学がとても重んじられていた。食卓でも母にあれこれ教わったものだ。ポリッジのボウルの前にすわったミアとシグリが生徒で、母は熱心な先生。学校の授業のようだった。

カリーはひどく興奮した様子で、テントまで歩きながら話しどおしだった。剃りあげた頭といかつい体格のせいで非情な荒くれ者だと思われがちだが、ミアにはよくわかっている。見た目と振る舞いはブルドッグそのものでも、カリーは情に厚い、きわめて優秀な警察官だ。

「発見者はふたりの学生です。カップルで、グレメン・カレッジに通っています。すっかりおびえきっているようだったので、自宅まで送りました」

「この件に関わりはないのか」ムンクが確認した。

「ええ、ふたりとも、口もきけないような状態でしたよ。あんなに早く酔いが覚める学生を見たのは初めてです。死体を見て、全身のアルコールが一瞬で蒸発しちまったんでしょう」

「近所の人の目撃情報は?」ミアは尋ねた。

「まだない。いまフレドリクスタ警察が訊き込みをやってるところだ。ま、手ぶらで戻ってくるだろうが」

「なぜ?」

「本気で訊いてるのか」カリーは皮肉っぽく笑った。

「まるきり素人の集まりっていうわけでもないでしょ」

テントの前に着くと、なかからポリエチレンの白いつなぎを着た年配の男性が現れた。ミアは見慣れた顔に驚いた。犯罪病理学者のアーンスト・ヒューゴ・ヴィク。これまでいくつかの事件で顔を合わせてきたが、もう引退したと思っていた。

「ムンク、ミア」ヴィクはテントに到着したふたりに会釈した。

「やあ、アーンスト」ムンクが言った。「オスロからここまで引っぱりだされたのか」

「ちがうんだ」ヴィクはため息をついた。「たまたま、近くの山小屋にこもってたんだ。のんびりしようと思ってね。無駄だったが」

「なにかわかりました？」ミアは尋ねた。

ヴィクはポリエチレンの白いフードと手袋をはずした。煙草に火をつけ、脚を揺すってブーツの泥を落とす。

「死体がここにあった時間は長くない。置かれてから発見まで、長くて一時間というところだろう」

「死亡推定時刻は？」

「置かれた時間と同じだ」ヴィクはまたため息をついた。

「この場で殺されたのか」

「そのようだ。だがくわしく調べてみるまでは、はっきりしたことは言えない。いったいどうなってる、ムンク。こんなに妙な事件は初めてだ。えらくこみいってる」

「というと？」ミアは訊いた。

「そうだな」ヴィクはそう言うと、煙草に口をつけた。「なんというか、生贄の儀式にしてはずいぶんと小ぎれいだ。死体の扱いも丁寧だし、ドレスもバッグもそうだ。なのに、豚の頭？　意味がわからん。自分の目でたしかめてくれ。わしは休憩させてもらう」

ヴィクは手袋をポケットに突っこみ、駐車場のほうへ歩み去った。ムンクとミアは用意された白のつなぎを着てテントに入った。

カロリーネ・ミュクレは胸もとで手を組んで地面に横たわっていた。黄色い人形用のドレスを着ている。足もとにはスクールバッグ。二、三メートルと離れていないところにアンドレア・リングも横たわっている。こちらも手を胸もとで組み、バッグが白い靴の近くに置かれている。ふたりともパウリーネとヨハンネと同様、〝ひとり旅をしています〟と書かれたタグを首に下げている。ふたりのあいだの杭に刺さったグロテスクな豚の頭が、そこをなにかの宗教的儀式の場のように見せている。ミアは手袋をはめてアンドレアのそばにしゃがみこんだ。小さな白い手を持ちあげ、爪を調べる。

「Ⅲです」

ミアは少女の手を丁寧に胸の上に戻し、カロリーネに近寄った。

「Ⅳ」

そのとき、ムンクの携帯電話が鳴った。ムンクは画面を確認し、電話を切った。が、また鳴りはじめる。

「くそいまいましい」ムンクはそう言って、また赤い〝終了〟ボタンを押した。

「言葉に気をつけてください」

ミアは少女たちのほうを手振りで示しながら立ちあがった。

「すまん」ムンクがそう言ったとき、三たび電話が鳴りだした。

ムンクがまた赤いボタンを押すと、今度はミアの電話が鳴りはじめた。ガーブリエルの名前が表示されている。

「ガーブリエルか？」ムンクが小声で訊いた。

ミアはうなずき、ボタンを押して電話を切った。

「さっきの電話もガーブリエルからだったんですか」

　ムンクがうなずいたとき、またしてもミアの電話が鳴った。ミアはテントを出て応答した。

「よっぽど重要なことなんでしょうね」

　ガーブリエルは慌てふためき、息をはずませている。

「ムンクさんに話があるんです」

「いま手が離せないのよ。なに？」

「メッセージの中身がわかったんです」

「なんのメッセージ？」

「ムンクさんがメールで受けとったやつです。クイズみたいな。暗号化されたメッセージなんです。〈margrete_08〉からの。わかりました。グロンスフェルト暗号。解けたんです」

「ほんとに待てない話？」ミアはため息をついた。

「待てません、どうしても」

　電話の向こうの声が叫びに変わる。

「伝えてください。いますぐ！」

「なにを？　メッセージはなんだったの」

ガーブリエルの声が途切れた。恐ろしさのあまり、答えを口にするのをためらうかのように。

「ガーブリエル？」ミアは返事を促した。

「チクタク、かわいいマーリオン＝5」

「なに？」

「チクタク、かわいいマーリオンが五番目だ」

「大変！」ミアは叫び、ムンクに伝えようとテントに飛びこんだ。

第四部

51

ミリアム・ムンクは父親のアウディの後部座席にすわり、落ち着こうとつとめていた。父親の指示でニット帽を耳までかぶり、大きなサングラスをかけている。隣にはマーリオンが毛布にすっぽりくるまって横たわっている。二日前、父に起こされ、家じゅうの鍵をかけろと言われたときは、わけがわからなかった。誰も家に入れるな。マーリオンは家から出すな、幼稚園も休ませるんだ。

どういうこと、幼稚園を休ませろって。

いいから、言うとおりにするんだ、ミリアム！

どういうことか、いまは察しがついている。ミリアムは鈍くない。その逆だ。学校ではいつも優秀な生徒だった。小さいころからずっと、ほかの子が苦労することでもたやすく頭に入れることができた。アジアの川の名前。南米の国々の首都名。分数。代数。英語。国語。そのうち、利口さを隠すことを学んだ。テストで毎回トップにならないように気をつけ、あまり頻繁に手を上げないようにした。心の知能指数のほうも高かったからだ。友達が欲しかった。みんなより優れていると思われたくはなかった。

だから、見当はついている。娘はこの秋から学校に通いはじめる。父親は四人の少女の殺人事件の捜査を指揮している。自分はばかではない。でも頑固なところはある。怖気づくなんてまっぴらだ。どこかのいかれたやつに生活をめちゃくちゃにされる気はない。もちろん、用心はしていた。母親だから当然だ。幼稚園への送り迎えは自分でしているし、行きたがっていた誕生日パーティーも断って、マーリオンをひどくがっかりさせた。幼稚園の職員と秋から小学校に入学する娘を持つ親に呼びかけて、会合も開いた。子供を幼稚園に預けるのを恐れて仕事を休んでいるという親もいれば、当分のあいだ園を閉鎖するよう求める親もいた。園にいるあいだも子供に付き添いたいという声さえあがった。大変な騒ぎだったが、ミリアムはなんとかその場を鎮め、できるだけいつもどおりの生活を送ることが大事だと説得した。子供にとってはそのほうがいいと。けれど、頭の奥では絶えず声が聞こえていた――誰よりも危険で、誰よりも怖がるべきなのは、自分なのではないか。そしていま、こういう事態に見舞われている。

ミリアムは娘の身体にしっかりと毛布を巻きつけた。マーリオンはぐっすり眠っている。外は暗く、黒のアウディは人けのない通りをすべるように走っている。怖気づいてはいないが、不安ではあった。悲しんでもいた。不満といらだちが募っていた。そして怒りも。

「なにか問題はない？」

ミア・クリューゲルが後ろを向いて尋ねた。二日間で二度目の移動。居場所を移る理由はまだ聞かされていない。だが、ミリアムが勘づいていることをふたりもわかっているようだ。

「だいじょうぶ」ミリアムはうなずいた。「今度はどこへ行くの」

「自由に使えるアパートがある」バックミラーを覗きながら父が言った。

「そろそろ、なにがどうなっているのか話してくれてもいいころじゃない？」

断固とした調子で言おうとしたが、声に力が入らなかった。この二日、ろくに眠っていない。

「おまえのためだ」バックミラーをもう一度覗いて父が答えた。

「犯人からマーリオンを狙うって脅迫があったの？　それとも念のために用心してるだけ？　わたしにだって事情を知る権利があるでしょ」

「言うとおりにしてさえいれば安全だ」父は赤信号を無視して交差点を通過した。

父はこうと決めたら譲らない性格だ。だから食い下がるのはやめにした。ふと、十四歳に戻った気分になった。いまでこそ少しは丸くなったが、子供のころの父はひどく厳しかった。聞く耳というものを持たなかった。だめだ、ミリアム。そんな格好で学校に行くな。スカートが短すぎる。だめだ、ミリアム、門限は十時だ。だめだ、ミリアム、ロベルトと会うのはよせ。あいつはおまえにふさわしくない。心配性の警察官の父は、十代の娘の生活に細かく口出しをした。でも、おかげで友達との関係はうまくいった。しつけがとくに厳しい家の子は、同級生たちの同情を集めるからだ。それに、優秀な警察官だとはいえ、父の目を盗む方法はいくらでもあった。そのうち父はほとんど家に帰らなくなったから、ぶつかることもめったになくなった。母も自分の心配事で手いっぱいだった。親たちにはあきれるしかない。子供がなにも気づかないとでも思っているのだろうか。家庭が崩壊するまえから、とっくにロルフのことには気づいていた。母はもともと、時計の時刻合わせができるほど決まりきった毎日を送っていたのだ。それがいきなり〝友達〟に会うようになった。〝まちがい〟電話も頻繁にかかってくるようになった。まったく、かんべんしてほしい。

「マーリオンは眠ってる?」

ミアがまた振りむいて訊いた。マーリオンは毛布の下で丸くなったまま動かない。

ミリアムはうなずいた。ミアのことはまえから好きだった。ミアには特別なものがある。カリスマ性。存在感。少し冷ややかで風変わりだと言われることもあるが、ミリアムはそう感じたことはない。自分と似たところもある。だから好きなのかもしれない。賢くて強く、それでいて傷つきやすい。

「お父さん宛てに、ネットを介して暗号化されたメッセージが送られてきたの」ミアが言った。

「ミア！」父がとめようとしたが、ミアはかまわず話を続けた。

「送り主は〈margrete_08〉というスウェーデン人数学者のふりをしていた。暗号を解読してみたら、マーリオンを狙うと書かれていたの」

父の顔がみるみる赤くなる。

「本当なの？」ミリアムは訊いた。

自分でも意外なことに、恐怖よりも興味を覚えていた。

「その相手と知りあったのはいつ？　ネットでやりとりするようになったのは」

父は返事をしなかった。歯を食いしばり、拳が白くなるほどハンドルを握りしめている。

「二年ほどまえだそうよ」

「二年？　まるまる二年も？」

　ミリアムは耳を疑った。

「父さん、その人と二年も連絡をとりあってたの？　ほんとに？　殺人犯と二年もやりとりをしてて、気づかなかったってこと？」

　やはり返事はない。父はどす黒く染まった顔で、アクセルを強く踏みこんだ。

「知りようがなかったのよ」ミアが答えた。「そのサイトではみんな匿名でやりとりをするから。身元なんてわからない」

「いいかげんにしろ、ミア」父がさえぎった。

「どうしてです？　ミリアムからもなにか聞けるかもしれないのに。殺人犯が二年間あなたとやりとりしていたなら、ミリアムにも接触しているかもしれない。たしかめておかないと」

　父はいきなり急ブレーキをかけると、車を路肩に寄せた。

「おまえはここにいろ」ミラー越しにミリアムに言った。「きみは外へ」

「でも、ホールゲル」ミアは逆らった。

「出ろ。車から出るんだ」

　ミアはシートベルトをはずし、しぶしぶといった様子でアウディから出た。父は運転席のドアをあけ、ミアに続いて舗道に立った。話の内容は聞こえなかったが、父が激怒しているのは明らかだった。腕を振りまわし、口から泡を飛ばしている。ミアも口を開こうとするが、父は口答えを許さない。ミアに指を突きつけたので、一瞬、叩くつもりかとひやっとした。叱責は続き、ミアは黙りこんでしまった。ひたすらうなずいている。やがてふたりは車に戻ってきた。父は無言でエンジンをかけた。車内の空気がぴんと張りつめる。ミリアムも口を開くのはやめておいた。二年？　父がそんなに長いあいだ殺人犯と連絡をとりあっていたなんて。頭に血がのぼるのも無理はない。誰かが父を騙した。そして四人の少女が殺された。五番目はマーリオンなのだろうか。メッセージにはそう書かれていたのだろうか。だから隠れなくてはいけないのか。ミリアムは娘の身体にいっそうきつく毛布を巻きつけ、髪をなでた。黒のアウディは夜の闇をひた走っていた。場所も知らない隠れ家へと。

52

ミアは西オスロにある灰色のアパートメントの前の舗道に立っていた。誰かに見られているような気がする。そんな感覚に襲われるのは初めてではなかった。オスロに戻ったときから誰かにつけられているような薄気味の悪さを感じていたが、考えすぎだと思うことにしていた。こういう状況であれば、そんな気がしても不思議ではない。妙な妄想に取りつかれるのは禁物だ。心配性ではないのでそんなことにはならないが、かといってまるきり気にせずにもいられなかった。あたりを見まわしたが、人影は見あたらない。通りは静まりかえっている。

ミリアムと娘のマーリオンはいま、フログネルにあるこの安全なアパートメントにいる。安全というのは、隠れ家としての存在がどこにも記録されていないという意味だ。いかなる公文書にも。昨夜は東部にある別のアパートメントで過ごしたが、安全性に問題があるとムンクが判断したため、こちらに移ることになった。ここは政治家などの要人を保護するために用意されたものだが、ムンクがコネを使ってごく内密に使えるようにしたのだという。過剰なほどの警戒ぶりだが、ミアにもそれは理解できた。

ミアはミントをひとつ口に入れ、通りを端から端まで見まわした。あいかわらず人けはない。車もなし。新聞配達の少年もいない。自分だけだ。母娘がアパートメントに入ったところは誰にも見られていない。

数分後、ムンクが通りに現れた。煙草に火をつけ、髪をなでつける。

「すみませんでした」ミアは言った。

「謝ることはない。こっちが悪いんだ。ただ、その……あれだ」

「わかってます」

「誰にも見られていないか？」

「だと思います。人影はありません。内部は問題ありませんか」

ムンクは煙をふかぶかと吸いこみながら三階を見上げた。

「問題ない。ミリアムは怒っているが、しかたがない。身の安全のためだとわかってくれるといいんだが」

「もちろん、わかってますよ」ミアはうなずいた。「いまは気持ちに余裕がないだけです。すべてが終わったら感謝されますよ」

「それはどうかな。ミリアムに結婚式は無理だと言ったんだ」

「式を取りやめろと？」

「ああ、当然だ」

「それは行きすぎじゃありません？」

「ひとつの教会に百人が集まるんだぞ。しかもみんなおれの関係者だ。認められるわけがない」

犯人にとって、これはゲームだ。相手はこちらをもてあそんでいる。〝人目につかずに銀行強盗をするには？〟、〝向かいのビルを爆破すればいい〟――そんななぞなぞ遊びでもするように。周到に立てられた計画。狙いは少女四人の殺害だけではない。十人殺すだけでもない。その人物は何年もまえからムンクを観察していた。そして急所を正確に見極めた。最大限の痛手を与える方法を。カオス。恐怖。ここ三日で四時間ほどしか眠れていない。それが身にこたえているのを感じる。考えがうまくまとまらない。

「オフィスには誰がいる？」車に乗りこむとムンクが言った。

「たぶん、ルドヴィークとガーブリエル、カリーが」

「ミッケルソンはおれを捜査から外そうとするだろう」ムンクは窓もあけずに煙草に火をつけた。

「そう思いますか」

「きみならどうする」

ムンクが無表情のままミアを見る。

「担当からはずします」

「だろうな」ムンクはそう言うと、マリボー通りに向けて車を走らせた。

「あなたならどうします？」

「どういう意味だ」

「もっともな質問でしょ。これは重大事件の捜査です。犯人の狙いはあなた。私情をはさまずにいられます？　感情を抑えられます？　そうは思えません」

「いったいどっちの味方なんだ」ムンクはふんと鼻を鳴らした。

「もちろん、あなたの味方です。でも誰かがたしかめなくちゃ」

「これはおれの事件だ」ムンクがけわしい顔になる。「おれの家族を狙うやつを野放しにはしない」

「ほら、それですよ」

「なんだ？」

「ミッケルソンの前でいまみたいなことを少しでも言ったら、アウトです」

ミアは指で首をかき切る仕草をしてみせた。

「はっ」ムンクは鼻で笑った。「誰が代わりをやれるっていうんだ」

「ヴェンゴール」

「へえ、そうか」

「クロッケルヴォル」

「おい、ミア！　おれの味方じゃないのか」

「事実を言ってるだけですよ。ほかにも人はいる。身を引くのもひとつの手だってことです」

ムンクはしばらく押し黙ってから口を開いた。

「きみならどうする。きみの家族にこんなことが起こったら」

「答えは知ってるはずです」

「だな。それじゃ、この話はもうやめにしよう」

「ちょっと眠ったほうがいいんじゃないですか」

「かもな。でもまだ寝るわけにはいかない」ムンクはため息をつき、ようやく窓をあけた。「全員に連絡をとってくれ。一時間後にオフィスに集合だ。来ないやつは別の職を探すことになる。もう一度最初から洗いなおす。石という石を片っ端からひっくり返して、なにがなんでもゴキブリを見つけだすんだ」

ミアはうなずいて携帯電話を手に取った。

53

「なにかつかめたか」全員が会議室に集まると、ムンクは言った。「〝なにも〟ってのはなしにしてくれ。そんなことはありえんからな。誰かがなにかを見ていたはずだ。みんな昼も夜もぶっとおしで働いていることは承知している。だが、これからはいままでの二倍働く必要がある。誰からはじめる、ルドヴィークか？」

ミアは部屋を見まわした。疲れた顔が並んでいる。誰もが苦痛を感じている。さんざん時間を費やしたあげく、ほとんどなんの手がかりもつかめていない。カリーの顔には無精ひげが伸びている。ガーブリエルの顔は死人のように青く、目の下に大きな隈（くま）ができている。

「ヒューヴィクヴァイエン・ケアホームとヒューネフォス事件に関連する人物を照合しました。いまのところなにも見つかっていませんが、まだ未確認のものが少し残っています」

「調べを続けてくれ。なにかあるかもしれん。ほかには？」

「例の教会についてあたってみました」ガーブリエルが言った。

ムンクはちらっとミアを見た。ミアは肩をすくめてうなずき返した。あの教会のことはすっかり後まわしになっていた。そこへ向かおうとしていた矢先に、少女たちの死体がイセグラン要塞で見つかり、直後にマーリオンが次の標的であることがわかったのだ。

「なにがわかった」

「それがちょっと妙なんです」ガーブリエルが話しだす。「メトセラ教会と名乗っていますが、その名前で登録されている企業や宗教団体はありませんでした。ホームページなどもありませんし、デジタル化には対応していないようです。あるいは、それを拒否しているのかも」

「それだけか」

「いいえ、教会と同じ番地を住所に登録している人間がいます」

ガーブリエルはｉＰａｄで情報を確認した。

「ルーカス・ヴァルネル。ちょっと検索してみましたが、なにも出てきません」

「そうか」ムンクは顎ひげをなでながら言った。「その教会には行ったことがある。覚えているかぎりじゃ、幹部らしき男がふたりいた。白髪の年寄りと短髪でブロンドの、おそらく二十代なかばの男だ。さらに調べてみる必要がある。早急に。犯人に振りまわされないために、こっちが主導権を奪う必要がある。母がそこの礼拝に通っているから、話を聞いてみる、いいな？」

「このミーティングが終わったら、さらに調べてみます」ガーブリエルはうなずいた。

「よし」ムンクはふたたびチームを見まわした。「ほかには？」

「ベンヤミン・バッケには監視をつけていますが、これまでのところ、関与を示すものは見つかっていません」ヒッレが言った。

「わかった。人員は確保するから徹底的に監視を続けてくれ。ほかには？」

「〈margrete_08〉のアカウントをトレースしてみました」ガーブリエルがまた言った。「ホットメールのアドレスで、作成されたのは……」

そこでiPadを覗きこむ。

「二〇一〇年三月二日。この数日後に初めてメールを受けとったんですよね？」

ガーブリエルがムンクを見上げた。ムンクは顔をしかめた。関係者のひとりとして母親の名前が挙がっただけでなく、自分自身が殺人犯からの接触を受けていたのだ。そしてまんまと騙された。しかめっ面の奥になにがあるのか、ミアにはわかる。部下たちに狼狽を悟られまいと必死なのだ。

「そうだ」ムンクは答えた。

「このアカウントは、あなたにメールを送るためだけにしか使われていません。三つのＩＰアドレスからアクセスされています」

「頼む、ノルウェー語で話してくれ」カリーがあくび交じりに言った。

「ＩＰアドレスは、インターネット・プロトコル・アドレスの略です。インターネットに接続している機器にはそれぞれ固有のアドレスが付与されます。そのアドレスによって、その機器がどこにあるのかがわかります。国、地域、プロバイダーも」

「正確な位置がわかるのか」ムンクが尋ねた。

「そうです」ガーブリエルはうなずくと、またｉＰａｄに目を落とした。「いま言ったとおり、そのアカウントのメールは、三つのＩＰアドレスから送られています。すべて〈バーガーキング〉の店内からで、カール・ヨハン通り、ウレヴォール・スタディオン、オスロ中央駅にある三店舗でした。ノートパソコンですね。正直、トレースは不可能です。ＰＩＮＧテストをして接続を確認してみましたが、反応がなかったのでいまはもう使われてないようですね。コンピューターごと捨てたんでしょう。ぼくならそうします」

「〈バーガーキング〉でインターネットができるのか？」カリーが訊いた。

「これまでに受けた電話は二千件近くです」アネッテが時代遅れの同僚を無視して言った。「ほとんどがスクレルドで目撃された女性のモンタージュ写真関係です。残念ながら、いまのところこれといった情報はありません。あまりにも特徴がなくて、誰にでも当てはまりそうな顔ですし。謝礼金が出るとなると……おわかりでしょう。百万クローネ欲しさに、隣人が怪しいと言いだす連中がどんなに多いか」

ムンクが顎ひげに手をやった。

「過去に似たような手口の犯行は？」

ヒッレが黙って首を振った。

「おい、しっかりしてくれ！　なにかあるはずだ。なにかを見たり聞いたりした人間がひとりぐらいはいるはずだろ！」

落ち着いて、とミアはムンクを目で抑えた。結束の固いチームであるとはいえ、昇進を待ち望む人間はいるものだ。ミッケルソンとホットラインでつながっている者がいないともかぎらない。

ミアは咳払いをして、立ちあがった。一同の注意をムンクからそらすために、ホワイトボードのそばまで歩いていく。

「これまで明らかになったことを全員で把握するために、もう一度おさらいしてみましょう。確実なことばかりじゃなく、ただの思いつきや勘でしかないものもあるけれど。みなさんの協力が必要なの。思ったこと、感じたこと、なんでも言ってください。

なにもなしはだめ。どんな意見でも役に立つので。オーケー？」

ミアは部屋を見まわした。誰もが口を閉じ、ミアに注目している。

「事件のあらましはこうだと思います。二〇〇六年、何者かがヒューネフォス病院からひとりの赤ん坊を連れ去った。赤ん坊を連れ去るおもな理由はふたつ。ひとつ目は身代金目当ての誘拐。でも要求はなかったから、これは無視しましょう。ふたつ目の理由は、赤ん坊が欲しかったから。わたしはこっちではないかと思う。誰かが赤ん坊を欲しがった。じつは、犯人が女かもしれないということは、最初から考えていた、というより感じていたことでした。赤ん坊を欲しがっている女。その線で話を組み立ててみましょう。その女は産科病棟に近づくことができる。よく知られているように、当時、赤ん坊を盗むのは驚くほど簡単だった。両親のいない赤ん坊ならなおのこと。そう、だからその女は赤ん坊を盗んだ。当然、大騒ぎになり、赤ん坊の捜索がはじまった。マスコミ、警察、誰もかれも。女にとっては耐えがたいほどの不安だったでしょうね。そんなとき、身代わりが現れる。ヨアキム・ヴィークルンド。彼の自殺はじつに好都合だった。警察にとってもそれは同じ。検視報告からはなにもわからない。解剖が行われなかったから。ヴィークルンドは首を吊った。自白が書かれた遺書もある。捜査は終了。みんなが前に進める」

ミアはひと息つき、ミネラルウォーターを飲んだ。なにを話すか考えていたわけではなかった。チームの仲間に話しかけながら、自分自身とも対話していた。

「いま思いついたんだけど、もしきちんと解剖していれば、ヴィークルンドの首に注射の痕が見つかったかもしれない。じつに手軽で巧妙な手口でしょ？　首の、ちょうどロープで隠れる位置に致死量の薬物を注射する。他殺の疑いがないかぎり、発見は困難なはず。ひとつの可能性だけど。つまり、探すのは女。赤ん坊を盗んだ女。注射の打ち方を知っていて、薬物を入手できる人物」

「看護師か」ルドヴィークが言った。

「大いにありえます」ミアはうなずいて続けた。「ただし、ヒューネフォスの看護師に疑わしい者は見つからなかったけれど。とにかく、女は赤ん坊を手に入れた。なんの問題もなく。マスコミは誘拐事件を報道しなくなる。警察もあきらめた。ところが、なにか異変が起きた。おそらくは赤ん坊が死んだ。赤ん坊が死んで、女は警察を狙うことにした。赤ん坊が死んだのは警察のせいだから。警察が赤ん坊を発見できなかったから。警察が見つけるべきだった。捜査の責任者はムンク。だから女はムンクを狙うことに決めた」

ミアは咳払いをして、もう一度水を飲んだ。部屋は静まりかえっている。ミアのこの能力には全員が一目置いている。滔々と続く話を誰もさえぎろうとはしない。

「恐ろしく頭が切れる女だと思う」ミアは続けた。「それに、精神疾患すれすれの状態かもしれない。赤ん坊を盗むことも、人を殺すことも、平気でやってのける。当然だとさえ感じている。だから過去になにか……」

ミアは言葉を探した。

「そう、はっきりとは言えないけど、いろいろと問題を抱えていたかもしれない。論理的な面を持ちながら、一方では歪なものの見方をしている。少なくとも、わたしたちと同じようには世界を見ていない。愛していた赤ん坊は死んでしまった。おそらくは。赤ん坊はこの秋から学校に通うはずだった。なのに死んでしまった。きっとそういうふうに考えている。〝ひとり旅をしています〟――これはメッセージ。少女たちが旅の途中だと示すための。そう、これは旅。マルコによる福音書十章十四節〝幼子らをわたしのところに来させなさい〟。少女たちは天国への旅に出たということ」

ミアの言葉はひとりごとに近づいていた。もつれていた思考がほどけ、頭の奥に隠れていたものが形をなしはじめる。

「女は驚くほど子供たちを大事に扱っている。子供たちを愛している。守りたいと思っている。身体を洗って、身じたくを整えて。傷つけるつもりはない。さて、ここで考えるべきことはふたつ」

　ミアは軽く咳をした。身体は疲れきっているが、続けなくてはならない。

「考えるべきことはふたつ。そのせいですっきりしなかった。あのカオス、そしてヒント……最初は理解できなかった。トラップが多すぎて。だから、そう、はじめはわからなかったけれど、わたしたちはふたつの別々の問題を扱っているのだと思う。ひとつは少女たち。女は赤ん坊をひとりぼっちにさせたくなかった。そう、そういうこと。自分のせいで赤ん坊を死なせてしまった。自分には責任がある。償いがしたい。そうだ、あの子に友達を見つけてあげよう。でも警察の失態も許せない。警察は彼女をとめるべきだった。ああ、いけない、話がうまくまとまらない」

「ふたつのこと」カリーがそっと助け舟を出した。

「そうだった、ありがとう。ふたつのこと。第一に、女が少女たちを殺すのは、生きていれば六歳になっていたはずの赤ん坊をひとりぼっちにさせないため。天国で。第二に、女はムンクに仕返ししたがっている。ごめんなさい、最初から明らかだったのに。でも、そのせいで、はじめはひどく混乱させられた。へまをしてしまった。すべてをこのふたつの角度から見る必要があります。ひとつ目、女は誘拐した赤ん坊が天国でひとりぼっちにならないように少女たちを殺している。ふたつ目、女は警察に仕返しをしたがっている。復讐を。ムンクへの報復。女が殺しているのは少女たちだけど、責めているのはムンク。おそらく……」

ミアは限界に達していた。言葉が続けられない。

「おそらくどうした、ミア」ムンクが励ますように言った。

「捕まりたがっている」アネッテが口を開いた。

「どういうことだ」ムンクが訊き返す。

「彼女は捕まりたがっています」アネッテが続けた。「自分のしたことを見せつけているんです。リッケ・J・W。少女たちの遺体に添えられた豚の頭。記者たちへの電話。彼女は捕まりたがっている。そうでしょ、ミア？」

ミアはうなずいた。

「そう思う。さすがね。女はとめてほしがってる。どんどん大胆になって、手の内を明かしている。なぜなら女もそこへ行こうとしているから。天国へ。また赤ん坊と一緒になるために。だから……」

言葉が途切れた。ミアは崩れるようにテーブルの上に腰を下ろし、荒く息をついた。

ムンクが近づいてきて、肩に手をかけた。

「だいじょうぶか」

ミアはのろのろとうなずいた。

「ようやくつかめてきた」ムンクがチームのほうを向いて言った。「すばらしい推理だ。女。わたしもそう思う。これで見えてきた。で、可能性のある女といえば？」

「左右の目の色がちがう女」ルドヴィークが言った。

「教会に関係のある誰か？」とカリー。

「ヒューヴィクヴァイエン・ケアホームの職員」ガーブリエルも言った。

ミアはルドヴィークに顔を向けた。

「ほかには？ヴェロニカ・バッケの携帯関係は？」

「残念だが、まだなにも。まだ調査中でね」

「ああ、もう。わたし、なんて間抜けなの！」ミアは叫んだ。

「どうした」

「チャーリーです。チャーリー・ブラウン」

「誰だ？」ムンクが訊いた。

「友達です。トイエンで女装愛好家のクラブを経営している。左右の目の色がちがう女性のことを教えてくれたのはそのチャーリーなんです。何度か会ったことがあると言っていました。ああ、なんてばかなの」

「チャーリーを連れてきてくれ」ムンクが言った。「その女を見つけるんだ。ひょっとすると、モンタージュ写真の女かもしれん。スクレルドで目撃者が見たという。当てずっぽうだが、調べてみない手はない。そのチャーリーに、これまで名前が挙がった女性で、ヴェロニカ・バッケの死後に携帯の料金を支払える立場にいた者に片っ端から会ってもらおう。ケアホームの職員全員、それに例の教会とつながりのある人間はすべて。それで当たりが出たら、目撃者の老人に同一人物かどうか確認してもらう」

会議室を出ようとしたとき、ミアはアネッテに呼びとめられた。

「ねえ、だいじょうぶなの」アネッテは小声で訊いた。

「なにが？」

「この状況のこと。ムンクは事件に近すぎるんじゃない？　お孫さんに対する脅迫が来たうえに、お母さんも巻きこまれている可能性がある。捜査からはずれるべきじゃないかしら。別の人に引き継ぐべきでは？」

「ホールゲルはだいじょうぶ」ミアはむきになってそう返した。

「だといいけど」

54

「ね、どう思う？」チャーリーはミアにそう言いながら、寝室のなかでくるりとまわってみせた。

身に着けているのは、昔懐かしい花柄のティードレスに、銀色に光るニーハイブーツ、肘まである白の手袋、それに緑の羽根つきショールだ。

「普通のセーターと普通のズボンは持ってないの？」ミアはため息をついた。

「あのねえ、ミア、表現の自由を奪わないでくれる？　あたしはアーティストよ。歩く芸術品なの。わからない？」

チャーリーはクロゼットを引っかきまわし、今日の服選びがいかに重大事かをしきりに力説しはじめた。

「わかった、わかった、チャーリー。降参するわ」

「そうだ！」チャーリーは満面の笑みで振りむいた。

「ミスター・フロイト」

「ミスター・誰？」

チャーリーは小さな女の子のように飛びはねながら手を叩いた。

「ミスター・フロイトよ。そういえばずいぶんご無沙汰だわ、彼。ショーに出てたのよ。二〇〇四年の《ふたたびスウィングを》に。ほら、スウィンガーズ・クラブとトランスジェンダー協会が共同で――」

「もう十分。思いついたことを全部口にしてくれなくてもいいから。ミスター・フロイトでいいわ。さあ、着替えて」

チャーリーはクロゼットからカバーのかかったスーツを取りだし、バスルームへ消えた。戻ってきたときには、黒いスーツにピンクのタイを締め、エナメルの靴でダンディに決めていた。ジェームズ・ボンドとアル・カポネを足して二で割ったような感じだ。

「どう？」

チャーリーはにっこり微笑んでもう一度くるりとまわった。

「素敵」

「これで男に見える？」

「ええ、男らしいわ。ケアホームのご婦人方がバラを投げてくれるわよ」

「ほんと？」チャーリーはくすくす笑った。

「絶対よ。さ、行きましょ」

チャーリーはミアのあとに続き、待機していた車に乗りこんだ。ヒューヴィクへ向かう途中、ミアはケアホームへ行くのはパフォーマンスを披露するためではないことをチャーリーに告げるべきか考えた。コンピューターに保存された職員の写真を確認しに行くだけなのだと。だが、言わないことにした。あらかじめケアホームには電話をしておいた。ありがたいことに、職員全員の写真が保存してあるという。セキュリティシステムが新しくなり、すべての職員が写真つきの身分証を携帯しなければならなくなったらしい。おかげで作業がずいぶん楽になる。

車が到着すると、ホールゲル・ムンクがケアホームの前で待っていた。

チャーリーはうやうやしくお辞儀をした。

「はじめまして」ムンクは軽く微笑みながら言った。「いいスーツですね。お越しいただいた理由はミアから聞いてもらいましたか」

「スパイみたいなことをするんでしょ、ね?」チャーリーはウィンクした。

「いかにも。お願いしたいのは、ここのコンピューターでいくつか写真に目を通していただくことなんです。ローゲル・バッケンの友達を見つけたら教えてください」

「了解」チャーリーはにっこりした。

「彼女の目は左右がちがう色だったんですな」

「ええ」チャーリーはうなずいた。「片方が茶色で、もう片方が青。いかにも怪しい感じだと思ってた」

「それはまだなんとも」ムンクは言った。「ただちょっと彼女に話を聞きたいだけなんです」

「わかってるわ」チャーリーはまたウィンクした。「極秘捜査でしょ」

そのときドアが開き、前回ここを訪れたときにムンクが立ち話をしていた女性が現れた。

「こちらはカーレン・ニルン」ムンクは言った。

女性はおそらく三十代後半、細身で、ストロベリー・ブロンドの長い髪をしている。美しい笑顔だ。チャーリーはまたお辞儀をして、カーレンの手を取った。

「こちらはチャーリー。今日はちょっと協力をお願いしたんだ。そしてこちらがミア。同僚だよ」

ミアはカーレンと握手した。

「こんにちは」カーレンはにこやかに言った。「カリアンネと連絡をとろうとしているんだけど、電話に出ないの。そういうところはすごくはっきりしている人だから。お休みの日に邪魔されるのをいやがるの」

ミアはそれを聞きながら、カリアンネというのはケアホームの経営者だろうと考えた。

「見せてもらってもかまわないかな」ムンクが訊いた。

「ええ。だめな理由なんてないでしょ」カーレンはにっこりした。「お役に立ててうれしいわ」

ミアは黙っていた。内心、手続きのほうはどうなのだろうと少し気になっていた。本来は令状が必要だ。それにはたいてい時間がかかる。だが、ムンクは顔なじみのよしみで職員に便宜を図ってもらうつもりらしい。

「よかった。それじゃ、入ろうか」

カーレンに案内されて奥へ進み、オフィスのひとつに入った。チャーリーは廊下を歩くあいだじゅう、クジャクのように気取りかえりながら、右へ左へ優雅に会釈をしていた。

「これよ」カーレンがそう言い、テーブルに置かれたコンピューターを示した。が、そこで少しためらいを見せた。

「これは職員が共同で使っているコンピューターで、入居者のみなさんが触ることはできないの。でも、お見せしてもかまわないわよね。警察の方たちだもの」

カーレンが顔を向けると、ムンクは安心させるように大きくうなずいた。ミアはどうにか笑いを噛み殺した。

「だいじょうぶだ、カーレン」とムンクがカーレンの肩に手を置く。「責任は持つから。心配する必要はないよ」

「よかった」カーレンは笑顔に戻った。「そういうことなら。その、カリアンネはなかなか厳しいところがあって。でも、とてもいい人だし、いい上司よ」

カーレンは最後の言葉を慌てて付け足した。悪口を言っているところを誰にも聞かれたくないというように。

「いま言ったように、責任はこちらで取るから」ムンクは微笑みながら、コンピューターの前にもうひとつ椅子を運び、チャーリーの席をつくった。

「わたしもここにいたほうがいいかしら」カーレンが尋ねた。

「ああ、そのほうがありがたいな。なにか訊きたいことが出てくるかもしれないから」

「わかった。もう少ししたら昼食の配膳があるけど、まだだいじょうぶだから」

「助かるよ」ムンクはそう言って、チャーリーの隣の椅子にすわった。

そしてマウスを握ると、カーレンが画面に呼びだしたファイルをクリックした。

「スクロールするには？」

「そこの矢印を使って」カーレンはにっこりして、キーボードを指差した。

ムンクが矢印のキーを押すと、一枚目の写真が現れた。ビルギッテ・ルンダモとある。

「ちがうわ」チャーリーはまじめに協力していることをアピールするつもりか、真剣な面持ちで言った。

ムンクがまたキーを押す。次は、グロー・オルセンという女性の写真が現れた。

「ちがう」チャーリーがふたたび言う。

「職員の数は？」ミアは尋ねた。

「入居者は五十八人で、職員は合計二十二、いえ、二十三人ね。フルタイムで働いている人もいれば、パートの人もいます。病欠が出たときに臨時に来てもらう人たちもリストに登録されていて」

「その全員がこのファイルに載っていますか」

「ええ、全員の情報が保存してあるわ」カーレンはまた微笑んだ。

「ちがう」チャーリーが繰り返した。

ムンクがさらにキーを押す。画面に現れた名前はマーリン・ストルツ。

「この子よ」チャーリーはうなずいた。

「たしかなの」ミアは尋ねた。

「まちがいない」

「でも目の色が同じよ」

「この子だってば」チャーリーは言い張った。

ミアは小さく毒づいた。この職員には会ったことがある。初めてここに来たとき、ムンクを待っているときに話をした、長い黒髪の女性だ。

「カーレン、彼女のことは知ってます?」

「ええ」カーレンはうなずき、少し不安そうな顔をした。「彼女がなにか?」

「まだわからない」ムンクは画面に表示された住所を書きとった。

「彼女とよく話をします?」ミアは尋ねた。

「ええ、とても。でも仕事上の付き合いです。いい人よ。入居者のみなさんに好かれていて」

「自宅に行ったことは?」

「いいえ。なぜ彼女を探しているのか教えていただけません？　なんだか……なんだかちょっと怖くなってきたわ」

カーレンはムンクを見た。ムンクはカーレンを安心させようと立ちあがった。

「彼女はただの目撃者だよ、カーレン」

「でも」カーレンが身を震わせ、首を振る。

「ほんとに、ただの目撃者さ」

「住所は書きとめました？」ミアは訊いた。

ムンクはカーレンのほうをちらっと見て、住所が書かれたメモをミアに差しだした。それからカーレンをさらにおびえさせないよう、外で電話をかけるようにと身振りで示した。

チャーリーは椅子にすわったまま、拍子抜けしたような顔をしている。

「これで終わり？」

「そうです」ムンクはうなずいた。「よくやってくれました、チャーリー」

「助かったわ、チャーリー」ミアはそう声をかけ、足早に外に出ると、カリーに電話をかけた。

「カリーだ」

「名前と住所がわかったの」ミアは告げた。

興奮を抑えきれない。

「マーリン・ストルツ。一九七七年生まれ。長い黒髪。身長は約百七十センチ、体重が六十五キロ前後」

ミアはメモに書かれた住所を読みあげた。

「まちがいないのか？」

「ええ、チャーリーがひと目で気づいたわ」

カリーはオフィスにいる誰かに大声で指示を出し、また電話口に戻ってきた。

「すぐにそこへ向かう。現地で落ちあおう」

ミアは電話を切り、ポケットからミントを出した。あの女性とは話を交わした。すぐ近くに立って。なにも知らずに。たしか青い目をしていたはずだ。コンタクトレンズだろう。まったく、なぜ気づかなかったのか。

チャーリーが外の階段に現れた。すぐ後ろにムンクが続き、まだ不安げなカーレンも姿を見せた。

「電話するよ」ムンクはカーレンの手を握った。

「カーレン、ご協力に感謝します」

「いえそんな」カーレンはそう言うと、ぎこちなく笑みを浮かべようとした。

「これで終わり？」チャーリーは不満顔だ。

「よくやったわ、チャーリー」

ムンクはもう一度カーレンに挨拶して、足早に車に向かった。

「ミア、一緒に来るか」

「ええ」ミアはうなずき、ムンクのあとに続いた。

「ちょっと、あたしはどうしたらいいわけ」チャーリーが抗議するように両腕を突きだした。

「彼に送ってもらって」ミアは自分とチャーリーをケアホームまで送ってきた警官を指差した。

「コーヒー一杯くらい、ごちそうしてくれてもいいじゃない」

「また今度ね」ミアはそう叫び、すばやく車に乗りこんだ。

ムンクがアクセルを踏みこむと、車はタイヤをきしませながら、猛スピードでヒューヴィク通りを走りはじめた。

55

マーリン・ストルツはよく眠れなかった。ひどく奇妙な夢を見ていた。天使が自分を迎えに来る夢。すべてが終わる夢。これでやっとやめられる。ぼんやりとした意識のなかで、あるいは夢のなかでそう考えていた。見ているものが夢かうつつかさえわからなかった。でも、天使はたしかにやってきた。美しく清らかな少女の姿をした天使。マーリンに手を差しのべ、ついていらっしゃいと呼びかけていた。ようやく地上を離れることができる。もうあんなことはしなくていい。安堵（あんど）と幸福感でいっぱいになり、一度目が覚めたきり寝つけなかった。今日の瞳は左右がちがう色。一方が茶でもう一方が青。これが自分。本当の自分だ。子供のころはこの目のことでよくからかわれた。奇人だの変人だのと言われた。左右の目の色がちがうのは猫だけだぞ、おまえは猫女だ、と。それも、かわいらしい猫ではなく野良猫のほうだ。なにかの病気で毛皮にあちこち禿があるような猫。医者はよくある疾患だと言った。虹彩異色症（ヘテロクロミア）。いや、よくあるものじゃない。よくある病気ではないが、多くの人々が考えているほどおかしなものでもない。医者の説明では、遺伝的な異常の一種だということだった。ちがう、異常なんかじゃない。胎児期の遺伝子の構造変化によって突然変異が起こり、両目とも茶色になるはずが、青い目の遺伝子が部分的に発現することがある。突然変異体。ミュータント。医者にはそう説明された。左右の瞳の色が異なるミュータントなのだと。だから本来の姿ではない、本当は別の姿をしていたはずだった。医者にはそう言われた。それとも、なにかで読んだのか。そう、医者はそんなことは言わなかった。インターネットで読んだのだ。それと、《サイエンス・イラストレイテッド》誌で。病院に置いてあったものだ。あれは子供を持てるかどうかをたしかめに行ったときだった。医者は、遺伝子異常があるから子供はあきらめろと言った。本来の姿ではないから。本当は別の姿をしていたはずだから。でも、有名人にも左右の瞳の色が異なる人はたくさんいる。ダン・エイクロイド。デヴィッド・ボウイ。ジェーン・シーモア。クリストファー・ウォーケン。みんな名前を変えることはあっても、生まれつきの瞳の色を変えようとはしない。天使が迎えに来る夢。もうあんなことをしなくてもよくなる夢。幸せな気持ちで目が覚めた。そのあとはもう寝つけなかった。バスルームの鏡の前で二時間ほど過ごした。医者は薬をくれた。正常ではないから、ミユータントだから、薬を飲まないといけないと。マーリンはその薬が好きではなかった。だから、ときどき頭のなかで声が聞こえたときにしか飲まなかった。本当は、正常でいるためにもっとたびたび飲まなければならないのに。

マーリンはコンロの前に立った。空腹だった。長いこともものを食べていないし、睡眠も足りていない。昨日リストに書いておいたのに、卵を買い忘れてしまった。人の目を欺くのは得意だ。ほかの誰かになるのはたやすい。自分以外の誰かでいるかぎり、なにもかもうまくいく。仕事を探すのも簡単だ。本物の自分を見せないかぎり。知らないあいだにバスルームに戻っていた。だからもう一度キッチンに行き、冷蔵庫をあけた。窓辺にある時計は八時を示している。今日は仕事の日ではない。助かった。よく眠れなかったから。

マーリンは服を着て、店に行くことにした。服を着るのを忘れさえしなければ、買い物に行くのは簡単だ。今日は早くから店が開いている。卵を買うのも簡単だ。買い物かごに入れて、お金を支払い、買い物袋に入れて家に持って帰るのを忘れさえしなければ。服を着替えようと寝室に行った。だが、クロゼットの扉をあけると、そこは乳製品であふれていた。牛乳、バター、クリーム。扉を閉めると、そこはスーパーマーケットのなかだった。酸っぱいにおいがしている。まだ朝も早く、誰もが眠たげに見える。だからこんなにおいがするのだ。夢のなかでは天使が迎えに来て、もう地上にいる必要はないと言ってくれた。なのにお腹は減り、こうしてスーパーマーケットに卵を買いに来た。ひどい日ばかりではない。気分がよくなるように、やれることもある。ほかの誰かのふりをする。それでずいぶん楽になる。本当の自分でいるときは、なにもかもあまりうまくいかない。今日みたいに。でもいまは本当の自分でいなければならない。今日は休みの日で、空腹だから。長いこと休みをとっていなかった。職場ではよく働き、マーリン・ストルツになりきっている。まじめで、礼儀正しく、普通で、両目の色が同じ女に。もうじきマーリン・ストルツになるのはやめて、別の誰かになれる。それが楽しみだ。

乳製品の棚のドアを閉めたあと、卵売り場に移動した。買い物かごにパックを四つ入れる。かごの色は青。茶色の目を閉じると、青色に見える。青い目を閉じると、かごは茶色に変わる。本当はそうではないが、自分にそう思いこませることはできる。四かける十二で卵が四十八個。買い物リストにはほかになにが書いてあっただろう。思いだそうとしたが、だめだった。そう、パンだ。パン売り場に行って、全粒パンを選んだ。店内にはまだ酸っぱいにおいが漂っていて、鼻をつままずにはいられなかった。卵の入った買い物かごを片手で運ぶのに苦労する。レジの向こうにいる少年も酸っぱいにおいをさせている。彼もあまり眠れなかったのだ。そのせいにちがいない。お金は銀行口座にある。レジの端末に〝認証〟の文字が表示される。店内にはひどいにおいが立ちこめている。急いで卵をレジ袋に入れ、新鮮な空気を求めて外へ走りでた。背後で店全体が腐りはじめる。しばらく階段にすわり、肺に空気を送りこんでから、マーリン・ストルツは右手にレジ袋を提げ、家へ向かって歩きだした。

56

マーリン・ストルツのアパートメントの入り口が見える位置にムンクが車をとめたとき、ミアの携帯電話が鳴った。

「もしもし」

「カリーだ」

「彼女、家にいた？」

「いいや、応答がない。こちらは待機中だ、そこから見えるか」

ミアは通りの先に目をやり、黒いアウディを確認した。

「ええ」

「どうする？」

ミアはムンクを見た。

「突入しますか」

ムンクは首を振った。

「彼女は無実かもしれない、それを忘れちゃいかん。わかっているのは、ローゲル・バッケンと知り合いだったことと、ヴェロニカ・バッケの携帯電話を使えたかもしれないということだけだ。確証がないのに危険を冒すわけにはいかない」

「もうしばらく待機よ」ミアは電話に向かって言った。「周囲の通りには残らず人員を配置してある?」

「ああ」

「キムを入らせろ」ムンクが静かに言った。

「キムに行かせて」ミアはそれを伝えた。「住人の誰かがなかに入れてくれるかもしれない」

「了解」

ほどなく、もう一台のアウディの後部ドアが開き、キムが出てきてアパートメントの入り口に向かった。何度かインターホンを鳴らすと、ドアが開き、キムは建物のなかへ消えた。

「キムがなかに入った」カリーが言った。

「ええ、見えたわ」

同じような経験は幾度もしている。訓練でも現場でも。ひとりかふたりがなかに入る。残りは車内か路上で待機する。誰かが窓ガラスをノックした。ミアは窓をあけた。ヒッレが小さな袋を差し入れ、立ち去った。ミアは袋をあけ、ふたつあるイヤホンのひとつをムンクに渡した。

「準備完了」ミアはそう言って、電話を切った。「キム、聞こえる？」

「ああ」

「なかはどうなってる？」

「地下へ通じるドア。エレベーター。階段」

「階段で三階へ上がれ」ムンクが指示した。

「了解」

キムの報告を待つ。

「着きました」

「部屋はまちがいないか」

「〝M・ストルツ〟とあります」

「チャイムを鳴らせ」

数秒の間。

「応答がありません。なかに入りますか」

ミアとムンクは顔を見合わせた。

「入れ」ムンクが告げる。

アネッテの言葉がミアの頭をよぎった。ムンクは事件に近すぎるかもしれない。正しい判断を下せるのだろうか。

「入りました」

「なにか見つけたか」

また間があった。

「なんてこった」キムがつぶやいた。

「どうした」ムンクが語気を強める。

「これは……自分の目で見てみてください」

「おい、なんなんだ⁉」

ムンクがさらに声を張りあげたが、キムの応答はなかった。

57

ふとわれに返ると、マーリン・ストルツはビニールのレジ袋を提げていた。どうやら買い物に行っていたらしい。家から出たことさえ覚えていない。あたりを見まわした。屋外だ。覚えているのは奇妙な夢のことだけだった。天使が迎えに来た夢。望みどおり、もうじきここから去ることができる。起きだしてからの記憶はあいまいだった。レジ袋のなかを覗いてみた。卵が四パックとパンがひとつ。またやってしまった。

何度もこういう経験はしているが、それでも毎回恐ろしくなる。目を覚ますとトラムに乗っていたこともある。トイエンのプールに向かう途中だったこともある。深呼吸をして、ベンチに腰を下ろす。また医者に診てもらうべきかもしれない。病院は嫌いだが、そろそろ行く頃合いかもしれない。意識が飛ぶことがだんだん増えてきた。仕事に行っていない日はとくにそうだ。仕事中はコントロールできているが、やっかいなことに、家ではうまくいかない。本当の自分でいなければならない場所では。でも、もうすぐすべてが終わる。たいして待つこともない。まもなく、安息のときがくる。マーリン・ストルツになる必要もなくなる。マイケン・ストルヴィクにも、マーリット・ストルテンベルグにもならずにすむ。帰り道を思いだそうとするものの、考えがあれこれ浮かんできて邪魔をする。レジ袋に注意を向けてみる。ビニールに手を触れる。感触をたしかめる。たしかにここにある。そう、これは現実のはず。足もとに目を落とす。左右がそろった靴。問題なし。ズボンも穿いている。すばらしい。Tシャツと薄手のセーター。よかった、裸で外に出たわけではなくて。ちゃんと服を着ていて。少し寒いけれど、少なくとも服は着ている。身体をこすって温めながら、ベンチから立ちあがって家まで戻るところをイメージしようとつとめる。またレジ袋に目を落とす。〈レーマ・スーパーマーケット〉とある。そこへ行ってきたのだ。〈レーマ〉から家へ戻るときは、ピザ屋の前を通るはず。あたりを見まわし、通りの角にネオンサインを見つけた——〈ピッツェリア・ミラノ〉。あそこからなら道はわかる。だいたいは。急いでベンチから立ちあがり、通りを渡る。寒くなってきた。早く家に帰りたい。風邪を引きたくない。風邪を引いたら仕事に行けなくなる。そういうことにはうるさい職場だ。老人たちには体力がない。ケアホームに病原菌を持ちこむわけにはいかない。ピザ屋にたどり着き、足をとめて次の目印を探す。一方通行の通りがあるはず。その道を車の流れと逆に進めばいい。赤地に白い横棒が入った標識のある通りだ。標識を見つけ、その通りに入りかけて、ふと立ちどまった。

なにかがおかしい。違和感がある。近所の様子が変わっている気がする。いつもの朝の雰囲気とちがう。路上の駐車スペースに人影が見あたらない。車を出そうと通りの左右を確認している人もいない。あたりを見まわす。だんだんと呑みこめてきた。

最初はゆっくりと。そしてはっとした。

舗道にレジ袋を落とすと、マーリン・ストルツはアパートメントと逆方向に駆けだした。

58

サーラ・キーセはマリボー通りのレンガ造りの建物の外に立ち、アネッテという名前の女性を待っていた。ここ数日、何度も電話をかけたが、いつも話し中だった。

〝オスロ警察、情報受付窓口です。現在、回線が込みあっています。しばらくお待ちください〟

三日間かけつづけ、ようやく電話がつながった。そのときは四十分以上待たされたが、あきらめずに我慢強く待ち、やっとオペレーターが出た。感じよく対応されると思っていたのに、ちがっていた。相手の女性はいらついているようだった。ぶっきらぼうな口調で、なんでしょうか、と尋ねられた。電話をしないほうがよかったのかもしれない、とサーラは思いはじめた。謝礼金目当てで電話をしてきたと思われているにちがいない。でも、そうではなかった。お金が欲しいわけではない。〝犯人逮捕に結びつく情報を提供してくださった方には百万クローネを差し上げます〟――新聞でその謝礼金について読んだとき、はたと思いあたったからだ。

夫は一年近くまえに亡くなった。建設中の危険な建物から転落して。夫が死んでくれたのはありがたかった。とんでもないろくでなしだったからだ。おかげで人生をめちゃめちゃにされた。関わり合いになるのはごめんだった。葬儀にも出なかった。ほかの女のにおい。財布や冷蔵庫の上の空き瓶から抜きとられるお金。その空き瓶には請求書の支払いの分を貯めてあったのに。めずらしく帰ってきた父親に相手にしてもらえず、がっかりした娘の顔。弁護士から受けとったメモリースティック。そこには夫がつくった部屋のなかで撮られた動画が保存されていた。地下室かなにか。そのことは頭の隅に追いやって、これまですっかり忘れていた。自分には自分の人生がある。新しいアパートメントにも引っ越した。ここ数年で初めて、幸せな気分を味わっている。なのに思いだしてしまった。メモリースティックに入っていた動画。削除した動画。謝礼金は百万クローネ。情報受付窓口の無愛想な女性に言ったことは嘘だったかもしれない。謝礼金につられて電話をかけたのかもしれない。気を引かれたのはたしかだ。夫はひどく怖がっているようだった。強気な男だったのに。震える声で、おれになにかあったら警察に行けと言っていた。夫はどこかに地下室をつくっていた。荷物用のエレベーターと換気扇のある場所。動画は消してしまった。もうあの男と関わりたくなかったから。夫のことを考えるだけで気分が悪くなる。とにかく縁を切ってしまいたかった。頭のなかや人生にこれ以上夫を居すわらせるのはごめんだった。だから、あの動画を消した。それですべては過去のものになった。先週、新聞を読むまでは。犯人逮捕に結びつく情報を提供した者に百万クローネの謝礼金。パウリーネ、ヨハンネ、アンドレア、カロリーネ。そのとき、気づいた。

夫がつくったのは、少女たちを監禁するための部屋だ。

サーラ・キーセはハンドバッグからガムを取りだし、あたりを見まわした。待ち合わせの場所はたしかにこの通りだったはず。オスロ警察の本部はグルンランにあると思っていたが、そうではないようだ。いや、本部はあそこだが、ほかにもオフィスがあるのかもしれない。突然ドアが開き、ブロンドで長身の、そばかすがたくさんある女性が現れた。

「サーラ・キーセさん？」

「はい」

「こんにちは。アネッテです」そばかすの女性警官はそう言って、身分証を見せた。

「すぐに電話しなくてすみません」サーラは謝った。「なかなかつながらなかったし、その、夫とはうまくいっていなかったもので」

「ご心配なく。こうして来てくださったことが重要ですから。例のノートパソコンは持ってきていただけました？」

「はい」サーラ・キーセはうなずき、バッグを指差した。

「助かります。ではご案内しますね」

アネッテという警官は黄色いレンガの建物のドアを示し、スキャナーにカードをかざした。

エレベーターではなにも話さなかった。アネッテは情報受付窓口の女性よりずっと感じがいい。サーラは安心した。連絡がすっかり遅れてしまったことを非難されるのではと心配していたのだ。非難ならこれまでいやというほど受けてきた。もうたくさんだ。

「どうぞこちらへ」アネッテは笑みを浮かべ、廊下の奥へとサーラを案内した。

ドアの前にたどり着いた。鍵がかかっている。アネッテがもう一度スキャナーにカードをかざした。ドアが開くと、目の前にモダンなオフィスが広がった。ずいぶん忙しそうだ。人々が小走りに行き交い、電話がひっきりなしに鳴っている。

「なかへどうぞ」アネッテはまた微笑み、ガラスの壁の奥にある個室を示した。

くしゃくしゃの短い髪をした若者が入り口に背を向け、数台のディスプレイに向かってすわっていた。まるで映画のワンシーンのようだ。いくつものコンピューター、ケーブル、小さく点滅するライト、そこらじゅう最新機器らしきものであふれている。

「こちらはガーブリエル・ムルク」アネッテが言った。「ガーブリエル、サーラ・キーセが来られたわよ」

若者は立ちあがってサーラの手を取った。

「こんにちは、サーラ」

「こんにちは」

「どうぞ、おかけください」アネッテはそう言いながら、椅子のひとつに腰かけた。

「なぜお電話くださったのか、もう一度話していただけますか」

「はい」サーラは咳払いした。

そして簡単に事情を説明した。夫の死。弁護士。メモリースティック。動画。夫がつくった部屋。夫がおびえていたこと。いまになって、あの部屋に少女たちが監禁されていたのではと思いいたったこと。

「動画はコンピューターから削除したんですよね」若者が尋ねた。

サーラはうなずいた。

「消さなければよかったでしょうか」

「そうですね、残しておいてもらえたほうがよかったですが、見つけられると思います。ノートパソコンは持ってきてもらえました？」

サーラはバッグからコンピューターを取りだし、若者に手渡した。

「それと、メモリースティックはお持ちじゃないんですね」

「ええ。家のゴミと一緒に捨ててしまって」

「ハハッ、そうですか。残念ながらそれじゃあ見つけられそうにないですね」若者はウィンクした。

サーラは笑顔になった。ここの人たちはとても感じがいい。重たい肩の荷がすっかり下りたような気がした。電話したときのように、ぞんざいに扱われたり、非難がましいことを言われたりするのではないかと恐れていたのだ。

「供述書を作成したいのですが、いいかしら」アネッテが尋ねた。

「はい」サーラはうなずいた。

「コーヒーはいかが？」

「ええ、お願いします」

そばかすの女性警官はもう一度微笑むと、部屋を出ていった。

59

朝の祈りのあと、ルーカスはシモン師から今日一日をともに過ごそうと告げられた。思わず自分の耳を疑った。ともに？　ふたりだけで？　興奮のあまり頬が赤らむのがわかった。師のそばにいることは多いが、師はなにかと忙しい身だ。神と対話したり、迷える者たちに神の教えを説いたり。ルーカスのほうも、床の拭き掃除や洗濯、師のシーツの交換といった、別の大切な仕事を与えられることがほとんどだ。数年前のある夜、おまえはわたしにとっていちばん身近な、右腕のような存在だと師は言ってくださった。その日からルーカスには誇りが芽生え、堂々と師の傍らに立てるようになった。背筋を伸ばし、顎を上げて。けれど、ずっと願っていることがひとつだけあった。これまでのことについて文句を言うつもりはない。そんなことは思いもよらないが、もしもできるなら、神との対話の際にも自分をそばに置いてほしかった。

それを今日、師はかなえてくださろうとしている。師の目が語っていた。今日、おまえはわたしとともに過ごす。ルーカス、おまえとわたしのふたりきりだ。思いちがいではない。今日、ルーカスは真に選ばれし者になるための儀式を受ける。神秘に触れ、神の声を聞く。まちがいない。朝食をとったあと、ふたりで農場、つまり〝天国の門〟を出てどこかへ行くことになった。それにしても、農場の女たちは本当に料理がうまい。こんなすばらしい女たちを選ぶなんて、師はさすがだ。神の声に従う十五人の女たち。料理をつくり、掃除をし、洗濯をする。とても働き者だ。天国に伴うのにふさわしい女たちだ。自分のことで頭がいっぱいで、うぬぼれが強く、テレビの前から動かず、娼婦のように厚化粧をして、男にあれこれ指図するような女たちとはちがう。

ルーカスは車を発進させ、門を出た。神のお計らいで天気にも恵まれた。空高く輝く太陽。まちがいない。きっと今日がその日になる。今日、神の神秘に触れるのだ。それについては、もちろんほとんどなにも知らない。師が二、三ヒントをくださったのと、神と対話する師の声を何度かこっそり聞いたことがあるくらいだ。盗み聞きをすることに罪悪感はあるが、どうにも我慢できなかった。師はいつも執務室で神と話をされる。執務室から声が聞こえると、ルーカスはいつも外の廊下で床磨きをすることにしていた。そうすれば、ひざまずいて床を磨きながら、過ちを犯すこともなく、神の言葉を聞ける。師は運転免許の講習料を支払ってくださった。身のまわりのものを買ってくださるのも師だ。ハレの日用の黒い服。祈禱用の白い服。三足の靴。そして自転車。もちろん、食べ物や教会の屋根裏部屋も与えてくださっている。師はお金持ちだ。神は師に富を与えられた。師は金に価値を見出さない人々とはちがう。神がいれば金は必要ないなどと説く者が多いが、師はそんな愚かなことは言わない。天国ではなにもかも与えられるから金は必要ないが、この世では事情がちがうとおっしゃっている。新聞も読まなければテレビも見ないルーカスでさえ、この世が金で成り立っていることは知っている。貧しい者もいれば金持ちもいる。貧困は神から与えられた罰であることが多い。罰を受ける理由はさまざまだ。同性愛、薬物中毒、姦淫、神への冒瀆、親不孝。ときに神は、国や大陸全体を罰することもある。洪水や干ばつといった災害の形をとることも多いが、たいていは貧しさを味わわせることによって罪を思い知らせる。とはいえ、金持ちがみな神から富を与えられたわけではないことも知っている。神から金を奪った者たちもいる。単純な話だ。すべての金は神のものだ。師のように神から与えられたのではないのに、あまりに多くの富を持つ者は、それを不正に手にしたということであり、そういう者は罰を受けなければならない。

ルーカスはシモン師の指示に従って車を走らせた。教会へは行かず、坂をのぼって森の奥へ入り、小さな湖へ向かった。車をとめ、師のあとに続いて歩くと、湖のほとりのベンチにたどり着いた。ルーカスはそっと師のほうをうかがった。まえから思っていたことだが、長く伸ばされた師の白髪はアンテナのように見える。神と直接交信するための聖なるアンテナとでも言おうか。天頂に達した太陽が、後光のように師を照らしている。全身がぞくぞくし、指先まで震えが走る。とてもじっとしていられず、自然と笑みがこぼれた。

「水のなかに悪魔が見えるかね」師が指を差しながら尋ねた。

ルーカスにはなにも見えなかった。暗くしんとした湖が広がるばかりだ。湖面にはさざ波ひとつ立っていない。木々の梢では鳥がさえずっている。悪魔の気配はどこにもない。

「どこでしょう」ルーカスは目を凝らした。

見えないとは言いたくなかった。それは利口ではない。これは儀式を受ける資格があるかを試すテストかもしれないのだ。

「そこだ」師はそう言って、また指を差した。

やはりなにも見えない。嘘はつきたくないが、見えないとも言いたくない。だから、さらに目を凝らした。ひたすら見つめつづけ、悪魔が現れないかと目をすがめてもみたが、なにも起こらなかった。

「見えないのだね」とうとう師がそう言った。

「ええ、見えません」ルーカスは恥ずかしさのあまりうなだれた。

「悪魔を見たいか」

もっと努力をしろと叱られるかと思っていた。師はときどき、信心の足りない者たちをそんなふうに叱責するからだ。だが、いまは怒る様子もなく言葉を続けた。

「ルーカス、わたしはおまえを信じている」温かみのこもったやさしい声だった。

「だが、悪魔が見えない者を連れていくことはできない。悪魔が見えなければ、神も見えないからだ」

ルーカスはいっそう深くうなだれ、無言でうなずいた。

「天国へ行きたくはないか」

「もちろん、行きたいです」

「見せてほしいかね」師は微笑んだ。

「見せる？」

「悪魔を」師はまた微笑んだ。

ルーカスは喜びとかすかな恐れを同時に感じた。もちろん、師の導きがあるなら見てみたくはあるが、悪魔についてはいろいろ耳にしているので、対面する覚悟があるかと考えると、心もとなかった。

「服を脱いで、水に入りなさい」師がそう告げた。

ルーカスは面食らった。今日は暖かいとは言えない。春を迎えた森には緑が芽吹いているものの、風はまだ冷え冷えとしている。水は恐ろしい冷たさにちがいない。

「どうした？」師は眉をひそめた。

　ルーカスはのろのろと立ちあがり、服を脱ぎはじめた。ほどなく、裸になって師の前に立った。身を切るような風に、痩せた青白い身体が震える。師はなにも言わずに長いことルーカスを眺めていた。頭のてっぺんから爪先まで。ルーカスは恥ずかしくてたまらず、身体を手で覆いかくしたい衝動に駆られたが、これも儀式の一部にちがいないと自分に言い聞かせた。ここを乗り越えなければ、次の段階に到達できない。少しくらいのばつの悪さは我慢しなければならない。

「では、水に入りなさい」師はそう言って、手で湖を示した。

　ルーカスはうなずき、水際に近づいた。片方の爪先を水に浸したが、すぐに引っこめた。凍りつきそうな冷たさだ。大きな鳥が木から飛びたち、雲を目指して舞いあがった。ルーカスは両手で身体を抱きしめ、自分も飛べたらいいのにと思った。そうすれば、神のもとへまっすぐ飛んでいき、そこで永遠に暮らせるのに。方舟（はこぶね）に乗りたくないわけではない。もちろん自分だって方舟に乗りたい。なんといっても、そこに乗るのは神に選ばれた人々なのだから。でも、翼さえあれば、儀式を受けるためにこんなことをする必要もない。師のほうを振り返ると、塩柱にされたロトの妻のようにじっとベンチにすわっていた。ルーカスは覚悟を決め、冷たい水に一歩を踏みだした。痛い。氷の上に立っているようだ。どこまで進めばいいのか尋ねたかったが、なにも言ってもらえない。師がベンチから立ちあがり、二、三メートルのところまで近づいてきた。長く白い髪には後光が差しつづけている。

「悪魔が見えるか」師がまた尋ねた。

「い、い、いいえ」ルーカスは震えながら答えた。

湖の奥へと脚を踏みだす。口に出すのを憚(はばか)られる身体の一部が冷たい水に触れ、さらに進むと、腰まで水に浸かった。

「どうだ、見えたか」

やさしさの消えた、冷え冷えとした響き。湖の水のような冷たさだ。身体から感覚が失われ、全身が消えていくような気がする。ルーカスはうなだれ、力なく首を振った。自分が情けなかった。どうしても悪魔が見えない。なにも見えてこない。自分には天国に行く資格がないのだろうか。ほかの人々が永遠なる神の国に召されるあいだ、娼婦や盗人と一緒にこの世に残され、じりじりと身を焼かれ、焦げた肉が骨から剝がれ落ちるさまを見ているしかないのだろうか。

突然、師が身を躍らせ、水飛沫をあげながらルーカスに近づいてきた。と、首の後ろを冷たく硬い手でつかまれた。逆らおうとしたが、まるで歯が立たない。頭を押さえつけられ、水に沈められる。顔が水に浸かり、息ができない。パニックになり、腕を振りまわした。空気を吸わないと。だが、師の手は緩まない。さらに深く沈められる。

「悪魔が見えるか!」師が叫んだ。

ルーカスは目をあけた。身体から力が抜けていく。このまま死ぬ、そう感じた。いまここで最期を迎える。だから森へ連れだされたのだ。この湖へ。儀式のためでなく、死ぬために。自由になろうともがいたが、無駄だった。師はなにかに取り憑かれてしまったかのように、重たい鉄の鉤爪のような手で押さえつけてくる。目がかすんできた。肺が空気を求めて悲鳴をあげているが、逃げることができない。顔を上げることができない。生きようとする力がしだいに失われていく。もはや動くことも、悲しむこともできない。冷たいはずの水が温かく感じられる。身体も温まってきた。投げだされた自分の指が痙攣しているのが見える。師は叫びつづけているが、もうなにを言っているのかもわからない。どのくらい沈んだままなのかもわからない。すでに時間は失われ、永遠だけが残されている。自分は死ぬ。死期が来たのだ。抗っても意味がない。

と、いきなり水中から頭が引きあげられ、冷たい春の空気にさらされた。ルーカスは咳きこみ、胃のなかのものを吐きだした。肺が爆発しそうだ。師に首をつかまれたまま、岸へと引きずりあげられた。水際に倒れこみ、むさぼるように空気を吸いこむ。全身が痺れている。

傍らにひざまずいた師に髪をなでられた。目を見開いて茫然とその顔を見上げた。

「悪魔が見えたか」師が微笑んだ。

ルーカスはうなずいた。首が折れそうなほど激しく。

「よろしい」師は笑みを浮かべたまま、ルーカスの頬をやさしくなでた。「これでおまえの準備は整った」

60

マーリン・ストルツのアパートメントに足を踏み入れたミアは、キムを驚かせたもののの正体を自分の目でたしかめていた。

「こんなにたくさんの鏡を見たのは、生まれて初めてだ」キムはまだ動揺していた。

「ここに入ってきたとき、おれが仰天したのも納得だろ」

ミアはうなずいた。マーリン・ストルツのアパートメントは、さながら遊園地のミラーハウスのようだった。どこもかしこも鏡だらけだ。アパートメント全体の壁が、一センチの隙間もなく鏡で覆いつくされている。天井から床まで、部屋という部屋がすべて。

外で一時間待機したものの誰も現れなかったため、ムンクは室内の捜索を決断した。ミアは反対だったが、口には出さなかった。ボスはムンクだ。本当は車内でもうしばらく待つほうがいいと思った。そのほうがよかったのに。これで自分たちの動きが知られてしまった。ムンクは捜索班の出動を要請した。結果、警察の存在が近所じゅうに知れわたることになった。マーリン・ストルツは二度と戻ってこないだろう。ミアにはそうわかっていたし、ムンクもわかっていた。それでもなお、捜索班を招集したのだ。やはりアネッテの言うとおりなのだろうか。ミリアムとマーリオンはフログネルの隠れ家に避難中で、母親は教会と関係がある。ムンクはこの事件に深く関わりすぎているのだろうか。

「こんな部屋、見たことあるか」キムが訊いた。

ミアは首を振った。もちろん、見たことはない。似たような場所に行ったこともない。どこに立っても、どこを向いても、自分の姿が映る。どうにも気が落ち着かず、目のやり場がないかと探すが、どこにも逃げ場はない。疲れた自分の顔が見返してくる。他人の顔のように思える。輝きを失った青い瞳や肌に、アルコールと薬の痕跡が残っている。虚栄心が強いほうではないが、いまの姿はあまりにもひどすぎる。しかも、マーリン・ストルツを取り逃がしてしまった。

ミアとキムのいるキッチンに入ってきたムンクも、居心地が悪そうだった。鏡張りの冷蔵庫の前でため息をついている。ふだんは鏡の前で過ごす時間などたいしてないにちがいない。自分の姿と睨めっこをしている。なにを思っているのだろう。

「手配書を作成した」ムンクが口を開いた。「ガーデモエン空港、オスロ中央駅、トルプ空港に人員を配置し、主要道路にも車両を配備してある。だが、今度もしてやられたかもしれんな」

ムンクはひげをなでながら、鏡に映った自分の顔にまた目をやった。

「こりゃいったいなんなんだ、ミア？」

ミアは肩をすくめた。この手の疑問の答えを求められるのはいつも自分だ。だが、いまはなにも思いつかなかった。鏡張りのアパートメント？　四六時中自分の姿を見ていたいなどと思うのはどんな人間なのだろう。自分の姿が消えそうで怖いから？　鏡に映った姿を見て自分自身の存在をたしかめずにはいられないから？　なにかが見えそうになっているが、まだ漠然としている。疲れすぎているせいだ。あくびを嚙み殺す。いますぐ眠ってしまいたい。どの角度から見ても、自分が休息を必要としているのがわかる。

五十がらみの小柄な男がキッチンの入り口に現れた。名前は忘れたが、捜索班の班長だ。

「なにかわかったか」ムンクが期待のこもった声で訊いた。

「なにも」班長は答えた。

「なにか見つかったはずだ」

「いいえ、本当になにも。ここにはなにもありません。写真も。私的な持ち物も。手書きのメモも。新聞も。鉢植えもない。クロゼットに服が数着と、バスルームにかなりの数の化粧道具があるくらいで。ここに住んでいたように思えないほどです」

ミアの脳裏に、ヒトラ島の自分の家が浮かんだ。自分も同じだ。私的な持ち物がまるでない家。服、アルコール、薬、そしてコーヒーマシンだけ。なにもかも、ずっと昔のことのように思える。遠い記憶。この世から消える準備を整え、空に向かって別れの乾杯をしてから、二週間しかたっていないのに。

こっちよ、ミア、いらっしゃい。

「彼女はここに住んでいない」ミアは言った。

「なんだと」ムンクが訊き返した。

ミアはひどい疲労を覚えながら、なんとか気力をかき集めた。

「彼女はここに住んでいません。マーリン・ストルツはここに住んでいますが、それは本当の彼女じゃないんです。どこか別の場所に住んでいるはず」

「どういう意味だ」キムが言った。「彼女はマーリン・ストルツじゃないのか」

「マーリン・ストルツという名前はどこにも登録がない。偽名だ」ムンクがじれたように言った。

「なら、彼女はどこに住んでるんです?」キムが訊く。

「別のどこかに決まってるだろ。しっかりしてくれ!」ムンクが声を荒らげた。

明らかにムンクにも疲労が溜まっている。

「ここには少女を閉じこめておく場所がない」

そう言うと、ミアはテーブルのそばにすわった。疲労困憊していて、もう立っていられない。目の奥が刺すように痛い。いますぐここを出ていきたい。でないと、鏡に映った影に打ち負かされてしまう。

「マーリン・ストルツはここに住んでいます。でも、マーリン・ストルツは実在しません。私的な持ち物はどこか別の場所に保管してあるんでしょう。本当の自分になれる場所に。少女たちの監禁場所もそこです。山小屋か人目につかない一軒家か。ガーデモエン空港とトルプ空港に配備した人員を呼び戻してください。彼女は国外へは出ません」

「なぜわかる？」ムンクが言った。

「家にいたがっているから」ミアはため息をついた。「なぜかは訊かないで」

「今日いっぱいはそのまま待機させる。おれたちはケアホームに戻ろう。マーリンについてなにか知っている人間がいるはずだ」

ムンクはキムのほうを向いた。

「職員全員に事情聴取をしたいんだが、任せてもいいか」

キムはうなずいた。

「わたしはちょっと眠らなくちゃ」ミアはつぶやいた。

「帰っていい。連絡する」

「あなたも少し眠らないと」

「おれはだいじょうぶだ」ムンクはぼそっと言った。

「それじゃ、そろそろ引きあげてもいいですかね」捜索班の班長が訊いた。

「だめよ」

「なぜ?」

「なにか見落としてるはず。ものを隠すための場所があるはずよ」

「どこもかしこも調べたがね」班長はぶすっとした顔で答えた。仕事のやり方に口を出すなと言いたげだ。

ミアは気遣いを示す気力もなかった。いまにも倒れそうだ。

「コンタクト」ミアは言った。

「え?」

「コンタクトレンズよ。彼女はコンタクトレンズを着けていた。化粧品や服を置いたままにしてるなら、コンタクトレンズもここに置いてあるはず」

「なぜコンタクトレンズをしていると?」班長が言った。

忍耐力が限界に近づいている。

「わたしが会ったとき、彼女の目は両方とも青かった。でも、左右の色がちがうという証言がある。だからコンタクトレンズがここのどこかにあるはずよ。それに、コンタクトレンズを隠しているなら、ほかにもなにかあるかもしれない」

「といっても、もう調べ――」

「もっとよく探すんだ!」ムンクが班長を怒鳴りつけた。

「でも、どこを?」

「コンタクトレンズは涼しい場所に保管されているはず。鏡を調べて」

「でも――」

「まずはバスルームから。たいていはそこに保管しておくものだから。壁の鏡を押してみて。片っ端から」

立ちあがった瞬間、ミアの視界が暗くなった。膝ががくんと折れたが、キムに支えられ、どうにか倒れずにすんだ。

「ミア?」

「だいじょうぶか、ミア」

ミアはわれに返り、自力で立った。弱みを見せたくはない。同僚の前ではとくに。まったく、なんてザマだろう。

「だいじょうぶです。睡眠と食事が必要なだけ。電話してください」

ふらつきながらドアをあけ、階段室に出ると、ずっと気分がよくなった。鏡だらけのアパートメント。天井から床まで一面の鏡張り。鏡だけしかない部屋なんて、こんなことをするのはいったいどんな人間なのか。

ミアはふらつきながら階段を下り、警官のひとりをつかまえて家まで送らせた。〝家〟というのは誇張だ。これのどこが家なのか。家なんかじゃない。自分に家はない。オスロのホテルに寝泊まりし、私的な持ち物は貸倉庫に預け、所有している家は遠いヒトラ島にある。それがいまの自分。何者でもない。だから、鏡に映る自分を見るのがあれほどつらかったのだ。

ミアは服も脱がずにベッドに突っ伏すと、眠りに落ちた。

61

「ママ、なにしてるの」

娘のマーリオンが窓際のソファーに腰かけたミリアム・ムンクに尋ねた。カーテンは閉めたままにしておくように言われていたが、ミリアムには我慢できなかった。閉塞感に耐えられず、外を覗いて、まだ世界が存在しているかたしかめずにはいられなかった。

「ちょっと見てるだけよ、マーリオン。寝てなかったの？」

近づいてきたマーリオンがミリアムの膝の上にすわる。

「眠れないんだもん」

「眠らなくちゃだめよ」ミリアムは娘の髪をなでた。

「わかってる。でも、さあ眠るぞって思っても、眠れないでしょ？」マーリオンは小首をかしげた。

「そうね、だから眠りに落ちるって言うんでしょうね」ミリアムは小さく微笑んだ。

近頃、マーリオンはすっかりませて、理屈っぽくなってきた。小さかったころの自分をいやでも思いだす。意地っ張りで強情で、そしてませていた。ミリアムはため息を漏らし、カーテンを閉めた。子供のころのことはなるべく思いださないようにしていた。両親が離婚したあと、思い出の一部は消えてしまった。偽りだらけの幻だったみたいに。親たちはずっと離婚の話を進めていた。十五歳くらいのころ、そのことを疑いはじめた。両親は長いこと自分に嘘をついていた。けれど、それももう過去のことだ。あのころ自分は怒っていた。ものすごく腹を立てていた。怒りの矛先はほぼ父親に向けられていた。殺人捜査課の刑事、ホールゲル・ムンクに。父のことはずっと自慢だった。パパは警察官なのよ。あなたのパパが悪いことをしたら、パパに刑務所に入れられちゃうわよ。でも、その父にひどく傷つけられた。父のせいで母は別の男に身をゆだねてしまったのだ。相手の男のことを、ミリアムはどうしても好きになれなかった。いまはもう大人になったが、それでもまだわだかまりが残っている。もともと、父とは馬が合った。仲のいい父娘だった。もっと早く決着をつけておくべきだった。父に言うべきだった。ごめんね父さん、つらい目に遭わせて悪かったわ、と。なのにそうできずにいた。意地っ張りで強情だから。でも、そろそろ潮時のような気がする。近いうちに、父と話をしてみよう。

「ねえ、それじゃ、眠りに落ちなさいって言って」

「わかったわ、マーリオン。寝室へ行って、眠りに落ちなさい。できるでしょ?」

「でも、とっても難しいんだよ」ブロンドの幼い娘は不満顔だ。「ジャクソン・ジキルとフランキー・シュタインのことが気になるの。あの子たち、家でふたりっきりなんだもん」

最近、父がマーリオンに買い与えた人形たちだ。

「あら、あの子たちならだいじょうぶよ」

「どうしてわかるの」

「さっきパパと話をしたとき、あの子たちは元気だって聞いたから。マーリオンによろしくって言ってるって」

マーリオンがわけ知り顔になる。

「嘘ついてるでしょ、ママ」

「ママが嘘を？　やだ、なぜそんなこと言うの？」ミリアムは微笑んだ。

「人形たちはしゃべったりしないもん」

「一緒に遊んでるときに、おしゃべりしてるじゃない」

「あら、ママ。あれはわたしの声だよ、知らなかったの？」

「そうなの？」ミリアムは驚いたふりをした。「あなたの声だったの？　あの子たち、話ができるんだと思ってた」

マーリオンはくすくす笑った。

「ママって、ときどきころっと騙されるよね」

「そう？」

「うん、そうだよ」

「ママを騙したことがあるの？」

「うん、あるよ」

マーリオンはソファーの上の毛布をたぐり寄せて自分の身体にかけ、頭をミリアムの胸にもたせかけた。セーター越しに、娘の小さな鼓動が伝わってくる。

「へえ、どんなときにママを騙すの」

「歯は磨いたよって言うときとか」

「ほんとは磨いてないのに？」

「磨いてるよ、でもそんなにちゃんとは磨いてない」

「じゃあ、ちゃんと歯を磨いたのってママが訊いたとき、そうしてないことがあるのね」

「そう」マーリオンがまたくすくす笑う。

「じゃあ、どのくらいきれいにしてるの」

「まあまあかな」

ミリアムは苦笑し、娘のブロンドの髪をなでた。

「そろそろ髪を切らないとね」

「美容院に行くってこと？」

ミリアムはうなずいた。

「わあ、行こうよ！　明日行ける？」

「いいえ、明日はだめよ。おうちに帰ってからじゃないと」

「いつおうちに帰れるの」

マーリオンが訴えるような目をする。

「わからないわ、マーリオン。お祖父ちゃんがいいって言ったらね」

「帰ったら、新しいおうちになってる？」

ミリアムはわけがわからず娘を見た。「どういうこと？」

「ほら、〝バス、どけて！〟ってやつ」

「バスどけて？　いったいなんのことを言ってるの、マーリオン」

「え、知ってるでしょ？　テレビだよ。ひどい家に住んでいる人たちがしばらくどっかに行ってるあいだに、誰かが新しい家を建てるの。戻ってきたら、外にバスがとめてあって、みんなで叫ぶの。〝バス、どけて！〟って。そしたら、バスの向こう側には素敵な新しい家ができてて、みんなで大喜びして泣いたりするんだよ。わたし、お姫様のベッドがあるピンクの部屋がいいな。そういう部屋にしてくれる？」

「お姫様のベッド？」

「そうよ」

「どうかしらね。そんな番組をいつ見たの」

「お祖父ちゃんと」

「ふたりで《エクストリーム・メイクオーバー》を見たのね」

「へえ、そんな名前だったんだね、ママ」

マーリオンを預けるとき、見せてもかまわないテレビ番組を父には伝えておいたが、馬耳東風だったことがはっきりした。それにしても、父があんな番組を？　想像もつかない。

「お祖父ちゃんと、ほかにどんな番組を見てるの」

「うーん、それは言っちゃいけないんだ」

「どうして」

「コーラを飲むのと、テレビを見るのは、わたしたちだけの秘密なのよ、ママ。わかるでしょ。わたしとお祖父ちゃんだけの秘密。ママには内緒。そういう決まりなんだよ」

「そうね。誰にも言っちゃいけないわ」

マーリオンがミリアムの首もとに顔を埋め、目を閉じた。親指を口に持っていきかけたが、数センチ手前でとめ、手をお腹の上に戻した。いい子ね。ミリアムは何年もかけて娘の指しゃぶりをやめさせようとしてきた。大変だったが、やっと努力が実を結びつつあるようだ。ミリアムは娘の身体を毛布でくるみ、強く抱きしめた。

「ママ?」

「眠ったと思ってたわ」

「眠ってたら、話せないでしょ」マーリオンがまた生意気を言う。

「ええ、そりゃそうね」ミリアムは笑ってしまった。

笑っちゃいけなかった。それはわかっている。笑うなんて。そんな反応をしたら、マーリオンは調子づいていつまでも話そうとするだろう。でもとめられなかった。正直に言うと、起きていてほしかった。マーリオンが眠ってしまうと、アパートメントはしんと静まりかえって、抜け殻のようになってしまうから。

「なにを訊こうとしたの?」

「どうしてパパはここにいないの」

なんと答えればいいのかわからなかった。安全上の理由から、ヨハネスはふたりの居場所を知らない。少女を木に吊るすような殺人犯なら、ふたりの隠れ場所をヨハネスから訊きだすことだってできるだろう。婚約者のことを考えると、温かい気持ちが胸に広がった。父は頑固だった。式は中止するしかない。精いっぱい抵抗はしたものの、結局は従った。心はいやだと言っていたが、頭ではそうすべきだとわかっていた。

いま家族や友達をひとつの教会に集めるわけにはいかない。あまりに無責任すぎる。誰のためにもならない。マーリオンが五番目だとわかったいまは。

チクタク、かわいいマーリオンが五番目だ。

父はミアに激怒していたが、ミリアムは教えてもらって感謝していた。なにも知らずにいるより、事態を把握しておいたほうがいい。

「どうして黙ってるの、ママ」

「パパはお仕事があるから。でも、マーリオンを愛してるって言ってたわ」

「電話してたの？」

「ええ、ついさっき」

「えー、どうしてパパと話をさせてくれなかったの」

「だって、眠ってたから」

「眠ってなかったよ」

「眠ってると思ってたのよ」

「それは同じじゃないよ、ママ。次はちゃんとたしかめてね。ほんとだよ、眠ってないこともあるんだから」

ミリアムはまた微笑んだ。

「わかったわ、そうする」

「そうしてね」

マーリオンは毛布を押しやり、立ちあがった。

「もうベッドに行ってもよさそう」

「えらいわ、マーリオン。お部屋まで一緒に行ってほしい？」

「もう赤ちゃんじゃないもん」マーリオンはあくびをした。「ベッドがどこにあるか、ちゃんとわかってる」

ミリアムはにっこりした。

「いい子ね。じゃあ、ママにおやすみのハグをしてちょうだい」

マーリオンは身をかがめて母をぎゅっと抱きしめた。

「わたしの部屋はお姫様のベッドがあって、ピンク色じゃなきゃだめだよ、覚えててね。〝あのバス、どけて！〟みたいに」

「知らせておくわ」ミリアムはまたにっこりして、マーリオンの頬にキスした。

「おやすみなさい」

「おやすみ」

マーリオンはネグリジェ姿でスキップしながら部屋を出ると、階段を上がっていった。ミリアムはソファーから立ちあがり、キッチンへ行って紅茶を淹れた。携帯電話が震えだしたので、居間に駆けもどり、メールの送信者を確認した。

〝ミリアム、悪いが、今夜また移動しないといけない。問題が起きた。くわしくはあとで。いまから迎えをやる。OK? M〟

いまから? ああ、もう。マーリオンがやっとベッドに戻ったところなのに。まあいいわ。あの子はまだ軽いから、抱っこしていける。問題とはなんだろう。とにかく、返信しておこう。

〝OK:)〟

ミリアムは廊下に行き、スーツケースを出した。荷物は多くない。ふたりの着替えが数着。洗面用具。最低限の必需品だけだ。荷造りは十分ですんだ。キッチンから紅茶の入ったマグカップを持ってきて、またソファーに腰を下ろした。今度はどこに行くのだろう。最初のアパートメントは狭い部屋が一室あるきりで、テレビもなく、圧迫感でおかしくなりそうだった。いまいるアパートメントはずっと広いし、家具も豪華だ。きっと人目を避けたいVIPが来たときに使われる場所だろう。極秘で。うるさいジャーナリストたちから隠れるにはもってこいの場所だ。いまの自分みたいに。ジャーナリズムのコースを途中でやめたのはそのせいだろうか。ジャーナリストになっても満足できないから？　もっと役に立つことがしたかったから？　人々を助けるとか。ちがう、そういうことじゃない。ジャーナリストになることは全然悪いことではない。なぜそんな考えが湧いてきたのだろう。ジャーナリストにもいろんな人がいる。教師や警官にいろんな人がいるのと同じように。セレブのゴシップばかりを書きたてるのではなく、不正を暴くジャーナリストもいる。そういうジャーナリストになりたかった。なにかのために闘いたかった。ベストドレッサーは誰かとか、クリスマスにセレブ達がなにを食べたかとか、そういうくだらない話題を提供するのではなく、人々を啓蒙するために頭を使いたかった。

紅茶を飲み終えたとき、チャイムが鳴った。ミリアムは立ちあがり、インターホンのボタンを押した。

「はい？」

「こんばんは。準備はできていますか」

「ええ、上がってきてください」

ミリアムは解錠ボタンを押し、靴を履いた。廊下に置いたスーツケースのところへ行ってジャケットを着た。車で移動するあいだ、マーリオンが目を覚まさないといいけれど。機嫌を悪くして、もう寝てくれないかもしれない。

玄関のドアを軽くノックする音がした。チャイムは鳴らさない。なかなか気遣いのある警官だ。子供が眠っていることをちゃんと考えてくれている。ミリアムは玄関に行ってドアをあけた。外に人が立っていた。マスクのようなものを着けている。かつらも。反応する時間はなかった。顔に布を押しあてられた。それから、声が聞こえた。

「おやすみ」

ミリアムは意識を失った。

62

ミア・クリューゲルは、〈カッフェ・ブレネリーエ〉の窓際の席にすわり、眠気と闘っていた。ホテルの部屋で眠りに落ちるまえに、アラームをセットしておいた。罪悪感から二、三時間しか眠らなかったが、身体がそれに抗議の声をあげていた。ひたすらベッドに戻り、上掛けの下に潜りこんで、夢の世界に行きたかった。

ミアはあくびを嚙み殺しながらキム・コールスに電話をかけた。

「もしもし、キムだ」

「ケアホームの職員からなにか情報は？」

「ない」キムはため息をついた。「マーリン・ストルツのことをよく知る人間が見つからないんだ。人付き合いのいいほうじゃなかったらしい」

「まだホームにいるの？」

「いいや、街に戻ってるところだ。今日休んでいた職員からは、あらためて話を聞かないといけない。なにかわかればいいんだが」

「なにかあったら教えて」

「わかった」

ミアはまたあくびを嚙み殺し、コーヒーのお代わりを頼みに立ちあがった。活を入れるにはこれしかない。コーヒー。大量の。これで頭のギアを入れる。身体を目覚めさせる。さっきまで、鏡の迷路に迷いこみ、出口が見つけられない夢を見ていた。閉じこめられたパニックが、いまも心にのしかかっていた。エスプレッソのダブルを注文し、カップを持って窓際の席に戻ろうとしたとき、カウンターに近いテーブルで、ふたりの女性がぺちゃくちゃと打ち明け話をしているのに気づいた。

話が否応なく耳に入ってくる。

「だからいろいろ試したのよ、でもだめだった」ひとりが言った。

「まあ、残念ね。原因はあなたなの？　それともご主人のほう？」もうひとりが訊いた。

「わからないの」

「本当に残念ね」

「ええ。サポートグループがなかったら、乗り越えられなかったわ。でも彼のほうは、話をするのもいやだっていうの」

「養子は考えてないの？」

「わたしは欲しいと思っているんだけど、主人が、その、そうは思ってないみたい。というより、それについては話そうともしないのよ」

「だめな男ねえ。親のいない子を助けるのは、誰にとってもいいことじゃない。それこそ、ウィン・ウィンてやつよ」

「そうなの。わたしもそのとおりのことを言ってみたけど、夫は――」

「ちょっと失礼します」ミアはふたりに近づいて声をかけた。「お邪魔をするつもりはないんですけど、お話が聞こえてしまって」

ふたりの視線がミアに注がれる。

「その、サポートグループのことなんですが。どういったものなんでしょう」

最初の女性が少しむっとした顔で返事をした。

「子供を持てない女性のためのサポートグループです。それがなにか?」

「友達が……」ミアはそう言いかけ、気を変えた。「わたし……わたし、残念なことに子供ができなくて」

「まあ、お気の毒に」女性は表情をやわらげた。もう気を悪くしている様子はない。ミアも同じクラブの仲間、ともに闘う同志なのだ。

「そこはオスロにあるんですか」ミアは続けた。

「ええ、ブーレルに」女性はうなずいた。

「サポートグループというのは多いんでしょうか」

「ええ、あちこちにありますよ。あなたはどこにお住まい?」

「ありがとうございます。探してみます」

「どういたしまして。養子はお考えになった?」

「考えているところなんです」ミアはカウンターのコーヒーを取りあげた。「助かりました、ありがとうございます」

「困ったときはお互い様でしょ」女性はウィンクした。

「ええ、そうですね」

ミアもウィンクを返し、コーヒーを慎重に席まで運んだ。ちょうど携帯電話が鳴った。

「はい、ミアです」

「ルドヴィークだ。いまいいかい」

「ええ」

「ちょっとわかったことがある。教会のことで」

「どんなこと？」

「数年前まで遡って調べたんだ。ヒューネフォスのヴェルヴェン・ケアホームが告訴していた」

「それで？」

「この教会は以前にもこういうことをしていたようだ。老人を丸めこんで財産を巻きあげている」

「ヒューネフォスで？」

「そうだ。三件あった。裁判にはなっていない。すべて示談で片づいている」

ヒューネフォスのケアホーム。ヒューヴィクのケアホーム。関係があるにちがいない。

「その時期にそこで働いていたすべての職員の名前を調べることはできる？」

「いまやっているところだ」

「ほかにも調べてほしいことがあるんだけど、お願いしても？」

「なんだい」

「赤ん坊が行方不明になるまえの時期に、ヒューネフォスに子供のいない人のための
サポートグループがあったかどうか調べられる？」

「いいとも。明日の朝いちばんにやるよ」

「助かるわ。マーリン・ストルツのほうは、なにかわかった？」

「手がかりなしだ」

「見つけないとね」

「見つけられるとしたら、それはおまえさんだよ」

「ありがとう、ルドヴィーク」

「いや」

「それじゃ、また明日」

「また明日な」

ミアは電話を切り、コーヒーを飲みほすと、革ジャケットを着て店を出た。口もと

には笑みが浮かんでいた。

63

ブーレルの教会に向かうあいだ、ミア・クリューゲルは隣にすわったムンクの様子を心配していた。数えきれないほどの事件をともに担当してきたが、これほどつらそうな姿は見たことがない。口の端に煙草をぶらさげたままなにも言わず、フロントガラスの向こうをぼんやり見つめて、うつろな、あきらめかけてさえいるような表情を浮かべている。ふだんは冷静沈着なこの刑事に、重圧が分厚いコートのようにずっしりとのしかかっている。この事件はムンクの私生活に深く関わっている。ムンクのすべてに。幼いマーリオンに対する脅迫。マーリン・ストルツは、まともに頭が働かなくなるほどホールゲル・ムンクを動揺させている。

「ケアホームからはなにも?」ミアは穏やかな声で問いかけた。

ムンクはけわしい顔で首を振った。

「マーリン・ストルツは二重生活を送っていたようだ。職場での彼女はみんな知っていても、個人的な付き合いがあった人間は誰もいない」

「お母さんとは話をしました？」

微妙な質問だとわかっていたが、しないわけにはいかなかった。遠慮している場合ではない。

ムンクはうなずいた。

「教会のトップは、シモン師とかいう野郎だそうだ」

名前を口にするのもいやそうだ。すっかり平常心を失っている。やはりアネッテの言うとおりかもしれない。ムンクは捜査からはずれるべきなのかもしれない。だんだんそう思えてきた。

「それだけですか。苗字は？」

ムンクは首を振り、ため息をついた。

「シモン師、それだけだ。さらにくわしく調べるよう、ガーブリエルに頼んでおいた」

「もうひとりのルーカス・ヴァルネルのほうは？　お母さんはご存じでした？」

「そいつは助手だと思う」

ムンクはうなずいた。

「あなたはふたりに会ったことは？」

これも訊かれたくはないことだろうが、避けては通れない。

「ああ、遠くから見かけた」ムンクはぼそりと答え、窓をあけた。

ムンクが吸っていた煙草を捨て、次の一本に火をつけたとき、白い建物の前に到着した。事前に知らなければ、そこが目的地だとは気づかなかっただろう。通りから覗いただけでは、まるで祈りの場のようには思えない。ボーイスカウトの宿泊所かなにかの、よくある公共の施設のように見える。門を入り、戸口にたどり着いたところで、ようやくここでまちがいないことがはっきりした。ドアの脇に〝メトセラ教会〟と書かれた小さな表札があり、その上に小さな十字架が取りつけられている。人けはない。ドアには鍵がかけられ、なかでなにか行われている気配もない。

ムンクは階段を下り、砂利道を通って建物の裏にまわった。ミアも続こうとしたとき、携帯電話が鳴った。一瞬無視しようかと思った。ムンクの状態を考えると、目を離したくはない。だが、班全体が非常態勢をとっているいま、電話に出ないわけにもいかない。ミアはムンクのダッフルコートが角の向こうに消えるのを目で追いながら、緑色の応答ボタンを押した。

「もしもし、ミアです」

「ミア・クリューゲルさん？」

聞き覚えのない声だった。

「はい。どなたですか」

「やっと探しだせた」相手はため息をついた。

「あの、どなたでしょう」

「お忙しいときでしたら、もうしわけない。連絡をとろうとしていたのですが、かなり苦労しましてね」

建物の角を曲がると、窓からなかを覗いているムンクが見えた。

「それで、なんでしょう」ミアはいらいらと言った。

「わたしはアルベルト・ヴォル。ボーレ教会の会堂番です」

ボーレ教会。

ミアの家族がそこの墓地に埋葬されている。

「それで」ミアは尋ねた。

「先ほども言いましたが、お邪魔してもうしわけありません」

「なにかあったんですか」

ムンクが窓から離れ、建物の白い壁に沿って歩きだす。

「ええ。一週間前にわかったんですが、非常に奇妙なことが起きまして。対処に困り、ご連絡するしかなかったのです」

「で、なにがあったんですか」

「ご家族のお墓が荒らされまして」

「なんですって。どういうふうに？」

「それが、奇妙な話で。荒らされたのは、お姉さんのお墓だけでした」

ミアはムンクを目で追うことも忘れ、その場に立ちどまった。

「シグリのお墓が？」

「はい、そのようです」会堂番は悲しげに言った。「見たところ、ほかのお墓は無事のようです」

「荒らされるって、どんなふうに？」

「どうお伝えしたらいいのか……かなり不愉快ないたずらでして。誰かがお姉さんの名前を消してしまったのです」

「消した？　どういう意味です？」

「スプレー缶のペンキです。最初はいつものいたずらかと思いました。ときどきあるんです、始末に負えないティーンエイジャーがここらにもいましてね。でも、これは様子がちがうぞとすぐに気づいたんです」

ミアはあたりを見まわした。ムンクは見あたらない。

「様子がちがうって、どういうふうに？」

「あなたの名前が書かれていたのです」

「え？」

「誰かがペンキで、お姉さんの名前の上にあなたの名前を書いたのです」

胸がぞわりとしたとたん、ムンクが建物の角を曲がって現れた。車に戻ろうと手招きしている。

「こちらにお越しいただけませんか」会堂番が尋ねた。

ムンクが腕時計を指でつつき、アウディに戻りながらじれた様子でまた手招きした。

「できるだけ早くうかがいます」ミアはそう答えて電話を切った。

「なにやってる？」ムンクが声を張りあげる。「ここには誰もいない。ルーカスとシモン師の手配書が必要だ」

「え？」ミアは気もそぞろで訊き返した。

誰かがシグリのお墓に行った。

「手配書をつくらにゃならんと言ったんだ」ムンクはますます不機嫌にそう言った。

「連中を探しだして、締めあげてやる」

車はボーゲルルッド通りを走りはじめた。先ほどの電話の内容を話そうかとミアが考えていると、ムンクの携帯電話が鳴った。通話は十秒も続かなかった。電話を切ったとき、ムンクの顔からは血の気が引いていた。

「どうかしたんですか」ミアは不安になって尋ねた。

ムンクは話すことさえままならない様子だった。唇のあいだから絞りだすように声を出す。

「ケアホームからだ。母が倒れたらしい。すぐに行かないと」

「大変！」

「中心街で降ろすから、手配書を用意しておいてくれ」

「わかりました」

ミアは慰めの言葉を探したが、見つからなかった。

ムンクは青い点滅灯のスイッチを入れると、アクセルを踏みこみ、中心街に向けて車を飛ばした。

第五部

64

エミリエ・イサクセンは車でリングコル通りを走っていた。ヒューネフォスで暮らしはじめてまだ一年にもならず、このあたりに来るのは初めてだった。ふと、ハーデラン通りを通って旧道のリングコルヴァイに入ったほうが早かったかもしれないと気づいた。国語を教えている生徒たちの何人かが、町の中心から数キロ離れたこのあたりに住んでいる。エミリエはギアをセカンドに落とし、イェルムンボ通りを曲がった。

エミリエ・イサクセンは高校進学とともに教師を志すようになった。資格をとってすぐに職を見つけ、初日から仕事を楽しんだ。教師になったばかりのころ、同僚の先輩教師たちから助言を受けた。覚えておきなさい、自分の生活も大事にすること、仕事は家に持ち帰らないこと、生徒たちと仲良くなりすぎないこと。よかれと思っての言葉だったが、それはエミリエのやり方ではなかった。だからこそ、いまこうして車を走らせているのだ。

トビアス・イーヴェルセン。

最初の授業のときから、トビアスには気づいていた。ハンサムで、ひょろりと背が高く、利発そうな目をした少年だった。だが、なにかが気になった。それがなにかははっきりしなかった。トビアスはみんなに好かれていたので、いじめなどではなさそうだった。最初はなにが問題なのかつかめなかったが、徐々にわかってきた。トビアスの母親は保護者の懇談会に一度も来たことがない。義理の父親も同じだ。手紙を出しても返事が来ない。電話にも出ない。連絡のとりようがなかった。そのうち、痣に気づいた。トビアスの顔や手にある痣に。体育の授業はエミリエの担当ではないので、トビアスの身体を見たことはなかったが、痣は全身にありそうな気がした。体育の先生に少し話をしてみたものの、相手は古いタイプの教師だった。子供っていうのは転んで怪我をするものだ。やんちゃ盛りの七年生の男子ならなおさらさ――なにか文句でもあるのかね。トビアスにさりげなく訊いてみたこともある。だいじょうぶ？　おうちはどんな様子？　トビアスはなにも言わなかったが、問題があることをその目が物語っていた。こういうことを見て見ぬふりする教師もいる。面倒を嫌ったり、家庭のことには立ち入らないと決めていたり。でもエミリエ・イサクセンはそういう教師ではなかった。

トビアスはまる一週間、学校に来ていなかった。自宅に電話をかけたが、誰も出なかった。それとなく訊いてみたところ、弟も休んでいるとわかった。そこで、学校のカウンセラーに生徒の名前は伏せたまま相談してみた。学校の方針はどうなっているのか。どう対処すべきか。でも、あいまいな言葉しか返ってこなかった。たしかなことがわからないかぎり、なにか手を打つべきだとは誰も言いたがらない。慎重な対応が必要だとしか言わない。これまでにもそういう台詞(セリフ)はさんざん聞かされてきた。だが、エミリエは手をこまねいて見ているつもりはなかった。自宅を訪問するくらい問題はないはずだ。宿題を渡して、母親とちょっとおしゃべりする。ひょっとしたら、両親と面談ができるかもしれない。母親がなかなか家を空けられないというなら、自宅で面談をしたってかまわないではないか。一般的な方法ではないかもしれないが、やってみようと心に決めた。失礼なことなどは言わないつもりだ。咎めだてするつもりもない。力になりたいだけなのだ。きっとうまくいく。もしかすると、学校に連絡をせずに一家で旅行にでも出かけているのかもしれない。ふたりとも病気なのかも。学校では、生徒や教師のあいだで春風邪が流行(はや)っている。考えられる理由はいろいろある。

旧道のリングコルヴァイに入り、トビアスの家の番地にたどり着いた。〝番地〟と言っても敷地の区切りはなく、森の奥に続く小道があるだけだ。道の入り口に置かれた郵便箱には〝イーヴェルセン&フランク〟とある。そこに車をとめて家まで歩いていくことにした。小さな赤い家のまわりに、さらに小さい建物がいくつか並んでいる。かつては小ぢんまりとした素敵なコテージだったのだろうが、いまは廃品置き場のようになっている。錆びついた車が数台放置され、がらくたとしか言いようのないものがそこらじゅうに山と積まれている。戸口まで行ってノックした。返事がない。もう一度ノックすると、奥で物音がした。ドアが開き、薄汚れた小さな顔が現れた。

「こんにちは」幼い少年が言った。

「こんにちは」エミリエは腰を落として、少年と目の高さを合わせた。

「あなたはトルベン?」

少年はうなずいた。口のまわりはジャムで汚れ、手もべとべとだ。

「わたしはエミリエ。トビアスの先生なの。聞いたことがあるかしら」

少年はまたうなずいた。

「兄ちゃんは先生のこと好きだよ」トルベンはそう言いながら頭を掻いた。

「あら、うれしい。トビアスを探してるの。おうちにいる?」

「いないよ」

「お母さんかお義父さんはおうちにいらっしゃる?」

「いない」

トルベンが泣きだしそうな顔になる。

「じゃあ、ひとりでお留守番してたの」

トルベンはうなずいた。

「食べる物がなくなっちゃった」悲しそうにそう言う。

「どれくらいお留守番してるの」

「わかんない」

「夜が何回来た？　何回お外が暗くなった？」

トルベンはしばらく考えた。

「六回か七回」

エミリエはこみあげてくる怒りを押し殺した。

「トビアスはどこに行ったかわかる？」

トルベンはまたうなずいた。

「兄ちゃんは信者の女の子のところだよ」

「それはどこ？」

「森の奥の、湖の近く。ぼくらはそこでバイソン狩りをするの。ぼく、とっても上手なんだよ」

「そうでしょうね。楽しそう。お兄ちゃんがそこにいるってなぜ知ってるの」

「兄ちゃんのメモが、秘密の隠し場所に置いてあったんだ」

「秘密の隠し場所があるの？」

トルベンはうっすらと笑みを浮かべた。

「うん。ぼくたちだけしか知らないんだ」

「まあ、わくわくするわ。そのメモを見せてもらえない？」

「いいよ。入る？」

エミリエはためらった。厳密に言えば、それは許されない。許可なく家に入ることはできない。あたりを見まわした。大人がいる気配はどこにもない。この子は一週間近くもひとりぼっちで、食べ物もろくに与えられずに放っておかれた。それが十分な理由になるはずだ。

「ええ、お邪魔するわ」エミリエ・イサクセンはにっこりすると、少年のあとに続いて家に入った。

65

ホールゲル・ムンクはヒューヴィクヴァイエン・ケアホームの母親の部屋の前に立ち、考えを整理しようとしていた。立てつづけにいろいろなことが起こりすぎた。あまりに多くのことが。マーリオンに対する脅迫があった。娘と孫娘を隠れ家に匿(かくま)わねばならなくなった。マーリン・ストルツの居場所を見つけた。だが取り逃がした。ミッケルソンから何度も電話がかかってきていたが、まだ折り返しの電話をしていなかった。椅子にすわり、脚を伸ばした。ふといやなにおいを感じ、その発生源が自分であることに気づいてぎょっとした。オフィスの椅子で二時間ほど眠ったが、着替える時間はなかった。顔をこすり、閉じそうになる瞼を必死にこじあける。母をここに預けるだけのゆとりがあってなによりだった。宿直の医師がいるから、診察も自室で受けることができる。母は無事だ。幸運なことに、心配されたほど危険な状態ではなかった。

幸運なことに。

携帯電話を出してミリアムにかけたが、なぜか出なかった。首を振り、かけなおしたが同じだった。またか。意地っ張りなやつだ。食べ物と着替えとマーリオンのおもちゃを持っていくと約束していたのに、ここで足止めを食い、まだ行けていない。連絡をくれとメールを打ち、電話をダッフルコートのポケットにしまった。廊下は暖かく、空気がこもっている。上着を脱ぎたいが、身体のにおいがあまりよろしくない。立ちあがって洗面所に入った。蛇口に口を持っていき、水を飲む。鏡に映った自分の姿を見てげんなりした。ひどすぎる。マーリン・ストルツのアパートメントは一面鏡張りだった。あんな部屋は見たことがない。どうしたらあんな場所に住めるのか。五分いるだけで限界だった。マーリン。ミリアム。マーリオン。ミッケルソン。ムンク。Mが多すぎる。試しにミアの真似をしてみることにした。いくつものM。なにか意味があるのか。廊下に戻り、もう一度腰を下ろす。いくつものM？　なんの意味もない。ミッケルソンが正しいのかもしれない。自分はこの件からはずれるべきなのだろうか。誰かに引き継ぐべきなのだろうか。頭がうまく働かない。認めたくはないが、あの女はやり方を心得ている。マーリン・ストルツ。本名は不明だが。こちらの弱点を、つまり私生活を攻撃し、うまく動揺を誘っている。このホールゲル・ムンクの動揺を。もはや整然とものを考えることができない。感情と理性の区別がつかなくなっている。煙草を吸いに外へ行きたかったが、代わりにミントを口に入れた。四人の少女が死に、自分の家族は外も出歩けない。だが少なくとも容疑者はいる。行方知れずの少女もいまはいない。それだけでも意味のあることだ。もうすぐ終わる、と椅子の背にもたれながらムンクは自分に言い聞かせた。あの女を見つければこの事件は終わる。いつのまにか瞼が下がっていた。ドアが開いて宿直の医師が出てきた音に、はっと目を覚ました。電話で知らせてくれたカーレンも後ろにいる。

ムンクは慌てて立ちあがった。

「どんな具合です？」

「だいじょうぶですよ」と医師は言った。「悪いところはまったく見つかりませんでした。少しお疲れになっただけでしょう。ベッドから急に起きあがったせいかもしれませんし、理由はいろいろ考えられますが、なにも心配することはありません。安心してください」

ムンクはほっとため息をついた。

「会えますか」

「眠くなる薬を飲んだところなので、いまはお休みになるのがいちばんです。午後になったらかまわないでしょう」

「ありがとうございます」ムンクはうなずき、医師と握手を交わした。

「それで、次は？」医師はカーレンのほうを向いて尋ねた。

「トルケル・ビンデさんです」カーレンは答えた。「お薬のことでご不満があるみたいで。お部屋はこの廊下の突きあたりです。ご案内しますわ」

カーレンはムンクに笑いかけると、医師について廊下を歩きだした。ムンクは立ちあがって外へ出た。煙草に火をつけ、ガーブリエル・ムルクに電話をかけた。

「もしもし」

「ムンクだ」

「いまどちらです？」

「ケアホームだ。個人的な用があったもんでな。なにか見つかったか」

「サーラ・キーセが持ってきたノートパソコンから動画を取りだしました。少し損傷があって、とくに音声に問題があるんですけど、この手のものを修復できる知り合いがいます。連絡してもかまいませんか」

「ああ、そうしてくれ」

「すぐに電話してみます」

ムンクは電話を切り、今度はミアにかけた。応答なし。もう一度かけたが無駄だった。やっかいな娘たちめ。いったいなんだっていうんだ。そう思いながらミアにもメールを送った。

〝電話をくれ！〟

ルドヴィークに電話すると、応答があった。

「もしもし」

「ムンクだ。ちょっと頼みがあるんだが」

「はい」

「フログネルのアパートメントに誰かやってくれないか。ミリアムとマーリオンに届けてほしいものがあるんだ」

「わかりました。なにが必要ですか」

「リストをメールで送る。誰か信頼できる者に頼んでくれ」

「了解です」

「よし、それと……」

「はい？」

ムンクは言おうとしていたことを度忘れした。瞼を揉む。少し休まなくては。こんな状態では使いものにならない。

「マーリン・ストルツについては、なにかわかったか」

「まだ見つかっていませんし、報告すべきことはなにも。ガーデモエン空港からも、オスロ中央駅からも報告はありません。配備を解きますか」

ムンクはミアの言葉を思いだした。ストルツに逃亡する気はない。ストルツは家に帰りたがっている。鏡張りのアパートメント。ムンクは身震いした。認めたくはないが、あの部屋を思いだすとぞっとせずにはいられなかった。

「そうだな、そうしてくれ。頼んでいいか」

「わかりました」

「教会のふたりの手配書は？」

「すでに公開されています」

「よし」

電話を切り、煙草を捨てて、次の一本に火をつけようとしたとき、カーレンが階段に現れた。

「だいじょうぶ、ホールゲル？」心配げな顔をしている。

「やあ、カーレン。だいじょうぶだ」

「あまり元気そうには見えないわね。ちょっと身体を休めたら？」

カーレンは駐車場にいるムンクのそばまでやってきた。香水の香りが鼻をくすぐる。ふと、名状しがたい奇妙な感覚に襲われた。やがてそれがなにかわかった。カーレンは自分を気にかけてくれている。世話を焼こうとしてくれている。誰かにそんなことをしてもらうことなど久しぶりだった。いつもは自分が世話を焼くほうと決まっている。

「忙しいのね」

「忙しいのはいつものことさ」ムンクは笑い、軽く咳きこんだ。

「一時間だけでも時間がとれない？」

「どういうことだい」

「こっちへ来て」カーレンはそう言うと、ムンクのダッフルコートの袖をつかんだ。

「どこへ行くんだい」

「シーッ」

カーレンはムンクの袖を引いて階段をのぼり、戸口を入ると、廊下の奥にある、誰もいない部屋に入った。

「時間がないんだ」ムンクは言ったが、カーレンは人差し指を唇に当てた。

「そこにベッドがあるでしょ」

カーレンは清潔なシーツがかけられた窓際のベッドを指差した。ムンクはうなずいた。

「それから、そっちにはドア」

ムンクはまたうなずいた。

「それじゃ、シャワーを浴びて。そのあと、あのベッドで少し眠るの。一時間したら起こすわ。ここには誰も来ないから」

「だが――」

「はっきり言って、いまのあなたにはどっちも絶対に必要よ」と鼻に皺を寄せてみせる。「タオルはバスルームにあるわ。それじゃ、一時間後に。いいわね？」

カーレンはやさしくムンクをハグすると、ウィンクをして出ていった。

一時間の仮眠。なんの問題がある？　きっと頭がすっきりする。身体も。みんなのためにもなる。

ムンクはミリアムとマーリオンに届けるもののリストをルドヴィークにメールで送ると、シャワーはパスし、服を着たままベッドに倒れこんで目を閉じた。

66

マーリオン・ムンクは目を覚まし、ここはどこだろうと思った。いつもは家で目覚めるのに、この何日かはちがっていて、起きたら知らない場所だったことが二回もあった。最初は狭いアパートメント。その次は広いアパートメント。いまはまた別の場所にいた。

「ママ？」マーリオンはためらいがちに小声で呼んだ。返事はない。

ベッドの上で起きあがり、あたりを見まわした。とても素敵な部屋だ。子供部屋だろう。いままでの部屋は大人用だった。おもちゃも、子供用の家具もなかった。

「ママ？」マーリオンはまた呼びかけ、ベッドから出て、部屋のなかを見てまわりだした。

壁は白、それもまぶしくて手を目の上にかざしたくなるほど真っ白だ。窓はない。ここに住まないといけない女の子のことが少し気の毒になった。窓がないなんて、そんなのつまらない。サーゲネにあるマーリオンの部屋の窓からはおもしろいものがいろいろ見える。自動車や人々や、ほかにもたくさん。ここに住んでいる女の子はなんにも見られない。不思議なことに、この部屋にはドアもなかった。

部屋の隅には机。電気スタンドもある。ノートが一冊とペンとクレヨンが数本。学校に上がるころになったら、自分もこんな机を買ってもらうことになっている。もうすぐだ。学校がはじまるのは何月だったっけ……とにかく、もうすぐだ。一方の壁にアルファベットが書かれた小さな紙がたくさん貼ってある。一枚目にはＡの文字と猿（アーペ）の絵が描かれている。次はＢとバナナ。その次の文字は……そう、Ｃだ。描いてある飲み物のほうも知っている。ママはだめだと言うけどお祖父ちゃんは飲ませてくれるあの飲み物、コーラだ。読み書きはまだちゃんとできないけれど、見ればわかる言葉もいくつかある。ネコ、ボール、くるま。ママからはアルファベットの歌を教えてもらった。ＡＢＣの歌だ。おもしろい歌だし、それで文字を覚えられる。アルファベットを。アルファベットと呼ぶこともちゃんと知っている。文字を習うのは大切なことだとママがいつも言っているので、マーリオンも読めるようになりたいと思っていた。でも、そのときふと思った。学校がはじまったとき、もう読み方を知っていたら、先生はどう言うだろう。それに先生からなにも教わることがないと、退屈でしかたがないかも。だから、ちょっと待ったほうがいいかもしれない。マーリオンは水泳ができる。できない子だっているのに。それに自転車も、補助輪なしでほとんど完璧に乗れる。それができる子はマーリオンの知るかぎりほかにはいない。それに、そう、なにもかもいっぺんにできるようになる必要はない。

そのときになってやっと、マーリオンは着ている服が自分のものでないことに気づいた。変なの。寝るまえは水色のネグリジェを着ていたんじゃなかったっけ。穴があいたからママが捨てようとしたけれど、マーリオンが捨てないでと言ったあのネグリジェだ。マーリオンはその穴に指を入れ、やわらかい布の感触を楽しむのが好きだった。そうしていると、すとんと眠ってしまえるから。指しゃぶりはもうやめた。きっぱりと。最初はとても難しかった。親指がひどく恋しく、パパとママに嘘をついて、こっそり吸っていた。でも、幼稚園でクリスティアンに、指しゃぶりは赤ちゃんのしるしだと言われ、それでやめることにした。もう赤ちゃんじゃないから。赤ちゃんは泳げないし。みんなだって泳げない。そう、泳げないのだ。でも、それもしかたないかもしれない。みんなはマーリオンとママみたいに、しょっちゅうトイエンのプールに通ってはいないから。あそこで知ってる子を見たことは一度もない。ふと自分の姿を見下ろして、笑いだしそうになった。仮装パーティーに出かけるところみたい。幼稚園では仮装パーティーがあった。本当はフランキー・シュタインみたいな服を着たかったのに、ママがだめだと言ったので、代わりにカウボーイの格好をした。二番目に着たかったのはお姫様のドレスだけど、ママは女の子だからって女の子らしくしないといけないわけじゃないと言った。ママはパパとよくそういう話をしている。皿洗いとか掃除とか便座の蓋の話を。それは大事なことなのだそうだ。だから、マーリオンはひげやら銃やらを身に着けて、カウボーイになってパーティーに出かけた。いい感じだった。完璧じゃないけれど、いい感じだった。いま着ているのは昔っぽいひらひらのドレスで、ごわごわしていて歩きにくかった。そのとき、棚の上の人形を見つけた。五体の人形が棚板にすわって脚を前に垂らしている。フランキー・シュタインみたいに新しくてかっこいい人形じゃない。堅くて白い顔をした、お祖母ちゃんの家の屋根裏にありそうな昔っぽい人形だ。そのうちのひとつはいま自分が着ているのとそっくりなドレスを着ている。マーリオンはベッドに上がり、人形を手に取った。首に文字が書かれた真っ白なドレス。レースとか、ほかのいろいろなものがくっついた真っ白なドレス。レースとか、ほかのいろいろなものがくっついた真っ白なドレス。

札がついている。これなら読める。〝マーリオン〟――自分の名前だ。自分の名前はわかる。ちゃんと読んだり書いたりできる。幼稚園のコート掛けにも名前が書いてある。ほかの人形を見上げた。どれもドレスを着て、首に札がついている。ほかの名前は読めなかった――ああ、〝ヨハンネ〟はわかる。幼稚園にそういう名前の子がいる。マーリオンの隣のコート掛けを使っている子だ。

「ママ？」今度は少し大きな声で呼んだ。

それでも返事はない。ひょっとしたらトイレに行っているのかも。マーリオンもトイレに行きたくなってきた。ここのトイレはどこにあるんだろう？　ドアみたいに見える場所に近づいてみた。壁にドアのような溝がついているが、ドアノブがない。小さな指を溝に突っこんでみても、あけられなかった。

「ママ？」

どうしよう、ますますトイレに行きたくなってきた。それにしても、ここに住んでいる女の子がマーリオンと書いた名札を持っているなんて不思議だ。もしかするとってもいい子なのかもしれない。マーリオンがここにしばらくいることを知っていて、この部屋を使ってもいいよと伝えるために、あの札をつくったのかも。近所の家のドアマットに書いてある〝ようこそ〟という言葉みたいに、その子はようこそと言いたかったのかも。ようこそ、わたしのお部屋へ。お絵描きしたり、文字のお勉強をしたり、好きにしてね。

おしっこが漏れそうになってくる。

「ママ！」声を張りあげた。

声が部屋じゅうに響き、こだまのように戻ってくる。

だめだ、もう我慢できない。

突然、壁でなにかが起こった。ブーンという音がして、そのあとキーキーという音がした。そのあと静かになって、すぐにまた音が鳴りだした。だんだん近づいてくる。鍋の蓋を打ち鳴らすような音。幼稚園で家にあるものを使って合奏したとき、誰かがやっていたみたいに。

マーリオンは音がしてくるあたりの壁をじっと見つめた。壁にハンドルが見つかった。手を伸ばしてハンドルをつかんだ。それは上に引っぱってあけるようになったハッチだった。ハンドルを引いてそれを開き、なかにあるものを見て飛びあがった。身体じゅうに鳥肌が立つ。小さな猿がいる。ねじを巻くと金属の円盤を打ちあわせる仕掛けになったおもちゃだ。猿のそばにメモがある。猿の動きがとまるまで待って、手を突っこみ、急いでメモを取った。

メモには文字が並んでいた。二回続けて並んでいる文字もある。Ｔだ。この文字は知っている。Ｅ。これも知っている。幼稚園の先生のエルサの名前に入っている。それにＩ。これもわかる。本当におしっこに行かないと。マーリオンは両脚をぎゅっと締めつけながら、文字を読みとろうとした。

〝ＴＩＴＴ－ＴＥＩ（いないいないばあ）〟

どういう意味だろう。

「ママ！　おしっこしたいよおお！」

思い切り叫んだが、やはり返事はなかった。もう我慢できない。かさばるドレスをたくしあげた。へんてこな大きいパンツが現れた。部屋を見まわすと――あった、机の下だ。マーリオンは大きなパンツを急いで下ろし、ゴミ箱のなかにおしっこをした。

67

ミア・クリューゲルは車をとめ、教会に続く道を歩きはじめた。ボーレ教会。白いレンガの美しい建物が日の光を受けて輝いている。それを見ると鼓動が高まった。この教会で四度の葬儀を経験した。同じ墓地に三つの墓石。これまでずっと、来る勇気がなかった。だからぐずぐずと先延ばしにしていた。でも誰かがここに来た。シグリの墓が汚された。心の準備が整うまえにここに呼び戻された。ミアは会堂番を探した。出迎えてくれる約束のはずが、どこにも見あたらないので、しかたなく重い足取りで墓地に向かった。

来る途中に花を買ってきた。手ぶらで来るわけにもいかなかった。だが、花のにおいで吐き気がしてきた。花。供花でいっぱいの家。弔問に訪れた友人や近所の人々。自分はそこから逃げた。三つの墓と供花でいっぱいの家から。家は売り払った。両親の家も祖母の家も。エドヴァルド・ムンクが暮らしていた家からさほど遠くない場所にある。オースゴールストランの中心部にあった白いきれいな二軒の家。家族の遺産。でも、耐えられなかった。家など望んでいなかった。望みはただ忘れることだった。水道のそばに緑色のじょうろが置かれている。ちくりと後ろめたさを感じた。三つの墓。四人の家族。シグリと両親と祖母。家族はみなここに眠っているのに、墓参りにも来なかった。

シグリ・クリューゲル
よき姉、よき友、よき娘
一九七九年十一月十一日生　二〇〇二年四月十八日没
深い愛と惜別の情をこめて

会堂番が言っていたとおりだった。誰かがシグリの名前の上にスプレーを吹きかけ、ミアの名前を書いていた。

心の糸がぷつんと切れた。膝から崩れ落ちると、とめどなく涙があふれだした。ミアはすべてをぶちまけた。ずっと心の奥に閉じこめていたものを。長いあいだ泣いていなかった。大きすぎる悲しみに身をゆだねるのが怖かった。地面にすわりこんだまま、涙が頬を伝うに任せた。

こっちよ、ミア、いらっしゃい。

シグリ。やさしくて美しい、大好きなシグリ。ジャンキーの負け犬を撃ってなにか変わったというのか。なにも。なにも変わらなかった。別の悲劇を招いただけだ。別の家族を悲しませただけ。闇が深くなっただけ。そんなつもりじゃなかった。撃つつもりはなかった。本当に撃つつもりはなかったのだ。自分は罰を受けるべきだ。生きている資格なんてない。そう感じていた。死んだほうがいい。これまでずっと、生き残ってしまったことに負い目を感じていた。自分のなかでもうまく説明がつかずにいたが、ようやくいまわかった。罪の意識。生きていることが後ろめたいのだ。家族のもとへ行きたい。そこが自分の場所。シグリのそばが。悪と私利私欲に支配されたろくでもないこの世界ではなく。この世を理解しよう、少しでもましにしようとあがきながら、留(とど)まっている意味なんてない。ここはゴミ溜めだ。人々は芯まで腐っている。早くおさらばしてしまいたい。

誰かが墓石に自分の名前を書いた。誰かから恨みを買っているのか。死を望まれているのか。もちろん敵はいる。警察官としてここまでのキャリアを築くには、敵をつくらずにいることなどできない。かといって、特定の誰かが思いあたるわけでもない。墓石に書かれた自分の名前を見るのは気分のいいものではないが、それよりもシグリの安息の場所が汚されたことに対する怒りのほうが強かった。

ミアは正体不明の不心得者に悪態をつき、立ちあがって涙を拭いた。枯葉や小枝を払い、花瓶に花を挿し、あれこれと墓の手入れをした。地面を指で引っかくときれいな土が現れた。このほうが見栄えがいい。じょうろを借りた場所まで戻り、熊手を見つけた。革ジャケットとセーターも脱いだ。セーターの袖をじょうろの水に浸し、墓石の自分の名前をこすり落とそうとした。だがペンキは消えなかった。誰かに相談して、できるだけ早く消してもらおう。ここにはいたくない。嘲笑（あざわら）われているような気がする。シグリのことも自分のことも。残った枯葉を熊手でかき集めながら会堂番を待った。もっと早く来るべきだったのに。こんなに遅くなってしまった。「ごめんね、シグリ、許してちょうだい」ミアは唇を噛み、またあふれそうになる涙をこらえた。

花瓶の後ろに小さな黄色のプラスティック容器が落ちていた。卵型のチョコレート菓子に入っているおもちゃのようなものだ。かがんで拾いあげ、近くのゴミ箱まで持っていって捨てた。が、墓に戻る途中で足をとめた。

もしかして。

いや、まさか。

ミアはゴミ箱に取って返し、捨てたばかりの黄色の容器を手に取った。容器をひねってあける。

メモが入っていた。

それを開く手が震えた。


〝いないいないばあ、ミア。賢い子。でも、自分で思っているほど賢くはない。いまが最悪に思えるかもしれないが、まだまだこれからだ。わたしを見つけてごらん、ミア。さあ、見つけられるかな〟

ミア・クリューゲルは全速力で車へ戻り、携帯電話を手に取った。不在着信が数十件入っていたが、すべて無視した。そして涙を拭い、ムンクに電話をかけた。

68

ルドヴィーク・グルンリエは新鮮な空気を吸おうと、ムンクの喫煙用のテラスに出た。小さくため息を漏らし、伸びをする。疲れてはいるが、不平を言うつもりはない。チームのほかのメンバーは、最近の自分に比べれば倍ほども働いている。六十も近い自分に、周囲がさりげなく配慮してくれているのも感じている。長年、職務に励んできた。一日二十四時間働いていないからといって、もはや文句は言われない。だが肉体的なつらさよりも、精神的なプレッシャーのほうがいっそうこたえていた。気の休まる間など少しもなく、つねになにかに追われているような気分だった。連続殺人犯が捕まらないかぎり、本物の休息などありえない。

携帯電話が鳴った。発信者を確認し、応答した。

「もしもし、グルンリエだ」と言いながらまた伸びをした。

「やあ、ルドヴィーク、シェルだ」

「やあ、シェル、なにか見つかったか」

シェル・マルティンセンはかつて同僚だった。数年間オスロでともに働いていたが、ムンクとは対照的に、シェルは責任ある地位に就くことを望まなかった。いや、それはフェアな言い方ではない。気楽に生きることに決めたということだ。運命の出会いをし、そのせいでリンゲリーケ警察への異動を希望した。賢い選択だったらしい。シェルの声はのんびりと幸せそうだ。

「ああ、じつを言うと見つけた」

「子供のいない女性たちのためのサポートグループか」

「そうだ。〝会話療法〟とか呼ばれているらしい。ハイディがリンゲリーケのボランティアセンターと関わりが深くて、いろいろ教えてくれたよ」

そのハイディこそ、シェルにオスロを捨てさせた運命の女だ。ルドヴィークもたまにそうしてみようかと考えることがある。都会のストレスとおさらばして、小さな町で仕事を見つけたらどうだろうかと。だが実現することはないまま、気づけばあと二、三年で定年を迎えようとしている。

「その団体は二〇〇五年から二〇〇七年のあいだ活動していた。調べるように言われた期間もそのあたりだったよな」

「そうだ」ルドヴィークはうなずいた。「名簿はあるか」

「もっといいものがある。各会員の写真と名前と住所があるんだ」

「すごいじゃないか、シェル、助かるよ」ルドヴィークは自分の席に戻った。「ファクスしてくれるか」

　口に出したとたん、しまったと思った。

「ファクスだと、ルドヴィーク」シェルはけらけらと笑った。「メールじゃなくて？」

「メールしてくれ。そう言うつもりだったんだ」

「誰かにスキャンさせて、できしだい送るよ」

「ありがたい。シェル、恩に着るよ」

「犯人を捕まえられると思うか」シェルはまじめな口調になった。「こっちも事件のことでもちきりだ。みんな不安がってる」

「ああ、あの女はなんとしても捕まえてやるさ」そう言ってから、はっとした。余計なことをしゃべっただろうか。

「女だって？　マーリン・ストルツか。顔写真が送られてきたあの女か。参考人として手配中の」

「まだわからないんだ」そのとき、ふと考えが浮かんだ。「送ってくれる名簿の写真にマーリンはいないか」

「どうかな。まだ見てないんだ。ハイディがボランティアセンターに行って、もらってきてくれるはずなんだ。いま向かってるところだ。おい、ルーネ、スキャナーは動いてるか」

最後の言葉は電話の向こうの誰かに向かって発せられたものだった。動いているという答えが返ってきた。

「ハイディがうまく手に入れられたら、今日じゅうに送る、それでいいか」

「それでいい、助かるよ」

電話を切ったとき、ガーブリエル・ムルクが部屋の入り口に顔を覗かせた。

「ムンクさんかミアから連絡がありましたか」

「ちょっとまえにムンクと話したが、ミアは電話に出ない。なぜだい」

「ミアに例の動画が今日じゅうに修復できそうだと伝えたくて。ノイズを除去する方法を知っている友達にあれを送ったので」

「すごいな」ルドヴィークはムンクに頼まれていたことを思いだした。「ガーブリエル、新鮮な空気でも吸ってきたくないかい」

「なんでです？」

「ムンクの娘に届け物をしてやらないといけないんだ。隠れ家から出られないからな。持っていってくれないか」

「いいですよ。なにを持っていけば？」

「ちょっと待ってくれ」ルドヴィークはそう言うと、ムンクから携帯電話に送られてきたリストを探しはじめた。

69

小さな家に足を踏み入れたとたん、エミリエ・イサクセンは自分の目を疑った。暗い廊下はゴミだらけで、足の踏み場もなかった。家じゅうが似たような状態だ。腐った残飯、満杯の灰皿、放置されたゴミの袋。エミリエは鼻をつまみたくなるのをこらえ、平静を装った。幼い少年をこれ以上悲しませたくはない。こんなゴミだらけの家で、食べ物も世話をしてくれる人もなく、たったひとりで一週間も過ごしていたのだ。はらわたが煮えくり返るような怒りを感じたが、どうにか笑みをこしらえた。

「秘密の隠し場所を見る?」トルベンが言った。

お客が来たのがうれしくてたまらないようだ。ドアをあけたときはとまどったような様子で、大きな目に涙をためておびえていたが、いまは生き生きとした表情を浮かべている。

「ええ、見せてちょうだい」エミリエはにっこりと笑いかけ、トルベンのあとについて二階へ上がった。

そこも一階と同じ状態だった。どうしたらこんなことになるのだろう。あまりにもひどすぎる。貧しい家庭は少なくない。でもこれは？　兄弟の部屋に入ったとき、ようやくそこに人の住む場所らしさを感じられた。部屋のなかは明るく、清潔なにおいがして、きちんと片づいていた。

「悪者が来てもだいじょうぶなように、大事なものはマットのなかに隠してるんだ」トルベンはそう説明しながら、ベッドの前にしゃがみこんだ。

そして薄いマットレスのファスナーをあけ、なかを見せた。

「それがトビアスからの伝言？」エミリエは指を差した。

「そうだよ」トルベンがこくりとうなずく。

「見てもいいかしら」

「うん、いいよ」

トルベンは汚れた手を隠し場所に突っこんで、エミリエにメモを渡した。

〝信者の女の子たちをスパイしに行ってくる。すぐに戻る。トビアス〟

「いつこれを書いたのかわかる?」

トルベンはじっと考えこんだ。

「ううん。でも、ぼくが家に戻るまえだよ。だって帰ってきたら、置いてあったんだもん」

エミリエは思わず笑った。

「たしかにそうね。じゃあ、帰ってきたのはいつ?」

「サッカーの試合のあと」

「どのサッカーの試合か覚えてる?」

「リヴァプール対ノリッジだよ。ぼく、友達のクラースの家で見たんだ。あの家のテレビは、ノルウェー・カップ・ファイナルだけじゃなくて全部の試合が見られるんだよ。クラースとぼくはリヴァプールを応援してるんだ。あの日は勝ったよ」

「先週の土曜日じゃないかしら」

「たぶん、そう」トルベンはうなずいて頭を掻いた。

少年は身体じゅう汚れていて、においも少し気になる。お風呂と清潔な服、それに食べ物と清潔なシーツが必要だ。今日は金曜日。この子は先週の土曜の夜からひとりぼっちで家にいた。エミリエは途方に暮れて部屋の床にすわりこんだ。どうしたらいいだろう。この子をここに置いていくわけにはいかない。とはいえ、連れて帰るわけにもいかない。いや、そうするべきだろうか。

「秘密の隠し場所に入れてるもの、ほかにもあるよ。見たい？」トルベンが訊いた。

目的を果たしたら、エミリエが自分を置いて帰ってしまうのではと恐れているようだ。

「ええ、見せてほしいわ。でも、聞いて、トルベン」

「なに？」

「メモを見つけてから、トビアスは一度も戻ってきてないって言ったわね」

「うん、誰も帰ってきてないよ」

「電話もなかった？」

トルベンは首を振った。

「家の電話はつながってないの。受話器を上げても、なんにも音がしないんだ。それに、携帯電話はとっても高いでしょ？」

エミリエは少年の髪をなでながら、うなずいた。

「そう、とっても高いわね。それに必要でもないわ」

「うん、兄ちゃんもそう言ってた」

「信者の女の子たちって誰なの？」

「よく知らない。いろいろ想像してるだけだよ。人間を食べちゃうって言う人もいるけど、それは嘘だ。でも、うちの学校に来てないのはたしかだよ。自分たちだけの学校があるんだ」

最近森に住みはじめた人々については、エミリエも人並みには知っていた。つまり、ほとんどなにも知らなかった。職員室でも話題にのぼることはあったが、大部分がくだらない噂話だった。子供たちは在校生ではないので、自分たちが受け持つこともないからだ。

「じゃあ、先週の土曜日にトビアスがそこへ出かけてから、誰も彼を見ていないのね」

「土曜日に行ったのかどうかは知らない。リヴァプールは三対〇で勝ったよ。ルイス・スアレスがハットトリックを決めたんだ。ハットトリックってなにか知ってる？どのテレビでもサッカーを見れたらいいのにな。ねえ、なにか食べ物を持ってきてない？　ぼくピザが食べたいな」

「ピザを食べに行く？」

「うん、行きたい。でも先にこれを見て」

「わかった」エミリエは微笑んだ。

「これは月から落ちてきた石」トルベンはごつごつした黒い石を見せた。

「宇宙人が取り返しに来るかもしれないから、取ってあるんだ。すごいでしょ」

「ええ、すごいわね」エミリエはじりじりしはじめた。

トビアス・イーヴェルセンは七日間も行方知れずなのに、届けひとつ出されていない。この一年かわいがってきたあのハンサムな少年になにかあったとしたら。そう思うとぞっとした。

「それと、これはおまわりさんの秘密の番号。兄ちゃんとぼくの友達なんだ。困ったことがあったり、オスロに行ったりしたら、ここに電話しておいでって。だって、ぼくらはヒーローだから。知ってる？」

「ええ、聞いたわ」エミリエはトルベンの頭をもう一度なでた。

べたついた髪に指が引っかかる。本当にお風呂に入らせないと。食べ物も必要だ。それになにより話し相手が。この兄弟は、マスコミを賑わせている陰惨な少女連続殺人事件の二番目の被害者を発見したのだ。学校では、死体発見の翌日に集会を開いたり、臨床心理士を何人か招いたりと、子供たちの心のケアにつとめていた。

「この人はキムっていうの。ここに書いてあるよ」トルベンは得意げに指を差した。

そして名刺を渡し、もう一度名前を指差した。

「キ、ム。キムでしょ？」

エミリエは名刺に目をやった。

キム・コールス　殺人捜査課　特別班

「ねえ、トルベン」エミリエは立ちあがった。

「なに？」

「ふたりでピザを買いに行きましょ」

「やった！」

トルベンはガッツポーズをした。

「でもまず、シャワーを浴びて、着替えなきゃね。自分でできる？　それとも手伝いましょうか」

「そんなの自分でできるよ」トルベンはそう言って、洋服簞笥に近づいた。「ここにぼくの服が入ってるんだ」と下の三段を指差す。

「そう」エミリエは微笑んだ。「それじゃ、着替えを出して、シャワーを浴びてきてちょうだい。それからピザを買いに行きましょ」

「いいよ」トルベンは箪笥の前にひざまずき、抽斗から服を出した。

「外で電話をかけてくるわね、だいじょうぶ？」

「置いていかないでよ、ね？」

トルベンが不安げな顔をする。

「ええ、そんなことしないわ」

「約束だよ」

「ええ、約束するわ、トルベン」

エミリエはまたトルベンの頭をなでた。

「さ、シャワーを浴びてきて、いい？」

「わかった」トルベンはスキップしながら部屋を出て、バスルームに入っていった。

バスルームのなかがどういう状態かは考えないようにしよう、とエミリエは思った。ふたりの兄弟は、ろくに世話もされずにこんな環境で生活させられてきた。やりきれない思いが抑えきれなかった。

シャワーの音が聞こえだすまで待って、一階に下り、外へ出て電話をかけた。

「リンゲリーケ警察です」

「もしもし、こんにちは。エミリエ・イサクセンといいます。ヒューネフォス校で教師をしています。子供がひとり行方不明になっているのでご連絡しました」

「少々お待ちください。担当者につなぎます」

エミリエは電話が転送されるのをもどかしい思いで待った。

「ホルムです」

エミリエはもう一度名乗り、状況を説明した。

「それで、両親はどこにいるんですか」電話の向こうの男性警官は言った。

「わかりません。弟のほうが家にひとりでいるのを見つけたんです。一週間ひとりぼっちだったそうです」

「それで、お話しの少年は、トビアスでしたね」

「イーヴェルセン。トビアス・イーヴェルセンです」

「最後に姿が確認されたのはいつですか」

「はっきりとはわかりませんが、彼の残したメモが先週の土曜日に見つかったんです。森にいる女の子たちのことを調べに行くとありました。その、そこに宗教団体があります。更生施設だった場所を買い取ったんです。その団体についてはご存じでしょ？」

「ええ、知ってます」警官は言った。

電話の向こうが静かになった。送話口をふさいでいるようだ。同僚と相談しているのだろうか。

「つまり、少年が行方不明になって、両親もいないと、そういうことですね」

だんだん相手が憎らしくなってきた。

「ええ、さっきからそう言ってるじゃないですか」エミリエは語調を強めた。

「両親と一緒でないのはたしかなんですか」

「いえ、それは」

「では、一緒かもしれませんね」

「でも、彼は森へ行ったんです！」

「誰がそう言ってるんです？」

「弟にメモを残しています」

電話の向こうの警官はため息をついた。

「ちょっと」いらだちを抑えきれなくなってくる。「ここには、一週間も家に放っておかれた七歳の男の子がいるんですよ。兄もいない。両親もいない。それなのにそちらはなにもできないと……」

怒りがこみあげる。会話を続けるために、深呼吸しなければならなかった。

「ええ、残念ながら。記録に残しておき、明日対応を考えます。今日このあと、いつでもいいので署にお立ち寄りいただけますか」

「明日ですって」エミリエは声を荒らげた。「一週間も森に入ったままの少年に、もうひと晩外で過ごせとおっしゃるんですか。なにか起きていたらどうするんです」

「わかりますが、こちらではどうしようも……たとえば、両親が休暇をとって、息子を連れて出かけていたらどうします？」

「七歳の弟を家に置き去りにして？」

「もっとひどいことも世の中にはありますからね。あなたの電話番号をお知らせいただけますか？　調べてみて、誰かに折り返しお電話させます」

「ほんとに頼みますね」エミリエは嚙みつくように言った。

そして自分の番号を告げ、電話を切った。

70

ガーブリエル・ムルクは、フログネルの高級アパートメントの外に立っていた。インターホンにはさっぱり応答がない。ルドヴィークのお使いを引き受けたことを後悔しはじめていた。自分の仕事に食料の買い物が含まれているとは思いもしなかった。もちろん、特別班の幹部スタッフでないことは承知していた。下っ端の新人なのはわかっている。でも、買い物までしないといけないのか？　ほかの人間でもやれるだろうに。ガーブリエルはアパートメントを見上げ、もう一度インターホンを押した。やはり応答なし。あたりには瀟洒な建物が並んでいる。ここは西オスロでもとくに環境のいい地区だ。どのアパートメントにも公園を見下ろせる大きな窓とテラスがついている。ガーブリエルは恋人とそのお腹の子のことを考えた。最初はとても不安だった。どこに住めばいいのか。赤ん坊が生まれたら生活していけるのか。いろいろなものが入り用になり、そういったことをなにひとつ知らなかったことが恥ずかしかった。父親になるのがどういうことか、まるでわかっていなかった。でも、もう心配はない。仕事に就いたからだ。まさにもっけの幸いだった。その上、クールな仕事だ。重要な仕事。そんなふうに思うようになるとは想像もしていなかった。正直な話、警察はずっと敵だった。ハッカーなら誰でもそうだ。でもみんな、なにもわかっちゃいない。ミア・クリューゲルに会ったことがないからだ。ホールゲル・ムンクにも、カリーにも、アネッテにも、ルドヴィークにも、キムにも、ほかの誰にも。ハッカーたちは、同僚を持つのがどういうことかを——まるで知らない——職場に行き、仲間と微笑みあい、挨拶を交わすのがどういうことかを知らない。感じよく接してもらい、自分の仕事に敬意を払ってもらい、自分もチームの一員だと実感するのがどんな気分かを知らない。それに、なんだか自分までニュースの一部になったような気もしていた。いままではニュースなんてたいして興味もなかったが、この仕事をするようになってそれも変わった。本部の技術者が持ってきてくれた機器も最高で、自分ではとても手の出ないものばかりだった。最初の数日間など、クリスマスの朝の子供みたいな気分だった。

ガーブリエルはもう一度インターホンを鳴らしながら、どんな家を買おうかと考えた。もちろんこの地区は無理だが、町の反対側ならちょっといい物件にも手が届くかもしれない。庭は望めないにしても、自分たちだけの場所を持てる。それが楽しみでたまらなかった。表札には自分の名前。そこに住むのはガーブリエル、トーヴェ、そして……そう、まだ子供の名前は決めていない。もう一度インターホンを鳴らそうとしたとき、目の前のドアが開き、年配の女性が出てきた。ガーブリエルはその女性に礼儀正しく微笑みかけ、ドアが閉じないように押さえて待ち、建物のなかにすべりこんだ。

買い物袋を抱え、三階まで階段をのぼった。廊下の突きあたりの部屋だとルドヴィークから聞いている。チャイムを鳴らそうとしたとき、ドアが少し開いているのに気づいた。

「こんにちは」ガーブリエルはそっと声をかけた。「誰かいますか」

買い物袋を持ったまま、玄関に入った。

「こんにちは。ムンクさんに言われて必要なものを持ってきました」

そのとき、誰かが倒れているのに気づいた。

どうなってるんだ？

ガーブリエルは買い物袋を放りだし、一一二番に緊急通報すると、床に倒れた女性のそばにしゃがみこんだ。

71

ミアは制限速度を気にもかけずに車を飛ばしていた。まちがっていた。ずっとまちがっていたのだ。別のムンクだった。犯人はホールゲル・ムンクを狙っているのではなかった。自分が標的だったのだ。小さく毒づきながら、大型トラックを追い越した。対向車とぶつかる直前に右側車線に飛びこむ。トラックの運転手が腹立たしげに鳴らすクラクションを背中で聞きながら、アクセルをさらに踏みこんだ。ムンク違いだった。ホールゲル・ムンクではなく、エドヴァルド・ムンクだ。オースゴールストラン。自分の故郷。ミア・クリューゲルの。標的は自分だった。ホールゲル・ムンクではなく。大失態だ。すっかり誤解していた。くそ！　なぜムンクは電話に出ないのだろう。今度はキャンピングカーを追い越した。片手でハンドルを操り、またもや間一髪で元の車線に戻る。携帯電話を頬に押しつけたまま、警察無線を使おうかと考えたが、思いなおした。誰が聞いているかわからない。ムンク以外にはまだ知らせられない。

電話をかけなおそうとしたが、鳴りだした着信音に邪魔された。ガーブリエルだ。

「ムンクはどこ」ミアは言った。

「そっちこそどこにいるんです」ガーブリエルが訊いた。

「オフィスに戻るところよ。ムンクはどこなの」

「わからないんです。ぜんぜん電話に出なくて」

そのときになってやっと、ガーブリエルがひどく取り乱しているのに気づいた。

「なにがあったの」

「マーリオンがいなくなりました」

「うそ！」

「ほ、本当です。頼まれたものを持ってアパートメントへ行ったら、床に彼女が倒れていて」

「誰が？」

「ムンクの娘さんです」

「ミリアム？」

「そうです」

ああ、なんてこと。

「無事なの？」

ミアはもう一度対向車線に飛びだし、車を三台追い抜いて、元の車線に戻った。

「意識不明ですが、息はあります」

薬をかがされたにちがいない。アパートメントの外に二十四時間体制で警備をつけるよう言っておいたのに。

「マーリオンの行方はわからないの」

「はい」

ガーブリエルはいまにも泣きだしそうだ。

「ムンクの電話は追跡した？　最後に別れたときは、ケアホームに向かうところだった。お母さんの具合が悪くなったとかで」

「お母さんが？」

「それはいま忘れて。すぐにムンクと話をしなくちゃならないの」

「いまはオフィスを離れてるんです。まだフログネルにいて」

「すぐ戻って」ミアは目の前の邪魔なバイクにクラクションを鳴らした。

「ぼくら……ノイズを……行って──」

「聞こえない。もう一度言って」

バイクをようやく追い越し、さらにアクセルを踏みこんだ。

「いま動画のノイズリダクションをやってるところです」ガーブリエルが言った。

「わかった。いつ見られそう？」

「用意できしだいすぐに」

「だから、いつできるわけ？」

ミアは癇癪を起こしかけ、深呼吸した。ガーブリエルに罪はない。彼はよくやっている。

「はっきり言えないんです」

「オフィスに戻ったら電話して」

ミアは電話を切り、ルドヴィークにかけた。

「どこに行ってたんだ？　こっちは大騒ぎだ。聞いてるかい」

「ええ、聞いたわ。ムンクはどこ？」

「わからない。電話に出ないんだ。そっちは遠くにいるのか」

「二、三十分てところ」

「くそ。まったくめちゃくちゃだ」

たしかにそうだ。警察の保護下にありながら、マーリオンは拉致された。

ミアは電話を切り、今度は電話番号案内にかけた。雨が降りはじめる。雨粒がフロントガラスを激しく叩き、視界がどんどん悪くなる。ワイパーを作動させ、さらにアクセルを踏みこんだ。

「電話番号案内です」

「ヒューヴィクヴァイエン・ケアホームにつないで」

「電話番号をお知らせしたほうがよろしいですか」

「いえ、いいから、さっさとつないでちょうだい」ミアは嚙みつくように言うと、ブレーキを踏んだ。路肩にぶつかるところだった。

ずいぶん待たされ、ようやく電話がつながった。

「ヒューヴィクヴァイエン・ケアホーム、ビルギッテです」

「こんにちは、ミア・クリューゲルといいます。ホールゲル・ムンクはそちらにいませんか」

「さっきまでいらっしゃいましたよ」

「ええ、それでいまは?」

「いえ、いらっしゃいません」

くそ。

「カーレンはいらっしゃる?」

「はい、おります。少々お待ちください」

百万秒が経過した。電話に向かって怒鳴りたくなる。窓の外が見えるよう、ワイパーを最速に切り替えた。さらに百万秒ほどたってから、ようやくカーレンの声が聞こえた。

「もしもし、カーレンです」

「こんにちは、カーレン。ミア・クリューゲルです」

「今日、ホールゲルに会いました？」

「ええ、来てたわよ。お母様の具合が悪くなって、でも深刻な状態じゃなかったの。お医者様が睡眠薬を出して――」

「ああ、それはよかった」ミアは話をさえぎった。「彼はまだそこにいます？」

「いいえ、帰ったわ」

「行き先はわかりませんか」

「いいえ。ひどくお疲れのようだったし、わたし言ったのよ……」

ミアは心のなかで悪態をついた。おしゃべりに付きあっている暇はない。

「……それで一時間後に起こしました。そんなに元気になったようにも見えなかったけれど……」

「どこに行ったのかはわからないんですね」

「ええ、電話がかかってきて、走って出ていってしまって。挨拶もなしに」

「わかりました。ありがとうございます」

「ちょっといいかしら」ミアが電話を切ろうとしたとき、カーレンが言った。

「はい？」

「重要なことかどうかわからないけれど、彼女の車が外にあるんです」

「誰の？」

「マーリンです。マーリン・ストルツ。彼女の車がここにあるの」

雨が激しさを増し、やむなくスピードを落とした。雹のような雨粒がフロントガラスに打ちつける。前の車がブレーキをかけ、赤いランプが灯る。ミアはアクセルを緩め、息を吐きだした。ムンクは電話を受けた。誰から？　誰かが電話をかけてきて、ムンクは駆けだした。ふだんはなにがあろうと走ったりしないのに。挨拶もせずにというのはまだわかる。でも、走るだなんて。ムンクを走らせられるとしたら……。

犯人だ。

まちがいない。マーリオンが誘拐された。犯人がムンクに電話してきたのだ。ムンクのほうは班の誰にも連絡をしていない。挨拶もなしに走り去った。マーリオンのことを知ったから。それ以外の人間のために走るとは思えない。

「もしもし？　聞いてますか、ミア」

「ごめんなさい、カーレン、なんとおっしゃいました？」

「ああ、たいしたことじゃなさそうなので、また今度にしますね」

「待って、なんとおっしゃいました？　彼女の車がなんですって？」

「地下の駐車場にあるんです。役に立つかどうかわからないけれど……」

「どんな種類の車ですか？」

「白のシトロエンです」

　白のシトロエン。

　ミアはフロントガラスの先を見つめた。ここはどのあたりだろう。〝スレペンデン〟と書かれた標識が見えた。ケアホームからそれほど離れていない。

「すぐそちらにうかがいます。車はロックされていますか」

「わかりません。でも、スペアキーが職員用のロッカールームに置いてあるかも。マーリンはちょっとそそっかしいところがあって、物をなくすことが多いからと自分で――」

「助かります、カーレン」ミアはまた話をさえぎった。「スペアキーを探しておいていただけますか？　すぐそちらにうかがいますから」

ミアは電話を切り、アネッテにかけた。

「アネッテです」

「もしもし、ミアよ」

「ああ、よかった。どこに行ってたの」

「オースゴールストラン。ムンクから電話は？」

「ないわ。聞いた？」

「ええ、最悪の事態ね」

「本当に。しかもミッケルソンが来てるの。慌てふためいてるわ」

アネッテはミッケルソンの機嫌など毛ほども気にしていないようだ。

「いまは誰が指揮をとってるの」ミアは出口を探しながら尋ねた。

「ミッケルソンよ」

「でも、右も左もさっぱりなはずじゃない。アネッテ、あなたが引き継ぐべきよ」

「わたしになにができるっていうの。ところで、あなたはいまどこ？」

「もうすぐヒューヴィク。マーリン・ストルツの車を見つけたの。マーリンの行方についてはなにかわかった？」

「いいえ、なにも。なにかすることはある？」

「ガーブリエルを捕まえて、例の動画のGPSの位置情報を調べさせて。ムンクの携帯の追跡も。犯人から電話を受けて、呼びだされたかもしれないの」

「わかった。ほかには？」

「ほかには……」

ミアはヒューヴィクへの出口を見つけ、高速道路を降りた。雨脚が弱まり、視界が戻ってきた。

「ほかにはなに？」

なにも思いつかなかった。

「とりあえず、動画のチェックとムンクの電話の追跡をお願い」

「了解。そうそう、ルドヴィークが見せたいものがあるって」

「なに？」

「写真よ。ヒューネフォスのセラピーグループの」

すばらしい。勘が当たっていたのだ。

「ルドヴィークにわたしの携帯に転送するように言っておいて。ほんとに、マーリンの行方についてはなにもつかめてないのね」

「まったくなしよ」

「わかった、もうすぐ着くところ。車からなにかわかったら連絡するわ」
ミアは電話を切り、ケアホームに車を乗り入れた。

72

ルーカスは毛布にくるまって湖のほとりのベンチにすわっていた。乾いた服を着てはいるが、まだ寒さに震えていた。シモン師に湖のなかへ沈められ、もう少しで溺れ死ぬところだった。師に悪魔が見えるかと尋ねられ、見えないと答えると、頭を水中に突っこまれたのだ。わけがわからなかった。溺死させかけておいて、着替えの服を与えるなんて。服と毛布は車のなかに用意されていた。最初から計画してあったということだ。いったい、なんのために？

シモン師は昼食の袋と魔法瓶を持って車から戻り、ピクニックテーブルのところにいるルーカスの向かいに腰を下ろした。ブラウンチーズのサンドイッチ。水筒の蓋があけられ、カップにホットチョコレートが注がれる。

「食べなさい」師が言った。

ホットチョコレートをひと口飲むと、熱いものが喉をくだっていった。のろのろとサンドイッチを食べるあいだ、師のまなざしがずっと注がれていた。師はベンチにすわって両手を組み、ひとことも発することなく、やさしく温かい目でルーカスを見守っていた。まだ少し恐ろしくはあるものの、ようやく人心地がついてきた。師の視線はひとときもそらされない。いつもは天上を仰いでいるか、別の場所に向けられていて、こんなふうにまじまじとルーカスに注がれることなどけっしてないというのに。身体がしだいに温まってくる。ルーカスも師を見つめ返そうとしたが、うまくいかなかった。サンドイッチを食べ終え、ホットチョコレートを三杯飲んだところで、師がようやく口を開いた。

「神はこの世の罪を背負わせるため、ひとり子のイエス・キリストを遣わされた。民はイエスを救う機会を与えられたが、彼らはイエスではなく、バラバを、盗人を選んだ」

ルーカスはかすかにうなずいた。

「このことは、民についてなにを語っている？」

ルーカスは黙っていた。答えをまちがえれば、また水に沈められるかもしれない。身体を駆けめぐったあの恐怖はまだ消えていない。

「民は、なにが善きことかを知らない」師は続けた。「民には己の道を選ばせるべきではない。おまえにはわかるだろう、ルーカス」

ルーカスはうなずいた。これは以前にも聞かされたことがあった。民の多くは愚かだ。なにが善いことなのかをわかっていない。だからこそ、神はごくひと握りの者だけを天に召されるのだ。特別な者だけ。選ばれし者だけ。真理を理解した者だけ。この教会からは四十人。そのほかの教会からもいくらかはいる。世界各地から選ばれた者たちが、やがて集うことになる。

師がまっすぐにルーカスを見つめ、手を取った。

「わたしが神なのだ」

その瞬間、ルーカスの身体が熱いもので満たされた。全身がぞくぞくしはじめる。経験したことのないほど強烈なその感覚が、爪先から足首、太腿、胃、喉へと這いあがり、頬が上気し、耳まで火照り(ほて)だす。

「わたしが神なのだよ。そして、おまえはわたしの息子なのだ」

ルーカスはぽかんと口をあけたまま動けずにいた。シモン師こそが神だったのだ。いま明らかになった。そうか、そういうことだったのか。執務室で神に語りかけていたとき、師は自分自身に語りかけておられたのだ。師こそが神だった。そしてこの自分、ルーカスは神の子なのだ。

「父上様」ルーカスは畏(おそ)れ多さに頭を垂れた。

「息子よ」師の手が頭に置かれた。

神の手の温もりが頭を包みこむ。

「おまえはテストに合格した。命をわたしの手にゆだねた。わたしを信じるがいい。おまえを殺すこともできたが、わたしはそうしなかった。なぜならおまえには、家に向かうまえに果たさねばならない大切な務めがあるからだ」

「家とは?」ルーカスは恐る恐る尋ねた。

「天国だよ」師は微笑んだ。

「わ、わたしは本当に新しきイエスなのですか」

師はうなずいた。

「二十七年前、わたしがおまえを地上に遣わしたのだ」

信じられないほどの驚きだった。でもそうだ。それでなにもかも合点がいく。だから自分には両親がいなかったのだ。

「そして、わたしはふたたびあなたを見つけました」ルーカスはうやうやしくうなずいた。

「そう、わたしを見つけた」

「ですが、かつてのイエスは偉大なことをなさいました。わたしはなにをなしたでしょう」

「これからなすのだ」師は微笑んだ。「今日」

「今日ですか」ルーカスは勢いこんで訊き返した。

師は車のほうへ歩いていき、小さな包みを持って戻ってくると、それをベンチの上にそっと置いた。

「わたしに？」

「あけてみなさい」師はまた微笑んだ。

ルーカスは震える指で包みをあけた。そして目を見開いた。

「銃ですか？」

師はうなずいた。

「なにをすればいいのでしょう」

師はルーカスのほうに身を乗りだし、手を取った。

「先週、〝光の家〟に侵入した者がいた」

「誰です？」

「悪魔の使いの少年だ」

ルーカスの身の内で怒りがはじけた。悪魔が天国への旅を邪魔しようと少年を遣わした。そう。だからここのところ、師もニルスも気遣わしげだったのだ。

「だが、幸いにも、わたしは悪魔よりも強い」師はまた微笑んだ。「わたしは悪魔を知っているが、悪魔はわたしのことがわからない」

もちろん、そうだ。

デオ・シーク・ペル・ディアボルム。

「神にいたる道のなかばには悪魔がいる」

悪魔を理解せよ。悪魔のことを知れ。師はそれを伝えようとされたのだ。

「その少年はいまどこに？」

「シェルターに閉じこめてある」

「それで、彼をどうするのですか」

「おまえが殺すのだ」

「ただ、小さな問題がひとつある」

ルーカスは目の前の拳銃を見て、ゆっくりうなずいた。

「なんでしょう」

「その者はラケルを虜にしたのだ、わたしのラケルを」

「下劣な悪魔め」ルーカスは毒づいた。

「だから、慎重にせねばならぬ。少年は殺せ。だがラケルは傷つけないように。あの子は天国に連れていく」

「力を尽くします」

ルーカスは頭を垂れ、師の手に口づけした。師は立ちあがった。ルーカスは拳銃を包みなおし、それを持って車に戻った。

「天国に行ったら、おまえだけのラケルを与えよう」

「わたしにですか」

「約束する。木に吊られていた小さな天使たちのことは知っているだろう？」

「みなが噂している少女たちですか」

「そうだ」師はうなずいた。「あの子たちも天国に召される。あのなかから選べばいい」

自分だけの少女？　だが、ルーカスは少女など欲しくなかった。神がいればそれで十分だ。幼い少女といったいなにをするというのか。だがなにも言わずにおいた。師に逆らうつもりはない。ルーカスはシートベルトを締めてエンジンをかけ、静かに森の小道を抜けて農場へと車を走らせた。

73

キム・コールスは会議室の後ろにすわり、すべてが崩壊する音を聞いていた。自分ではなく、ムンクとミアにとってのすべてが。どちらもここにはいない。もしいれば、ミッケルソンの質問にいくらかは答えることができただろうに。ミアは一日じゅう姿を見せていない。だが、アネッテはミアと話し、オースゴールストランから戻る途中だと聞いたらしい。ムンクからは誰にも連絡がない。

キムはため息をつき、指先でこつこつとテーブルを叩いた。顔を上げると、ミッケルソンがホワイトボードの前を行ったり来たりしていた。額に皺を寄せ、手を後ろに組んだ姿は教師のように見える。自分たちは小言を食う生徒だ。カリーに目を向けると、カリーは声を出さずに口だけ動かして「くそ野郎」と言い、顔をしかめた。噴きださないように視線をそらしたが、まったくの同感だった。みんな、とてつもない量の仕事をこなしている。のんびりすわっていられる者などひとりもいない。定年間近のルドヴィークでさえ。ルドヴィークは椅子に浅くすわり、落ち着きのない子供みたいに身じろぎしている。誰よりもこの招集のとばっちりを食ったのはガーブリエル・ムルクで、サーラ・キーセの動画の音声を修復中の友人とスカイプでやりとりしているところを、無理やり引っぱってこられた。若者は椅子の上で前後に身を揺すり、いまにも爆発しそうに見える。

「さて」ミッケルソンが部屋を見わたした。「みんな揃ったか」

誰も返事をしない。ミッケルソンが教師なら、自分たちは言いつけを聞かずに居残りをさせられた悪ガキだ。室内には火薬庫さながら、ぴりぴりとした空気が充満している。

「なにか情報は？」

ミッケルソンは眼鏡を押しあげ、もう一度部屋のなかを見わたした。全員が黙っている。教師に対する反抗は続いている。子供じみた真似だが、怒りは本物だ。ここにいるのは、ムンクとミアの忠実なる友人であり仲間なのだ。彼らの名誉が傷つけられるところを見たい者などひとりもいない。

「ホールゲル・ムンクはどこにいる」ミッケルソンが言った。「ミア・クリューゲルは」

ようやくアネッテが立ちあがった。

「ムンクからは連絡がありません」アネッテは穏やかに言った。「ミアとは話しました」

「状況は？」

「最後に話したときは、こちらに向かっているところでした」

「それで、ムンクは？」

「ムンクからはしばらく連絡がありませんが、ミアにはなにか考えがあるようでした」

「そりゃ頼もしい」ミッケルソンは皮肉たっぷりに言ったが、反応はまるでない。

「どんな考えかね？」

「犯人からムンクに電話があったのかもしれないと言っていました。犯人に呼びだされて、会いに行ったのではないかと」

「だが通話はすべてモニターされているんだぞ。それらしいやりとりがあったのか」

「いいえ」ガーブリエルが答えた。「それにいまは電源が切られています」

「犯人が別の方法で接触してきたのでは？」ルドヴィークがためらいがちに言う。

「どういう意味だ」

「その、よくは知らないですが、ムンクは個人のメールアカウントを持っているはずです。Gメールやらなにやらを。そういったものにはアクセスできないはずです。だよな?」

ルドヴィークは心もとなげにガーブリエルを見た。自分が警官として時代遅れの部類に入るのを自覚しているらしい。見当違いのことを言ったのでなければいいがという顔をしている。

「まさか、オンラインでやってることはすべてモニターされてるのか? おいおい、かんべんしてくれよ」カリーが冗談めかして言った。

あちこちからしのび笑いが漏れる。

「いえ、個人のアカウントにはアクセスしていません」ガーブリエルが答えた。

「ということは、ムンクがメールを受けとった可能性はあります」アネッテが言った。「ひとりで犯人に会いに行ったのかもしれません」

ミッケルソンはため息をついた。

「それがわれわれのやり方か?」

そう言って一同の顔を見まわしたが、誰も返事をしない。

「それがわれわれのやり方か?」ミッケルソンが声を張りあげた。「いや、ちがう。

われわれはチームだ。ひとつのチームなんだ。一匹狼気取りのスタンドプレーは許されない。いいか、逐一情報を共有して、チームで動くんだ。こんな具合じゃ、捜査が進まないのも無理はないな」

「いや、かなりつかめています」ルドヴィークが咳払いして立ちあがった。

キムはルドヴィークが好きだった。特別班の一員に欠かせないものをまちがいなく持っている。不思議なことに、班に配属されたものの、すぐに去っていく者もいた。ただなんとなく合わないからという理由で。なにが必要なのか、誰にもはっきりとはわからない。能力や年齢、経験や専門がどうこうではなく、化学反応のようなものがあるのだろう。つまり、意思疎通がツーカーでできるかどうかだ。才能には恵まれながら長続きしなかったメンバーも少なくない。ムンクの顔を見るのもいやだという者もいた。ミアは若いくせに特別扱いされすぎだという者もいた。キムはそのふたりとともにずっと働いてきた。これ以外の仕事をしている自分は想像もつかない。

ルドヴィークが捜査の進捗状況をミッケルソンにざっと説明した。マーリン・ストルツ。鏡張りのアパートメント。ヒューヴィクヴァイエン・ケアホームとヒューネフォスにある子供のいない女性のためのサポートグループとのつながり。サーラ・キーセの持ちこんだ動画。まもなく、そこからマーリン・ストルツがマーリオンを監禁している場所を割りだせるかもしれない。ミッケルソンが子供にお説教でもするように全員をここに集めたりしなければ。

「そうか、わかった」ミッケルソンは眼鏡を押しあげた。「それで、今後の捜査方針は？」

「もう行ってもいいでしょうか」

そう言ったのはガーブリエルだった。キムは思わず口もとをほころばせた。この若者もいいやつだ。どこからともなく現れて、あっというまにチームに欠かせないメンバーになった。ムンク・スペシャルだ。ムンクは同じ方法でミアも連れてきた。ミアは警察学校在学中に引き抜かれたと噂されている。

「なぜだ」ミッケルソンが顔をしかめた。

「ムンクさんが犯人に会いに行ったのだとすれば、その場所を突きとめるのが先決だと思います。いま動画のノイズを取り除いているところです。その手の作業が得意な友人がいるので。じきにGPSの座標もわかります。ここにすわっているよりも、そっちの作業に戻ったほうが時間を有効に使えるかと思って」

キムは笑いを嚙み殺した。オフィスの外で初めて会ったとき、ガーブリエルは自分の影にまでおびえていそうな様子だった。それがいまや、すっかり古株の風格がある。

「ところで、きみは誰だったかな」ミッケルソンが眼鏡をはずした。

「ガーブリエルです」

「警察での経験はどれくらいだったかね」

「二週間です」ガーブリエルは動じない。

「わたしは二十年やってきた」ミッケルソンは眼鏡をかけなおした。「時間の有効な使い途を判断するのはわたしの役目だと思うがね」

発せられた皮肉が白けた沈黙に吸いこまれる。カリーがウィンクすると、ガーブリエルは肩をすくめた。

「アネッテ？」ミッケルソンが救いを求めるように言った。

「ガーブリエルの言うとおりだと思います」アネッテは立ちあがった。「キーセの動画は重要ですし、最優先で処理すべきです。それにストルツに脅されたせいでムンクが連絡を断ったのだとしたら、それは理解できます。お孫さんを愛していますから。わたしだって同じことをしたでしょう」

ミッケルソンの顔色が変わった。アネッテ・ゴーリを自分の味方だと思っていたのだとしたら、大きなまちがいだ。カリーがウィンクを送ってきたので、キムは笑みを返した。

「なるほど」ミッケルソンは鼻白んだ顔で、目の前のテーブルに置かれた書類をぱらぱらとめくった。「では、われわれはどうすべきかな」

キムは携帯電話の着信音を切っていたが、バイブレーションを切るのを忘れていた。テーブルの上で電話がいきなり震えだし、見知らぬ番号が表示された。

「なんだ」ミッケルソンがいらだたしげに言い、睨みつけてくる。

「この電話には出ないと」キムは立ちあがった。

「本当か」

「はい」

「では……」

最後まで聞かずにキムは部屋をあとにした。キッチンに行き、カップにコーヒーを注ぎながら、電話に出た。

「キム・コールスです」

電話の相手は女性だった。

「もしもし、わたし、エミリエ・イサクセンといいます」

「こんにちは。どうかしましたか」

キムは冷蔵庫をあけ、牛乳のパックを見つけた。ミア・クリューゲルに文句なく同意する点をひとつ挙げるなら、それはコーヒーマシンから出てくるものを飲むのは命がけだということだ。

「あなたの名刺をマットレスのなかから見つけました。わたし、どうすればいいのかわからなくて。助けていただけたらと思ったんですが」

「わたしでよければ力になります。どういったことでしょうか」キムはコーヒーに牛乳を加えながら言った。

74

トビアスは毛布をラケルに渡し、懐中電灯を消した。シェルターのなかは真っ暗になったが、しかたがない。電池が切れたら大変だ。それに、目はすぐに慣れてきた。どれくらいこの地下室に閉じこめられているのか、はっきりとはわからないが、おそらく四、五日くらいだろう。あのとき、ハッチをあけてなかを覗いた。そして小声でラケルの名前を呼んだ。フェンスのところで出会い、助けを求めてきた少女の名前を。が、後ろからやってきた誰かに背中を押され、突き落とされたのだった。恐ろしかったし、ばかなことをしたとも思った。それに痛い思いもした。暗い穴に取りつけられた梯子の横をまっすぐ落ち、硬いコンクリートの床に叩きつけられた。幸い頭や腕は打たずにすみ、横向きに着地したせいで衝撃がいくらか吸収されたらしく、片側の腰と脚が少し痛むだけだった。

「もう一度ハッチを押してみる？」暗がりにラケルの声がやさしく響いた。姿はほとんど見えないが、すぐそばにすわっている。

すでに何度もハッチをあけようと試してみた。最後に試したのは二時間ほどまえだ。梯子をのぼり、木製のハッチを肩で押してみたが、びくともしなかった。外から鍵をかけられていて、鍵穴も外にあるのでピッキング用の針金も役に立たなかった。

幸い食べ物はあった。それに毛布も。懐中電灯も。替えの電池が見つからないので、いま使っている電池を大事に使うことにした。ラケルの話では、ここはシェルターだということだった。ラケルはこれまでにも何度かここに入れられたことがあった。行儀の悪い子供がよく閉じこめられるのだという。言いつけに従わない子供が。閉じこめられる時間はどんな問題を起こしたかによってまちまちだが、たいていはそれほど長くない。この農場にはほかにもいろんな罰があるらしい。一週間話すことを禁じられるというのもそのひとつだ。ラケルがメモを書いてフェンスのあいだにはさんだのはそのせいだった。ラケルは口がきけた。声を出せないわけではなかった――最初に会ったときはそうなのかと思ったし、そのあとは話せないふりをしているのだろうかとも考えた。『カッコーの巣の上で』のチーフ・ブロムデンみたいに。だが、ラケルは問題なくしゃべれた。それどころか、トビアスがここに突き落とされてからというもの、ほとんどしゃべりどおしだった。それを聞いているのは苦ではなかった。ラケルはいままで会った女の子たちとはちがっていたし、とくに学校にいる、くすくす笑いながらつまらないことばかり言っている女の子たちとは大ちがいだった。話し方も大人みたいにきちんとしている。シェルターのなかのこともなんでも知っていた。ここにはいくつもの食料の箱や、水の入った大きな容器や、ガソリンや服まで保管されていた。必要なものはすべて揃っていたが、予備の電池だけが見つからなかった。でも、きっとどこかにあるはずだ。

トビアスもシェルターは初めてではなかった。学校にもひとつあって、避難訓練のときに入ったことがある。予備役の兵隊たちがやってきて警報が鳴らされると、戦争がはじまったという設定で、全校生徒が一列に並ばされ、そこへ避難させられた。学校のシェルターには古い体育のマットやホッケーのスティックが置いてあるきりだったが、ここは物でいっぱいだった。最初の一、二日こそ怖かったものの、トビアスはだんだん平気になっていた。入ってからかなりたつが、いまのところひどいことはなにも起きていない。そのうち出してもらえるわとラケルは言っている。かなり長いこと入れられることもあるし、と。それよりも心配なのは弟のことだった。家に帰ってみると兄がいなくて、トルベンはきっと慌てただろう。せめてもと思って紙に伝言を書いて、ベッドのマットレスのなかに隠してきた。ファスナーで開け閉めできる、ふたりの秘密の隠し場所に。〝信者の女の子たちをスパイしに行ってくる。すぐに戻る。トビアス〟――あれで少しはトルベンが安心してくれたらいいけれど。

「神様はもういらっしゃらないと思うの」ラケルがトビアスの手を握りながら言った。

女の子と手をつないだことはあったが、こんなふうにではなかった。ラケルはずっとトビアスの手を握っていたがり、トビアスも同じだった。ラケルの指はやわらかくて温かく、そばにすわっていると、身体からも温もりが伝わってきた。なんだか居心地がよく、ずっとふたりでこうしていてもかまわない気がした。もちろん、地下に閉じこめられているのは困るが。

「ぼくも神様は信じてない」トビアスは答えた。もう何度目だろう。

ふたりはずっとその話をしていた。ラケルにはそれが重要なことのようだった。神について話すことが。ときどき、ラケルのひとり語りのようになってしまうこともあったが、トビアスもできるだけ答えを返した。

「神様がいらっしゃるなら、人々に恐ろしいことや残酷なことをさせたりなさらないはずよ。そう思わない？」

ラケルはトビアスに身を寄せ、手をぎゅっと握った。トビアスも握り返した。もう何度もそれを繰り返していた。

だいじょうぶ。ふたりは一緒だ。

「そうだね」トビアスはそう返事をしたものの、正直なところ、神様がいようがいまいがそれほど興味はなかった。

学校では、世界にはたくさんの神々がいて、多種多様な宗教を信仰している人々がいると教わった。でも、宗教学はあまり好きな科目ではなかったので、いままでは真剣に考えてみたこともなかった。

「でも、神様を信じるのをやめたら、誰を信じればいいのかしら」ラケルが考えこむように言った。

「スーパーマンとか？」とトビアスはおどけた。弟がしょげているときは、そうやって笑わせるようにしている。

「誰のこと？」

そうだ。ラケルは世間のことをあまり知らないんだった。

「めちゃくちゃ強くて、空も飛べる男の人だよ」

「人は空なんて飛べないでしょ」信じられないというようにラケルが言った。

「うん、スーパーマンは空を飛べるけど、実在の人じゃない。漫画のキャラクターだよ」

「わたしたちも、イエス様のことが書かれた漫画本を持ってるわ」と言ってラケルは黙りこんだ。

　トビアスはラケルが少し気の毒になった。自分は多くの物を持っているわけじゃない。クラスにはなんでも持っている子たちがいる。コンピューターもｉＰｏｄもｉＰｈｏｎｅも。それも最新式のやつを。でも、少なくとも自分の家にはテレビや漫画や本がある。ラケルはどれも持っていない。

「いつになったら出してもらえると思う？　いちばん長く閉じこめられてた子はどれくらい入ってたんだい」

「よく知らない。サーラっていう女の子が二週間くらい入れられていたはずなんだけど、わたしがここに来たときには、もういなかったから」

「その子はなにをしたんだ？」

「逃げようとしたんだって」

「きみみたいに？」

「そう」

寒くなってきた。日が落ちたのだろう。きっとそのせいだ。トビアスは毛布の端を引っぱって肩にかけた。ラケルが身を寄せ、トビアスの身体を毛布でくるんだ。そうやって毛布の下で寄り添い、互いの手を握りながら、ふたりはしばらくじっとしていた。ラケルの頭がトビアスの肩に預けられ、しばらくすると、息づかいが深くなった。寝入ったようだ。トビアスもラケルを起こさないようにじっとしたまま目を閉じ、まもなく眠りについた。家のベッドで寝るときとはちがって、うつらうつらするだけだ。それでも、いつのまにかすっかり眠りこんでいたらしい。大きな音にはっと目を覚ますと、頭上のハッチが開くところだった。

やっと出られる、とトビアスは思った。懐中電灯の光が梯子を下りてくる。トビアスはそばかすの少女を揺り起こし、立ちあがった。

75

ヒューヴィクヴァイエン・ケアホームに車をとめたとき、雨は小降りになっていた。ミアは黒雲がオスロの市街地のほうへ流れていくのを見ながら、車を降りて階段を上がった。

館内に入ると、受付カウンターの奥にカーレンがいた。壁にヴェロニカ・バッケのカナスタの賞状が飾られているのを見つけたとき、マーリン・ストルツが立っていたのと同じ場所だ。なんて間抜けだったんだろう。つながりに気づくことができなかった。頭がまともに働いていない。ストルツの狙いは自分だということにも気づかなかった。ムンクはムンクでも、別のムンクだった。エドヴァルド・ムンクのほうで、ホールゲルではなかった。死体がイセグラン要塞に置かれていたのもこれで説明がつく。〝ムンクの母〟の像が建立される場所。ミアはヒューネフォスの事件を担当していた。犯人はこう考えたのだろうか――ミアは女だ。警察官であり女でもある。だから気づけたはず。赤ん坊を見つけられたはず。なぜならミアは女だから。だめだ、考えがまとまらない。墓を訪れたせいで消耗しきっている。祖母が死に、父が死に、母が死に、シグリが死んだ。自分はひとりぼっちだ。早くすべてを終わらせてしまいたい。ヒトラ島では、自分の選択は正しいのだろうかと迷うこともあった。死ぬことは正しいのか。この世を去るのは正しいのか。誤りではないのか。でももう迷いはない。いまは確信がある。正しい選択なのだ。島を離れるべきではなかった。テーブルに並んだ錠剤が目に浮かぶ。それを飲む日が待ちきれない。

こっちよ、ミア、いらっしゃい。

でも、まずはマーリオンを見つけなければ。最後の力を振りしぼって、無邪気な幼い少女を探しださなければならない。ホールゲル・ムンクの宝物を。マーリン・ストルツを追いつめる。ふとムンクのことが気になった。電話を受けたあと、どこへ行ったのだろう。無事でいてくれればいいけれど。もしかするといまごろはマーリンを捕まえているかもしれない。孫娘を救いだしているかもしれない。ミアは無理やり笑みをつくった。自分のひどい状態を人に悟られたくはない。

「どうも、カーレン」

「お待ちしてたわ、ミア」

「連絡ありがとうございます。助かりました。さっきは無愛想でごめんなさい。仕事でいろいろあって」

「なにか大変なことでも?」カーレンは心配そうに尋ねた。

ムンクのことが好きなのだ。まちがいない。

「いえ、いつものごたごたです」ミアはごまかした。「鍵は見つかりました？」

「ええ、ここに。ちょっと上着を着ますね」

「車は長いあいだそこにありました？」

「さあ、どうかしら」カーレンはそう言い、ミアを伴って外へ出ると、地下駐車場に続く階段を示した。「今朝、ゴミを地下まで持っていったの。本当はわたしの仕事じゃないけど、ほら、忙しいときは助けあわないといけないでしょ？　そのときに見つけたんです。どれくらいここにとまっていたかはわからないけれど」

「なぜ家まで乗って帰らなかったのかしら」ミアは疑問を口にした。

「さあ」カーレンは先に立って駐車場へ向かった。

てんとう虫みたいに飛ぶんだよ、ミア。それを忘れないようにね。

祖母が死の床で最後に言ってくれた言葉。でも、もう飛べる気がしない。カーレンは自分と同じか、少し年上に見えるが、ずっと健康そうだ。若々しく、女性らしい。皺ひとつない。重い荷を負ってもいない。職場はケアホーム。憔悴(しょうすい)しきった青白い顔の警官とは住む世界がちがう。自分はもう限界だ。身体がそう訴えている。これまでずっと踏んばってきた。ミア・ムーンビームになろうとしてきた。たったひとりで。

墓に行ってわかった。もう闘いをやめてもいいはずだ。ミアは気力をかき集め、目の前にいる気のいい女性に笑顔を向けた。ムンクとカーレン。ふたりがうまくいくといい。お似合いだ。ムンクには幸せになってほしい。

「ここです」カーレンは笑みを浮かべ、隅にとめてある白いシトロエンを指差した。

「鍵はここに」そしてもう一度微笑んだ。

ミアは車の鍵をあけ、なかを覗いた。ざっと確認したかぎりでは、連続殺人犯の車を思わせるようなものは見あたらない。いたって普通に見える。〈マクドナルド〉の紙コップ。新聞。車の後ろにまわり、トランクの鍵をあけた。とくに引っかかるものはない。三角表示板。長靴が一足。まったく、なにを期待していたのか。少女たちが身に着けていたものがここに隠されているとでも？　頭の切れるあの女がそんなことをするはずがない。狡猾で冷酷。何年にもおよぶ計画。そんな女が自分の車に証拠を残すわけがない。シグリの墓にまで行った女なのだ。そう考えただけで怒りが湧きあがる。ポケットのなかで携帯電話が震えだした。ルドヴィークが写真を送ってきたのだろう。頭もまだ少しは働いているらしい。よかった、勘は正しかったのだ。子供のいない女性たちのためのサポートグループ。貢献できたと感じられるのがうれしかった。電話を出して、ルドヴィークからのメールを開く。写真が一枚。ヒューネフォスのサポートグループ。〝クリスマスパーティー　二〇〇五年〟――六人の女性が写っている。クリスマスツリーの前で微笑んでいる。すぐにわかった。マーリン・ストルツ。左右の目の色は同じ。ふたつの青い瞳。コンタクトレンズだ。写真を少し拡大する。マーリン・ストルツ。妙だ。ごく普通の女性に見える。子供を持つ夢をかなえられない平凡なひとりの女性。笑みを浮かべて隣の女性に腕をまわしている。隣に立っている女性。もっとよく見ようと写真を拡大する。

どういうこと？

はっと振り返ったが、遅かった。写真のなかのその女性は、背後にいた。首に注射針が突き立てられる。開いたトランクの金属部分で後頭部を強打した。

「十からカウントダウンして」カーレンはにっこりした。「いつもそう言うのよ。十からカウントダウンして、そしたら眠ってしまうわよ、って。おもしろいでしょ？十、九、八……」

ミア・クリューゲルは「六」を聞くまえに意識を失った。

第六部

76

アネッテ・ゴーリは会議室の空気にいらだっていた。捜査を引き継いだミッケルソンが指揮をとろうとしているものの、状況を把握していないせいで、チームをまとめて適切な指示を与えることがまるでできずにいる。もどかしさが募っていた。いますぐ仕事に取りかかるべきだ。ミッケルソンにいちいち説明している暇はない。ミアはいったいどこへ行ったのか。さっき話したところなのに。それに、ムンクはなぜ携帯電話の電源を切っているのだろう。犯人に会いに行く途中だとすれば、なぜ追跡できるように電源を入れておかないのだろう。追跡されたくないのだろうか。考えこんでいたせいで、ついキムの言葉を聞き漏らした。

「いまそれをする必要があるのか」ミッケルソンが言った。「もっとほかにやるべきことがあるんじゃないかね」

キムはため息をついた。

「ええ、ですが、なにかつながりがありそうに思えるんです」

「どういう？」

アネッテはひとこと言いたいのをぐっとこらえた。ミッケルソンだけが蚊帳(かや)の外というわけにもいかない。

「トビアス・イーヴェルセンはヨハンネの死体を発見した少年です」キムが言った。「その彼が行方不明になっています。いま彼の学校の教師と話をしたところです。この一週間、誰もトビアスの姿を見かけていないそうです。弟には森のなかにある宗教団体のところに行ってくるとメモを残していました」

「偶然じゃないのか」ミッケルソンが言った。

アネッテは思わず口をはさんだ。

「でも、重要なことかもしれません。ヨハンネの死体発見現場近くの森に宗教団体の施設があるなら、調べてみる価値は十分にあります。この一件には教会が大きく関わっていますし。どういうつながりかはわかりませんが、気になる点がいくつかありますから」

ミッケルソンはどう判断すべきか迷うようにアネッテを見つめた。

「いいだろう」ようやくそう言った。「だが、あまり時間をかけるなよ、キム。それと連絡がとれるように携帯の電源は入れておけ」

「了解です」

ミッケルソンに会釈して立ちあがったキムは、部屋を出ていきがけにアネッテにウィンクを寄こした。アネッテも微笑んでウィンクを返した。キムは感じがいい。というより、チーム全員がそうだ。ムンクは欠点もあるが、人を選ぶ目を持っている。これほど結束が固く、士気の高いチームに加わるのは初めてだった。ただし、いまはその士気も怪しくなりかけている。ミッケルソンは警察本部のトップの座にすわるのには向いているが、根っからの刑事でもなければ、チームのリーダーというタイプでもない。ソーシャルスキルというものが欠けている。アンテナの感度も十分ではない。いつもは溌剌としたメンバーたちは、ひたすら会議室を出ていきたそうにしている。無理もない。やるべき仕事はいくらでもあるというのに、時間ばかりがいたずらに過ぎていく。ミリアムとマーリオンが保護されていたアパートメントの近くで不審人物は目撃されていない。マーリオンの行方は依然として不明のままだ。ムンクはどうしているだろう。きっといまごろはマーリオンと一緒のはず。たったひとりで援護もなく、命の危険にさらされているかもしれないが、それでも孫娘のそばにはいるはずだ。向かったのが犯人のもとならばだが……いや、そうにちがいない。それ以外には考えられない。

「では、マーリオン・ムンクについてはどこまでわかった」ミッケルソンがそう尋ねたとき、アネッテの携帯電話が鳴りだした。

ミッケルソンが刺すような目で睨みつける。

「本部の当直警官からです。出ないわけにはいきません」

アネッテはそう言って部屋を出た。

「もしもし、アネッテです」

「ヒルデ・ミュールです。話したいことがあるという人物が来ています」

「わたしに？」

「いいえ、班の誰かに。ムンクとミアに電話したのですが、つながりませんでした」

ミアも電話に出ない？　いったいどこにいるのだろうか。

「いまは立てこんでいるんだけど、重要なことみたい？」

「ええ、まちがいなく」

「誰が来てるの」

「マーリン・ストルツです」

アネッテは電話を取り落としそうになった。

「い、いま、なんて？」

「マーリン・ストルツがここに来ています」

動揺のあまり返事もせずに電話を切ると、アネッテは会議室に駆けもどった。

「ストルツが見つかりました！」

「なに？」ミッケルソンが言った。「いまどこだ」

「本部のほうに出頭したそうです。カリー、一緒に来て」

「よしきた」カリーはそう言って、ジャケットを引っつかんだ。

77

ホールゲル・ムンクはベッドに身を起こした。頭がずきずきし、口のなかは渇ききっている。茫然とあたりを見まわした。病室かどこかのような殺風景な部屋。ケアホーム。まだヒューヴィクヴァイエン・ケアホームにいるのだ。

どういうことだ？

慌てて立ちあがったが、すぐにすわりこんでしまった。ぐらりと視界が揺れる。窓。外は暗い。日が暮れている。昼間からずっと眠っていたらしい。ヒューヴィクヴァイエン・ケアホームのベッドで、コートも脱がずに。ポケットのなかをかきまわしたが、携帯電話が見つからない。いったいどうなってる。カーレンはどこだ。起こしてくれるはずじゃなかったのか。もう一度腰を上げ、今度はどうにか立ちあがった。よろめきながらドアに近づき、あけようとしたが、びくともしない。外から鍵をかけられている。内側にも鍵穴はないかと探したが、見あたらない。誰かに閉じこめられたのだ。そんなばかな。なにが起きたかを理解した瞬間、パニックが押し寄せた。なんてことだ。

ムンクは拳をドアに叩きつけ、必死で叫んだ。

「おーい！」

さらに激しくドアを打ちながら、頭を働かせようとつとめる。

「誰かいないのか」

もう一度ポケットを探る。ダッフルコートとズボンのポケットも。ベッドに戻り、シーツを引きはがす。どこにも電話はない。

背後でドアが開き、見覚えのない女性職員が顔を覗かせた。ムンクを見て驚いている。

「どなたです？　ここでなにを？」

「ムンクだ。オスロ警察、殺人捜査課」ムンクはもつれる舌でそう答えると、相手を押しのけて部屋を出た。「カーレンは?」

「カーレン?」職員はおびえたように言った。「彼女はもう帰りました。なぜです?」

「電話を借りる」ムンクはよろめきながら受付に向かった。

「だめです、ちょっと、勝手に——」

「ムンク、警察だ。母がここに入居している」ムンクはそれだけ言うと、受話器を取りあげた。

あいかわらずめまいがする。テクノロジーの進歩のせいで、最近は電話番号がまるで覚えられない。番号案内にかけ、グルンランの警察本部につないでくれと頼んだ。ようやく相手が出ると、今度は特別班を呼びだした。ルドヴィークが出た。

「もしもし」

「ムンクだ」

「ムンク、いったいどこにいるんです」

「説明している暇はない。ルドヴィーク、ミアはそこにいるか」

「いや、姿が見えないんです」

「どういう意味だ、姿が見えないとは。どこに行ったんだ」

「わかりません」

「だが、いったい――ガーブリエルはいるか」

「ムンク……」

「ガーブリエルにつないでくれ。ミアの携帯を追跡できるはずだ。ガーブリエルを出してくれ」

「ムンク！」

「ルドヴィーク、いいからガーブリエルにつないでくれ！」

「お孫さんが行方不明なんです」電話の向こうでルドヴィークが言った。

ムンクは絶句した。

「マーリオンが行方不明なんです」ルドヴィークは繰り返した。「誰かが隠れ家から連れ去りました。でも、だいじょうぶです、ムンク。ストルツを確保しました。出頭してきたんです。聞いてますか？　マーリン・ストルツを捕まえたんです。さっそくアネッテとカリーが尋問中です。心配ありません」

ムンクはゆっくりと覚醒した。冬眠から覚めたクマのように。

「そいつじゃない」

「どういう意味です」

周囲の風景がぐるぐるとまわりだす。

「車を寄こしてくれ」

「ですが、ムンク」

「車を寄こすんだ！」ムンクは電話に向かって怒鳴った。

「だから、どこにいるんです！」ルドヴィークも怒鳴り返した。

「すまん」全身が震えている。「ヒューヴィクヴァイエン・ケアホームだ。車を寄こしてくれ、ルドヴィーク。とても運転できる状態じゃない。車を寄こしてくれ、頼む」

ムンクは受話器をカウンターに放りだし、よろめきながら暗がりのなかへ出ていった。

78

グルンランの警察本部の地下にあるモダンな取調室は、緊張と安堵（あんど）の入り交じった空気に包まれていた。誰もがずっとこの女を探していた。最初は顔の見えない謎の連続殺人犯だったが、やがて鏡張りのアパートメントに暮らす左右の目の色のちがう女であることをつかんだ。そしていま、その女が目の前にいる。ほんの一メートル先に。カリーがグラスの水を注ぎ足すあいだ、アネッテはさりげなく相手を観察した。マーリン・ストルツ。どんな女を想像していたのか自分でもよくわからないが、意外だった。ひどく繊細で弱々しげに見える。長い黒髪が青白い顔にかぶさっている。細い指は、水のグラスを乾いた唇に運ぶのもやっとのようだ。

「ありがとうございます」マーリン・ストルツはおどおどと言うと、俯いた。

アネッテは思わず同情を覚えそうになった。

「あんたには弁護士を同席させる権利がある。わかるか」カリーが腰を下ろしながら言った。

マーリン・ストルツはかすかにうなずいた。

「必要ありません」消え入るような声でそう答える。

「同席させたほうがいいかもしれませんよ」アネッテはそう勧めた。

マーリンが目を上げた。青と茶の瞳には生気が感じられない。

「必要ありません」マーリンは繰り返し、細い指で黒髪を掻きあげた。「知っていることを全部お話しします」

「被疑者は弁護士を同席させる権利を辞退した」カリーが卓上の小さなマイクに向か

って言った。

「本当にいいんですか」アネッテは念を押した。

マーリンはうなずいた。あいかわらずおどおどしている。あまりにもか弱げに見える。大声を出したり、指を鳴らしたりしただけで壊れてしまいそうだ。

「知ってることを全部お話しします」マーリンは繰り返した。「でも、電話をかけてほしい人がいるんです」

「誰だ」カリーがけわしい声で言った。

アネッテは下がっててと合図を送った。攻撃的になる必要はない。相手はすでに自供する気でいるのだ。

「わたし、病気なんです。持病があるんです。かかりつけのお医者を呼んでもらえますか」

マーリンはまたアネッテを見た。訴えるような目をしている。

「もちろん」アネッテはうなずいた。「電話番号は？」

「覚えてます」

カリーがテーブルの上にメモ帳とペンを置いた。カリーの携帯電話が鳴りだした。

マーリンが番号を書いているあいだにカリーはメールに目を通した。そして両眉を吊りあげ、電話をアネッテのほうに押しやった。ルドヴィークからだ。

〝ムンクがそっちに向かっている〟

アネッテは微笑み、電話をカリーに返した。ムンクが戻ってくる。ようやく。マーリンからメモ帳を受けとり、それもカリーに渡した。

「電話してもらえる?」

カリーはうなずいて部屋を出ていった。

「お水をもう少しいかが」アネッテはふたりきりになるとマーリンに尋ねた。

「いえ、けっこうです」マーリンは小声で答え、また俯いた。

「病気というのは?」

「お医者にも判断がつかなくて。でも、頭の問題なんです。心の病気。ときどき自分が誰だかわからなくなる。でもなにがどう悪いのかは、はっきりしないんです」

「マーリオン・ムンクはどこ」

「誰?」

マーリンはとまどったような顔をした。

「マーリオン・ムンクよ。あなたがアパートメントから連れだした。あの子をどこに監禁しているの」

「誰のこと？」マーリンは繰り返した。

本気で困惑しているように見える。

「なぜここに来たのか、理由はわかっていますね」

「ええ」マーリンはうなずいた。

「話して」

「わたし、お年寄りを騙しました」マーリンは弱々しく言った。

今度はアネッテがとまどう番だった。

「どういうこと？」

マーリンが上目遣いに見る。

「わたしたち、お年寄りを騙していたんです。そういうつもりはなかったんです。でも、結果的にはそうなりました。カーレンとわたしとで。お金が必要だったんです。養子をもらうつもりでした。独身で、しかも持病のある人間には難しいことなんです。

マーリンはいったいなんの話をしているのだろう。「いまも調子が悪いの？」

「え、なに、いま？」

マーリン・ストルツはぱっと身を起こし、あたりを見まわした。

「いまは自分が誰だかわかる、マーリン？」

「わたしの名前はマーリンじゃありません」

「それなら、本名は？」

「マイケン・ストルベルゲ」

「なぜマーリンと名乗っていたの」

「カーレンがそうしたらいいって」

マイケン・ストルベルゲですって。わけがわからなかったが、アネッテは相手に当惑を悟られまいとした。

カリーが取調室に戻ってきた。

「医者と話をした。心配するなと伝えてくれと言っていた。いまこっちに向かっているところだ」

カリーは攻撃的な態度を引っこめていた。どのみち、そんなものは必要なさそうだ。目の前にすわったマーリン・ストルツを見ながら、アネッテは本当にこれが探していた犯人なのかと疑いはじめていた。もしそうなら、相当な嘘つきということだ。その可能性もある。自分でも精神に問題を抱えていると言っている。本当の自分でなくなるときもあると。とはいえアネッテのほうも、長年かなりの数の嘘つきを相手にしてきた。マーリン・ストルツがそのひとりだとすると、人を欺くのがとんでもなくうまいということになる。アネッテは録音機のスイッチを切ると、マーリンを取調室に残し、カリーを廊下に連れだした。

「医者はなんて?」

「マーリンの話は本当だった。子供のころから施設を出たり入ったりしてきたらしい。さっきしゃべった相手が本物の医者だとしたら、えらくややこしい話になってくる。まったく、なにを信じりゃいいのやら」

「彼女はどこが悪いのか言ってた?」

「いいや、守秘義務がどうとか言ってたが、いかれてることは認めたよ」

「カリー……」

「おっと、精神障害だったな、くそ。アネッテ、あの女は子供を四人殺してるんだぞ、それでも言葉に気をつけなくちゃならないのか」

「電話の相手が本物の医者かたしかめて、誰かにマイケン・ストルベルゲのことを調べさせて」

「誰だ、そいつは」

アネッテは取調室のほうへ顎をしゃくった。

「ストルツ？」

「彼女がそう名乗ってるのよ。お願いできる？」

「わかった」

アネッテは取調室に戻り、ふたたび録音を開始した。

「二〇一二年五月四日金曜日、二十二時四十分。法務担当官、アネッテ・ゴーリ。マーリン・ストルツを取り調べ中」

「マイケン・ストルベルゲです」マーリンはそう言ったが、ふいに自信なげな顔になった。

「なんと呼べばいいかしら？」アネッテはやさしく尋ねた。

「マイケン、かしら」

「わかったわ、マイケンでいきましょう。水をもう一杯いかが、マイケン」

「いいえ、けっこうです。だいじょうぶ」

「なぜここにいるのかわかっている、マイケン？」

「はい、カーレンとわたしとで、お年寄りを騙したからです。もうしわけないと思っています」

「それはここにいる理由ではないわ、マイケン」

「ちがうんですか？」

マーリン・ストルツ改めマイケン・ストルベルゲは、怪訝な顔をした。

「本当に弁護士を立ちあわせなくていいの？」

「ええ、本当にいいんです。それじゃ、わたしがここにいる理由はなんなんですか」

「あなたには、六歳の少女を四人殺害し、マーリオン・ムンクを誘拐した疑いがかけられています」

「えっ……ちがう、ちがう、ちがいます」

「すわってちょうだい、マイケン」

「ちがう、ちがいますっ……本当なんです、わたしはなんの関係もありません。ちがう、ちがう……」

手錠をはずしたのは失敗だった、とアネッテは思った。マイケン・ストルベルゲは自分の身を傷つけんばかりに取り乱している。

「すわって、マイケン」

「そんなことしていません」

「いいからすわって、マイケン」

「そんなこと……ああ、ちがう、ちがいます。そんなことしていません、本当です」

「すわると約束してくれるなら、あなたの話を聞くわ、それでどう?」アネッテはつとめてやさしい声をかけながら、テーブルの裏についたボタンに手を這わせた。制服警官を呼びたくはない。これは最後の手段だ。

マイケンはしばらくアネッテを見つめていたが、やがて腰を下ろした。

「マイケン」

「はい」

「さっきわたしが言ったことは忘れましょう、ね?」

「わかりました」マイケンは半信半疑な顔で答え、涙を拭った。

「なんの話をしていたんだったかしら」

「お年寄りのことですね」マイケンは背筋を伸ばした。

「どこの年寄りのこと?」

「介護をしていたお年寄りです」マイケンは小さく答えた。「ヒューネフォスでカーレンと知りあいました。子供を持てない人たちのグループで親しくなって。言いだしたのはカーレンなんです。ある人を知っていると言って」

「誰?」

「牧師です。あ、でも最初はたしか車のセールスをしていたんです。その人が牧師になって、老い先短い人たちからお金を巻きあげはじめました」

「遺産ということ？」

ムンクの母親の財産を騙しとろうとしている教会については、ミーティングでミアから報告を受けている。

マイケンはうなずいた。

「わたしたち、牧師に名前を伝えるたびにお金を受けとっていました」

「どういう人の名前を？」

マイケンはためらった。

「その、神様を簡単に信じそうなお年寄りです」

マイケンは恥じ入った様子で、か細い両手を膝の上で揉みあわせている。

「どのくらいそんなことをしてきたの？」

「長いあいだです。とても長いあいだ。大勢の人を騙しました」

ドアが開き、カリーが取調室に入ってきた。アネッテはマイクに向かって言った。

「二十二時五十七分。ヨン・ラーセン捜査官が入室。マーリン・ストルツ、マイケン・ストルベルゲへの取り調べを続けます」

アネッテが見上げると、カリーはうなずいた。

「本名が確認できた」

「それで、カーレンというのは？」アネッテは尋ねた。

「知らないんですか」マイケンが訊き返した。

「カーレンて名を聞いたことがあるか」

「いえ、その名前は挙がってないわ」

「カーレンなら知ってる」そう言ったのはムンクだった。いつのまにか取調室に入ってきていたらしい。アネッテにはドアが開く音さえ聞こえなかった。

「二十二時五十九分。特別班班長、ホールゲル・ムンクが取調室に入室」アネッテはマイクに向かって言った。

「カーレンはどこだ」ムンクはそう言うと席についた。

マイケンはムンクを見て狼狽している。ふたりは知り合いのようだ。マイケンはムンク家の財産を家族から騙しとろうとしていたことになる。

「ごめんなさい、ホールゲル」マイケンは膝に目を落とし、小さく言った。「わたしはただ、赤ちゃんが欲しかったんです。ほかのみんなには赤ちゃんがいるのに、なぜわたしはだめなんでしょう」

「それはいいんだ、マーリン」ムンクがマイケンの肩に手を置き、抑えた声で言った。「ただ、カーレンがどこにいるかだけ教えてくれ」

「マイケンです」アネッテは正した。

「え？」ムンクがアネッテのほうを向いた。

　ボスの疲れた顔は以前にも見たことがあったが、これほどひどい姿は初めてだった。首を支えるのもやっとに見える。アルコールを一滴も飲まないことを知らなければ、酔っぱらっていると思ったにちがいない。

「マイケン・ストルベルゲです」カリーがそう言いながらうなずいた。

「マイケン？　ああわかった、マイケンだな。カーレンはどこだ」

「知らない、知らないわ」マイケンはすわったまま上体を前後に揺すりはじめた。

「ムンク」アネッテは声をかけたが、ムンクは聞いていなかった。

「カーレンの居場所を知る必要があるんだ、わかるか。どこにいるのか教えてくれ、いますぐにだ！」

　ムンクは身を乗りだし、か細いマイケンの肩をつかんだ。マイケンがとっさに両手で顔をかばう。

「知らない、知らないのよ」

「ムンク」アネッテは語調を強めた。

った。

「カーレンはどこだ」ムンクは怒鳴り、いまにも折れそうなマイケンの身体を揺さぶった。

「ムンク！」アネッテは叫んだ。

「カーレンはどこだっ!!」

ムンクがいっそう激しくマイケンを揺さぶる。アネッテは腰を上げたが、カリーのほうがすばやかった。力強い腕でムンクを抱えこみ、取調室の外へ連れだした。

「だいじょうぶ、マイケン？」ふたりきりになると、アネッテは尋ねた。

マイケンは顔を上げ、おびえきった目でアネッテを見ながら、小さくうなずいた。

「ふたりとちょっと話してくるわね、すぐ戻ってくるから、いい？」

マイケンはもう一度うなずいた。

「それと、聞いてちょうだい」

マイケンが見上げる。

「はい？」

「安心して。わたしはあなたを信じるわ」

マイケンは涙を拭い、かすかにうなずいた。

「ありがとうございます」

アネッテは笑みを浮かべてマイケンの肩に手を置くと、廊下へ出た。

「あんなことをするなんて、どういうつもりなんですか、ムンク」

カリーはまだムンクの身体を抱えこんでいる。

「すまん」ムンクが低く言った。「あの女がマーリオンをさらったんだ、カーレンが。あの女が孫を誘拐した。マーリオンを」

「頭を冷やしてください」カリーが言った。

「マイケンを留置場へ」アネッテは静かに言った。「ムンクはわたしに任せて」

カリーはしぶしぶうなずいてベージュのダッフルコートから手を離し、廊下にふたりを残して取調室に戻った。

「だいじょうぶですか、ホールゲル」アネッテはムンクの肩に手を置いた。

「あの女が孫をさらったんだ」ムンクがまた言った。

「カーレンというのは誰です」アネッテはつとめて穏やかに尋ねた。

「ケアホームの職員だ」うめくような声。「孫をさらったんだ、アネッテ。マーリオンを」

「きっと見つけられます」アネッテがそう言ったとき、携帯電話が鳴った。

「もしもし、アネッテです」

「ムンクさんに代わってください」ガーブリエルだ。興奮で息を切らしている。

アネッテは電話をムンクに渡した。

「もしもし」

ムンクは相手の言葉をふたこと三こと聞くと、すぐに電話を切った。

「キーセの動画だ。GPSの座標がわかった。カリーと一緒に来てくれ、いいな」

ムンクは返事も聞かずに廊下を駆けだした。

79

ミア・クリューゲルはカモメの鳴き声らしき音で目を覚ました。島に戻ってきたのだ。ひとりになるために買ったあの家に。人から逃げるために。自分自身から逃げるために。薬を山ほど飲んで死ぬために。海、風、鳥、静寂。シグリのところへ行こう。ひとりには耐えきれない。家族はもう誰もいない。死んでしまった。理解してくれる相手がいないなんてつらすぎる。シグリはいつもわかってくれた。愛らしく、美しく、魅力的なシグリ。言葉なんていらなかった――わかってるわ、ミア。口を開く必要さえなかった。ブロンドの髪と、やさしくて温かいあの瞳。

いま、ミアはひとりだった。心の慰めも平安もない。この家とカモメだけ。タフで優秀な、百万人にひとりの逸材、ミア・クリューゲル。輝く青い瞳を持ったインディアン、ノルウェー屈指の殺人捜査官。それがいまは、辺鄙（へんぴ）な島に隠れ住む、やつれ果てた変人になってしまった。

口のなかが渇ききっている。目をあけようとしたが、瞼が持ちあがらない。ゆるゆると夢から現実へ戻りかけた頭に、音楽が聞こえてきた。ラジオだ。音楽がとまった。もう一度目をあけようとしたが、上下の瞼が貼りついたように重たい。瞼だけでなく全身が重く、身じろぎもできない。自然とまた夢の世界に引きもどされていく……島のキッチンにあるコーヒーマシンが音を立てている。

「目が覚めた、ミア？」

目をあけると、カーレン・ニルンが立っていた。ストロベリー・ブロンドの女は、微笑みながら水のボトルを持ちあげた。

「飲み物はいかが。喉がからからなんじゃないかと思って」

そのとたん、なにが起きたかを思いだした。とっさに自由になろうと身をよじった。なにかで口をふさがれている。両手はテープで椅子に固定されている。両腕と両脚にもテープが巻かれている。ミアはめちゃくちゃにもがいた。脳からの指令に従うのではなく、身体が本能的に反応した。筋肉が発作を起こしたように。だが無駄だった。動かせるのは頭だけだ。

「あなたってかわいいわね、ほんとに」カーレンは声を立てて笑い、目の前で水のボトルを振った。「ずっとそうやっているつもり？　見ていて楽しいから、とめはしないけど」

ミアはこみあげるパニックを必死に抑え、気を落ち着かせようとつとめた。深呼吸して、あたりを見まわす。警察官の目で。小さな家のなかだ。山小屋？　いや、家だ。窓台は白。田舎。田舎にいる。窓ガラスにフィルムが貼られている。なかから外は見えるが、外からは覗けないようになっている。背後は暖かく、パチパチと音がしている。オーブンだろうか、いや暖炉だ。ソファーがひとつ。六〇年代風の椅子が一脚。床には多色使いのラグ。左手にドア。古びた冷蔵庫。キッチン。もうひとつドア。少し開いている。廊下。泥のついた長靴が一足。セーター。レインコート。

「素敵なところでしょ」カーレンはそう言って、ボトルを床に置いた。「案内してほしい？」

ミアは返事をしようとしたが、くぐもったうなり声しか出なかった。口に貼られたテープのせいだ。唇の隙間から舌を突きだしテープに触れると、接着剤の味がした。

「飲み物が欲しいなら、大声を出したりしないこと。まわりに家はないから誰も助けに来やしないけど、あの子を起こしたくないの」

目の前にテレビが置かれている。いや、テレビではなく、コンピューターに接続されたモニターだ。キーボードとマウスがひとつずつある。

カーレンがモニターをオンにした。

「ほら、眠ってるでしょ。だから静かにしなくちゃ。シーッ」

カーレンはにっこりし、唇に指を当てた。画面がだんだん明るくなり、眠っている少女の画像が現れた。マーリオン。どこかの白い部屋。全体が写っているということは、部屋の隅にウェブカメラが設置されているようだ。

「ね、愛らしい子よね」カーレンは微笑みながらテーブルの前にすわり、画面にやさしく触れた。「起こさないようにしなくちゃ」

そしてミアに近づき、顔のテープを一気に剝がした。ミアは必死に空気を吸い、咳きこんだ。胸がむかつく。首に打たれた注射のせいだ。このままでは吐いてしまう。

「ほら、水よ」カーレンが唇にボトルを押しつけた。

ミアはむさぼるようにそれを飲んだ。こぼれた水が顎からセーターに滴り、膝や太腿を濡らす。

「いい子ね」カーレンはミアの顎と口もとを手の甲で拭った。

「あの子を傷つけたりしてないでしょうね」妙なかすれ声が出た。

「そんなこと考えてたの」カーレンは笑みを浮かべた。「もちろん、傷つけたりはしない。殺しはするけれど、傷つけるなんてとんでもないわ」

「ふざけないで」ミアはカーレンに唾を吐きかけた。

カーレンは脇に飛びのき、それをよけた。

「だめでしょ、ミア！　テープをまた貼られたい？　お行儀よくできないの？」

ミアは怒りを爆発させそうになり、すんでのところで自分を抑えた。

「おとなしくするわ」静かにそう答えた。「ごめんなさい」

「そうそう、それでいいのよ」カーレンは微笑み、また腰を下ろした。

「なぜわたしなの」

「あら、ずいぶんとストレートね、いつもそういう調子なの？　それじゃちょっとつまらなくない？」カーレンは笑い声をあげた。「まずは、ちょっとしたゲームをしましょ。わたしはゲームが好きなの。楽しいでしょ、そう思わない？　ゲームをするのは嫌い、ミア？　ミア・ムーンビーム、なんてかわいい名前なの。囚われたインディアンの娘。あの漫画そのものじゃない」

ミアは返事をしなかった。目を閉じ、頭をだらりと前に垂らした。カーレンが立ちあがり、そばへ寄る。

「ミア、ねえミア。さあ、寝ちゃだめよ、ミア、ゲームをするんだから」

ミアは目をあけ、カーレンの顔にまともに唾を吐きかけた。

不意を突かれ、カーレンの人格ががらりと変わった。笑みが消え、目がちかりと光る。

「このアマ」

カーレンの手が上がり、ミアの顔を引っぱたいた。強烈な一撃に頭がのけぞる。一瞬視界が真っ暗になり、ミアは目を閉じた。

ふたたび目をあけると、不気味な笑みが戻っていた。

「ケーキはいかが」カーレンは首をかしげて微笑んだ。「あなたのために特別に焼いたの」

「なんて女なの」

「さあ、罵りあうのはやめましょ。そういうのはなし。それがルールよ。いい？　それがこのゲームのルール」

ミアは気を静め、うなずいた。もう一度あたりを見まわす。警察官の目で。自分はここに捕らわれている。ひとりで。拘束されている。だから、話を合わせてこの場を切り抜けなければならない。それが唯一の望み。調子を合わせるのだ。

「いいルールね」ミアは穏やかに言って、作り笑いを浮かべた。

「よろしい」カーレンがパチンと手を打つ。「どっちからはじめる？　わたしからいきましょうか」

ミアはうなずいた。

「わたしはこの家で育ったの」カーレンは話しはじめた。「わたしと母と妹と、それにあいつと」

「あなたの父親？」

「ただのあいつよ」カーレンは笑みを浮かべ、テーブルのそばにまた腰かけた。「ほら、あなたの番よ」

「わたしはオースゴールストランで育った。姉と両親と一緒に、白い家に住んでいた。エドヴァルド・ムンクの家からそう遠くないところに。祖母も近くに住んでたわ」

「つまらない。白ける人ね。そんなこととっくに知ってる。新しい情報をくれないと。わたしが知らないことを。今度はわたしの番ね」

ミアはまたうなずいた。

「わたしの母はハーマル病院で働いていたの。よく職場についていったものよ。母はなんでも見せてくれた。誰よりもやわらかい髪をしてた。わたしがいつもブラシで梳(と)いてあげてたの。妹は小さすぎたから、見てるだけだった。ある日、母がいなくなった。なにが起きたのかみんな知っていたけど、警察はなにもしなかった。おかしいと思わない？　警察が犯罪を見て見ぬふりするような国に住んでるなんて」

カーレンは笑いかけ、髪を耳の後ろにかけた。天井を見上げ、なにかに思いを巡らせるような顔になる。

ハーマル病院。ここはハーマルの近くにちがいない。カーレン・ニルンの父親は母親を殺害した。だが警察はなにもしなかった。だからカーレンは警察を憎んでいるのだ。

「質問しても？」ミアは尋ねた。

「お好きなように」カーレンは楽しげに答えた。「このゲームは、なんでも好きなことができるんだから！」

「悪態をつく以外は？」ミアはそう言って、もう一度笑顔をつくってみせた。嘘くさく見えなければいいが。

「そのとおり」カーレンがくすくす笑う。「悪態はなしよ」

「あの子のことはなんと呼んでいたの」

「誰？」

「産科病棟から盗んだ赤ちゃんよ」

カーレンの笑みが消えた。

「マルグレーテ」

「きれいな名前ね」ミアは言った。

「そうでしょ」

「ええ、とてもきれいだわ。あれはその子の部屋だったの？」

ミアはモニターを顎で示した。

「ええ」カーレンはさびしげに言った。「といっても、あんなに素敵な部屋じゃないわ。場所はあそこだけど、なかは新しくしたの。あのままだと悲しすぎるから」

「マルグレーテになにがあったの」

「だめよ、今度はわたしの番」

ミアは画面から目をそむけた。見ていられない。マーリオンはレースの縁飾りのついた白い人形用のドレスを着せられ、ベッドに横たわっている。

「あいつは血を吐いて死んだの」カーレンはにっこりした。

「誰？」

「あいつと言ったらあいつよ。食べ物に殺鼠剤を混ぜてやったの。母は家出したんだと警察に決めつけられて、それからはわたしが家族三人の食事をつくらされた。あいつが死ぬのを見るのは楽しかった。妹とふたりでずっと見てたの。口から血が噴きだしてた。そこらじゅうから。最高の眺めだったわ。お祝いしたいくらいだった。クリスマスみたいに」

「どこに埋めたの」ミアは画面から懸命に目をそらしながら訊いた。

　集中して、ミア、集中するのよ。

「屋外便所の裏よ」カーレンはまたにっこりした。「臭くて臭くて、とんでもなく汚い場所に。ぴったりでしょ。本当にケーキはいらない？」

「あとでいただくわ」ミアは笑みをつくった。

「すごくおいしいのよ」カーレンはうなずくと、もの思いに沈むように黙りこんだ。

「マーリン・ストルツは」

「ああ、マイケンのこと？」

「瞳の色がちがう女のことよ。マーリンではないの？」

「マイケンよ」カーレンはうなずいた。「かわいそうなマイケン。すっかりいかれてるの、知ってた？　でも、ふたりで協力してずいぶん儲けたわ」

ミアの頭のなかですべてがつながりはじめた。

「教会を通じて？」

カーレンは笑顔になり、また手を叩いた。

「よくできました、ミア。賢いわね。知らないでしょ、じきにお迎えが来ると思いこんだ年寄りが、どんなにたやすくイエス様に全財産を差しだすか」

カーレンがくくっと笑う。

「教会に六割を渡して、わたしたちが残りの四割を受けとった。悪くない取引だと思うわ。相当な金額だし。どれくらいか知ってる、ミア」

「いいえ」

「かなりの額よ」とウィンクする。「ここ以外にも家が買えるくらい、とだけ言っておくわ」

「マイケンは、マルグレーテやほかの子たちのことには無関係なの？」

「ええ、そう」カーレンは笑った。「マイケンが正真正銘のビョーキなのはたしかよ。でも、ああいうことをするにはやさしすぎる。彼女の友達の、間抜けなローゲル・バッケンだけは少し利用させてもらったけど。あの男は自分が男なのか女なのか決められなかった——それって不思議な話よね。あの手の人間はたいてい弱いから、わけなく操れるのよ」

「それにしても、教会と結託するとはたいしたものね。頭がいいわ、本当に。みんなが得をする」

「そう、みんながね」カーレンが得意げな顔になる。

「それで、あの子になにが起こったの」

「誰のこと」

「マルグレーテ、赤ちゃんよ」

カーレンはいっとき黙りこんだが、また話しはじめた。

「わたし、車に轢かれたのよ。片足と両腕を骨折して」と唇を噛む。「病院に入院したの」

「長いあいだ?」

カーレンは黙ってうなずいた。

「それにしても、気持ちはわからなくもないわ」そこでまた表情を緩める。「お金をぽんと寄付する年寄りたちのことよ。ひとりさびしくベッドに寝ていて、どんどん身体の自由もきかなくなってくる。そうなると、人生を振り返って後悔しだすの。そう、後悔ばかりするのよ、ミア。そういう姿を見てきたわ。話も聞いた。あのときああしていたらって。だんだん他人のことなんて気にしなくなる。頭のなかは自分のことばかり。もっとあちこち行けばよかった、もっと楽しめばよかった、世界じゅうを探検すればよかったってね。みんな怖いのよ。目がそれを物語ってるの。どんなにおびえた目をしてるか見せたかったわ、ミア。自分の人生が失敗だったと思ってるの。それでパニックになる。もう一度やりなおしたいと願う。二度目のチャンスをお金で買おうとする。それをどうこう言えやしないわ。ね、じきに死ぬのってどんな気持ち、ミア?」

「わたしを殺すつもりなの」

カーレンは怪訝そうな顔でミアを見た。

「ええ、もちろんそのつもりよ。なぜそんなこと訊くの」

「どうしてわたしなの」

「まだわからない? 切れ者だと思っていたのに」

「ええ、わからない」ミアは小さく答えた。

「そうね、わたしのほうが賢いものね」

カーレンは得意げに笑い、また子供のように手を叩いた。

「犬を殺したのよ、知ってた？　あの子たちに遊び相手をつくってあげるために。素敵でしょ？」

「知らなかったわ」ミアはぼそりと言った。

「あなたってばかなのね」カーレンはにっこりした。

「そうね、あなたのほうが賢いわ」

「そうよ、そのとおり」

「で、なぜわたしを殺すの」

「わからない？　本当にわからないの？」

「わからないわ」

「教えてほしい？」

「ええ」

「あなたがわたしの妹を殺したからよ」カーレンはそう言うと、キッチンに消えた。

80

リヴ＝ヘーゲ・ニルンがハーマルの裏通りで初めてシンナーを吸ったのは、十三歳のときだった。学校はとっくの昔に行かなくなっていた。学校は好きではなかった。勉強は苦手で、クラスメートや先生にもなじめなかった。それに、彼女がどこにいようと誰も気にしなかった。以前なら姉のカーレンが気にかけてくれた。姉は十歳年上で、タンゲンの人里離れた小さな家で暮らしていたときは、いつも面倒を見てくれた。父親は乱暴だった。ふたりの姉妹と母親にとって、心身への虐待は日常茶飯事だった。やがて母親は消えてしまった。リヴ＝ヘーゲは、幼い心と身体には受けとめきれないほどの悲惨な経験をしながら成長した。シンナーを含ませた布はそんな現実を忘れさせてくれた。カーレンがそばにいてくれたときは、もう少しうまくやれていた。学校へ行くことも、自分の面倒を見ることも、きっとだいじょうぶだと信じることも。でも両親がいなくなると、カーレンは人が変わったようになってしまった。些細なことで激怒するかと思えば、少しもおかしくないことで、突然けたたましく笑いだしたりするようになった。いつだったか、居間の窓に小鳥がぶつかって怪我をしたことがある。リヴ＝ヘーゲは小鳥を拾いあげ、脱脂綿を敷きつめた小さなボール箱に入れてやり、家のなかで世話をすることにした。ある日、スクールバスを降りて家に戻ると、カーレンがキッチンにいて、火にかけた鍋をじっと見下ろしていた。鍋のなかでは小鳥が悲鳴をあげながら丸茹でにされていた。振りむいたとき、カーレンの顔には満足げな笑みが浮かんでいた。小鳥が死ぬのを見るのが愉快でたまらないというように。母親はハーマル病院で働いていて、カーレンはよくそこへ遊びに行っていた。母親に内緒で薬を盗むためだった。家にふたりきりのとき、屋根裏部屋で箱を見せられたことがある。注射器やアンプルや、聞いたこともない名前の錠剤が入った大瓶が何種類も詰めこまれていた。姉がそれをなにに使うつもりなのかはわからなかったが、誰かを殺すためのものだろうと思った。カーレンは殺すことで心を満たしていた。

けれど、リヴ＝ヘーゲのほうは、ただ忘れたかった。シンナーを浸した布は旅のはじまりだった。行きつく先が決まった旅の。最初のうちはタンゲンとハーマルをヒッチハイクで往復していたが、じきに家に帰るのをやめた。仲間たちと大聖堂跡でシンナーを吸い、茂みの陰で野宿した。ポッパーや狭心症の薬も使い、ベンチや階段の踊り場で眠った。食べ物を盗み、ほとんどの時間をハイになるために費やした。ハイになる頻度が増えるにつれ、薬が抜けている時間が短くなった。最初の二、三年は、何日かは薬なしでいられた。ときには数週間でさえ。でもそのうち、つねにハイでなければ耐えられなくなった。逃れようのない破滅の渦に呑まれ、堕ちていく一方だった。子供のころの経験のせいで心に傷を負ったリヴ＝ヘーゲは、絶えず不安に苛（さいな）まれ、ほかの人々のように現実と向きあう術（すべ）を知らなかった。まともな人生を望む気にもなれなかった。安全な生活も。家も。仕事も。家族も。子供も。休日も。どれも遠い世界だった。じきに求めるものはひとつになった。次の一本。その次の一本。そしてまた一本。付きあった相手は何人かいたが、なんの意味もない関係だった。ベッドとマリファナを提供してくれた男。シャワーとアルコールが魅力だった男。

だがやがて、マルクス・スコーグに出会った。あるとき、誰かの車で夜を過ごし、目が覚めるとオスロに来ていた。連れがクスリを買うと言うのでリヴ＝ヘーゲもついていった。スピードかなにかを。そしてそこに彼がいた。グルンランのアパートメントに。リヴ＝ヘーゲはひと目で夢中になり、やがてふたりは恋人になった。マルクスからヘロインを教わると、愛するものがふたつになった。ヘロインは完璧なドラッグだった。シンナーよりずっといい。シンナーは余分な成分や不純物が含まれているので、吸うとハイにはなれるが、絶えず吐き気に悩まされることになる。ヘロインはちがった。ある夏の日、アーケル川の近くでマルクスに初めてそれを打たれたとき、リヴ＝ヘーゲはこんな至福があったのかと心の底から驚いた。こわばりきっていた身体をようやくリラックスさせられたような、そんな気分だった。心の棘も、辛くみじめな思いも消え、気づけば満面の笑みを浮かべていた。いつまでも消えない美しいピンクの雲に包まれ、あふれるような、輝くような笑顔になっていた。人はみな善良だ。この世は喜びに満ちている。永遠に。その日からリヴ＝ヘーゲは虜になった。マルクスとヘロインと自分。それは夢のようにすばらしい三角関係だった。ふたりはひっきりなしに居場所を変え、ありとあらゆる場所で暮らした。マルクスは顔が広く、ドラッグの取引をはじめると顔見知りはさらに増えた。ディーラーは裏社会のセレブのようなもので、有名無名の取り巻きたちがいつもそばにいた。一介のディーラーにしては、商売はうまくいっていた。ある秋、ふたりはトゥリヴァンの森にとめたキャンピングカーのなかで暮らしていた。たっぷりのコカインとスピードで盛りあがったパーティーの最中、リヴ＝ヘーゲはヘロインが欲しくなった。少し打ったら気持ちよくなれる。完璧にハイになれる。好都合なことに、パーティーの客たちはオスロの中心街に引きあげていった。やがてキャンピングカーには自分たちだけが残された。マルクスと、自分と、じきに血管に注ぎこまれる愛しい液体だけが。

「ねえ、打ってくれない？」

リヴ＝ヘーゲは車内を落ち着きなく歩きまわるマルクスにそうせがんだ。

マルクスはスピードとコカインを混ぜたものを二本の線状にして吸引したところで、完全に興奮状態だった。ひとりごとをつぶやきつづけ、瞳孔は皿みたいに開いていた。

「マルクス」リヴ＝ヘーゲはもう一度せがんだ。「ねえ、打ってよ」

リヴ＝ヘーゲはセーターの袖をまくり、小さな灰色のプラスティックテーブルに腕をのせた。

「うるせえな、リヴ＝ヘーゲ、自分でやれよ。なんだっておれがなんでもしてやらなきゃならないんだ」マルクスはテーブルの上でまた粉末を線状に整えながら、不機嫌に言った。

「でも、あんたにやってほしいんだもの。ね、お願い」

「おい、しつこいぜ。おまえの貧相なケツに我慢してやってるのだって、なんでだかわからねえってのに。教えてくれ、リヴ＝ヘーゲ、なんでだ？　おまえはなんにもしてくれないってのに」

リヴ＝ヘーゲは恥ずかしさにうなだれ、ゴムのチューブを腕に巻きつけた。マルクスはかがみこみ、ふた筋の粉末を片方ずつ左右の鼻の穴に吸いこんだ。

「さあ行くぜ。そう、そうだ。いいぜ、もうすぐだ」

マルクスははじけるように笑い、拳を壁に叩きつけた。リヴ＝ヘーゲはびくっと身を震わせた。はずみで手元が狂いそうになったが、どうにか針を血管に差しこんだ。温かいものが全身を駆けめぐる。待ちに待ったピンクの雲。どこまでも続く砂浜。床に注射器を落としたとき、キャンピングカーのドアをノックする音がした。

「こんばんは」

女の声だ。

「なんだ」マルクスが答えた。

カーテンの隙間から外を覗こうとしたが、目隠しのために窓には段ボールをかぶせてあった。

「警察だ」

今度は男の声。

「くそ」マルクスはそう言いながら、テーブルのドラッグを隠しはじめた。「リヴ＝ヘーゲ、手伝ってくれ、早く！」

なぜそんなことをしなくちゃならないの。うっとりと笑みを浮かべながらリヴ＝ヘーゲは思った。いまから天国に行くところなのに。それからどうなったかは定かではないが、気づくと女の警官がキャンピングカーのなかにいた。

「殺人捜査課のミア・クリューゲルです。この少女を探しているの。見かけたことはないかしら」

「ああ、ピアね」リヴ＝ヘーゲは写真を見てにっこりした。

「黙れ！」マルクスが怒鳴りつけた。

「でも、これピアよ、そうでしょ、マルクス。わからないの」

「黙れって言ってるんだ！」マルクスがまたわめいた。

「マルクス？」女の警官が突然言った。「マルクス・スコーグ？」

「どうなってる、ミア」

外で男の警官の声がした。

「これはこれは、ミア・クリューゲル」マルクスがにやりとした。「久しぶりだな」

ミアと呼ばれた警官は幽霊を見たような顔をしていた。

「姉さんは元気か」マルクスは訊いた。最後に吸った二本が効いてきたらしく、大口をあけて笑いだした。

「ああ、そうだった。死んじまったんだったな、え？　そう、耐えきれずにな、笑えるぜ。おれは何度もそういうのを見てきた。ご立派な家のお嬢さんがあっさり音をあげて、死んじまうのを」

いつのまにか、女の警官の手には銃が握られていた。汚れきった狭苦しいキャンピングカーにいるはずが、気づけばリヴ＝ヘーゲの心はそこを抜けだしていた。山の頂に腰かけ、はるか下界を見下ろしていた。そこは居心地がよくて暖かかった。さわやかな風に髪がそよいでいた。

さっきまでいた遠くの狭い部屋では、マルクスがテーブルの上の注射器を手に取ったところだった。口から泡を吹き、注射器を警官に突きつけ、けたたましく笑っていた。

「やってみるか、ミア。試してみなくていいのか。おまえの姉さんはいくらでも欲しがったぜ。根性なしの、かわいそうなシグリはな、ハハハッ」

居心地のいい山の上から、リヴ＝ヘーゲは一部始終を眺めていた。まるで映画のようだった。マルクスは女の警官に向かって痰を吐きかけ、注射器を相手に刺そうとした。警官が飛びのき、ガタンと音がした。あたりは火の山に変わり、地の底がゴロゴロとなりだした。警官が二度発砲した。マルクスは奥に吹っ飛び、血を流しながら床に倒れた。

二週間後、見たこともない部屋で目を覚ましたリヴ＝ヘーゲは、すさまじい禁断症状に襲われた。そばにはカーレンがすわっていて、一週間のあいだ付きっきりで看病してくれた。リヴ＝ヘーゲはベッドに縛りつけられ、耐えがたいほどの苦しみを味わった。地獄だった。全身の細胞ひとつひとつが目を覚まし、口々に悲鳴をあげているようだった。一度に一億回分の二日酔いを味わっているような気分で、悪魔に取り憑かれたかのようにわめきちらさずにはいられなかった。薬が体内から抜けるまで、白い病室のベッドに縛りつけられたままだった。そのあいだずっと、カーレンがそばにいてくれた。リヴ＝ヘーゲを見守り、食事を与え、手を握り、落ち着かせてくれた。昔の姉が戻ってきたみたいだった。

やがて、ベッドを出ることを許された。自力でトイレに行けるようになり、テーブルで食事をとれるようになった。カーレンはけっしてそばを離れなかった。そのうち、庭にも出られるようになった。芝生にすわり、太陽を見上げ、木々を眺めた。カーレンは微笑んでいた。薬を抜いているあいだはにこりともしなかった姉が、ようやくうれしそうな顔を見せた。

だが、カーレン・ニルンは知らなかった。妹には生きる意志などないことを。リヴ＝ヘーゲはなにもかも失った。愛するものをふたつとも。マルクス・スコーグとヘロイン。この世にいたところで、なんのいいことがあるだろう。なにもない。

一週間後、ひとりで散歩に出ていいと初めてお許しをもらった日、リヴ＝ヘーゲは森に入り、一本のトウヒによじのぼると、首にロープをかけた。

そして飛んだ。自由に向かって。

81

「本当にごめんなさい」ミアは言った。

「あら、いいのよ。あなたは妹を殺した。そしてもうすぐ死ぬ。それでおあいこ。そうでしょ?」

カーレンはにっこりして、ミアの手を軽く叩いた。またキッチンへ行き、チョコレートケーキをひと切れ持って戻ってきた。

「ケーキはいかが、ミア?」

ミアは首を振った。

「でもなにか食べなきゃ。これはおいしいのよ、ほんとに。母のレシピなの」

ミアはテーブルの上のモニターをちらっと見た。マーリオンは地下室のベッドに横たわったままだ。と、かすかに身じろぎした。よかった。眠っているだけだ。カーレンは笑みを浮かべ、二本の指を画面に這わせた。

「この子の身じたくをするのが楽しみだわ。子供はきちんと清潔でいさせなきゃ、そうでしょ？」

カーレンが笑いかけた。ミアはぞっとした。どうにか保ってきた冷静さを失い、恐怖に呑みこまれそうになるのを感じた。邪悪なものがここにいる。こんな目はいままで見たことがない。目の前にいる女は、自分がなにを言い、なにをしているかをはっきり理解していながら、他人への共感や人並みの感情のほうはひとかけらも持ちあわせていない。

「次になにが起きるか知りたい？　そういうゲームをしましょうか」カーレンはにこやかに立ちあがった。

「ほかのゲームをしない？」ミアは言った。

時間を稼がなければ。自分のために、なによりマーリオンのために。身体の節々が痛む。ムンクの顔が浮かんだ。マーリオンが殺されたら、ムンクはどうなるだろう。考えたくもない。そんなことをさせるわけにはいかない。

「それじゃ、どんなゲームがしたいの」カーレンがまたにっこりする。

「なんでも」ミアも微笑み返そうとした。「マルグレーテのことを話すのはどう？」

カーレンは真顔になった。顔をしかめて腕組みをする。ミアは必死で相手の心と思考を読み、弱点を見つけようとした。だが、見透かせない。

「マルグレーテならだいじょうぶよ」カーレンは笑顔に戻った。「天国の学校に通っていて、クラスメートも四人いる。すぐに五人になるし、先生も来るわ」

「クラスメート?」ミアはとまどった。

「ええ、そうよ。もうじき学校がはじまるでしょ。気づかなかったの」

ようやくミアの頭のなかでパズルのピースがおさまった。〝ひとり旅をしています〟。スクールバッグ。教科書。縄跳びのロープ。カーレン・ニルンのゆがんだ頭のなかでは、天国に学校をつくり、そこで教師になるという計画が立てられている。それがこの女の異常な論理なのだ。罪悪感が胸を刺す。なぜもっと早く気づかなかったのだろう。もっと早くわかっていれば、マーリオンが狭い地下室に捕らえられることもなかったのに。こんな人里離れた場所にある、恐怖の家に。

「マルグレーテには飼い犬だっているの」カーレンが続ける。「ちっちゃなかわいいシェパードの子犬よ。あの子は子犬と遊ぶのが好きだから。見て、ミア、あの子はなんて幸せそうなのかしら、ねえ見て」

カーレンは目を細めながら天井を指差した。

「ママもすぐ行きますからね、マルグレーテ。もうすぐよ」

天井に向かってウィンクし、投げキスを送る。

「なぜ少女は五人なのに、ドレスは十着なの」

「え、なに？」

「ドレスは十着注文したのに、捕らえた少女は五人だけなのはなぜ」

「服を一着しか持っていないわ、そうでしょ。あなたは一着しか持っていなかったの、ミア？　オースゴールストランの家で暮らしていたころに。小さなシグリと遊んでいたころに」

シグリの名を口にされ、ミアは唇を噛んだ。怒りに身が震えたが、どうにか感情を抑えた。

「それなら、五人で終わるつもりなのね」ミアは微笑んだ。

「ええ」カーレンはうなずき、もう少し多いほうがいいだろうかと考えるような顔をした。「少人数のクラスのほうがいいでしょ。誰もほったらかしにならないから。それが大事なことよ、ちがう？　先生の目が行き届いて、ゆっくり話を聞いてもらえることが。でも、十人にすべきだったかもしれないわね。どう思う？　五人で十分かしら」

「ええ、もちろん」ミアはうなずいた。「あなたはよくやったわ。本当によくやったと思う」

「本気でそう思ってる？」カーレンは顔をしかめた。

「ええ、本当よ。アイデアもいいし、すばらしい計画だわ。マルグレーテひとりではクラスにならなかったもの。そうでしょ？」

「そうなの」カーレンはそう言って、またテーブルのそばにすわった。「わたしがしてあげられる、せめてものことだから」

「よく考えぬかれてる。それに驚くほどみごとに実行したのね。だって、こっちはお手上げだったもの。てのひらで踊らされるばかりで。本当に頭がいいのね」

「ええ、そうでしょ？」カーレンは嬉々として手を叩いた。

「いままで会った誰よりも頭が切れるわ」ミアはうなずいた。

「長いあいだ計画を練ってきたのよ。細かいところまですべて。でも、いざ実行してみたら、ひどく簡単だったわ。そこがいちばんの不満ね。簡単すぎて、拍子抜けするくらい。あなたたち、見当違いなところばかり追いかけてたわね。本当に愉快なゲームだったわ、ね、そうでしょ」

「ええ、本当におもしろかった」ミアは微笑んだ。

「もうじき終わるのよ。楽しみだわ」カーレンは満足げなため息を漏らした。「あとはわたしたちみんなが死ぬだけ、それでおしまい」

「ええ、素敵ね」ミアはにっこりしてみせながら、頭のなかでせわしなく考えを巡らせた。「カーレン、もう聞かせてもらったかしら。最初に死ぬのは誰？」

「あなたよ。その次がマーリオン。いえ、ちょっと待って。まだ迷ってるの」

「へえ、そうなの？　すっかり計画を立ててると思ってたけど。迷うなんてあなたらしくないわね」

「そうね」カーレンはくすくす笑った。「でもなにもかも決めるわけにはいかない。ときにはちょっとした偶然に左右されることもあるのよ」

「そうなの？　たとえばどんな」

「手伝ってくれる男がいたんだけど。男ってばかよね、あなたも知ってるでしょ、ね？」

「とんでもなくばかよね」ミアは微笑んだ。

「そう、そうなの、まったく信じられないくらい鈍いんだから。でもその男は、桁違いの大ばかだったわ。間抜けも間抜け、大間抜け。わかる？」カーレンは笑った。

「誰の話？」

「ああ、なんてことない男よ、名前はたしか……そう、ヴィリアム。結婚しているくせに、わたしに夢中だった。男ってそんなものでしょ。うんざり。その男に地下室を改造させたの。古い部屋はいやだったから。新しいのが欲しかったの」

「マルグレーテが住んでいた部屋だから?」

「そう、だからつらくて」

「わかるわ」

「だから、つくりなおしてもらった。そのとき、おもしろいことを思いついたのよ」

「なにを?」

カーレンはこらえきれずに噴きだした。少女のようにけらけらと笑う。

「ふたりで動画を撮ったのよ」

「動画?」

「そう、彼の携帯で。あとで大笑いしたわ」

キーセの動画。あれはヤラセだったのだ。

ミアは平静を装った。

「どんな動画?」

「あの男におびえきったふりをさせたの」カーレンが笑う。「そして、偽の位置情報を入れた。ＧＰＳとかっていうやつよ、車についているような」

「へえ？」

「でたらめな座標を入れたの。おもしろいでしょ」

「笑えるわね」と言いつつ、顔が引きつってくる。「どんな座標にしたの？」ミアは咳払いした。

「そう、それが傑作なの」また笑い声があがる。「同じ道沿いにある家の座標よ。冴えてるでしょ？　あなたたち、動画を手に入れたわよね」

カーレンが近づいてきて、冷たい手でミアの顔をなでた。

「わたしを騙そうなんて、一瞬でも思わないことね、ミア。そうやって友達みたいに振る舞ってるつもり？　わたしをばかだと思ってるの」

瞼や唇に触れる指がひどく冷たい。

「警察はあの動画を手に入れたんでしょ？　彼の奥さんから」

ミアは弱々しくうなずいた。

「わたしはばかじゃないの。わかってるはずよ、ミア。出しぬくことなんてできない。機嫌をとって油断させようとしたってだめ。あの動画が警察に渡るまでに、なぜこんなに時間がかかったの？　正直言って、とっくの昔に受けとっていると思ったのに」

ミアは吐き気を覚えた。カーレンが氷のような指で顔をまさぐる。目の不自由な人間が相手の顔かたちをたしかめようとするように。

「なにがあったの、ミア」

平静を保つのがますますつらくなってくる。相手の指に嚙みつきたい衝動を必死でこらえた。

「彼の奥さんが動画の提出を延ばし延ばしにしていたの。数日前まで」

「なるほど」カーレンは微笑んだ。「夫婦仲がよろしくなかったってわけね」

ミアは返事をしなかった。

「気持ちはわかるわ。あの男は本当に鈍かった。でも、いまはもう手に入れたのね?」

ミアはためらいがちにうなずいた。

「よかった。それじゃあ、あとは爆発するのを待つだけね」

カーレンは微笑み、またテーブルのそばにすわった。

「その家はここからそんなに遠くないの?」

「ええ、いい考えでしょ? 爆発音も聞こえるし、ひょっとしたらなにか見えるかもしれないわよね。時間があればだけど」

カーレンは立ちあがると、ミアの背後に消えた。背中に邪悪な冷気を感じる。モニターを見てはっとした。マーリオンが目を覚ましかけている。

だめ、だめよ、マーリオン、おとなしく寝てなさい。

「言っておくけど、あなたは無理よ」耳もとで声が囁いた。「爆発の音は聞けないわ」

頬を撫でられる。

「もう死ぬんだから。素敵でしょ？」

ミアはめちゃくちゃにもがいたが、テープはほどけなかった。もう自分を抑えていられなかった。こらえきれない怒りが湧きあがる。身体が爆発しそうだ。

「ふざけるな、この悪魔！」

「ほらほら、言葉に気をつけて、ミア」カーレンがたしなめた。

ミアの口にふたたびテープが貼られた。接着剤の味がする。息が苦しい。パニックが押し寄せる。いや、だめだ。鼻でゆっくり息をしないと。起きちゃだめよ、マーリオン、注意を引いちゃだめ。じっとしててちょうだい。これは罠よ、ホールゲル。座標の場所には誰も行かせないで。この女はみんなを道連れにするつもりよ。誰も家のなかに入れないで。ホールゲル、入らないで。キムもカリーも、ルドヴィークもガーブリエルも、アネッテも入らせちゃだめ。誰も立ち入らせないで。誰も失いたくないの、ホールゲル。

右手にちくりと痛みを感じた。見ると、静脈に針を刺されていた。背後でごそごそ音が聞こえ、今度はスタンドに液体の入ったバッグがかけられた。なにかが血管に入ってくる。痛い。冷たいものが流れこみ、痺れるような感覚が広がっていく。

「さてと」カーレンがまた腰を下ろした。「残念だけど、もうお遊びはおしまいよ。まずはあなたから死んでもらう。マーリオンとふたりきりの時間が少し欲しいから。天国に行くまえにすることがあるの、ふたりだけで。あなたは仲間に入れられない」

カーレンはくくっと笑った。

「想像するとおかしくない？　お仲間たちが数軒と離れていない家であなたの死体を発見するところを。向こうが生き延びたらの話だけど。生き延びる人もいるはずよ。誰が助かると思う、ミア。ムンク、それともキム？　タフガイ気取りのラーセンて男？　見届けられたら楽しいのにね」

ミアはテープを貼られた口でうなった。こちらがしゃべれないのを忘れているということは、この相手も頭が冴えわたっているというわけではなさそうだ。カーレンがテーブルを指で叩いた。小さく舌を鳴らし、顔をこすりながら立ちあがると、ミアの視界から消えた。戻ってきたとき、その手には二連式のショットガンが握られていた。カーレンは銃を折り、二本の銃身に弾がこめられているのをたしかめた。それから音を立てて元に戻し、テーブルの上に置いた。

「あいつは狩りが好きだった」カーレンがまた顔をこすりながら言った。「そこだけは似てたのよ、わたしたち。殺すのが好きなところが。なにかが死んでいくのを見るのはおもしろいわね。ちがう、ミア？　息がとまる瞬間ってたまらないわよね？　命が失われる瞬間って」

カーレンは立ちあがり、廊下に出た。ドアが開き、また閉まる音。新鮮な風が部屋に吹きこみ、すぐに消えた。カーレンが戻ってきた。

「銃で死ぬ気はないわ、そう思ってるかもしれないけど。顔のない先生なんて、あの子たちがいやがるでしょ？　ちがうの。誰かが入ってきたときのためよ。用心するに越したことはないものね」

手の甲がまたちくりと痛んだ。金属のように冷たいものが血管に流れこんでくる。視界がかすみはじめる。ミアはモニターの画面に目の焦点を合わせようとした。マーリオンがいない。姿が見あたらない。カーレンはいつのまに地下室に下りたのだろうか。あの子になにをしたの？

カーレンはかすかに首を振り、微笑んだ。

「わたし、人が落ちるのを見るのが好きなの。あの動画の間抜け男なんて、本当にみごとに落ちたわ。一瞬、飛べるんじゃないかと思ったくらいよ。ローゲル・バッケンもそうだった。ローゲルには翼まであったし。そりゃもう見ものだったわ。ミア、あなたもそんな気分だった？　あの男を殺したとき」

一瞬、ミアは意識を失った。おぞましい部屋から永遠に去りかけた。が、ふたたびわれに返った。カーレンはスーツケースに荷物を詰めている。

「あなたは気づいてると思ってたのに。なぜ狙われたか」

ミアの目の前にシグリが現れた。白いドレスを着たシグリ。スローモーションで小麦畑を駆けている。

こっちよ、ミア、いらっしゃい。

「マルクス・スコーグ」カーレンが言った。「わたしの妹はあんまり賢くなかったけど、やさしい子だった。あの子のせいじゃない、相手の男が悪かったの。でも、男なんて恨んでどうなるっていうの？　あなたがあの男を撃ったあと、あの子は自殺した。薬でじゃなく、首を吊って。薬で死ねたほうがよかったのに。そう思わない、ミア。シグリみたいに。シグリは楽に死ねたはずよ。首にロープを巻いて、木から飛び降りたりせずにすんだんだから」

カーレンはちらっとドアに目をやり、また軽く顔をこすった。

「ま、あれもあなたなりの愛だったってことね。こっちにはわからないけど」

ミアはもう目をあけていられなかった。腕と脚の感覚がない。

カーレンがテーブルのそばを離れ、ミアのそばにやってきて頬をなでた。

「いい旅を、ミア・ムーンビーム」

小麦畑の向こうからシグリが駆けてくる。目の前で立ちどまり、からかうような目で手招きする。

こっちよ、ミア、いらっしゃい！

いま行くわ、シグリ。待って。

わたしは眠れる森の美女で、あなたは白雪姫ね。

そうね、シグリ、それがいいわ。

こっちよ、ミア、いらっしゃい！

いま行くわ、シグリ。いま行くところよ！

ミアは自分を解き放った。

そして白いドレスをはためかせる姉を追って、黄金色の小麦畑を駆けだした。

82

「デルタ1、応答せよ、どうぞ」

ムンクはイヤホンマイクの通話ボタンから指を離し、応答を待った。

「9、こちらデルタ1です、どうぞ」

「こちら9。いまどこだ」

ムンクはキム・コールスに目をやった。キムは膝にグロックを置いてすわってている。防弾チョッキを着け、真剣な表情を浮かべている。後部座席にすわったカリーも防弾チョッキを着て、拳銃を握っている。一同はヘッドライトを消して森のなかの道を走り、この目的地にたどり着いた。少し離れた場所に一軒の小さな家が見えている。

「9、こちらデルタ1。目標までの距離は四十メートル。ターゲットは確認できません、どうぞ」

「デルタ1、こちらは9。その場で待機。指示を出すまでは撃つな。いいか？　どうぞ」

「9、こちらデルタ1、了解、通信終了します」

「真っ暗ですね」カリーが座席のあいだから身を乗りだし、小声で言った。

ムンクは暗視双眼鏡を取りあげ、前方の荒れ果てた古い家屋に向けた。人の気配はまったくない。そう見せかけられているのだろう。動画に記録されたGPSの座標はこの場所を示していた。ガーブリエルはよくやってくれた。その友人の助けもあって、記録的な速さで場所を特定できたのだ。あの若者は本当に掘り出し物だった。ムンクはマイクのボタンをふたたび押した。

「デルタ2、こちら9、応答せよ、どうぞ」

「9、こちらデルタ2、どうぞ」

「配置についたか、どうぞ」

「こちらデルタ2。家の裏手にふたり、東側です。玄関の前に三人、北西。距離は十五・〇メートル、どうぞ」

「デルタ2、こちらは9。指示があるまで待機せよ。通信終了」

「明かりひとつ見えないっていうのは妙ですね」ムンクが暗視双眼鏡を渡すと、キムが言った。

「ここじゃないのでは?」カリーが疑問を口にした。

「あるいは、地下にいるのかもしれん」

ムンクはキムから暗視双眼鏡を受けとり、もう一度家の様子をうかがった。現在、現場には三つの班が待機している。狙撃手とＳＷＡＴ隊員からなる特殊部隊デルタチームが二班、それに加えてムンク、キム、カリーの一班だ。ムンクはまた双眼鏡をキムに渡しながら、ふと口もとを緩めた。ここへ向かうとき、ルドヴィークとガーブリエルのふたりが同行すると言い張ったのだ。ベテラン警察官のルドヴィークはまだしも、ガーブリエルが来てどうなるというのか。触れたことのある火薬といったら、せいぜい花火くらいのものだろう。だが、ガーブリエルにはガッツがある。まちがいなくチームに欠かせない存在だ。ふたりにはオフィスで待機するよう指示した。人手は十分だ。

「ミアもここにいるのはたしかなんでしょうか」キムが訊いた。

「たしかじゃないが、それ以外に考えられない。ですよね？」とカリーも続ける。

「ミアの車がケアホームで見つかった」ムンクは答えた。「それに携帯からの最後のメールはそのそばの高速道路から送られている」

「窓から携帯を投げ捨てたのかもしれませんね」カリーが言った。

「イーヴェルセンという例の少年については、なにかわかったか」ムンクは訊いた。

キムはヒューネフォスから戻り、その足でこちらの捜索に参加したのだ。

「彼の学校の教師と話しました、エミリエ・イサクセンです。生徒思いの、非常に優秀な女性です。ああいう人がもっといるといいんですが。少年は行方不明のままです。両親も居所がわかりません。彼女は家に残されていた少年の弟を保護していました。一週間、食べ物もなしで放置されていたそうです。独断で行動しないようにと釘を刺しておきましたが、おとなしくしているかどうかは疑問です。おそらく、こうしているあいだにも、トビアスを探しに森に入っているんじゃないかと」

「ルドヴィークに言って、ヒューネフォスの警察に捜索を要請させろ」

「手配済みです」キムはうなずいた。

ムンクはよしというようにうなずいた。キム・コールスにはなんでも安心して任せられる。一方、カリーには目を光らせておかないといけない。いまも助手席のキムはじっとすわっているが、カリーは後部座席で、せわしなく身じろぎをしている。

「で、どうするんです」カリーがまた座席のあいだから身を乗りだして尋ねた。

「待つんだ」

「待つってなにをです？　あの女はミアを監禁してるんだ――いったい、どんな目に遭わされることか。突入して、女を捕まえましょうよ」

「カリー」キムがたしなめた。

「そうしたいのは山々だ」ムンクは冷静に答えた。「孫娘もなかにいるんだ」

ムンクは有無を言わさぬ目でカリーを一瞥した。カリーは面目なげにうなずき、座席に引っこんだ。

マーリオンがあのなかにいる。

ムンクは気持ちを引きしめた。いまその顔はしまっておかなくては。祖父としての顔は。ミッケルソンにはオフィスに残ってほかの人間に任せろと言われた。だが、たとえブルドーザーでも自分がここに来るのをとめられはしなかっただろう。ムンクはまた双眼鏡をかざし、真っ暗な家を見つめた。

「いつまで待つんです?」じれたカリーが後部座席で口を開いた。

「カリー」キムがまたたしなめる。

「いや、カリーの言うとおりだ。待っててもしかたがない」

ムンクはマイクのボタンを押した。

「デルタ2、こちら9。応答せよ」

「9、こちらデルタ2、どうぞ」

「デルタ2、こちら9。突入の準備をしろ」

「デルタ2、了解。通信終了」

ムンクはグロックの安全装置がはずれていることを確認し、ほかのふたりにうなずいた。

「準備はいいか」

キムはうなずいた。

「ばっちりです」カリーも言った。

ムンクは静かにドアをあけ、そろりとアウディを降りた。

83

マーリオン・ムンクは目を覚ました。また口のなかが変な味になっている。せっかく楽しい夢を見ていたのに。パパとママと一緒に家にいて、なにもかも元どおりだと思ったのに。目をあけると、狭苦しくて寒々とした白い部屋に閉じこめられたままだった。着ているのも、ばかみたいなごわごわのドレスのままだ。マーリオンは薄い上掛けの下で身体を縮めて泣きはじめた。明かりがつきっぱなしなので、ここにどれくらいいるのか、もうよくわからない。電源のスイッチを探したが、見つからなかった。あるのは冷たい壁だけ。窓もドアもない。泣きすぎたせいでもう涙も涸れかけている。

壁を叩き、叫び、悲鳴をあげたけれど、誰も来なかった。最初は、どういうことかよくわからなかった。ふだんなら、泣いたら誰かが来てくれる。ママもパパも、かならず来てくれるものだと思っていた。熱にうかされて、巨大な怪物に変身したクマのプーさんに食べられそうになる夢を見たときみたいに。あのときはふたりとも飛んできてくれた。でもいまは誰も来てくれない。この部屋には誰も。気にかけてくれる人はいない。自分はひとりぼっちだ。

マーリオンは親指を口に含み、ベッドの上でボールのように身を丸めた。指しゃぶりはやめたはずだったのに、またはじめてしまった。親指に舌を押しつけると気持ちが落ち着いてきた。舌の先で爪を舐める。そこはざらざらしていた。親指を口から出して、それをしげしげと眺めた。爪になにか刻みつけられている。文字みたいな形の筋ができている。幼稚園にいるヴィヴィアンの頭文字、Vみたい。親指にVの文字がある。マーリオンは親指をまた口に入れ、爪にくっきりと刻まれた筋を舌でなぞった。

最初のうちは、お絵描きをして過ごした。というより、そうするつもりだったのに、うまくいかなかった。絵を描いても、見せる人がいない。自分しか。まずはパパとママとお祖父ちゃんの絵を描いた。それからスーパーヒーローを描いた。そのスーパーヒーローは女の人で、自分に話しかけ、守ってくれる。そう想像すると、ここにいるのが少しつらくなくなった。白い部屋のなかでは一日がいつ終わったのかもわからない。家なら、朝が来て、昼になり、夜が訪れる。まわりがどうなっているかも見えるのに、ここではさっぱりわからない。ずっと明かりがついたままで、どこからも音が聞こえない。ただ、壁のハッチに食事が届くときだけは別だった。あの騒々しいゼンマイ仕掛けの猿がいたハッチだ。食べ物はなんだか変わっていて、あまりおいしくないけれど、ものすごくお腹が空いているので、いつも残さず平らげている。飲み物はときどきスカッシュをもらえる以外は、たいていただの水だった。でも、食べたり飲んだりすると、困ったことになった。トイレに行きたくなるのだ。部屋にはトイレがないので、ゴミ箱にするしかない。いやな臭いがずっと漂っていた。だからスケッチブックの紙を破って蓋をつくった。それで少しはましになった。それでも、蓋をはずしてそこにしゃがむたびに、ひどくいやな思いをした。満杯になりかけた箱のなかが見えると、吐きそうになった。

明かりがつきっぱなしでも、眠るのはちっとも難しくなかった。不思議なくらいに。毎回、ご飯を食べるたびに、こてんと眠りこんでしまうのだ。ちっとも疲れていなくても。まるで食べ物のせいで眠くなるような感じだった。魔法でもかけられているのかもしれない。そういえば、『不思議の国のアリス』では、なにかを食べたあと、おかしなことに身体が大きくなったり、小さくなったりするんだった。だから、魔法の食べ物は本当にあるのかもしれない。でも、魔法の食べ物のくせに、おいしくないなんてどういうことだろう……。爪に刻まれた筋を舌でなぞっていると、壁からまた振動音が聞こえてきた。ブーンと音を立てながら、壁の向こうに魔法の食べ物が降りてくる。マーリオンは起きあがり、ハッチのところへ行った。食べ物が到着するのを待つ。その音にも慣れてきた。ブーン、ウィーン、ブーン、ウィーン、そしてガタン。そうしたらハッチをあけて、中身をたしかめる。たいていはマッシュポテトと人参と、苦手なカリフラワー。ちがう、ブロッコリーだ。ピザとかソーセージとかトマトスープとか、そういう好物が降りてきたことは一度もない。マーリオンは親指をくわえたまま、ガタンと音がするのを待った。そういえば、このエレベーターが上がっていく音は聞いたことがない。降りてくる音だけだ。食べ物を取りだし、それを食べると、そのあとエレベーターはまた降りてくる。眠ってしまうからだろうか？　きっとそうだ。魔法の食べ物のせいで眠っているあいだに、壁を伝わってエレベーターが上がっていくのだ。そうにちがいない。

ガタンと音がした。マーリオンはハッチをあけ、なかを見た。今回はスカッシュのボトルが一本ついていた。これはうれしい。でも食べ物のほうは最悪だ。ジャガイモのなにかと、また緑色をしたあれ。ブロッコリーだ。エレベーターからお皿とボトルを出し、机の前にすわった。添えられているフォークで食べ物をつっつく。あまり食べる気がしない。それより泣きたかった。食べるんじゃなく、ただ泣きたい。涙がこみあげてきたが、ぐっとこらえた。泣いてもしかたがない。この部屋には誰も来てくれない。どれだけ涙を流したって。それでもやっぱり、こらえきれなかった。涙をとめられなかった。マーリオンはフォークを手に持ったまま、お皿に落ちる涙を見つめた。

食事を食べなかったら？　どこからともなくそんな考えが浮かんだ。ぴかっとひらめいた。食べなかったらどうなるだろう。目を覚ましたままでいられるだろうか。エレベーターが上がっていく音が聞こえるだろうか。壁のハッチにちらりと目をやった。こんなことを思いつくなんて。どこから浮かんできたんだろう。とにかくすごいアイデアだ。食べるのをやめて、エレベーターがのぼっていくところをたしかめる。マーリオンはすばやく立ちあがり、ハッチのところに行った。ハッチを開いて、覗きこむ。なかに入れそうだ。もっと小さな場所に隠れたことだってあるし。かくれんぼをしていたとき、キッチンの鍋をしまう戸棚のなかに隠れたことがあった。誰も見つけてくれないから、しまいに自分から出ていくはめになったっけ。本当に小さい戸棚だから、そこにいるなんて思いもしなかった、とみんなすごく驚いていた。今度はエレベーターを騙してみよう。食べ物は食べたふりをしてゴミ箱に捨て、お皿はいつものように部屋の隅に置いて、ベッドに横になる。エレベーターは眠っているあいだに上がっていくはずだ。眠っているふりをするだけでも、上がっていくかもしれない。

マーリオンはエレベーターに背を向け、テーブルの皿を持ちあげた。やろうとしていることをエレベーターに見られないように。でないと、気を変えてしまうかもしれない。こっそりゴミ箱の蓋をあけ、すばやく食べ物をすべりこませる。それから急いで椅子に戻り、壁のハッチに目をやった。

「ああ、お腹いっぱい」マーリオンは大声で言うと、お腹をぽんぽんと叩いた。

エレベーターに異状はない。たぶん気づかれていないはず。

「ああ、疲れた」そう言いながら、あくびをしてみせた。

マーリオンはお皿を部屋の隅に片づけ、ベッドに入った。エレベーターのほうを向いて、目を閉じる。親指をくわえてじっとしていた。じっとしているのは得意だ。キッチンの戸棚に隠れたときも、横になったまま……どのくらいかは忘れたけれど、長いこと隠れていた。長すぎて、パパとママまで慌てだしたほどだ。マーリオンは固く目を閉じて横たわったまま、エレベーターが動くのを待った。なんの音もしない。だんだんじりじりしてきた。キッチンの戸棚に隠れていたときは、誰かが外にいるとわかっていた。あのときとはちがう。あのときは探してくれる人がいた。見つけて喜んでくれる人がいた。ここには誰もいない。また涙があふれてきたが、どうにか食いとめた。泣いていたら、眠ってはいないということだ。エレベーターだってきっとそう知っている。マーリオンは親指をさらにきつくくわえ、ほかのことを考えようとした。そういえばキッチンの戸棚で丸くなっていたとき、ゲームを思いついたんだった。お話ごっこを。モンスター・ハイをもとにした物語。テレビで見たやつではなく、自分で考えだしたお話だ。あのときは、あっというまに時間が過ぎて、ちっとも退屈しなかった。そうだ、ドラキュローラになろう。宿題を忘れたドラキュローラに。どうしよう、もうすぐ先生がやってくる。そしたら、宿題をしていませんと言わなきゃならない。それは困る。わざとじゃない、うっかりしていただけだ。ほかにやることがたくさんあったから。宿題を忘れてしまった理由を考えようとしたとき、エレベーターが動きだす音がした。ブーン、ウィーン、ブーン。マーリオンはベッドを飛びだし、ハッチに駆け寄った。急いで扉をあけ、エレベーターに潜りこむ。なかはとても狭く、足がはみだしてしまう。それを力ずくで引っぱりこむと、全身がすっぽりおさまった。なかに入れた！　エレベーターが上がっていく！

エレベーターはきしむような音を立てながら、壁に沿ってのぼりはじめた。マーリオンは身体を丸め、暗闇なんて平気だと自分に言い聞かせた。小さな胸が激しく波打ち、息をするのさえ怖い。ブーン、ウィーン。ゆっくり、ゆっくりと上へ。そして突然、ガタン。エレベーターがとまった。なかにいるマーリオンには気づいていない。扉を軽く押すと、すっと開いた。やった！ 外に這いだして床に足を下ろし、茫然と目を見開いた。

そこは居間だった。見たことのない家だ。ここにも窓がない。いや、あるにはあるけれど、カーテンが閉まっている。部屋の真ん中のテーブルのそばに女の人がすわっている。マーリオンはあたりの様子をうかがいながら、おずおずとそちらへ近づいた。女の人は目を閉じていて、口は灰色のテープでふさがれている。水かなにかが入った袋からチューブが出ていて、その人の手につながっている。

マーリオンはそこに立ったまま、どうしようかと必死であたりを見まわした。自分の家と同じように、靴や長靴の並んだ玄関がある。そしてドアも。玄関のドアだ。そっとそこに近づいた。ばかげたドレスのせいで歩きにくいし、がさがさとうるさい音がする。思い切ってドアをあけてみようか。外になにがあるかわからないのに？ でも、この家にはおかしなことが多すぎる。

「とまって！」

背後で甲高い女の人の声がして、マーリオンは飛びあがった。

「とまって！　とまりなさい！」

ハンドルに手をかけてドアを押しあけると、マーリオンは小さな足を精いっぱい速く動かし、暗闇のなかへ駆けだした。

84

カリアンネ・コルスタは富くじ売りが大嫌いだった。こんなに最悪なことはないと思うくらいに。十四歳のカリアンネは、それがいやなばかりに、ガールスカウトをやめようかとさえ考えていた。資金集めの活動自体がいやなわけじゃない――農家の人たちのためにイチゴを摘んだり、畑の石ころを取り除いたりするのはかまわない。ただ、このばかげた富くじ売りだけはどうにも我慢がならなかった。カリアンネは内気だった。嫌いなのはそのせいだ。他人の家のチャイムを鳴らして、話をしなければならないから。

カリアンネはジャケットの前をとめ、養豚農家のトム・ラウリッツ・ラーセンの家に向かって歩きだした。この家のドアをノックするのはいやではなかった。ラーセンと話をするのは平気だ。ちょっと変わっているけれど、いい人だし、まえにも話をしたことがある。前回は、持っていた富くじを残らず買ってくれた。今日もそれくらい運がよければいいけれどと思いながら、カリアンネは門をあけ、農家の庭に足を踏み入れた。

トム・ラウリッツ・ラーセンは、飼っていた豚の首を何者かに刎（は）ねられてからというもの、ちょっとした有名人になっていた。地元紙の《ハーマル・アルベイデルブラ》にも何度かその事件の記事が載った。最初は豚の頭が消えたときに、次はその頭が見つかったときに。〝森の幼子殺人事件で串刺しにされた地元の豚〟という見出しが載り、ラーセンと手伝いの若者の写真も掲載された。

カリアンネは死んだ少女たちのことならなんでも知っていた。事件に関する記事は隅から隅まで読んでいた。集会もあった。最初は学校で。そのあとはガールスカウトと村の集会所でも。村の集会にはみんながやってきた。学校に上がるまえの娘を持つ親たちだけでなく、村じゅうの人たちが顔を揃えた。亡くなった子たちと行方不明の子のために全員でキャンドルを灯した。カリアンネは亡くなった子たちを偲ぶためのフェイスブック・グループを立ちあげる手伝いもした。フェイスブック・グループをはじめるのは簡単だ。ノートパソコンの前にすわるだけでいいのだから。いまみたいに、誰かに面と向かって話をする必要はない。カリアンネは母屋に向かい、ドアをノックした。あたりは真っ暗だが、キッチンの窓から明かりが見えた。音楽も聞こえるので、ラーセンはきっと家にいるはずだ。もう一度ノックすると、ドアが開いた。息を吸いこみ、精いっぱいの笑顔を浮かべた。

「やあ」ラーセンはやさしそうな目でカリアンネを見た。「また富くじを売りに来たのかい」

ふう、ありがたい。少なくとも、用件を説明する必要はなくなった。

「そうなんです」カリアンネはうなずいた。

「お入り」ラーセンは外の暗闇に目をやった。

「こんな遅くに、ひとりで外を歩いてるのかい」キッチンに入ると、ラーセンに尋ねられた。

「はい」カリアンネは、はにかみながらうなずいた。

「で、今回はなんの資金集めなんだい」

ラーセンはもう財布を手に持っている。

「キャンプ旅行に行くんです、スウェーデンまで」

「ほう、そりゃ楽しいだろうな」

「ええ、楽しみです」カリアンネは礼儀正しくまたうなずいた。

「ギャンブルでは勝ったためしがないんだが」ラーセンは機嫌よく財布から百クローネ札を取りだした。「若者たちは応援してやらなきゃな」

「ありがとうございます。チケットは一枚二十クローネで、果物のかごやコーヒー、わたしたちが手作りしたものなどが当たります」

「ああ、なにか当たるとは思っちゃいないが、何枚か買うよ」ラーセンはカリアンネに微笑みかけ、ウィンクした。「あいにく、百クローネしかない、これだけだ」

百クローネ。くじが五枚。今夜はもう少しがんばらないといけない。売れ残ったくじは明日リーダーに返却することになっている。なのに、ずっと後まわしにしてきたせいで、手元にはまだどっさり残っている。

「まあ、少しは足しになるだろう」ラーセンは百クローネ札を差しだし、くじを受けとった。

「それじゃ、気をつけてな」カリアンネが外の階段を下りかけると、ラーセンが少し心配そうな声で言った。

そしてカリアンネの背後に広がる暗がりに目を凝らし、鼻に皺を寄せた。豚の頭の事件があってからというもの、ラーセンは少し変わったようだ。まえにここに来たときは、こんなふうに心配したりしなかったのに。

カリアンネは庭を横切り、門を抜けて外に出た。ヴィク橋に向かいながら、富くじ売りなんて忘れて、家に帰ってしまおうかと思いはじめた。そのとき、ありえない光景が目に飛びこんできた。

最初は自分の目が信じられなかった。まさかこんなことがタンゲンで起きるなんて。事件とはまるで無縁な、どこよりも退屈な場所なのに。道路の向こうに小さな家があった。そこには誰も住んでいないと思っていた。人の出入りも見かけたことがないので、てっきり空き家だと思いこんでいた。なのに、玄関のドアがぱっと開いて、女の子が走りでてきたのだ。奇妙なドレスを着て、必死に叫んでいる。カリアンネはすぐに気づいた。新聞で見た子だ。フェイスブックのページにこの子の写真を載せている。五番目の少女。マーリオン・ムンクだ。

カリアンネはぽかんと口をあけたまま立ちつくした。女の子は階段を飛び降りたが、つまずいて砂利の上に転がった。続いて女が飛びだしてきた。マーリオンは立ちあがり、後ろを振りむくと、悲鳴をあげてまた駆けだした。でも、後ろの女のほうがずっと速かった。マーリオンを捕まえ、手で口をふさぎ、家に引きずりこんでドアを閉めた。

あたりはまた静まりかえった。

ほんのいっとき、カリアンネは茫然としていた。富くじもお金も携帯電話も、みんな地面に落としてしまった。

だが、すぐにしゃがみこみ、電話を手に取ると、震える指で警察の番号を押した。

85

ルーカスは銃を地面に置き、南京錠に鍵を差しこんだ。外は肌寒くなってきた。首筋に夜気の冷たさを感じる。錠をあけ、重たい木製のハッチを持ちあげた。懐中電灯の光を暗がりに向ける。光は長い梯子を浮かびあがらせ、数メートル下のコンクリートの床を照らした。拳銃をズボンの腰に差しこみ、梯子を下りると、そこに少年とラケルが一枚の毛布にくるまって立っていた。ルーカスはそちらを照らしたが、強い光から目をかばおうとするふたりを見て、懐中電灯を下に向けた。

「わたしはイエス・キリストだ」ルーカスはつとめて穏やかな声で言った。「恐れなくてもいい、わたしはきみたちを傷つけるためにここに来たのではない」

ルーカスは懐中電灯であたりを照らし、探していたものを見つけた。段ボール箱が積まれた棚の前にガソリンの缶が置かれている。ふたりがおずおずと近づいてきた。

「行ってもいいですか」少年がためらいがちに尋ねた。

「ああ、行きなさい」ルーカスは言った。「神とともに行きなさい。門はあいている」

冷たい部屋のなかですれちがう瞬間、ルーカスは少年と目を合わせた。

「ありがとう」少年が腕に軽く触れた。

「わたしはイエスだ」ルーカスはもう一度微笑み、梯子をのぼろうとするふたりのために足もとを照らした。

ふたりがハッチを這いだすと、ルーカスはまた棚を照らし、ガソリンの缶を持ちあげた。ずっしりと重かったが、脇腹と腕で懐中電灯をはさみ、どうにか缶を梯子の上に運びあげた。ハッチを閉じてから、そこに立ってしばらく星を見上げた。こんなに美しい星空は見たことがない。希望と喜びが満天に輝いている。ルーカスは満足げに笑みを浮かべ、庭を横切った。

シモン師は教会の奥の祭壇の前で、こちらに背を向けて立っていた。ルーカスが入っていくと、その足音に振りむいた。

「うまくいったかね」師は微笑み、両腕を広げてルーカスに近づいた。

だが、ルーカスが手にしたものを見て、驚いたように立ちどまった。ルーカスは腰の拳銃を抜き、銃口をまっすぐ師の胸に向けていた。

「ルーカス、いったいなにをしている」

「あなたをお助けします」ルーカスは微笑み、師のほうにゆっくり近づいた。

「どういう意味だ、息子よ」師は動揺を押し隠すように言った。「さあ、銃をこちらに渡しなさい。なにをしているのか、わかっていないのだな」

師が両腕を差しのべる。

「シーッ、静かに」ルーカスは瞳をきらめかせながら言った。「まだおわかりにならないのですか」

「な、なんだ」

「あなたのなかに悪魔がいることを」

「ば、ばかなことを言うな、息子よ」

「いいえ」ルーカスはおごそかに言った。「悪魔があなたのなかに棲みついています。でも手遅れではありません。わたしはあなたを救うためにこの世に遣わされたのです。これがわたしの使命なのです」

「い、いったいなにを言っているのだ、ルーカス」

「おわかりでしょう。悪魔はあなたに取り憑いた。あなたの口を使って話をしているのです。われわれは子供たちをあんなふうに扱ったりしません。民をあんなふうに扱ったりしません。われわれは民を助けるのであって、傷つけたりしないのです。それは神の御心ではありません。でも、あなたのせいではありません。あなたに罪はない。悪魔にたぶらかされているのです。悪魔にたぶらかされ、つけこまれた。そして魂を奪われた。民を傷つけるよう仕向けられた。でもご安心ください。ようやく旅立てます。もう待つ必要はありません。一緒に天国へ行きましょう」

「銃を寄こせ、このくそ……」師は口ぎたなくわめいたが、遅かった。

ルーカスは引き金を引き、シモン師の胸を二度撃つと、教会の床に銃を落とした。師は激しい衝撃で後ろに吹き飛ばされたまま喘いでいる。ルーカスはガソリンの缶をあけ、中身を壁に沿って撒きはじめた。ゆっくりと。急ぐことはない。会堂内にガソリンのにおいが漂いはじめる。仰向けに倒れた師は、口をあけたままルーカスを恐怖の目で見つめながら、こわばり痙攣する手で胸をつかもうとしている。なんという美しさだ。磨いたばかりの床に清流のようにあふれだす血を見てルーカスは思った。残ったガソリンを祭壇のまわりに撒いてしまうと、もう一度師のそばに戻った。師は喉をつかんでなにか言おうとしているが、ゴボゴボという音しか出てこない。

「怖がることはありません」ルーカスは師の白髪をなでた。

また立ちあがり、ポケットからライターを取りだした。火がつくか確認し、目の前に灯った小さな炎を見つめた。そして部屋の一角に近づいた。ガソリンはすぐに着火した。反対側の角に行き、またライターを床に近づけ、火をつけた。それを繰り返すうち、白い会堂内はあかあかと炎に照らされはじめた。ライターを投げ捨て、師のところに戻り、そばにひざまずいて手を握った。カーテンも、壁も、床も、祭壇も、なにもかもが燃えている。ルーカスは微笑みながら聖歌を口ずさみはじめた。そして長く伸びた師の白髪をもう一度やさしくなでた。

「悪魔が見えますか？　いまあなたのもとを去ろうとしています。すばらしいでしょう？」ルーカスは声をあげて笑った。

師はルーカスをじっと見つめていた。恐れおののき、身を震わせている。胸の穴から血が噴きだしている。

炎が天井を舐めはじめた。すでに教会全体が火に包まれている。

「天上でお会いましょう、お父上」ルーカスは微笑んだ。

そして目を閉じた。

86

古びた家にしのび寄りながら、ホールゲル・ムンクは違和感を覚えていた。窓には差し錠がかけられ、屋根には大きな穴があいている。もう何年も使われていないように見える。いつなんどき崩れ落ちてもおかしくない。ここが本当にカーレンの潜伏場所なのか。このあばら屋が。妙だ。家に近づけば近づくほど、なにかがおかしいという思いが強くなった。

「全デルタチームへ、こちらは9」マイクに向かってそう言ったとき、ポケットの携帯電話が振動した。

「なにか見えるか」

「見えません」

数メートル先ではカリーが拳銃をかまえ、せわしなく足を踏み換えている。なにを待ってるんです、と言いたげに肩をすくめてみせる。

この家は、やはり人が住める場所じゃない。地下に居住用のスペースが用意されているのだろうか。キーセの動画に写っていた小部屋があるのだろうか。あの短い動画を見るかぎり、人が暮らせるほどの広さはなかった。もちろん、同じような部屋がいくつかあるとも考えられるが、その可能性は低い。

ムンクは決断を下そうとあせっていた。時間を無駄にしている場合ではない。あの女はマーリオンを捕らえている。そしてミアを。なにか手を打たなければ。手遅れになるまえに。

手遅れ。

そんな事態を招くわけにはいかない。ミリアムのために。マリアンネのために。みんなのために。チームの仲間のために。そして自分のために。

「9、こちらデルタ1」イヤホンから声が聞こえた。「こちらは待機中、突入の準備は完了しています。指示をいただけますか。どうぞ」

カリーがまた肩をすくめた。痺れを切らしてうずうずしているように見える。すぐにでも指示を出さなければ、ひとりで突入しかねない。

家から少し離れた草むらに膝をつき、周囲の様子をさらに確認しようとしたとき、ポケットのなかでまた電話が震えた。

やはりここじゃない。不自然すぎる。秘密の小部屋をひとつこしらえるくらいならわかる。だが、地下に居住用のスペースを確保するとなると話は別だ。誰がわざわざそんな面倒なことをする？　崩れかけていない家の地下室に少し手を加えるだけでこと足りるではないか。

「9？」また応答を求められる。

いまやカリーだけでなく、突入チーム全体がいらだち、落ち着きを失っている。

ポケットの電話が怒ったスズメバチのように振動する。いったいなんの用だ。

ムンクは電話を取りだし、人目につかないよう手で光を覆いながら、画面を確認した。

ルドヴィーク・グルンリエからの不在着信が一件記録され、メールも一件表示されている。

〝場所がちがう！　マーリオンの目撃情報あり。電話を‼〟

「全デルタ、全デルタ、こちら9」ムンクは即座に指示を出した。「場所を移動する。再集合して指示を待て。繰り返す、突入するな、場所を移動する。再集合して新たな指示を待て」

そして立ちあがり、ルドヴィークに電話をかけながら車へと急いだ。

87

エミリエ・イサクセンは森の奥へと続く細い砂利道を車で走っていた。トビアスを探しに行くかどうか決めるのに、ずいぶん手間どってしまった。トルベンにはピザ屋へ行くと約束しているが、とりあえずはバッグに入れてきたチョコレートとバナナで満足してもらうことにした。ぐずぐずしている暇はない、そういう気がしてならなかった。トビアスが行方不明になってから一週間が過ぎている。森のなかにある教団らしきもののところへ——トルベンの言う信者の女の子たちのところへ——向かったきりだ。トビアスがそこで救いを求めているかもしれないと考えただけで、いても立ってもいられなかった。たとえ無駄足に終わったとしても、なにかせずにはいられなかった。教団の農場がどこにあるのかさえ本当ははっきり知らない。それでもなにもしてくれない警察に業を煮やし、こうして行動に出ることに決めたのだった。幸い、隣にすわったトルベンも、チョコレートで口のまわりをべたべたにしながらご機嫌にしてくれている。

それにしても、こういうケースは初めてだ。この子たちは新しい家庭を必要としている。それはまちがいない。こんなふうに子供を扱っていいわけがない。憤りのあまり拳をハンドルに叩きつけそうになったが、幼い少年の前なので自分を抑えた。とはいえ、迷いがないわけではなかった。外はもう暗くなっている。車のヘッドライト以外に明かりはなく、道は曲がりくねり、まわりには鬱蒼とした森が広がっている。へラジカがいきなり飛びだしてきたら、ブレーキをかけても間に合わないかもしれない。だからゆっくりと車を走らせた。砂利道を這うように進むうち、もとからよくはない視界をさらにさえぎるように、雨粒がフロントガラスを叩きはじめた。ソーシャルワーカー。彼らはどこまで役に立ってくれるのだろう。きっといろいろと手順を踏まなければならないだろう。書類を作成し、親を呼びだし、申し開きの機会を与える。山ほどの事務処理と、おそらく法的な手続きも必要になる。たしかに、子供たちを簡単に両親から引き離していいわけではない。それはもっともなことだと思う。でも、今回のように、両親と連絡をとることさえできない場合は?

そういえば、友達のアグネッテは社会福祉局で働いているはずだ。エアロビクスのクラスで知りあって、数回お茶を飲んだことがある。この荒れた砂利道を出たら、すぐに電話してみよう。アグネッテなら、どうすればいいか知っているはず。

雨は激しさを増し、視界はゼロに近くなってきた。目指す農場がどれほど先かもわからない。このまま進むのは無茶だ。なんといっても、小さな子供を乗せているのだ。

方向転換して引き返したほうがいい。トビアスの捜索は警察に任せ、自分はトルベンの面倒を見ることにしよう。食事をさせて、暖かいベッドを用意する。社会福祉局に連絡をとる。いい里親を見つけるための手続きに取りかかる。責任を持ってふたりの世話をし、愛してくれる、信頼のおける大人がいる家庭を見つけてあげなくては。

車をUターンさせる場所を探そうとしたとき、人影がふたつ道の真ん中に飛びだしてきた。手と手をつなぎ、ヘッドライトの光に目を細めている。

トビアス。

心臓が口から飛びだしそうになった。ふたりのティーンエイジャーは、見知らぬ車におびえたように、道から離れて森のなかに逃げこんでいく。

エミリエは車をとめ、エンジンをかけたままハンドブレーキを引くと、雨のなかに飛びだした。

「トビアス！」エミリエは叫んだ。

なにも聞こえない。どしゃ降りの雨が砂利を打ち、ボンネットを叩く音が不気味に響く。

「トビアス！」エミリエはもう一度叫んだ。雨のしずくが頬を伝い落ちる。

「わたしよ、エミリエよ。怖がらないで。出てきてもだいじょうぶ。なにも心配ないわ。あなたを迎えに来たのよ、トビアス。そこにいるんでしょ？」

　永遠に思える数秒がたったあと、少し離れたところの茂みがかすかに動き、困惑したふたつの顔がそこから現れた。

「エミリエ先生？」トビアスがためらいがちに言い、ゆっくりと近づいてきた。

「そうよ」エミリエは笑いかけた。「だいじょうぶ？　どこも怪我してない？」

　ハンサムな少年は疲れて混乱しているようだったが、ともかくも無事だった。エミリエは安堵のため息をついた。

「この子はラケルです」トビアスは様子をうかがうようにそう言いながら、後ろに隠れている少女を示した。

　少女は重たそうな灰色のウールのワンピースを着て、白い帽子をかぶっている。まるで別の時代から来たようないでたちだ。姿を見せる勇気がないのか、トビアスの背後で身を震わせている。

「助けてあげてください」トビアスは疲労困憊した様子でそう言った。エミリエははっとした。いまにも意識を失いそうで、立っているのも精いっぱいに見える。

「乗って」エミリエは後部座席のドアをあけた。

「兄ちゃん！」トルベンはよろよろと車に乗りこんできた兄を見て、歓声をあげた。

そしてすぐにシートベルトをはずし、後部座席に移って兄にしっかりとしがみついた。

こんなことがあっていいのだろうか。なぜこの子たちがこんな目に遭わねばならないのか。

エミリエは運転席に戻り、車をUターンさせる場所を見つけた。

「後ろの席は問題ない？」しばらく引き返したところで、エミリエは尋ねた。

バックミラー越しにトビアスと目が合った。ずいぶんつらい経験をしたのだろうか、まだ少しぼうっとしているが、もう心配はいらないのだとわかってきたようだ。

「だいじょうぶです」トビアスは震える声でそう言ってうなずいた。「助けてもらえますか」

そしてバックミラー越しにエミリエをじっと見つめた。

「もちろんよ」エミリエはうなずき返した。「もうなにも心配ないわ、トビアス。約束する」

エミリエ・イサクセンは細い砂利道を精いっぱいのスピードで突っ走った。

そして町を目指した。

88

数十分前と同じように、ホールゲル・ムンクは車のなかで双眼鏡を覗いていた。デルタチームの突入準備が進んでいる。今度こそたしかだ。この場所にまちがいない。目の前にある家から走りでてくるマーリオンを少女が目撃したのだ。マーリオンは家のなかに連れ戻されたという。カーレン・ニルンによって。少女は地元の人間で、証言の内容はたしかだった。疑問の余地はない。先ほどまでいたあばら屋には違和感を覚えずにいられなかったが、今回はそれもない。古ぼけた赤い家で、ややみすぼらしいが、人の住んでいる気配がある。窓の奥からかすかな明かりが漏れている。なかを覗かれないようにフィルムを貼ってあるようだ。レンガ造りの煙突からは一条の煙が立ちのぼっている。理想的な田舎家だ。外から見るかぎりは。だが、内部はちがう。なかにはカーレン・ニルンがいる。六歳の少女を四人殺した女。そしてその親兄弟や祖父母、友達や隣人といった、なんの罪もない人々の人生を破壊した女。彼らに消えることのない痛みを与えた女。自分はあの女に騙され、もう一度女性を愛せるかもしれないと思いかけていた。そう考えると、ムンクの胸に嫌悪がこみあげた。額がかっと熱くなり、てのひらが汗ばんできたが、平静を保とうとつとめた。プロに徹しろ。

早まるな。あの女はマーリオンを捕らえている。マーリオンは生きている。少なくとも一時間前は生きていた。ミアもなかにいるのか、無事なのかどうかはあえて考えないようにした。

迅速な行動が必要だが、あせりは禁物だ。まずは全体の状況を把握する。人員を配置につける。ムンクは道路の先に目をやった。少しまえからそこに三台の救急車を待機させてある。ライトはすべて消してあるので、注意を引くことはない。後部座席ではカリーが落ち着かなげに膝の上の拳銃を揺すっている。助手席のキム・コールスは微動だにせず、まもなく突入するドアを注視している。

「デルタ1、こちら9、応答せよ」

「9、こちらデルタ1。配置につきました。どうぞ」

「デルタ2、こちら9、応答せよ」

「9、こちらデルタ2、あと数分ください、どうぞ」

「デルタ2、こちら9、了解。待っている、どうぞ」

「なにをやってるんです」カリーが後部座席でいらだたしげに声をあげた。

「待つんだ」ムンクは短く答えた。

「なにを待つことがあるんです。ミアがなかにいるんですよ、冗談じゃない」

カリーはじっとしていられないのか、けわしい顔でせわしなく膝を叩いている。

「デルタ2の配置がまだだ」ムンクはつとめて平静な声で答えた。

「落ち着け、カリー」助手席のキムはあいかわらず身じろぎもしない。

「くそったれめ」後部座席で音がした。

とっさのことで、制止する間もなかった。カリーが後部ドアをあけ、家のほうへ駆けだしたのだ。

ムンクもドアをあけて車を飛びだし、キムもあとに続いた。呼びもどそうにも、大声を出せばカーレンに気づかれてしまう。

くそ。

ムンクは重い身体を引きずるように砂利道を走り、門を抜け、敷石を横切った。玄関ポーチの階段にたどり着いたとき、カリーがドアノブをまわして室内に飛びこんだ。すべてがスローモーションになった。物音に驚いたカーレンの顔が見えた。明らかに不意を突かれた様子だ。が、すぐにショットガンの銃口をカリーに向けた。発砲と同時に、カリーが脇に飛びすさる。

撃たれたのか？

カリー、おまえってやつは！

カーレンがスローモーションで振り返り、ムンクのほうに向きなおった。関節が白くなるほど強くショットガンを握りしめている。なにか言おうとするように口を開きかけ、指を引き金にかけた。だが、映画じみたスローモーションはそこまでだった。ムンクは拳銃をかまえ、二度発砲した。一発は首に当たり、もう一発は心臓を撃ちぬいた。カーレン・ニルンはびくんと身体を震わせ、仰向けに倒れて息絶えた。胸から血があふれだし、腕を伝って流れだした。

そのとき、ムンクはミアに気づいた。壁際の椅子に縛りつけられている。口にはテープが貼られ、手に刺された針がスタンドのようなものとつながっている。

ああ、やめてくれ。

ああ、頼む、やめてくれ。

ムンクはぐったりとしたミアの前で凍りつき、駆け寄ってきた一同にも気づかなかった。キム。デルタチーム。医師。救急隊員。言葉もなくその場に立ちつくし、ミアが拘束を解かれ、待機中の救急車に運ばれていく様子を、数キロ先で起きている出来事のように眺めていた。カリーが床から起きあがり、腕を押さえながら、人に支えられて階段を下りていくのも目に入らなかった。キムが震えている少女を抱いて現れたとき、ようやくわれに返った。

マーリオン。

無事だった。

弱っているが、息はしている。

「救急車だ！」ムンクは叫び、キムに手を貸してマーリオンを抱えながら階段を下りた。

「医者だ、こっちに医者を寄こしてくれ！」

鳴りを潜めている必要はなくなった。三台の救急車は青色灯を点滅させ、けたたましくサイレンを鳴らしながら、Ｅ６号線を目指して夜の闇をひた走りはじめた。

第七部

89

ウレヴォール病院の集中治療室の待合スペースは満員だった。別の場所で待つようにと何度か看護師に言われたが、そのたびにムンクは手を振って断った。

室内の空気は張りつめていた。ガーブリエルは膝に手を置いて椅子にかけ、めずらしくディスプレイではなく目の前の虚空を見つめている。ソファーにはアネッテとルドヴィーク、そしてキムとヒッレもすわっている。狭い部屋に詰めかけた班のメンバーは、みな一様に沈痛な表情を浮かべて黙りこんでいた。

ミッケルソンに電話をかけに行ったアネッテが、戻ってきてムンクにウィンクをした。ムンクはかすかに微笑んでうなずいたが、すぐにまた表情を引きしめた。

カリーはすわろうともせず、小柄だががっしりとした身体をこわばらせ、室内を行ったり来たりしている。

「冗談じゃない」無傷なほうの手を突きだしてカリーが言った。「どんな具合か知る権利くらいあるはずだ」

「すわって」アネッテがたしなめた。「はっきりしたことがわかるまではなんとも言えないのよ、そういうものでしょ」

「くそ」カリーは悪態をつき、青いリノリウムの床をまた行ったり来たりしはじめた。

「コーヒーが欲しい人は？」ルドヴィークがそう言って立ちあがった。

さすがのベテラン警察官もこの状況にショックを隠せず、ほかのメンバーと同じように深刻な表情を浮かべている。二、三人の手が上がった。ルドヴィークはうなずき、廊下の奥に姿を消した。

ミリアムが到着した。ムンクは立ちあがって娘を抱きしめた。

「だいじょうぶか」

ミリアムはうなずき、ムンクの手をぎゅっと握った。

「だいじょうぶよ。もうだいじょうぶ」

ミリアムはソファーにすわっているキムを見つけ、駆け寄って首にかじりついた。

「ありがとう」そう言って涙を拭った。

「たいしたことはしてないよ。自分の仕事をしただけさ」

「いいえ、本当にありがとう。感謝してます」ミリアムはもう一度キムに抱きついてから、今度はカリーに駆け寄り、同じことを繰り返した。

カリーは注目を浴びて照れながら、ミリアムにうなずきかけ、力強い抱擁を返した。

「あの子はどうだ」ムンクは娘のそばに寄った。

「マーリオンもだいじょうぶ」ミリアムは頰の涙をまた拭った。「ヨハネスと一緒にいるわ。疲れきってるけど、意外にしっかりしてる。お祖父ちゃんはだいじょうぶかって」

ムンクは微笑んだ。

「ミアのほうは？　なにか説明はあった？」ミリアムが心配そうに尋ねた。

「いや」ムンクはまた顔を曇らせた。

女医が書類を手に廊下をやってきた。

「ヨン・ラーセンさんは？」一同を見まわしながらそう尋ねる。

「カリー」アネッテは女医にカリーのほうを示しながら声をかけた。

「は？」

「あなたに用があるみたいよ」

カリーが振り返った。

「ヨン・ラーセンさん？」女医は書類を見ながら、また言った。

「ああ、おれだ」カリーは片手を上げて答えた。

もう一方の手は胸に押しあてたままだ。

「診察しましょうか」

「いや、いい。おれは平気だ」カリーは怪我をしていないほうの手を振った。

ムンクは厳しい表情でその姿を見据えた。カリーはずっと目を合わせようとしない。この男はもう少しで作戦を台無しにするところだった。見境のない行動で全員の命を危険にさらしたのだ。だが、その件はあとまわしだ。お説教はいまでなくていい。

ムンクは集中治療室のドアに目をやった。まだなんの動きもない。

「やはり診たほうがよさそうですね」女医がそう言ってカリーに微笑みかけた。

カリーはため息をつき、女医のあとについてしぶしぶ廊下に出ていった。「なにかあったら教えてくれ」無事なほうの手の指を仲間に突きつけ、そう念を押した。

「今晩、処分を検討します?」アネッテがムンクを見た。

「いや、日をあらためよう」ムンクがそう言って顎ひげに手をやったとき、ドアが開いて別の医師が現れた。

「ミア・クリューゲルさんの関係者の方は?」

全員の手が上がった。

「ミアの容体は?」ムンクは医師のほうへ近づいた。

「予断を許さない状態でしたが、もうだいじょうぶです」

狭い室内に安堵が広がった。ガーブリエルが立ちあがり、アネッテに抱きついた。

キムは晴れやかな笑みを浮かべた。

「会えますか」ムンクは尋ねた。

「ひどく弱っておられますが、おひとりだけならかまいません。手短にお願いします」

「ではわたしが」

ムンクはコートを脱いでミリアムに渡し、医師のあとに続いて治療室に入った。

部屋の一角にあるベッドに、ミアが目を閉じて横たわっていた。

「少しだけですよ」医師はきっぱりと言って出ていった。

ムンクはベッドに近寄り、ミアの手を取った。ミアがゆっくり瞼をあけ、ムンクを見て微笑んだ。

「煙草を吸いに行ってたんですか」囁くような声だった。

「そういえば、しばらく吸ってない」ムンクも笑みを返した。

「それはよかった」ミアはまた目を閉じた。

ムンクはその手をやさしく握った。

「あの女を捕まえました？」弱々しい声でミアが尋ねた。

「捕まえた」

「マーリオンは？」

「マーリオンも無事だ」

ミアはまた瞼をあけ、たしかめるような目で微笑んだ。

「本当？」

「本当だ」ムンクはうなずいた。

と、ミアの身体の緊張が解けた。手の力も抜け、頭が枕に沈みこんだ。

「訪ねてきてくれます？」

「ヒトラ島にか」

ミアは小さくうなずいた。

「休みがとれたらな。だが、ここにいたらどうだ。おれには相棒が必要なんだ」

「了解」ミアはつぶやき、目を閉じた。

医師がドアから頭を突きだし、自分の手首を指差した。ムンクはうなずいた。

振りむくと、ミアはもう眠りに落ちていた。

（了）

訳者あとがき

〝ひとり旅をしています（アイム・トラベリング・アローン）〟——オスロ郊外の森で木に吊るされた六歳の少女の遺体には、そう記されたタグがぶらさがっていた。着衣は人形の衣装を模したドレス。スクールバッグの教科書には、少女の名ではない〝リッケ・J・W〟の文字。はたしてこの殺人は、なんらかの儀式なのか、あるいは愉快犯の仕業なのだろうか……。

不可解きわまる事件を解決できるのは、ノルウェー屈指の有能な捜査官が集うオスロ警察の殺人捜査課特別班をおいてほかにない。だが、頭脳明晰な若きエース、ミア・クリューゲルが二年前に起こした射殺事件をきっかけに、チームは解散していた。

心を病み、北の孤島に隠れ住みながら、十年前に亡くなった双子の姉のもとへ行く日を指折り数えるミアは、元班長ホールゲル・ムンクに乞われて職場に復帰する。だが再招集されたチームを嘲笑うかのように、狡猾な犯人による少女殺しは続く。

鷲のタトゥーの男、青と茶の瞳を持つ女、怪しげな教祖に仕える青年。謎めいた人物たちの物語が、頻繁に視点を切り替えながらテンポよく挿入されていく。ばらばらなピースがきれいに嵌まり、戦慄の真相が浮かびあがるラストは圧巻だ。

事件は陰惨でやるせなく、ミアとムンクをはじめとして、登場人物の多くが心に傷を抱えている。けれども、読み心地にはどこか軽み、温かみも感じられる。個性的なメンバーぞろいの特別班のチームワークが最高で、じつに気持ちがいいのだ。元ハッカーの新人ガーブリエルとミアとの軽口の叩き合いも微笑ましい。ネグレクトを受けている少年トビアスが捕らわれた少女を救おうと奮闘する姿も、胸を熱くさせる。北欧ミステリの重さとハリウッド映画流のエンタメ性とのバランスが絶妙な一作だ。

著者は一九六九年、ノルウェー中部トロンハイム生まれ。本名のフローデ・サンデル・オイエン名義で小説家、劇作家、シンガー・ソングライターとして活躍する多才の人である。これまでに二篇の小説と五つの戯曲、六枚のアルバムを発表している。二〇一三年、サムエル・ビョルクのペンネームで発表した本作はノルウェーで大きな反響を呼び、書店大賞の候補作に選ばれた。さらに世界三十カ国以上で刊行され、和訳の底本とした英語版は《サンデー・タイムズ》紙のベストセラー・リスト（ペーパーバック・フィクション部門）で三位を記録したほか、二〇一七年のバリー賞最優秀新人賞にもノミネートされた。イギリスの放送局ＩＴＶが映像化も予定している。

第二作『フクロウの囁き』は、息ぴったりのチームのあいだに隙間風が吹く、気になる展開となっている。こちらもぜひお楽しみいただきたい。

（二〇一九年三月）

オスロ警察殺人捜査課特別班
アイム・トラベリング・アローン

サムエル・ビョルク
中谷友紀子 訳

発行日　2019年 3月 30日　第1刷
　　　　2019年 5月 10日　第2刷

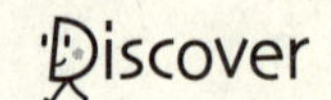

Book Designer　國枝達也

Publication　株式会社ディスカヴァー・トゥエンティワン
〒102-0093　東京都千代田区平河町2-16-1
平河町森タワー11F
TEL　03-3237-8321(代表) 03-3237-8345(営業)
FAX　03-3237-8323
http://www.d21.co.jp

Publisher　干場弓子
Editor　藤田浩芳＋堀部直人

DTP　アーティザンカンパニー株式会社
Printing　株式会社暁印刷

ISBN978-4-7993-2452-3